김동석과 해방기의 문학

김동석과 해방기의 문학

이 희 환

도서출판 역락

머리말

  오래 전 써두었던 석사논문 「김동석 문학 연구」를 중심으로 해방기의 문학을 다룬 논문들을 묶어 책으로 펴내겠다는 무모한 욕심을 내게 되었습니다. 그 후로 많은 시간이 흘렀으나 김동석의 삶과 문학에 대한 조명이나 연구가 아직까지 온전히 이루어지고 있지 못하다는 생각 때문이었습니다. 여전히 90년대의 문제의식에서 크게 벗어나지 못한 글들을 약간의 보완을 거쳐서 우선 책으로 묶어내고, 후속 연구를 기약하고자 합니다. 이 책을 통해 김동석의 삶과 문학에 대한 실증적인 사실들이 널리 소개되고, 이를 바탕으로 보다 다양한 해석과 연구가 이루어진다면 바랄나위 없겠습니다. 이를 위해서는 김동석 문학세계의 전모를 보여주는 전집의 간행이 시급히 이루어져야 할 것입니다.

  공부와 시민운동 사이에서 방황하던 저를 다시 연구자의 길로 돌아올 수 있도록 도와주신 최원식 선생님을 비롯한 인하대의 여러 선생님들과 동학들께, 감사드립니다. 생활도 돌보지 못하면서 저 하고 싶은 대로 이리저리 헤맨 저를 묵묵히 뒷바라지 해주었던 어머니와 아내 한영미에게, 모두 고마운 마음을 전합니다. 부족한 원고의 출판을 도모해준 역락출판사의 이대현 대표님과 이태곤 편집장님, 그리고 편집을 위해 애써주신 김주헌님께도 감사의 말씀을 드립니다.
  지식인으로서 치열한 자기 염결성을 바탕으로 타락한 현실에 정면으로 맞서고자 했던 김동석의 치열한 문학정신을 되새기며, 저속한 현실과 초연한 상아탑을 가로지르는 연구자로서 새로운 출발을 다짐하고자 합니다.

2007년 7월
이희환

차 례

김동석(金東錫) 연구

제1부 김동석(金東錫) 연구

- 해방기와 김동석
- 김동석의 생애
- 문학관의 형성과정
- 김동석의 문학정신
- 시와 산문의 세계
- 해방문단과 작가론
- 민족국가 건설을 위한 문화적 투쟁
- 김동석의 문학사적 위치

제1장

해방기와 김동석

1. 사라진 비평가 김동석

이 글은 해방기에 활약했던 영문학자이자 시인비평가인 김동석(金東錫)의 삶과 그의 문학의 전체적 면모를 살펴보고자 한다. 그동안 문인들의 회고록이나 풍설로만 전해진, 해방기의 좌익측 소장비평가라는 고정관념을 벗어버리고 그의 문학의 실체를 복원하려고 하는 것이다. 이를 위해 우선 그의 문학작품을 최대한 발굴 정리하고 부분적으로만 드러난 그의 생애사를 입체적으로 복원하여, 작가연보를 확정하는 것으로부터 출발하려고 한다. 이를 기반으로 문학관과 작품을 검토하여 그의 문학사적 위치를 가늠해보려는 것이다. 궁극적으로는 해방기의 문학사를 그를 통해서 재음미해 봄으로써, 이 시기를 파악하는 올바른 관점을 모색하고자 한다.

논의에 앞서, 그의 문학 활동이 본격화된 해방기의 문학사적 의미부터 되새길 필요가 있다. 사실 해방기라는 문학사적 연대는, 시기 명칭에서부터 시기 설정의 문제, 시대적 성격의 파악과 문학사적 평가 등에 있

어 학계에서는 아직도 일정한 합의에조차 이르지 못한 문제적 시기이
자, 문학사 연구의 사각지대로 방치되어 왔다.[1] 이렇게 된 원인을 따져
본다면, 기실 문학사 연구 영역의 한계에서라기보다 더 크게는 역사학
연구의 부진함에 기인한바 크다고 생각된다.[2] 그러나 좀 더 본질적인
원인을 생각해보면, 1948년 남북한 단독정부의 수립과 이에 뒤이은 분
단과 동족상잔의 전쟁으로 남북한에 각각 냉전시대에 상응하는 가장 극
단적인 두 정부가 고정화됨으로써 우리 민족이 겪어야만 했던 분단사의
질곡에 그 원인이 있었음을 확인할 수 있다. 그리고 이러한 분단사의 질
곡이 가장 엄혹한 금기의 시선을 겨누었던 시기가 바로 해방기라고 불
리는 1945년에서 1948년 사이 3년여의 시간이었다. 당시 정국의 불안정
성을 감안한다면 1950년까지의 기간까지를 포괄할 텐데,[3] 이 시기를 이
른바 해방'공간'이라는 비역사적 명칭으로, 우리 현대사의 맨 앞머리에
불편하게 얹어놓은 채 방치했던 것이다.

　여기에 현실 사회주의 체제의 붕괴와 자본의 전지구화라는 현상이 드

---

1) 이 책에서는 1945년부터 1950년까지의 기간을 '해방기'라는 명칭으로 사용하기로
　한다. 그러나 이 용어는 아직은 잠정적인 개념이다. 그러나 흔히 많이 쓰는 '해방
　공간'이라는 명칭은 의미 있는 역사 단위를 낭만적으로 파악한다는 점에서, '미군
　정기'는 당대의 외압적 정치체제에 종속된 개념이라는 점에서 문제가 있으므로
　'해방기'라는 명칭이 그런대로 당대의 역사적 성격과 지향을 드러낸다고 생각된다.
　이에 관해서는 윤영천, 「8・15직후의 시」(『한국근현대문학연구입문』, 한길사, 1990)
　를 참조. 해방기 문학사 연구의 쟁점 및 연구사에 대해서는 김승환, 「해방직후 문
　학연구의 경향과 문제점」(『문학의 논리』 2, 태학사, 1992)을 참조할 것.
2) 역사학계에서의 연구현황과 문제점에 대해서는 최장집, 「해방에서 6・25까지의 정
　치사회사 연구현황과 문제점」(『한국근현대연구입문』, 역사비평사, 1988) 참조.
3) 시기 설정문제에 있어서 기존에 보편적인 관점은 해방공간이라는 명칭 아래 ①
　1945년 8월에서 1948년 8월까지를 보는 관점이 압도적이었다. 그러나 최근 들어서
　는 ②1950년 한국전쟁 발발 전까지를 보는 시각도 있고, ③1953년 휴전이 되기까
　지를 연구대상으로 포괄하는 시각도 제기되고 있다. 본고에서는 ②의 방법을 따르
　기로 한다. 남한에서 좌익측의 문학적 표현들은 1949년까지도 계속 나타났으며,
　한국전쟁 이후에 비로소 현대사가 분단사로 접어들었다는 생각 때문이다. 신형기
　의 『해방직후의 문학운동론』(화다, 1988)도 이러한 시기 설정에 따라 고찰하고 있
　다. 이후의 계속적인 연구과제로 생각된다.

러내는 현재적 문제의식을 얹어 반추해보면, 이 시기를 평가하는 일은
한층 복잡해진다. 사회주의 체제의 몰락과 자본의 전지구화라는 90년대 이
후의 변화는 이미 합의된 구시대적 개념으로 여겨졌던 근대성(modernity)이
무엇이냐는 물음을 완강하게 제기하는 바, 이처럼 근대성이 다시 문제
되는 마당에 현대사의 역사적 인식이라는 과제는 더더욱 지난한 연구자
의 고투를 요구하게 되는 것이다. 국민국가의 형성과 자본주의 토대 형
성을 주체적으로 전개하지 못한 한국의 근대사에서 현대성의 문제 즉,
"'근대적 근대 이후'의 상(像)"[4]을 모색하는 일은 실로 어려운 과제가 아
닐 수 없다.

그런 의미에서 해방 이후의 문학사는 오늘의 관점에서 가장 직접적인
역사적 맥락을 갖는 연구대상이며, 이전의 문학사에서 제기했던 여러
문제들을 극복하고 새로운 시대적 과제를 안출하는 의미망으로써 유효
하다고 생각한다. 그 중에서도 특히 해방기의 문학사는 현대문학사의
앞머리를 장식하면서도 전시대가 남겨놓은 역사적 과제를 해결해야 하
는 시발점으로 중요한 의미를 지닌다.[5] 또한 해방기의 문학사는 우리
근대사의 전개에 있어서 치명적 질곡으로 작용했던 '근대의 불철저성'
이 극복되고 진정한 의미의 근대성(近代性), 이를 기반으로 전개될 현대
성(現代性)을 시험하고 추구할 역사적 기반이 되었던 시기였다. 동시에
해방기는 오늘날까지 50년에 이르는 분단사의 기원이 되기도 한 시기이
다. 이러한 점들이 모두 오늘의 시점에서도 해방기의 문학사가 지속적

---

4) 최원식, 「한국문학의 근대성을 다시 생각한다」, 『창작과비평』 1994년 겨울호, 11
면.
5) 해방기 문학사의 의미와 과제, 제양상 등에 대해서는 이미 이 시기를 다룬 연구물
들에서 여러 차례 논의되었으므로 여기에서는 상론을 피하였다. 자세한 것은 김윤
식의 선구적 업적(『한국현대문학사』, 일지사, 1976)과 민족문학론의 관점에서 이
시기를 역사적으로 개관한 최원식의 「민족문학론의 반성과 전망」(『민족문학의 논
리』, 창작과비평사, 1982) 및 권영민의 『현대한국문학사』(민음사, 1993) 1장 등을
참조.

으로 문제되는 근거가 된다.

김동석의 본격적인 문학 활동은 바로 이 해방기 문학사에 온전히 바쳐졌다. 김동석은 그 한가운데, 해방과 더불어 거리로 뛰쳐나와 식민잔재의 청산과 근대적 민족 국가의 형성을 고창(高唱)한 문학인이다. 어느 때보다도 문학과 정치가 혼효(混淆)하던 그 시기에 의연히 문화적, 정치적 실천의 통일을 지향하며 동분서주, 고뇌하며 내달리다가 어느덧 자신도 모르는 사이에 역사의 격류에 휘말려 사라지고만 월북 문인의 한 사람이다. 월북 문인의 대다수가 그러하듯이 김동석 또한 분단이라는 냉엄한 현실로 인해 문학사에서 사라지고만 문제적 인물인 것이다.

그런데 이제까지 김동석은 김동리, 조연현 등과 일대 논전을 벌인 '순수논쟁'의 급진좌익 평론가로만 알려져 왔다. 그러나 김동석은 '순수논쟁'에 참여했던 소장비평가라는 시류적 관심에 그치지 않는 문학사적 비중을 갖는 인물이다. 그는 해방기라는 짧은 기간 동안에 비평집 2권, 수필집 2권, 시집 1권 이외에도 여타 신문, 잡지에 다양한 성격의 글들을 왕성하게 발표하였다. 이처럼 단순히 양적인 의미에서 뿐만이 아니라 글의 다양함이나 그 내용에서의 치열함 등에서도 그는 해방기에 활동했던 여타 문인에 비교해서 결코 손색이 없는 문필을 펼쳤던 것이다.

그러나 그가 갖는 보다 중요한 점은 그의 문학 활동이, 식민지 시대의 청산과 근대 민족국가로의 건설이라는 해방기의 문학사적 과제에 직결된다는 점에 있다. 그가 비평의 대상으로 다루었던 문인들이 당대에 좌우익을 막론하고 실천의 최전선에서 활약했던 거물급의 인물들이며, 역사적 격변기임에도 불구하고 본격적인 작가론과 더불어 사회와 문화에 대한 날카로운 비평적 안목을 보여주었다는 점에서도 그러하다. 뿐만 아니라 '상아탑(象牙塔)의 정신'으로 요약되는 그의 문학 활동은 정치로 혼탁하던 당대에는 흔치 않았던 이론적 깊이와 균형 잡힌 감각을 가진 문화적 기획이었다는 점에서 남다른 점이 있다. 정치뿐만이 아니라 문학도 '좌와 우'라는 이데올로기에 의해 갈리고 짓눌렀던 해방기의 문단에서 그의 문학관과 실천은 독자적이었던 만큼이나 의의가 큰 것이다. 게다가 그는 문학적 실천에만 머무르지 않고 역사의 한가운데로 스스로 몸을 던져 나아갔다는 점에서도 역사적 무게를 더하는 인물이었다. 그러므로 우리는 그를 통해서 해방기의 문학사를 보다 풍부하게 되살펴볼 수 있는 관점을 얻을 수 있으며, 분단극복이라는 민족사적 과제와 민족문학사의 온전한 복원이라는 문학사적 과제가 아직도 이루어지지 못한 오늘날에 있어서도 이중의 과제를 해결할 단초를 그의 문학과 활동에서 발견할 수 있을 것이다.

"과거 역사 발전의 총체적인 상의 제시를 통해 현실 발전의 역사적 전망을 법칙적으로 인식하는 데로 나아가"[6]는 문학사 연구의 몫을 되새길 때, 김동석과 그의 문학에 대한 복원과 재평가는 해방기 문학사와 이후의 한국 현대문학사를 이해하는 데 있어 자그마한 초석이 될 것이며, 오늘 우리 문학이 처한 존재론적 위기를 극복해 나가는데 있어서도 유용한 방법적 성찰을 더해줄 것이다.

2. 김동석을 둘러싼 풍문들

김동석에 대한 본격적인 관심은 90년대에 들어와서 시작되었다. 해방기의 문학사가 문학사 연구의 각광을 받았던 80년대에도 김동석은 관심 밖이었다. 80년대 이전의 김동석에 대한 언급이 산견되는 문인들의 회고록이나 문단사를 찾아보면, 그는 잠시 스쳐가는 인물이거나 그나마

---

6) 신승엽, 「비평사 연구의 새로운 방향모색을 위하여」(『민족문학사연구』, 창간호, 1991), 122면.

논급되더라도 '악랄한' 좌익 비평가 내지는 좌익의 '꼭두각시' 소장비평
가라는 악평이 대부분이었다. 그도 아니면 재주는 비상하나 역사를 잘
못 만난 아까운 인물이라는 동정적 시선 이상으로는 언급되지 않았다.
그리고 김동리와 순수문학논쟁을 벌인 것이며, 이 논쟁에서 결국은 김
동리에게 실질적으로 패배했다는 점 등을 빼놓지 않는다. 여타의 월북
문인의 경우와 마찬가지로 분단과 반공 이데올로기의 색안경이 객관적
인 연구에 장애가 되었음을 알 수 있다.[7]

　여기서 김동석이 활동하던 해방기 당시의 기록들을 먼저 살펴본다.
분단 이전에 발표된 이들 언급 속에서 그에 대한 다양한 관점들을 대할
수 있다고 기대되기 때문이다. 당시에 발표된 김동석에 대한 글은 크게
두 가지의 경향으로 대별할 수 있다. 하나는 좌우익 문학논쟁의 와중에
서 주로 우익 논객들에 의해 작성된 논쟁적 성격의 글들이며,[8] 다른 하
나는 김동석과 문학적 경향을 가까이 하는 좌익측의 문인들에 의해, 주
로 김동석의 저서에 대한 서평 형식으로 발표된 짧은 글들이다.[9]

　그러나 이들 글들은 우리의 기대와는 상반된 내용을 보여준다. 논자

7) 이와 같은 저술들로
　한국문인협회 편, 『해방문단 20년』, 정음사, 1965.
　백　철, 『문학자서전』 하권, 박영사, 1975.
　고　일, 『인천석금』, 재판; 선민출판사, 1979.
　정한숙, 『해방문단사』, 고대출판부, 1980. 등이 대표적이다.
8) 김동리, 「독조문학의 본질」, 『문학과 인간』, 백민문화사, 1948.
　조연현, 「순수의 위치 - 김동석론」, 『예술부락』, 1946. 6.
　＿＿＿, 「무식의 폭로 - 김동석씨의 '김동리론'을 박함」, 『구국』, 1948. 1.
　＿＿＿, 「개념과 공식 - 백철과 김동석씨」, 『평화일보』, 1948. 2. 17~8.
9) 김철수, 「신간평 - 『해변의 시』」, 『서울신문』, 1946. 6. 23.
　문철민, 「김동석 수필집 『해변의 시』를 읽고」, 『중외신보』, 1946. 5. 21.
　유동준, 「시정신의 수난 - 김동석씨 『예술과 생활』」, 『평화일보』, 1948. 3. 4~5.
　정지용, 「부르조아의 인간상과 김동석」, 『자유신문』, 1949. 2. 20.
　이광현, 「김동석과 그의 인간상」, 『자유신문』, 1949. 2. 18.
　＿＿＿, 「민족문학의 재검토 - 김동석, 김동리 대담을 읽고」, 『자유신문』, 1949. 1.
　25~29.

들마다 그들의 견해와 가치관, 문학관에 따라서 김동석에 대한 평가와
논급들이 천양의 거리를 보이기 때문이다. 그 편차의 정도가 너무도 극
단적이며, 다분히 비문학적 정치성의 혐의가 짙은 것이어서, 당시 좌우
익간의 이데올로기적 대립의 정도가 어떠했는지 알 수 있다. 그러므로
이러한 글들을 통해서도 김동석에 관한 객관적인 면모나 평가를 얻는
것에는 일정한 한계가 있다. 단지 행간을 통해 그에 대한 이면적 진실을
추측해 볼 수 있을 따름이다. 김동리의 "毒爪"[10) 비평가라는 비유로 대
표되는 우익측 문인들의 저술에 대해서는 민족문학논쟁을 다루는 6장에
서 본격적으로 다루겠거니와, 좌익 계열의 동료 문인이었던 김철수, 문
철민, 이광현, 정지용 등의 서평을 통해서는 우선 김동석의 인간적 면모
를 엿볼 수 있다. 이들의 글은 김동석을 재능 있는 문필가라고 상찬하는
논지가 공통적으로 나타난다. 그 중 비교적 그의 면모를 소상하게 기록
한 것은 정지용이다. 정지용의 다음과 같은 언급을 통해서 우리는 김동
석의 인간상이 세간에 유포된 독조 비평가라는 야유와는 거리가 있었음
을 알 수 있다.

> 돌아다니기도 잘하고 아내와 아들과도 남달리 誼가좋고 남의內外 離
> 婚싸움 和睦에도 精誠스럽고 敵産家屋 爭奪戰에 옳은편을들어 言辯과 奔
> 走로 이기여내고 美國 씨빌리안을 부뜰고 民主主義討論을 걸고 理論에
> 맞지않은 境遇에는 單刀直入的 正面攻擊을 하다가도 神經質的 興奮이 없
> 이 自己가 스스로 엠파이어적 立場에 서고마는 餘力으로 들어앉어 工夫
> 하고 나와서 原稿를 판다. 몸도 통통해 간다. 나는 이사람의 사람을잘안
> 다. 참좋은 사람이다.[11)

이처럼 소박하면서도 정열적인 인간성을 보여준 김동석은, 그러나 월

---

10) 김동리, 앞의 글, 164면.
11) 정지용, 앞의 글.

북문인이라는 꼬리표와 함께 냉전시대 나가서 남한의 문학사에서는 괄
호속의 인물로 가려져 있었다. 물론 김동석뿐만이 아니라 남로당의 노
선에 동조했던 대다수의 월북문인[12]들은 남북의 문학사 어느 곳에서도
제대로 받아들여지지 않았다. 김동석은 특히 남북 양쪽의 문학사에서
철저히 지워졌다. 북한의 문학사에도 그에 관하여서는 단 한 줄의 언급
도 나와 있지 않다.

남한의 문학사에서는, 전술한 바와 같이 문인들의 회고록이나 문단사
의 한구석에 그의 이름이 보일 뿐 문학사적 평가와는 거리가 있는 자리
에서 논의되어 왔다. 그러다가 70년대에 들어 서서히 문학사의 자장 안
에 수렴되었던 것이다.

김윤식은 「비유와 리듬」[13]이라는 글에서 김동석의 수필과 비평의 문
체를 간략히 검토하고, 그 특징으로 "비유의 적절성, 대결의 동류의식,
멋으로서의 유물론"을 지적하였다. 비록 짧은 글이며 연구 소묘에 머무
른 감은 있으나, 여러 가지 암시와 문제제기를 넌져주는 신편이라 생각
된다.

신동욱은 그의 저서 『한국현대비평사』[14] 4장에서 광복 이후의 비평
을 '좌파적 지도비평'과 '민족파의 순수주의'로 대별하고, 좌파 비평을
다루는 항목에서 김동석의 비평을 비교적 자세히 다루었다. 김동석이
작품 평가를 소홀히 하지 않았지만 이념에 사로잡혀 객관성을 상실했다

---

12) 일반적으로 월북문인이라고 통칭하나, 월북의 원인과 경과 그 성격에 따라 세 집
    단으로 분류할 수 있다. 1945년 12월 조선문학가동맹으로 조직이 통합되는 과정
    에서 월북한 예맹계 문인들을 1차 월북문인으로, 1947년부터 1948년 정부수립 때
    까지 주로 월북한 남로당계 문인을 2차로, 정부수립 이후 한국전쟁 시기까지 월북
    한 문인을 3차 문인으로 나눌 수 있다. 남로당계 문인들이 월북한 것은 주로 2차
    와 3차에 걸쳐서이며, 김동석은 3차에 속한다. 보다 자세한 것은 권영민, 「해방 직
    후의 문인 월북과 그 문학사적 위상」(『한국민족문학론연구』, 민음사, 1988) 참조
13) 김윤식, 『한국현대문학사』, 일지사, 1976.
14) 신동욱, 『한국현대비평사』, 증보판 ; 시인사, 1988.

는 절충적 견해를 제시하였다. 그의 비평을 처음으로 소개하였다는 의
의를 지닌다.

근대 비평사에 대한 관심이 폭발적으로 고양되었던 80년대 후반에 들
어서는 권영민, 임헌영, 김윤식 등에 의해 해방기의 문학사가 주로 조직
론과 운동론의 관점에서 실상에 접근하는 성과를 보여주었다.15) 이를
뒤따라 신형기, 김승환, 하정일 등의 연구가 해방기의 문학사를 조직론,
민족문학론, 리얼리즘론 등의 다양한 범주에 걸쳐 광범위하게 논의함으
로써, 이후 김동석 연구에 본격적으로 다가설 단초를 놓았다.16)

이러한 성과에 힘입어 90년대에 들어 김동석에 대한 본격 연구물들이
하나둘씩 나오기 시작했다. 채수영은 김동석의 시를 본격적으로 다루어,
그의 시에서 순수와 비애, 불안의식을 읽어냈으며,17) 송희복은 해방기
의 비평가들을 다루는 자리에 「상아탑에서 구국투쟁에 이르는 길 ; 김
동석론」을 써서 김동석의 문학관과 비평의 특징, 그 변모양상을 개괄적
으로 드러내는 성과를 보여주었다.18) 황선열은 해방기의 민족문학론의
특성을 분석하면서 김동석의 비평을 중심에 놓고 검토하는 석사논문을
처음으로 제출하였다.19) 여기에 더하여 김영진은 「김동석론 ; 김동석의
비평과 그 한계」라는 논문을 통해 김동석의 두 권의 평론집을 대상으로

15) 권영민, 『해방직후의 민족문학운동연구』, 서울대학교출판부, 1986.
　　　임헌영, 「미군정기 좌우익 문학논쟁」, 『해방전후사의 인식』 3, 한길사, 1987.
　　　김윤식, 『한국현대문학사론』, 한샘, 1988 등이 대표적이다.
16) 신형기, 『해방직후의 문학운동론』, 화다, 1988.
　　　김승환, 『해방공간의 현실주의 문학연구』, 일지사, 1991.
　　　하정일, 「해방기 민족문학론 연구」, 연세대학교 박사논문, 1992.
17) 채수영, 「시적 동일성의 거리」, 『시문학』, 1990. 3~4.
　　　　　　, 「김동석의 시적 특질」, 『동악어문론집』 25집, 1990. 12.
18) 송희복, 「상아탑과 구국투쟁에 이르는 길」, 『해방기 문학비평 연구』, 문학과지성
　　　사, 1993.
19) 황선열, 「해방기 민족문학론의 특성 연구 - 김동석을 중심으로」, 영남대 석사논문,
　　　1993.

삼아 그의 비평의 특성과 한계를 검토하였고,[20] 홍성식은 「생활의 비평 ; 김동석론」에서 그의 비평의 현실인식과 행동원리를 천착하는 성과를 보여주었다.[21]

그러나 이상의 연구들은 김동석의 생애사가 해명되지 않은 상태에서 그의 시나 비평만을 가지고 그의 문학을 평가하는 평면성과, 김동석이라는 개성적 주체를 도외시한 일반론에서 크게 벗어나지 못한 한계를 노정한 것으로 생각된다. 김동석의 시만을 대상으로 그것도 시대상황에 대한 고려가 별무한 상태에서 내용이 모호한 '불안의식'만을 읽어낸 채수영의 논문이나, 해방기 비평을 "절망의 키재기"[22]라는 역사 허무주의적 관점에서 바라보는 송희복의 논의, 김동석의 문학사적 특장을 "비판적 지식인"의 전형이라 했지만 비평의 개괄적 전개양상의 서술에 머문 홍성식의 논의들은 그런 점에서 아쉬움을 남긴다.

그러던 차에 이현식은 이제까지 잘못 알려지고 제대로 드러나지 않았던 김동석의 생애사를 정치하게 추적하고 주석함으로써, 정체된 김동석 연구에 새로운 물꼬를 틔워주었다.[23] 그리고 그의 문학사적 문제성을 세대론적 관점과 역사주의적 관점에서 환기시켜주는 안목도 보여주었다.[24] 이현식의 논문에 뒤이어 김동석을 다룬 본격적인 학위논문이 여럿 발표되기 시작하였다. 필자는 이현식의 밝힌 생애사의 새로운 사실들을 근거로 하여 생애사를 복원하고 이를 바탕으로 김동석의 문학 활

---

20) 김영진, 「김동석론 ; 김동석의 비평과 그 한계」, 『우석어문』 8, 1993.
21) 홍성식, 「생활의 비평 ; 김동석론」, 『명지어문학』 21호, 1994. 5.
22) 송희복, 「책머리에」, 앞의 책, 3면.
23) 이현식, 「역사 앞에 순수했던 양심적 지식인의 삶과 문학 ; 김동석론」, 『황해문화』 1994년 여름호.
24) 이현식, 「김동석 연구 1 ; 역사 앞에 순수했던 한 양심적 지식인의 삶과 문학」, 『작가연구』 1호, 1996. 4.
    _____, 「김동석 연구 2 ; 순수문학으로부터 민족문학으로의 도정」, 『인천학연구』 2권 1호, 2003. 12.

동의 전모를 개관하는 본격적인 작가론적 검토를 학위논문을 통해 시도
하였다.[25] 이에 뒤이어 김나, 홍성준, 손영숙, 김민숙 등의 학위논문이
제출되기에 이르렀다.[26]

학위논문 이외에도 김동석에 대한 비평사적 관심은 현재까지 간헐적
으로 계속 이어지고 있다. 수필가 한상열은 김동석의 수필문학에 주목
하여 "소시민적 일상을 투영한 산보 문학"으로 소개한 글을 남긴 바 있
고,[27] 김윤식은 한국 근대문학의 여러 계보 중에서 지식인문학의 계보
를 검토하면서 '교양으로서의 문학'을 해방기의 현실 속에 전개했던 김
동석 문학의 원천으로 매슈 아놀드(Matthew Arnold)와의 관련성을 비교적
깊이 있게 검토하는 논문을 발표하였다.[28] 김윤식의 논의의 연장선상에
서 손정수는 김동석 문학에 나타난 '예술과 생활' 사이의 긴장 관계의
성격을 해명하는 데 초점을 둔 연구를 수행한 바 있다.[29] 이외에도 최
근까지 김동석에 대한 연구는 간헐적으로나마 계속 이어져 왔다.[30]

최근에 발표된 김동석에 관한 연구 중에서, 영문학을 전공했던 김동

---

25) 이희환, 「김동석 문학 연구」, 인하대 석사논문, 1995.
26) 김 나, 「김동석의 비평 활동 연구」, 홍익대 석사논문, 1995.
   홍성준, 「김동석 비평 연구」, 연세대 석사논문, 2000.
   손영숙, 「김동석 비평 연구」, 이화여대 석사논문, 2001.
   김민숙, 「김동석 연구 ; 비평문학을 중심으로」, 공주대 석사논문, 2002.
27) 한상열, 「소시민적 일상을 투영한 산보문학의 진수」, 『학산문학』 1995년 봄·여
   름 합본호.
28) 김윤식, 「지식인 문학의 속성과 그 계보 - 김동석을 중심으로」, 『한국문학』 1996
   년 봄호.
29) 손정수, 「김동석론 - '상아탑'의 인간상」, 『한국현대비평가연구』, 강, 1996.
30) 엄동섭, 「'상아탑'에서 민족문학에 이르는 해방기 지식인의 변증법적 도정 ; 김동
   석론」, 『한국문학평론』 17호, 2001년 여름호.
   김민숙, 「김동석 비평의 문체상의 특징 - 10여 편의 작가론을 중심으로」, 『한어문
   교육』 11집, 2003.
   김효신, 「김동석 시집 『길』에 나타난 순수·이념의 이분 양상 소고」, 『한민족어
   문학』 48집, 2006.

석의 문학적 원천을 해명하기 위해 김동석과 매슈 아놀드와의 관련양상
을 천착한 영문학 분야의 논문이 제출된 것과31) 역시 영문학자이면서
한국비평계의 원로인 유종호 선생이 전개하고 있는 일련의 김동석 연구
는 주목할 만하다.32) 유종호는 이 일련의 연구를 통해서 해방에서 한국
전쟁으로 인해 상대적으로 소홀히 처리된 문인으로 김동석을 주목하고
그가 우리 비평사 백년의 궤적 속에서 드물게 읽을거리가 되는 비평문
을 남긴 문인으로 주목하고 있다. 이를 시인, 수필가, 잡지 편집인으로
서의 김동석을 살핀 연후에, 김동석의 비평의 특징을 시인론과 작가론,
외국문학 논고, 사회적 발언으로 나누어 조명하였다.

　이렇게 보면 이제 김동석 연구는 풍문의 허방을 넘어서 실증적 바탕
위에서 다양한 관점 아래 본격적으로 다루어질 시점에 다다랐다고 생각
된다. 이 책 또한 이를 위한 일단의 정리와 기초자료를 제출하는데 목적
을 둔다.

3. 그를 어떻게 만날 것인가

　본격적인 김동석 문학 연구를 위해서 가장 먼저 바로잡혀야 할 문제
는 잘못된 실증적 사실에 기초하고 있다는 것이다. 작가의 생애사는 물
론 기본적인 서지 조차도 확인 없이 진행된 것이 지금까지도 불식되지
않고 있다. 그의 생애는 물론이려니와 문학작품에 대한 서지적 고찰을

---

31) 하수정, 「경성제대 출신의 두 영문학자와 매슈 아놀드 ; 김동석과 최재서를 중심
　　으로」, 『영미어문학』 79호, 2006.
32) 유종호, 「평론가 김동석의 형성」, 『예술논문집』, 대한민국예술원, 2004.
　　＿＿＿, 「김동석 연구 - 그의 비평적 궤적」, 『예술논문집』, 대한민국예술원, 2005.
　　＿＿＿, 「어느 잊혀진 비평가 ; 김동석에 부쳐」, 『문학수첩』 11호, 2005년 가을호.

실증적으로 수행해야 할 필요가 있다. 기왕에 소개된 그의 연보나 작품의 서지사항을 확인하는 과정에서 너무도 착오가 많기에 서지적 고찰은 더욱 긴요하다.33) 서지적 고찰의 토대가 갖춰져야 연구대상과 연구방법이 안출되고, 이를 기반으로 작품의 속살로 파고들어갈 수 있기 때문이다.

김동석이 공식적으로 발표한 최초의 글은 1937년 9월 9일부터 14일에 걸쳐 4회로『동아일보』에 발표한 평문「朝鮮詩의 片影」이다. 대학 재학중에 발표한 이 글을 시작으로 1949년 월북하기 직전까지 10여 년에 걸쳐 전개된 김동석의 문학 세계는 크게 창작과 비평으로 나누어 살펴볼수 있다.34)

김동석의 창작은 다시 시와 수필로 대별된다. 시는 일제시대 말기부터 창작했던 것이나, 당시에 발표한 것은 없고 모두 해방이 되고 나서간행한 시집『길』에 수록되었다. 1946년 1월에 간행된 시집『길』에는 총33편의 시가 수록되어 있다. 이 중 개별적으로 발표한 것은「알암」(『한성시보』, 1945. 10),「경칩」(『신조선보』, 1945. 11. 14),「희망」(『신조선보』, 1945.

---

33) 권영민 편,『한국근대문인대사전』(아세아문화사, 1990)과 저서『해방직후의 민족문학운동연구』(서울대출판부, 1986), 서음출판사판『김동석 평론집』(1989), 삼성출판사판『한국해금문학전집』18(1989) 등의 연보나 작품목록, 평론목록을 보면, 서지사항에 있어 동일한 오류가 반복되고 있다. 문학연구의 기초가 되는 서지확인을 위하여 이러한 오류를 소상히 밝히기로 한다.
   위의 논저들에서 김동석의 작품으로 소개된 바 있는「현실성문제」(『중앙신문』, 46. 1. 31~2. 2),「순수문학의 정체」(『현대일보』, 1946. 4. 30),「<40년>의 교훈」(『현대일보』, 1946. 6. 18),「문단일년간의 업적」(『중외신보』, 1946. 8. 15-19),「문학써클의 성격」(『현대일보』, 1946. 8. 27~28),「문학을 지키는 길 - 백철씨의 그릇된 견해에 대하야」(『독립신보』, 1946. 11. 20),「민족해방과 문학운동」(『민보』, 1947. 3. 7~9),「문학옹호를 위한 투쟁」(『조선중앙일보』, 1948. 6. 20~27) 등은 모두 평론가 김영석(金永錫)의 글이다. 이런 오류 외에 발표 날짜가 잘못되거나, 수록지가 잘못된 경우도 있다. 이현식은 1949년 1월 1일자로 게재된 김리리와의 대담 지면이『태양신문』이라고 밝혔으나『국제신문』이 맞다.
34) 비평도 넓은 의미에서는 창작이라고 볼 수 있지만, 여기에서는 순수창작이라 할수 있는 시와 수필과 대비하여 '비평'이라고 언급하기로 한다.

11. 23), 「나는 울었다」(『자유신문』, 1946. 2. 4 및 『년간조선시집』, 1946) 네 편
이며, 시 「鳶」은 해방기에 편찬된 중등 교과서에 수록되기도 하였다.35)
시집 『길』에 수록되지 않은 유일한 시 「나비」(『우리문학』, 3호, 1945. 11.
14)에 발표되었다. 이 34편의 시 외에도 그의 수필에는 소재에 대한 감상
을 시 형식으로 형상화한 불완전한 시 4편이 있다. 『우리문학』 3호에 실
릴 예정이던 시 「나비」는 잡지가 폐간되어 자연 소개되지 않았고, 이 외
에도 수필 「창」에 실린 「창」과 「구름」, 수필 「신라의 인상」에 실린 1편
까지 4편을 합치면 김동석의 시 작품은 총 38편이 된다.

　김동석의 수필 역시 일제시대에 발표하지 않고 써둔 것들이 대부분이
다. 일제시대에 발표한 것으로 『박문』에 발표한 4편과 『신시대』에 발표
한 「당구의 윤리」까지를 포함하여, 수필집 『해변의 시』(1946. 4)에는 총
25편의 수필이 수록되어 있다. 그리고 배호, 김철수와 함께 1946년 10월
에 간행한 수필집 『토끼와 시계와 회심곡』에는 그의 수필 9편이 수록되
어 있다. 이 수필집에 수록된 수필들은 대부분 해방기에 씌어진 것들이
다. 개별적으로 발표한 수필로는 「나의 영문학관」(『현대일보』, 1946. 4. 17),
「우리 살림」(『부인』, 1946. 11), 「나의 경제학」(『조선경제』, 1946. 6), 「나의 투
쟁」(『조선일보』, 1949. 3. 10~12), 문예수필 「쉐잌스피어의 주관」(『희곡문학』,
1949. 5) 등이 있다. 여기에 필자가 찾은 「나」(『세계일보』, 1949. 1. 1)와 「봄」
(『태양신문』, 1949. 5. 1), 「新結婚論」(『신세대』, 1949. 1) 3편을 추가하면 그의
수필은 총 41편에 이른다. 이 세 편의 수필은 그의 생애와 문학을 연구
하는 데 있어서 중요하다. 「나」는 그의 일제말의 심정과 월북하기 전에
심사를 읽어낼 수 있다는 점에서, 「봄」은 그의 유년기를 보여준다는 점
과 특히 그의 어머니에 대한 생각을 보여준다는 점에서 그러하다. 「신
결혼론」은 그의 가정의 모습을 담고 있다.

---

35) 임헌영, 『분단시대의 문학』, 태학사, 1991, 101면.

창작 이외의 김동석 문학에는 여러 가지 범주의 글들이 포함된다. 이를 대상에 따라서 나누어 보면 크게 문학평론, 사회·문화비평, 외국문학연구 등으로 나눌 수 있다. 문학평론은 다시 작가론과 문학시평, 서평 등으로 나누어 고찰할 수 있다. 작가론으로는 이태준, 임화, 김동리 등 좌우익을 망라한 10명의 작가를 다룬 11편의 글이 있고, 당대 문학현상과 관련된 6편의 문학시평과 8편의 서평을 남긴 바 있다.

사회·문화비평으로는 주로 잡지 『상아탑』에 발표한 글들과 평론집에 실린 글들, 그리고 기타 신문, 잡지에 실린 글들을 합하여 대략 26편 정도의 글이 있다. 「조선문화의 현단계」라든가, 「민족의 양심」, 「대학의 이념」, 「연극평 - <달밤>의 감격」, 「사진의 예술성」 등에서 알 수 있는 바와 같이, 사회현상과 문화현상에 대한 광범위한 관심과 문제의식 속에 씌어진 이러한 글들에 김동석의 현실인식과 가치관이 잘 드러남은 물론이다.[36]

경성제국대학에서 영문학을 전공한 외국문학도답게 김동석은 6편의 중후한 외국문학 연구물을 남기고 있다. 영문학 연구로는 대학 졸업논문인 「생활의 비평 - 매슈 아놀드의 현대적 음미」를 비롯해 2편의 셰익스피어(W. Shakespeare) 관련 논문, 현대소설론에 관한 논의로 영국의 소설가 조셉 콘래드(Joseph Conrad)의 작품을 다룬 「구풍속의 인간」 등 4편을 남겼다. 그리고 당대에 서구에서 크게 주목을 받았던 사르트르(J. P. Sartre)의 실존주의에 대한 비판적인 시각을 보여준 2편의 실존주의에 대한 소개 논문도 지나칠 수 없다.[37] 외국문학 연구에 기초한 그의 비평적 안목은 이후 평론이나 여타의 글들에 튼튼한 바탕이 되는 것이다.

---

36) 이 범주에 드는 글로 필자가 새로 찾아낸 것으로는 「藝術과 테로와 謀略」(『문화일보』, 1947. 7. 15)이 있다. 부산에 파견된 문화공작단에 대한 우익테러를 비판한 글이다.

37) 「고민하는 지성 - 싸르트르의 실존주의」(『국제신문』, 1948. 9. 23~26)와 「실존주의 비판 - 싸르트르를 중심으로」(『신천지』, 1948. 10)가 그것이다.

이상의 글 외에도 그의 저서의 후기 4편과 김동리와의 『국제신문』 대
담, 신문에 기고한 성명서 형식의 글 2편, 보도기사 형식의 글 2편을 합
하여 '기타'로 묶을 수 있는 글이 9편에 이른다.

필자가 새로 찾아낸 김동석의 사회·문화비평 글로는 성명서 형식의
글 「국수주의를 경계하라」(『신조선보』, 1945. 12. 21)와 보도기사 형식의
글 「南原事件의 眞相」(『신조선보』, 1945. 12. 5~10)과 「暗黑과 光明 - 勞聯代
表團의 印象」(『대중신보』, 1947. 4. 6-9), 「문화인과 노동자 - 메이데이를 맞
이하야」(『문화일보』, 1947. 5. 1), 「세계인민의 기쁨」(『문화일보』, 1947. 6. 26)
등이 있다.

이상의 서지적 고찰에서 알 수 있듯이 김동석은 길지 않은 10여 년의
기간 동안에 창작과 비평에 걸쳐 광범위한 문학 활동을 전개했음을 확
인할 수 있다. 그러나 여기서 밝힌 작품 외에 작품의 목록만 확인하고
작품을 직접 찾지 못한 것들이 여럿 있고,[38] 멀지 않은 해방 직후의 시
기임에노 불구하고 세내로 정리, 보관되지 않온 관계로 찾지 못한 자료
들도 다소 있으리라 생각된다. 작가연구에 있어 필수적인 서지적 정리
는 이후에도 면밀하게 계속되어야 할 것이다.

서지적 고찰을 기반으로 전개될 이 논문의 체계는 김동석의 삶과 문
학을 종합적으로 아우르는 작가론을 지향한다. 그런데 문학 연구의 영
역에서 수행하는 작가론은 교훈이나 칭송을 목적으로 하는 전기와는 사
뭇 다르다. 사실에 기반하여 그의 생애사를 추적하고, 그를 통해 개인의
섬세한 내면을 들여다보며, 이것이 시대상황과 만나 빚어낸 역사적 상

---

38) 이러한 작품으로는 다음의 것들이 있다.
　　수필 「우리 살림」, 『부인』 1권 4호, 1946. 11.
　　「문학상에 나타난 '아름다운 여성'」, 『신세대』 22, 1948. 2.
　　비평 「문단의 소그룹운동」, 『서울신문』, 1946. 1. 4.
　　「평론에 대하여」, 『민성』, 1947. 10.
　　「노벨상을 받은 문학가들」, 『조광』, 1948. 12.

관물로서의 문학작품을 밀도있게 분석해야 한다. 그러므로 그것은 한 개인을 연구대상으로 한 사례연구이면서도 역사적 총체성을 지향한다. 그리고 궁극적으로는 문학사를 재기술 하려는 의도를 내포하게 마련이다. 김동석에 대한 작가론을 지향하는 이 논문은 그러므로 김동석의 삶과 문학 전반을 연구대상으로 하여 역사적 실상을 복원하되, 궁극적으로는 그의 문학을 재평가, 재음미하는 곳까지 나아갈 것이다. 따라서 이 논문의 연구방법은 그러므로 한 인물을 통한 사례연구로서의 미시적, 실증적, 심리적 분석과 함께 그 인물이 남긴 역사적 족적을 추적하는 역사주의적, 사회학적 방법을 결합한 총체적 성격을 지닐 것이다.

이하 전체적인 서술 체계를 개괄적으로 소개하면 다음과 같다. 우선 2장에서는 김동석의 생애사를 실증적으로 복원해볼 것이다. 개인사를 고찰하기 위해서는 실증적인 연구방법이 기반이 되어야 한다. 아울러 그가 성장하고 수학했던 식민지시대, 그가 문학 활동을 전개했던 해방기의 역사적 문맥이 김동석이라는 개성과 어떻게 조우하였는가를 사회사적 의미에서 살펴봐야 할 것이다.

전기적 고찰을 수행한 연후에 3장과 4장에서는 문학관의 형성과정과 그 귀결로서의 문학정신을 추적하여 볼 것이다. 그의 문학적 사유와 행적이 여타의 문인과 어떻게 다르며, 그가 경성제대에서 수학한 영문학이 수용되는 과정이라든가, 해방기라는 정치적·문화적 격동기를 그가 어떻게 받아들였는지에 대한 해명이 이루어져야 그의 문학을 이해하는 바탕이 온전히 갖춰진다고 보이기 때문이다. 주로 그의 자전적 기록과 영문학연구물, 사회·문화비평 등을 고찰하게 될 제3~4장에서 문학사회학적 검토와 함께 비교문학적 방법이 필요함은 물론이다.

5장 이하에서 본격적으로 그의 문학 작품과 활동을 다룬다. 그의 창작과 비평의 양상과 의미를 크게 세 부분으로 나누어 고찰해 보고자 한다. 먼저 식민지시대에 주로 쓴 시와 수필을 통해서 그의 문학적 감성의 토대와 함께 그 자체의 문학적 성과를 논해볼 것이다. 그런 뒤에 작가론과 민족문학논쟁, 외국문학연구의 순으로 그의 문학 활동을 검토해 나갈 것이다. 무엇보다도 해방기라는 시대적 문맥에서 그의 문학을 정독함으로써 그것이 갖는 특징과 양상을 찾아낼 수 있을 것이다. 아울러 3장에서 살핀 그의 문학관이 문학작품에 어떻게 수용되고 굴절되었는가를 살펴봄으로써 그의 문학사적 위치를 재검토하는 준거를 마련해보고자 한다.

이러한 고찰을 통해 결론에서는 논지의 정리와 함께 그의 문학사적 공과를 논의하여 볼 것이다. 이를 통해 해방기의 문학사가 김동석을 통해 보다 풍부히 밝혀지기를 기대해 본다. 문학사적 평가에 있어서는 역사주의적 관점과 현재적 시각의 긴장을 잃지 않도록 노력할 것이다.

논지를 전개함에 있어 필자가 특히 주목하는 것은, 해방기의 역사적 과제와 운명을 같이하는 민족문학의 내용과 성격이 무엇이었으며, 그것의 근대적 성취는 무엇으로 담보되는가에 있다. "자주적 통일민족국가의 건설이라는 우리 민족의 절실한 비원이 역사적 운동 속에서 일관된 동력의 하나로 되"39)면서 우리 문학사에 쟁점으로 등장한 용어가 민족문학이라고 한다면, 해방기의 문학사는 그러한 우리 문학의 비원과 전략의 원형이 간직되어 있는 시기였다. 김동석이 당대 민족문학의 수립이라는 과제에 어떠한 문학관과 실천으로 임했으며, 그 결과는 어떠한 문학사적 의미를 던져주었는지가 주목의 대상이다. 아직도 '자주적 통일민족국가의 건설'을 온전히 이루지 못한 오늘날에 있어, 민족문학에 관하여 그가 남겨준 문학적 자산과 실천적 행보는 귀중한 시금석을 제공해줄 것이라 믿는다.

---

39) 최원식, 앞의 글, 346면.

제2장

김동석의 생애

1. 출생과 성장, 수업시대

김동석은 1913년 9월 25일, 경기도(京畿道) 부천군(富川郡) 다주면(多朱面) 장의리(長意里) 403번지(지금의 인천시 숭의동)에서 아버지 김완식(金完植) 씨와 어머니 파평(坡平) 윤(尹)씨 사이의 2남 4녀 중 장남으로 태어났다. 아명은 김옥돌(金玉乭), 본관은 경주(慶州), 본적은 경기도(京畿道) 인천부(仁川府) 외리(外里) 75번지이다.[40) 그러나 김동석은 형제 중에 손위 누이 김금순(金今順)이 김동석이 태어나기 2년 전인 1911년에 사망하고, 남동생 옥구(玉求)와 여동생 옥순(玉順)도 태어나 얼마 지나지 않아 사망하

---

40) 김완식(金完植) 제적등본(제적년도 1943), 인천광역시 중구청 소장.
　　필자가 김동석의 호적을 찾게 된 경위는 이러하다. 『황해문화』에 발표된 이현식의 「김동석론」을 통해 김동석의 아명이 '金玉乭'임을 알 수 있었고, 이 아명을 가지고 인천창영초등학교(옛 인천공립보통학교)에서 김동석의 보통학교 학적부(18회 졸업, 1928)를 찾을 수 있었다. 다시 이 호적부에 명기된 김동석 부친의 성함 '金完植'을 통해 김동석의 본적지라고 추정되던 인천광역시 중구청에 가서 제적대장을 일일이 조회해본 결과, 1943년에 제적된 그의 제적등본을 찾을 수 있었다.

여 실질적으로는 1남 2녀의 장남으로 성장하게 된다.[41] 김동석이 업동
이라는 설도 있었으나,[42] 이로써 사실이 아님이 밝혀졌다.

그가 본적지인 외리(外里)에서 태어나지 않고, 지금의 수봉산 밑 숭의
동 근처인 부천군 다주면 장의리[43]에서 태어난 것은 아마도 부친의 상
업 활동이 이유인 것 같다. 김동석의 보통학교 학적부[44]를 보면 보호자
의 직업란에 "布木雜貨商"으로 나와 있다. 아마도 부친은 인천부 근교를
왕래하며 상업 활동을 했던 것으로 보인다. 이곳 장의리에서 그와 그의
동생 옥구, 옥순, 도순(道順) 등이 태어났다.

취학 전 성장기를 보낸 장의리에서의 어린 시절을 김동석은 수필「토
끼」에서 "새소리 물소리 바람소리를 듣고 자라난 나"[45]라고 회고한 바
있다. 장의리는 원래 인천부 다소면이 행정구역이었던 장사래 마을(長川
里)이 1914년 3월 1일의 부령에 의한 행정구역 개편으로 부천군 다주면
(多所面과 朱雁面의 통합명)에 편입되면서 형성된 마을이다.[46] 이 마을은
'장사래'라는 옛이름처럼, 장사천(長蛇川)이라는 긴 내가 흐르고, 우물이
많아 논농사를 하기에 적합한 곳이었다. 김동석 집안이 이곳에서 농사
를 지었는지는 확실하지 않다. 장의리가 인천부 도심에서 그리 멀지 않
은 곳이고 보면, 아마도 장사와 관련되어 정착한 곳이지 않았을까 추정
할 수 있다.

김동석은 이곳에서 자연과 더불어 마음껏 뛰놀며 성장기를 보냈다.
그의 수필에는 장의리에서 보낸 김동석의 유년을 짐작케 하는 일화가

---

41) 김완식 제적등본 및 수필「봄」(『태양신문』, 1949. 5. 1)
42) 이원규, 「국토와 문학 - 인천」, 『문예중앙』, 1988년 겨울호의 글을 통해 이런 풍문
   이 많이 확산되었다.
43) 이훈익, 『인천지명고』, 인천지방향토문화연구소, 1993, 100면.
44) 김옥돌(金玉乭) 학적부, 인천공립보통학교(18회, 1928년 졸업).
45) 김철수·김동석·배호, 『토끼와 시계와 회심곡』, 서울출판사, 1946, 69면. 이하
   『토끼와 시계와 회심곡』은 『3인 수필집』으로 약칭하기로 한다.
46) 이훈익, 앞의 책, 76~77, 100면.

여러 편에 걸쳐 나타나고 있다. 수필 「고양이」에는 네 살 때 집에서 기르는 고양이의 발톱을 가위로 모두 잘라버려 할퀴지도 못하게 하고 쥐도 못 잡게 한 이야기가 나온다. 또 「잠자리」라는 수필에는, 미리 잡은 암놈으로 수놈 잠자리를 꾀어 잡고, 이것들의 꽁지를 잘라 밀짚을 꽂아서 귀향 보내듯 날렸다는 이야기도 보인다. 수필 「나」(『국제신문』, 1949. 1. 1)에는 "나는 외아들로 멋대로 자라났고 매는 커녕 꾸즈람도 한번 변변히 들어본 적이 없다"고 회고하고 있다. 이로 보아 김동석의 유년기는 자연과 벗하면서 마음껏 뛰놀며 꿈을 키우던, 그의 말로 표현하면 "무동을 타고 장대로 하늘의 별을 따려는 아름다운 誤謬"[47]로 가득 채워진 시간이었던 것같다. 그의 시와 수필에 자주 등장하는 꽃이라든지 나무 등과 같은 자연에 대한 예찬과 풍부한 자연심성, 그리고 거기에 천진난만하게 어울리려는 동화적 상상력 등도 유년기 그의 이러한 성장환경에서 영향 받은 바가 컸을 것이다. 그의 집안이 장의리에서 본적지인 인천부 외리 75번지로 이사 간 것은 1921년 3월이니 김동석의 나이 9세 때이다.[48]

김동석의 유년기에서 특기할만한 것은, 그가 보통학교 입학 전에 서당에 다녔다는 것이다. 그의 보통학교 학적부 <입학전 경력>란을 보면 "書堂"이라고 명기되어 있다.[49] 서당교육은 아마도 장의리에서부터 시작해서 1922년 인천공립보통학교(仁川公立普通學校)에 입학하기 전까지 삼사 년간 계속되었을 것으로 추정된다. 근대적 문물이 흘러넘치는 인천에서 성장하였고, 보통학교에 입학한 뒤로는 줄곧 근대적 교육만을 받았던 그였지만, 서당교육을 통해 그는 동양의 인문적 전통에도 친연한 기반을 마련할 수 있었던 것이다. 이 점은 영문학을 전공한 그가 비

---

47) 「크레용」, 『해변의 시』, 박문출판사, 1946, 118면.
48) 김완식 제적등본.
49) 김옥돌 학적부.

평에서 어떻게 그처럼 동양의 인문적 전통에 깊은 이해를 가지고 있었
는지를 설명할 수 있는 단초가 된다. 서당에서의 한학 수학은 이후 그의
문학 활동에 큰 재원이 되는 것이다.

김동석이 인천공립보통학교50)에 입학한 것은 1922년 4월로, 그의 나
이 10세 때의 일이다. 다소 늦은 입학이었다. 아버지가 경동(京洞) 134번
지의 상가에 포목잡화점을 경영하여 집안이 경제적으로도 점차 안정되
어가던 시기에 시작된 이후의 학창시절은 소년 김동석에게 "나팔꽃 넝
쿨처럼 뻗어가는"51) 꿈을 키우던 시기이다. 크레용을 사주지 않는 아버
지를 원망하며 내손으로 크레용을 만들겠다고 초에다 물감을 들이려 했
던 보통학교 1학년 때의 기억이라든가(수필 「크레용」), 월미도에서 갈매
기와 白帆과 수평선을 바라보며 '望美人兮天一方'하던 낭만과 동경을 키
우던 일(수필 「해변의 시」), 사기등잔불 밑에서 방바닥에 배를 깔고 『어린
이』니 『별나라』를 읽던 일(수필 「나의 서재」), 시계포가 많던 동네를 나다
니며 미지의 세계를 꿈꾸던 일(수필 「시계」), 애관에서 보았던 활동사진
의 영향(수필 「토끼」) 등은 모두 소년 김동석에게 삶의 귀중한 자양분이
되었을 것이다.

그의 집안은 구두쇠로 유명했던 아버지와 그 곁에서 고생하시는 어머
니 사이에서 그리 정이 넘치는 화목한 집안은 아니었던 듯하다. 때론 이
런 아버지에게 강한 불만을 나타내기도 했고, 어머니를 몹시 불쌍히 여
기기도 했다.52) 가정에서의 아버지의 절대적 군림과 경제적 절제의 강

---

50) 이현식의 논문에는 '인천창영공립보통학교'를 다녔다고 소개했으나, 김동석이 학
   교생활을 할 당시는 '인천공립보통학교'이다. 『창영팔십오주년사』(총동문회 편,
   1992) 학교연혁 부분 참조.
51) 수필 「나팔꽃」, 『해변의 시』, 14면.
52) 여러 편의 수필에 그의 가정에 대한 소개가 나온다. 수필 「나의 경제학」(『3인 수
   필집』, 90-91면)에는 아버지에 대한 김동석의 생각이 소상히 소개되고 있다. 때론
   그런 구두쇠 아버지에게, 민족을 착취해서 돈을 모았다는 불만을 나타내기도 했
   으나, 돌아보면 아버지의 생애는 참 양심적인 소시민의 그것이라고 말하고 있다.

요는 성장기의 그에게 의외로 커다란 영향을 주었던 것으로 생각된다. 그의 글에 일관되게 보이는 봉건적 관념에 대한 강한 회의와 거부의식은 여기에서 싹튼 것으로 생각된다.53) 아버지의 수전노와 같은 치부에 대한 강한 불만이 이후 그를 자본주의 사회에 대한 거부의식으로 일정하게 이끌고 갔을 것이다.

그러나 "중류이상 가정의 외아들"54)로 성장한 김동석의 학창시절은 평탄한 것이었다. 그리고 그의 성격은, 수필의 일화들과 회고담을 보건대, 야무지면서도 자존심이 세고 남달리 강한 주체의식을 가진 성격의 소유자였음을 알 수 있다. 학교 성적 또한 대단히 우수해서, 체조과목을 제외하고는 거의 모든 과목이 전학년에 걸쳐 만점에 육박하고 있다.55)

김동석이 보통학교를 졸업하고 인천상업학교(仁川商業學校, 인천고등학교의 전신, 이하 '仁商')에 입학한 것이 1928년이다. 그가 우수한 성적에도 불구하고 상업학교에 진학하게 된 것은 아마도 부친의 경제적 고려에서 나온 권유에 의한 것으로 짐작된다. 수필 「봄」에는 그가 서울로 통학하는 학생들과 동창생들에 대한 부러움과 자기 자신의 옹졸한 처지를 토로하는 회고담이 보인다. 경제적인 문제를 고려한 아버지의 권유로 그가 仁商에 입학한 것임을 이로써 유추할 수 있다.

그가 중학교 과정인 仁商에 입학하던 1928년은 조선에서 한창 학생운동이 맑시즘의 영향을 받아 조직적이고도 치밀하게 전개되던 시기였

또 수필 「봄」에는 "사환아이 하나 두지않고 구멍가개를 꼭 혼자서 보셨고 안에는 더군다나 남의 사람을 두실리 없었다. 장작은 헤프다해서 왕겨만 사셨다. 그러니 아들 하나 딸 둘을 기르는 어머니를 도와 드려야겠다는 생각이 날 수밖에." 라고 기록하고 있다. 이 글은 또한 그의 "불상한" 어머니에 대한 유일한 기록을 담고 있는 글이다. 그러나 새로 찾은 수필 「신결혼론」(『신세대』, 1949. 1)에서는 그런 어머니보다 아버지를 좋아했다고 말하고 있다.
53) 수필 「나」, 『세계일보』, 1949. 1. 1 참조.
54) 수필 「신결혼론」, 57면.
55) 김옥돌 학적부.

다.56) 우수한 성적을 유지하면서도 다방면에 다재다능했던 김동석57)이 맑시즘의 세례를 받았으리란 추측은 그러므로 자연스럽다. 그 연장에서 행동으로 나아가는 것 또한 시대적 분위기와 그의 기질을 생각하면 수궁이 가는 바이다. 그는 실제로 3학년 때인 1930년 겨울에 친구 김기양(金基陽), 안경복(安景福) 등과 광주학생의거 1주년 기념식을 주도하여 학교를 그만두게 된다. 1년 3학기제인 학교를 3학년 2학기까지 수료하고 퇴학처분 당하게 된 것이다.58) 그러나 당시의 교장 향정최일(向井最一)의 추천과 편입 시험을 거쳐서 서울의 인문계 학교인 중앙고등보통학교(中央高等普通學校)에 전학하게 된 것이 1932년 봄의 일이다. 그러나 이때의 시위 경험은 이후 김동석의 인생에 적지 않은 의미를 지니는 것이다. 그의 문학 활동에서 보이는 민족적 자각과 맑시즘적 세계관은 아마도 이때의 경험에서부터 서서히 형성되었던 것으로 생각된다. 어렸을 때부터의 아명인 '김옥돌'을 '김동석(金東錫)'으로 개명하고,59) 이후 16년간 서울의 학교와 직장을 기차를 타고 다니게 된 것도 이때부터이다.60)

仁商으로부터 중앙고보로의 전학은 그의 인생에서 커다란 전환점이 된다. 막연히 동경하던 경성이라는 보다 큰 세계로 나아가는 계기가 되었기 때문이다. 그리고 그가 중앙고보를 24회로 졸업하고, 그 학교에서는 유일하게 당시 입학하기가 낙타가 바늘구멍에 들어가기보다 어렵다는 경성제국대학교(京城帝國大學校)에 거뜬히 입학한 것이 1933년이다.61) 경성제국대학으로 입성한 것 또한 청년 김동석의 삶에 새로운 전기가 된다. 그는 이곳에서 근대적 학문을 연마하는 동시에 새로운 친구들을

---

56) 김동춘, 「1920년대 학생운동과 맑스주의」, 『역사비평』 1989년 가을호 참조.
57) 이현식, 앞의 글, 215면의 김진환 옹과의 인터뷰에서 재인용.
58) 이현식, 앞의 글, 215~216면.
59) 김완식 제적등본.
60) 배호, 「序」, 『예술과 생활』, 박문출판사, 1947, 3면.
61) 중앙교우회, 『회원명부』, 96면 ; 이충우, 『경성제국대학』, 다락원, 1980, 208면.

사귀고 민족적 현실에 대한 고민과 청년으로서의 꿈을 설계하며, 전국 각지뿐만이 아니라 일본으로까지 수학여행62)을 다녀오는 등 견문도 넓히고 젊음을 만끽하게 되는 것이다.

주지하다시피 경성제대는 3 · 1운동 이후 팽배해진 민간의 민립대학 운동을 제국주의 일본이 저지하고, "皇國의 道에 基礎하여 國家思想의 涵養 및 人格의 陶冶에 유의하며 그로써 국가의 柱石이 됨에 족할 수 있는 忠良有爲의 皇國臣民을 鍊成함"63)을 제1의 목적으로 했던, 식민지 문화통치의 일환으로 설립된 9개 제국대학 중 6번째로 설립된 제국대학이었다. 그러나 경성제대는 일제의 뜻대로 단지 황국신민을 기르는 역할에만 충실했던 것은 아니었다. 이미 1931년 터져 나온 반제동맹 사건에서 알 수 있듯이 1926년 설립 이후 줄곧 다른 어느 학교에 못지않은 강한 맑시즘의 전통을 지녀왔던 곳이다. 그러하기에 이곳 출신의 맑시스트들 예를 들면, 김태준이라든가 이강국, 신남철, 최용달, 박치우 등의 이론가들을 배출하기도 했던 것이다.64) 식민지 문화통치의 방편이라는 특수성과 학문 일반이 지니게 되는 근대적 합리성의 추구라는 보편성 사이에 위치한 것이 경성제국대학의 성격이라면,65) 당시 전교생의 40%가 채 못되는 조선인 학생들에게는 전자 특수성의 측면이 어떤 식으로든 간과될 수는 없었을 것이다. 문제는 그 양자 사이의 긴장과 갈등을 각 개인들이 어떻게 설정하고 풀어나가느냐 하는 데 있다.

그러나 김동석이 입학할 당시는 이미 만주사변이 일어나고 시운이 불리하여졌음은 물론, 경성제대 내의 자유스러운 학풍도 반제동맹사건과 미야케(三宅鹿之助) 교수 사건 등으로 하여 점차, 지사로의 길과 입신양명

---

62) 「북조선의 인상」, 『문장』 8호, 1948. 7, 124면.
63) 泉靖一, 「구식민지 제국대학교」, 김윤식, 『한국근대문학사상연구』 1, 일지사, 1984, 211면에서 재인용.
64) 이충우, 앞의 책 참조.
65) 강삼희, 「유진오 문학 연구」, 서울대학교 석사논문, 1994, 11면.

의 길이라는 두 극단만이 선택가능하게 되는 지경에 이른 때였다.[66]

그렇다면, 청년 김동석에게 있어 경성제대의 의미는 무엇이었을까. 仁
商 시기의 다분히 유아적이던 민족의식은 대학입학을 앞두고 입신양명
에의 현실적 선택과 직면하여 일정하게 굴절될 수밖에 없었다. 그것은
아버지의 바람이었거니와 엄혹한 식민지적 현실에서 수재인 그에게는
출세를 보장해주는 길이었다. 그래서 그는 확실한 장래가 보장되는 문
과 A조에 입학하였다. 그러나 김동석은 혁혁한 투사는 되지 못할지언정
시세에 야합하여 자신을 몰각하는 사이비 지성이 되기를 거부했던 것이
니, 그가 예과 2년을 마치고 본과에 진학할 때 식민지 관료로의 출세가
보장되는 법학 전공의 문과 A조를 버리고 영문학을 선택한 것은 자못
의미심장하다.[67] 그리고 이로부터 그의 문학 역정은 시작된다고 여겨진
다. 워낙에 "예술을 좋아했다던 기질"[68]에 더하여, 그는 점차 열악해져
가는 일제말의 현실에서 "외국문학에의 그들의 목마름을 풀어 주는 어
떤 요소"[69]를 돌연 영문학에서 발견했고, 그 속에서 매슈 아놀드의 비
판정신과 교양정신을 배웠으며, 셰익스피어 등과 같은 영문학 연구로
자신의 입지를 세웠나갔던 것이다.

그의 대학 생활은, 대학시절 가장 절친한 벗이었던 배호[70]의 『藝術과
生活』서문에 잘 표현되어 있다.

君은 京城仁川間을 十六年間이나 汽車通學을 하고 大學에서는 法科를
집어던지고 文科로 轉向하야 英文을 專攻했지만 英語보다 日本말보다 무

---

66) 이충우, 앞의 책, 206~212면.
67) 배호, 앞의 글, 3면 ; 이충우, 앞의 책, 206면.
68) 이현식, 앞의 글, 216면.
69) 佐藤淸,「경성제대 문과의 전통과 그 학풍」, 김윤식, 앞의 책, 406면.
70) 노성석과의 관계는 해방 후 잡지『상아탑』을 내는 과정에서 남다른 사이임을 알
    수 있으며, 배호와의 관계는 평론집『예술과 생활』의 서문을 통해서 알 수 있다.
    그들은 모두 경성제대 예과 10회 동기생들이었다.

엇보다 가장 朝鮮말을 사랑하고 能熟하였다. 나는 그를 觀察컨대, 十六年
間의 汽車通學에서 科學을 배우고 意志力을 닦고, 仁川海邊가에서 詩精神
을 길르고, 卒業論文 매슈 아놀드硏究에서 批判精神을 배우고, 卒業後에는
쐑스피어에서 詩와 散文의 原理를 發見했다고 생각한다.

　그는 學生時代에 '퓨리탄'이니 '아스파라가스'니하는 別名이 있었는데,
물론 이것을 붙인 자는 바카스의 後裔들이었지만, 가장 적절하게 그의
性格과 生活을 象徵한 表現이라고 생각한다.[71]

　해방 이후의 문학적 행보를 줄곧 같이한 배호의 언급에서 간명하게
드러났듯, 김동석에게 있어 대학시절은 한마디로 비판적 지식인이 되기
위한 수련기였다. 그리고 그러한 수련의 목적이자 방법으로써 영문학에
몰두했던 것이며, 그 갈피 사이에서 문학을 발견하고 열정을 조금씩 키
워나갔던 것이다.

2. 식민지시대의 행적

　김동석의 공식적 문학 활동은 대학시절에 시작된다. 대학 재학 중인
1937년 9월에 발표한 최초의 글 「조선시의 편영」은 김동석이 학위논문
으로 연구하고 있던 매슈 아놀드(1822~88)의 문학관에 기대어 당대의 한
국 현대시를 비평한 글이다. 서구 비평이론의 소개에 머물거나 기껏해
야 서구이론으로 조선문학의 왜소함을 불평하던 이전의 연구관행에 비
하여 김동석은, 조선시에 애정을 가지고, 대학에서 배운 것과 그것을 나
름으로 소화하여 애정 어린 비평을 시험하고 있는 것이다. "否定만을 일
삼는 것은 批評의 本道가 아니다"[72]라고 비평관을 피력하고는 조선의

---

71) 배호, 앞의 글, 3~4면.
72) 「조선시의 편영」, 『동아일보』, 1937. 9. 9.

고전문학인 한시와 시조의 공과를 논하고, 그것을 극복한 현대 조선시의 좋은 예를 살피려고 노력한 시험적 비평의 성격을 지닌다. 그가 이러한 논의를 전개함에 있어 아놀드의 "비평이란 세계에서 가장 조흔 지식과 사상을 추구하며 또 그것을 전파하려는 공정무사한 노력"[73]이라는 비평관에 힘입고 있음도 사실이나, 동시에 그는 서양 이론에만 추수하지 않고 논어의 덕성론[74]에 젖줄을 대고 있는 것도 특기할만하다. 해방기 그의 비평의 편영을 이미 이 논문에서 찾을 수 있거니와, 이 짤막한 비평문은 그가 대학에서 배우고, 고민하며 얻은 자신의 문학관과 지향을 잘 드러낸 문제작이라 생각된다.

그러나 당시의 시운(時運)은 이미 1937년 일제의 중일전쟁 도발과 전시체제라는 급전직하와도 같은 추락에 직면하고 있었다. 식민지 지식인 김동석이 그의 평필을 자유롭게 놀리기에는 이미 시대 상황이 닫혀 있었다. 그 결과 김동석은 이 짧은 비평문을 시험한 데 그치고, 이후로는 생활 속으로 침잠하게 된다. 그러한 생활의 가운데에서 기껏해야 "생활과 예술의 샛길"[75]에서 나온 수필이나 시를 짓는 데에 그의 문학적 열정을 바쳤던 것이다.

1938년에 경성제대 본과를 마치고, 졸업논문 「매슈 아놀드 연구」[76]를 쓰고 난 이후, 대학원에 진학하여 학문 연구의 길로 나아간다.[77] 이후 5년간의 대학원 과정에서 그는 셰익스피어를 깊이 연구한다. 이제 어설픈 외국문학에의 목마름을 지나 본격적으로 세계와 문학을 바라보는 시각을 학문의 탐구 속에서 갈망하기에 이른 것이다. 그가 셰익스피어 연

---

73) 『동아일보』, 1937. 9. 14.
74) 『논어』 「顔淵」편에 나오는 공자의 "君子 成人之美, 不成人之惡, 小人反是"를 차용하여 논하고 있다. 『동아일보』, 1937. 9. 9.
75) 「『해변의 시』을 내놓으며」, 『해변의 시』, 127면.
76) 배호, 앞의 글, 3면.
77) 「『해변의 시』를 내놓으며」, 127면.

구에서 무엇을 찾았는지는 해방기에 발표된 「뿌르조아의 인간상」78)에 잘 나타나 있거니와, 매슈 아놀드와 함께 셰익스피어 문학은 그의 문학관과 인생관에 방향키가 되는 것이다.

대학원에 진학함과 동시에 모교인 중앙고보에 영어 촉탁교사로 부임하여 직업을 갖기도 한다.79) 본격적으로 사회에 첫발을 내딛게 된 것이다. 그는 이곳에서 영어를 가르치며 교편을 잡은 지 얼마 지나지 않아 중앙고보의 교주 김성수의 초빙으로 재차 보성전문학교(普成專門學校, 지금의 고려대학교)에 전임강사로 출강하게 된다.80) 1939년 무렵으로 추정되는 普專 강사로의 나아감은 그에게 "보성전문에서 10년 가까이 대학을 꿈꾸던",81) 나름의 기대로 설레던 행보였을 것이다. 해방될 때까지 그는 이 학교에서 교편을 잡았다. "대학은 민족의 두뇌"82)라는 표현은 그가 강단에 설 때의 각오의 일단을 드러내는 말로 생각된다. 그러나 그의 이런 기대와 각오가 성취되기에는 역시 일제말의 시운이 너무도 불리하였다. 일제는 1941년 태평양 전쟁을 도발한 후 보성전문에 대해서도 억압과 간섭을 가하여 1942년부터는 '일본학'과 '군사교련'을 교과에 집어넣고, 급기야 1944년에는 학교명을 '경성척식경제전문학교'로 바꾸는 등의 탄압을 가했던 것이다.83)

김동석의 교육에의 꿈도 이처럼 스러졌으니, 교육과 문학의 새중간에서 그는 소시민적 일상에 안주하거나 아니면 자연이나 서책에로의 도피 아닌 도피로, 그의 말마따나 "무저항의 저항"84)에 머무는 창백한 지식인으로 매운 시절을 감내한다. 그리고 그러한 "생활의 잉여"85)에서 나

---

78) 『뿌르조아의 인간상』(탐구당, 1949)에 수록됨.
79) 이현식, 앞의 글, 219면.
80) 같은 곳.
81) 「대학의 이념」, 『뿌르조아의 인간상』, 254면.
82) 「대학의 이념」, 252면.
83) 신용하, 「일제하 인촌의 교육운동」, 『평전 인촌 김성수』, 동아일보사, 1991 참조.
84) 「『길』을 내놓으며」, 『길』, 정음사, 1946, 71면.

온 것이 그의 시와 수필이다. 詩는 「조선시의 편영」에서 본 것처럼, 그
의 조선시에 대한 애정에서 그 스스로 "위기에 처한 조선문화를 생각다
못해 발표한것"[86]이라 하는데, 일제시대에는 발표치 못했던 것들이 나
중에 시집『길』에 수록되었고, 수필 역시 소시민적 생활 속에서 나온 자
기 고백적 생활수필들로 대부분『해변의 시』에 수록되었다.

"그대의 길을 가라. 그리고 사람들로 하여금 떠들게 내버려두라"[87]
했던 유아독존적 좌우명을 대학시절부터 아로새겼다던 그가 "산마루에
외로히 서서 하니바람에 얼고 떠는 나무"[88]로 견딜 수밖에 없었던 시기
가 일제 말이었다. 그래서 그는 골방에서 한글로 시와 수필을 마치 "지
하운동"[89] 하듯이 썼던 것이다. 그나마 발표한 것으로는, 대학동창 노성
석의 도움으로 수필 전문지『박문』지에 수필 4편을 발표한 것과『신시
대』지에 「당구의 윤리」를 발표한 것이 전부이다.[90]

1940년 들어서 함흥 출신의 인텔리 여성 주장옥(朱掌玉)과 결혼한다.[91]
결혼과 동시에 평소 그가 소원하던 자그만 마당이 딸린 집을 경정(京町)
145번지에 마련하기도 한다.[92] 결혼생활은 당시의 암울한 심사를 덜어
주는 안식처가 된 듯하다. 다정히 처와 월미도를 산책하기도 하고,(수필
「해변의 시」) 꽃과 나무를 키우며 일상에 파묻히기도 했으며,(수필「꽃」,「나
의 정원」) 서책과 음악에 묻혀 조용히 현실을 잊어보려고도 했다.(수필「나
의 서재」)

---

85) 김철수, 「머리ㅅ말」,『3인 수필집』, 3면.
86) 「『길』을 내놓으며」, 71-72면.
87) 「『길』을 내놓으며」, 71면.
88) 「『길』을 내놓으며」, 같은 면.
89) 배호, 「跋」,『3인 수필집』, 145면.
90) 참고로 발표된 수필 목록을 밝히면, 「고양이」(40. 3), 「꽃」(40. 7), 「녹음송」(40. 8),
    「나의 豚皮靴」(41. 1) 등이『박문』에 발표되었고,『신시대』1권 5호(1941. 5)에 「당
    구의 윤리」가 발표되었다. 해방이 되고나서 모두『해변의 시』에 수록되었다.
91) 김완식 제적등본.
92) 김완식 제적등본.

결혼 이듬해인 1941년에는 장남 상국(相國)을 얻는다. 그러나 상국은
병약하여 이듬해 병원에서 사망한다.[93] 자식을 잃고 난 아픔은 그의 처
를 시의 화자로 쓴 시 「비애」에 잘 나타나 있다. 부부는 곧 그 아픔을
잊고자 경성부(京城府) 종로구(鐘路區) 당주정(唐珠町) 114번지에 단칸 셋방
을 얻어 상경한다. 그리고 이곳에서 둘째 아들 상현(相玄)을 얻는다.[94]
부친의 제적등본에는 보이지 않는 삼남은 아마도 해방 이후에 얻었을
것으로 짐작된다.[95]

부친이 사망한 것은 1943년이다.[96] 부친의 사망과 함께 부친이 남긴
재산을 가지고 그는 마치 현실을 잊으려는 듯 은둔처럼, 시흥군 안양면
석수동 안양풀(pool) 앞 나무 많은 곳에 문화주택을 구입하여 이사한
다.[97] 해방이 될 때까지 그는 이곳의 자연에 묻혀 생활한다.

일제 말 김동석의 이력에서 특기할 만한 것은 그가 조선연극협회(朝鮮
演劇協會)의 상무이사를 지냈다는 것이다. 그러나 이러한 사실은 당시의
공식적인 기록에서는 찾을 수가 없다.[98] 다만 고설봉의 증언에 의하면,
김동석이 1943년부터 조선연극문화협회(朝鮮演劇文化協會)의 상무이사를

---

93) 김완식 제적등본.
94) 김완식 제적등본.
95) 「신결혼론」, 57면에 "오늘날 健康한 아들이 둘이나 있고"라고 한 언급에서 알 수
    있다.
96) 김완식 제적등본.
97) 수필 「나의 경제학」, 『3인 수필집』, 89면 ; 「북조선의 인상」, 131면.
    지금의 안양유원지 근처인 석수동은 관악산과 삼성산이 어우러진 수려한 산세와
    맑은 물로 인해 서울 근교의 위락지로 정평이 나있던 곳이며, 1932년에는 삼성천
    에 석수동수영장을 만들기도 했던 곳이다. 『안양시지』, 안양시지편찬위원회, 1992.
    666~8면.
98) 백철, 『문학자서전』 하권, 박영사, 1975. 311면에 그런 기록이 보인다. 그러나 당
    시『매일신보』(40.12. 23)의 기사나『삼천리』(1942. 4)「新らしき '文化團體'의 動
    き」기사에도 그의 이름은 보이지 않는다. 그 대신 상무이사는 김관수로 나와 있
    다. 조선연극협회가 1942년 7월 조선연예협회와 통합한 뒤에 설립된 조선연극문
    화협회의 상무이사도 역시 김관수이다. 보다 자세한 것은 이두현,『한국신극사연
    구』, 증보판 ; 서울대출판부, 1990 참조.

맡아서, 조선인 연극 중에 황민화에 철저하지 못한 대본들을 눈감아 주는 나름의 배려를 했다고 기억하고 있다.[99] 기억에 의한 것이라 신빙성이 다소 의문스럽기는 하나, 1940년부터 조선연극협회와 조선연극문화협회의 상무이사를 맡아보던 김관수가 1944년에 다까이(高井) 사건에 연루되어 검거되었다는 정황을 감안하면,[100] 김동석이 1944년 무렵부터 상무이사를 맡아본 것은 사실인 것 같다. 1947년『문화』창간호에 수록된 최상도의 글에도 김동석이 "日帝때 班長(區長) 노릇한 政治經驗 演劇文化協會하던 文化經驗 官學나온 學者經驗만 가지고 最勝 指導理論者然"한다고 비판하는 문구가 보인다.[101] 서연호 교수의 저술에도, 당시 보전 교수였던 김동석이 연극문화협회에 김상진 다음으로 상무로 앉게 되었다고 밝히고 있다.[102] 그렇게 된 데에는 김동석이 경성제대 출신이고 대학원에서 셰익스피어 희곡을 전공했던 것이 크게 작용했을 것이다. 또한 당시 연극협회가 경성제대 교수인 가라지마(辛島驍)에 의해 조종되었다는 점과, 검열부서 총독관방 정보과의 검열관이 경성제대 문학부 출신의 노무라(野村)(조선인 鄭某)라는 자였다는 것,[103] 김동석의 보통학교와 仁商 후배며 유명한 극작가였던 함세덕과의 평소 교우[104] 등을 통해서도 전혀 수긍하지 못할 바는 아니다. 그러나 김동석이 조선연극인들이 대거 참여한 현대극장(現代劇場)이나 그것의 부설기관인 국민연극연

99) 고설봉 증언·김미도 정리, 「증언으로 찾는 연극사 - 국민연극시대」, 『한국연극』 1992년 5월호.
100) 고설봉 증언, 앞의 글, 45면.
101) 최상도, 「사상과 현실 - 문화인에게 보내는 적은 공개장」, 『문화』 창간호, 1947. 4, 48면.
102) 서연호, 『한국근대희곡사』, 고려대출판부, 1994, 292면. 그러나 서연호 교수는 이 사실에 대한 구체적 근거는 제시하지 않고 있다.
103) 서연호, 앞의 책 ; 고설봉 증언, 앞의 글 참조.
104) 수필 「시계」, 『해변의 시』, 79면에 함세덕과의 만남에 관한 일화가 소개되어 있다. 해방기에도 그와 함세덕과는 문화공작대 일을 같이 하는 등, 학창시절부터 줄곧 친분관계가 유지되었던 것으로 생각된다.

구소(國民演劇研究所)에 전혀 참여하지 않은 점, 해방 후에 그가 누구보다
도 앞장서서 문학인의 친일잔재 청산을 소리 높여 고창하고 비교적 솔
직히 자신의 처신을 반성한 중에도, 그 스스로 이러한 활동에 대해서는
전혀 언급하지 않는 점 등에서 볼 때, 1944년 여름의 짧은 기간 동안, 그
것도 매우 형식적인 자리에 잠시 머물러 있었던 듯하다. 그 또한 어쩔
수 없이 일제말의 수모를 받아들이지 않을 수 없었던 것이다.

3. 해방기의 활동과 월북

김동석은 해방을 안양에서 맞았다. 소시민적 일상에 안주하며 수필가
임을 자처하고,[105] 수필과 시로써, 꽃과 책, 음악으로 울분을 달래던 그
에게도 해방은 감격 그 자체가 아닐 수 없었을 것이다. 「학병 영전에서」
라는 시에는 김동석의 해방을 맞는 심정이 잘 드러나 있다.

> 학병 영전에서
> 나는 울었다.
>
> 약하고 가난한 겨레
> 아름다움이 짓밟혀 슬픈 땅
> 조선의 괴로움을 안고
> 눈물을 깨물어 죽이며
> 마음에 칼을 품고 살아왔거늘
>
> 불의의 싸움터로
> 그대들 목 매여

---

105) 수필 곳곳에서 그는 자신을 수필가로 자처하고 있다.

왜노한테 끌리어 갈 때도
나는 울지않은
악독한 마음을 가진 놈이었거늘

그대들 돌아와
왜노를 쫓고
독사 숨은 풀밭을 갈어
꽃씨 뿌리며
새로운 조선을 노래할 때도
나는 모른척 도사리고 앉아있었거늘

아아 이 어인 눈물이냐,
마음에 품었던 칼을 번득여
독사를 버히라.

겨레의 피를 빠는 징그러운 배암,
저 독사가 보히지 않느냐
쌍갈래 갈라진 혀ㅅ바닥이
낼름거리는것을 보라.

그러나 나는 울었다
울기만 한것이 원통해서
나는 또 흐느껴 울었다.
　　　　　— 「나는 울었다 – 학병 영전에서」(『자유신문』, 1946. 2. 4) 전문

　그는 이처럼 일제시대 골방에서만 쓰던 시를 가지고 해방의 벅찬 감
격을 노래하고 있다. 1946년 문학가동맹 시부위원회에서 펴낸 『年刊朝鮮
詩集』에 수록된 위 시에서 김동석이 흘리는 눈물은 원통함과 함께 분노
가 서려 있다. 그러나 "달밤을 대낮이라 우겨가며 / 술 먹고 춤 추던 무
리들"(시 「눈은 나리라」)이 설치던 모진 일제시대를 벗어나 이제 조국은
식민지가 아니라 해방조선이 된 터이니, 식민지 치하에서 숨죽이며 하

고 싶은 이야기조차 마음대로 할 수 없었던 김동석에게는 이제 원통과 분노를 넘어서 "해방의 붉은 태양은 산 넘어 있다"(시 「산」)는 그 산을 향해 거칠 것 없이 나아가게 되는 것이다.

그러나 해방을 맞아도 일본군대가 남아있는 어수선한 시국이 계속되었고 정국은 혼미를 거듭하였다. 좌우익의 갈등은 이제 미군의 진주로 하여 점차 날카롭게 긴장되어갔고, 제정당, 사회단체들이 저 나름의 색깔과 노선을 가지고 우후죽순처럼 난립하였다.106)

이러한 상황에서 김동석이 제일 먼저 겪은 일은, 안양에서 일인 경찰에 체포되어 생사가 불명인 조선청년 문제를 항의하려 경찰서에 갔다가 친일파 방위대원들에게 테러를 당한 일이었다. 그 후 두어 달 가량을 안양에서 온몸으로 제국주의 소탕을 위해 선전삐라를 작성하는 일에 몰두한다.107) 그는 누구보다도 적극적으로 "글보다 더 급한"108) 현실로 달려갔던 것이다. 해방과 함께 그는 줄곧 재직하던 보성전문도 그만둔다.109)

그러나 그에게는 해방이 무엇보다도 "아편에 인이 배기듯"110)한 문학을 마음껏 할 수 있는 자유로 여겨졌다. 그는 곧 안양을 떠나 정치적, 문화적 심장부인 서울에 들어선다. 그리고 몇 편의 시를 발표한 후,111) 자신의 사재 일부와 대학동창 노성석의 도움으로 잡지 『象牙塔』112)을

---

106) 김남식, 『남로당연구』, 돌베개, 1984 참조. 이하 이 논문에서 해방기의 시대적 상황에 대한 설명은 이 책에 많이 의존하였음을 밝혀둔다.
107) 「『예술과 생활』을 내놓으며」, 『예술과 생활』, 228면.
    이러한 활동의 연장에서 씌어진 글이 새로 찾은 「南原事件의 眞相」(『신조선보』, 45. 12. 5~10)이다. 해방 직후 남원에서의 인민위원회와 일본잔당 및 군정 간의 각축상황을 기록한 보고형식의 글이다.
108) 「『예술과 생활』을 내놓으며」, 227면.
109) 「대학의 이념」, 『예술과 생활』, 254면.
110) 「대학의 이념」, 228면.
111) 시 「알암」(『한성시보』, 45. 10), 「경칩」(『신조선보』, 45. 11. 14), 「희망」(『신조선보』, 45. 11. 23) 등을 발표한다.
112) 『상아탑』은 1945년 12월 10일에 주간으로 창간되어 4호까지 발간하다가 5호부터 월간으로 전환하여 1946년 7호로 종간하였다. 성암잡지도서관에 복사본으로

창간하기에 이른다.113)

1945년 12월 10일에 창간된 46배판 크기의 잡지『상아탑』의 창간사에서 그는 문화인에 의한 조선문화의 건설을 주장한다. 그 지향은 이성과 생명의 약동으로 충만한 '상아탑'으로 표상되고 있다. 그는 이곳에서 몸소 조선문화의 건설을 향해 "詩彈을 내쏘고",114) 문화의 씨를 뿌리기를 게을리 하지 않았다. 비록 일제시대에 본격적인 문학 활동을 전개하지 못하고 숨죽였던 그였지만, 해방과 함께 그는 문화건설의 최전선으로 상아탑의 이상을 가지고 달려 나왔던 것이다. 이미 33세의 나이에 이른 그였기에 해방을 맞는 각오는 남달랐던 것이다.

해방기 김동석의 행적에서 또 한 가지 새로이 밝혀진 사실은 그가 1946년 초, 그러니까 상아탑을 한창 주재하던 때에, 경성대학(경성제대의 후신) 부설의 중등교원양성소에서 강사로 강의를 했었다는 점이다.115) 남광우 선생님과의 인터뷰에 의하면, 그는 이곳에서 그의 대학 동기인 우형규 등과 함께 예비교원들을 상대로 교양강좌를 했었다고 하는데, 평소에 수강생들이 생각했던 대학 강사의 모습과는 달리 책상에 올라앉아 강의를 하기도 하고, 공맹(孔孟)을 자본주의의 옹호론자들이라 해서 거침없이 비판하는 등의 생소한 모습을 보여주었다 한다. 새나라 건설을 향한 그의 다양한 노력이 교육계에서도 경주되었음을 알 수 있게 해주는 증언이다.

짧은 해방기 문학사 5년 동안에 거침없이 전개되는 그의 이후 문학 활동의 전모를 여기에서는 ① 문화적 투쟁기(1945. 8. 15 ~ 1946. 7) ② 정치

남아있는 이 잡지는 그후 영인본으로 간행되었다. 상아탑사의 사무실은 처음에는 서울시 황금정(黃金町) 1정목(丁目)에 있다가, 월간으로 전환하면서 2정목으로 옮긴 듯하다. 주간은 배호가 맡았다. 김동석의 시사컬럼이 매호 표지에 실리고, 배호, 함세덕, 김철수, 오장환, 이용악, 청록파 시인들의 글과 시가 주로 실렸다.

113) 이현식, 앞의 글, 222면.
114) 「시를 위한 시」, 『예술과 생활』, 54면.
115) 남광우 선생님과의 인터뷰.(1994. 9. 30)

적 투쟁기(1946. 7~1948. 8) ③ 분단·월북기(1948. 8~?)의 3기로 나누어 개괄적으로 살펴보도록 한다.116)

1945년 8월 15일 해방에서부터 미군정의 좌익에 대한 탄압이 강화되고 이에 따라 남로당이 신전술을 채택하게 되는 1946년 7월까지를 그의 해방기 문학 활동의 1기로 볼 수 있다. 김동석이 잡지『상아탑』을 창간하여 종간호인 7호가 발간된 1946년 6월까지의 시기와 대략 일치한다. 문학의 독자적 역할을 강조하고, 조선문화의 건설을 주목적으로 했던 사회평론과 문학비평, 작가론 등을 주로『상아탑』과 여타 신문에 발표한 이 시기를 문화적 투쟁기라고 이름할 수 있을 것이다. 이 시기는 해방을 맞는 자신의 문학적 포부를 건설함과 동시에 일제시대 자신의 작품 활동을 반성하고 결산하는 청산의 기간이기도 했다. 수필집『해변의 시』와 시집『길』을 상재한다. 그의 시와 수필은 해방기에 새로 편찬된 중등 교과서에 수록되기도 한다.117) 또 발표한 비평문들을 모아 평론집『예술과 생활』을 1946년 8월 15일경 발간할 예정이었으나, 출판사정으로 1947년에 발간하였다.118) 이 시기 문학 활동의 지향을 단적으로 말하면 '상아탑의 정신'이라고 요약할 수 있을 것이다. "경제적 脅威와 정치적 壓迫"119) 속에서 좌와 우를 막론하고 조선문학의 건설을 위한 지식

---

116) 이러한 시기구분은 김동석의 문학 활동과 당대의 정치적 정세를 함께 고려하여 나눠본 것이다. 짧은 시기라고는 하지만, 다양한 국면과 성격을 내포하는 해방기의 시기설정문제는 아직도 당시를 파악하는 연구자들의 관점에 따라 다양한 이견을 보여 지속적인 고찰이 필요한 문제이다. 문학사의 시기구분과 관련하여서는 신형기의 저술과 본 연구자의 견해가 일치하며, 이하의 논의에서 그 근거를 개략적으로 설명하기로 한다. 신형기,『해방직후의 문학운동론』, 화다, 1988 참조.

117) 임헌영,「좌우익 문학논쟁의 역사적 평가」,『분단시대의 문학』, 태학사, 1992, 101면. 참고로 교과서에 실린 작품을 들면, 시「鳶」과 수필「잠자리」,「나의 서재」,「크레용」등이다. 이 작품들은 1949년 말에 가서 교과서에서 좌익작가의 작품을 삭제하는 과정에서 삭제되었다. 당시의『조선일보』1949년 10월 1일자 기사 참조.

118)「『예술과 생활』을 내놓으며」,『예술과 생활』, 229면.

119)「문화인에게」,『예술과 생활』, 193면.

인의 사명과 문화의 역할을 강조하는 상아탑의 정신은 그의 문학관의
기저음이다.

본격적인 문학 활동의 전개와 함께 그는 좌익이 주도하는 통일전선
조직체인 민주주의민족전선(民戰)에도 가담한다. 1946년 2월 15일부터 17
일까지 열린 민전 결성식에는 무소속의 대의원으로 초대되었고, 3월에
들어서는 민전 산하 전문위원회 중 외교문제연구회 위원으로 보선되기
도 하였다.120)

제 2기의 문학 활동은 1946년 7월경부터 남한에 단독정부가 수립되는
1948년 8월까지의 시기로 정치적 투쟁 중심의 활동시기이다. 시국상황
이 급박해짐에 따라 문학 안에서의 작품연구나 본격비평보다는 시사비
평과 문학운동에 전투적으로 내달린 시기이다. 이 시기 그의 문학비평
활동의 양상은 우익의 대표적 논자인 김동리를 비판한 「순수의 정체 -
김동리론」(『신천지』, 1947. 10)으로 대변되거니와, 적극적인 문화운동과 정
치적 실천의 궤적을 살펴보면 다음과 같다.121)

1946년 5월 25일 조선연극동맹의 보선위원에 뽑히는 것을 시작으로,
1946년 6월경에 문학가동맹 특수위원회 산하의 외국문학위원회에 김영
건, 배호, 설정식 등과 함께 가담하였고,122) 8월에는 문학가동맹 서울시

120) 대검찰청 수사국, 『좌익사건실록』 1, 1965, 59면.
    민주주의민족전선 편, 『해방조선』 1, 과학과사상, 1988, 164면.
    김남식 편, 『남로당연구』 3, 돌베개, 1988, 236면.
121) 김동석의 조직 가담과 관련하여 의심스러운 것은, 조선문학건설본부와 조선프롤
    레타리아예술동맹이 통합에 합의하여 '조선문학동맹'이라는 잠정적 조직에 머물
    던 1945년 12월의 조직 임원명단에, 위원장 홍명희, 부위원장 이태준, 서기장 이
    원조와 함께 그가 총무부장으로 있었다는 기록이다.(윤여탁, 「해방정국의 문학운
    동과 조직에 대한 연구」, 『한국학보』 1988년 가을호, 189면) 그러나 이 조직은
    1946년 2월 조선문학자대회를 거쳐 조선문학가동맹이라는 통합조직으로 발전하
    기 전의 잠정적 조직이었고, 조선문학건설본부나 이후 조선문학가동맹의 임원명
    단에도 그가 빠져있는 것으로 보아서, 이름만 걸쳐둔 명목상의 직책이었음을 알
    수 있다. 그가 본격적으로 문학가동맹에 가담한 것은 서울시지부에 참여한 1946
    년 8월 이후로 보아야 할 것이다.

지부의 문학대중화운동위원회에서 적극 활동하기도 한다.[123] 여러 문화
강연에 참가하기도 하고,[124] 1946년 10월에는 문련 산하 분과 대표로 다
른 문화인들과 함께 군정청 러취 장관에게 좌익탄압 일변도의 문화 정
책에 대한 공개 항의서한을 전달하기도 하였다.[125] 1947년에 들어서는
장택상 수도청장의 '극장에 관한 고시'에 대하여 논박하는 공개서한을
신문에 발표하였고,[126] 문련(文聯)이 주최한 '문화옹호남조선문화예술가
총궐기대회'에 준비위원으로도 활동하였다.[127] 4월 초에는 방한하는 세
계노동자연맹 대표단의 통역을 맡아 일하기도 하였다.[128]

　한편 김동석은 1947년 5월 22일 대법정에서 사법부장, 대법원장, 검찰
총장 이하 재판권, 검찰관들과 재야법조인 등 약 3백 명이 모인 가운데
결정된 조선인권옹호연맹에 이홍종, 정구영, 조재천, 이범승과 함께 5인
의 위원으로 선임되어 5월 23일 조선호텔에서 미국인권옹호연맹 볼드윈
이사장과의 간담회를 갖기도 하였다.[129] 국제연합의 국내조직인 조선인
권옹호연맹은 6월 14일 각계를 망라한 각 부서의 책임자와 50명의 중앙
집행위원을 인선, 발표하였는데, 김동석은 선전부장으로 발탁되었다.[130]
김동석이 이처럼 법조계의 주요 인사들이 참여하는 인권옹호연맹에서
중책을 맡게 된 것은 그의 문필활동 경력만 가지고는 가능하지 않다. 여
기서 앞서 인용했던 최상도의 글을 자세히 보면 김동석이 "唯物 象牙塔에

122) 『문학』 1호, 1946. 7.
123) 재미 한족연합위원회 편, 『해방조선』, 1948. 11.
124) 국치기념 대문예 강연에서 개회사(8. 29)를 한 것을 비롯하여, 문련 주최 민족문
　　화강좌에서 '민주주의와 문화'라는 제하의 강연, 무대예술연구회 주최 연극강좌
　　에서 '셰익스피어론' 등의 강연 활동을 벌인다.
125) 이현식 앞의 글 ; 『독립신보』, 1946. 10. 31.
126) 『경향신문』, 1947. 2. 4.
127) 이현식, 앞의 글 ; 『독립신보』, 1947. 2. 5.
128) 「暗黑과 光明 - 勞聯代表團의 印象」, 『대중신보』, 1947. 4. 6~9.
129) 「조선인권옹호연맹 결성」, 『경향신문』 1947. 5. 25.
130) 「조선인권옹호연맹 각부서 결정 발표」, 『경향신문』 1947. 6. 15.

서 猛棒을 휘두르며 林和, 李泰俊을 갈기더니, 文盟무슨部長을 하시드니 一
朝에 辯護人이 되니 純粹와 現實의 二元論을 抛棄하신 것은 고마우나"[131]
라는 문구가 보인다. 이로 보면 김동석이 해방 후의 어느 시점에서 변호
사 시험을 통과해 정식 변호사로 활동하였던 것이 아닌가 짐작된다. 그
러나 이후 좌·우의 대립이 더욱 뚜렷해지면서 김동석의 문학평론을 비
롯한 문학 활동에 집중하는 한편, 사회활동도 병행하였던 것이 아닌가
짐작된다..

1947년 중반을 넘어서는 문련의 노선에 따라 문화공작대 사업에도 적
극 가담한다. 춘천지역에 공연을 나갔던 문화공작대 3대가 테러를 당하
자 함세덕과 함께 중앙문련의 파견 자격으로 현지를 방문을 하기도 하
고,[132] 7월에는 부산의 문화공작대 1대가 테러를 당하자 역시 현지를
방문하고 나서 당시 문화 상황에 대한 비판적인 견해를 담은 글을 발표
하기도 한다.[133]

미소공동위원회가 결렬되고 서서히 38선이 굳어져 남과 북의 단독정
권이 수립되려는 기운이 팽배했던 1948년에 4월에 들어 김동석은 급기
야『서울타임즈』[134]의 특파원 자격으로 평양에서 열린 '남북 정당 및
사회단체 대표자 연석회의' 취재차 김구 주석의 뒤를 따라 평양을 방문
하기도 했다. 이 한 달간의 평양방문에서 얻은 경험으로「北朝鮮의 印象」
(『문학』8호, 1948. 7)이라는 글을 썼거니와, 1948년 8월의 단정수립까지의
김동석의 행보는 문학을 넘어 정치적 현실의 한가운데로 나아가는 가열
찬 실천적 지식인의 면모 바로 그것이었다.

---

131) 최상도,「사상과 현실 - 문화인에게 보내는 적은 공개장」,『문화』창간호, 1947.
   4, 48면.
132) 이현식 앞의 글 ;『독립신보』, 1947. 7. 22.
133)「藝術과 테로와 謀略」,『문화일보』, 1947. 7. 15.
134)『서울신문』의 자매지인『서울타임즈』는 영자신문인데, 편집장으로 시인 설정식
   이 앉아 있었다.

제 3기의 문학 활동은 남북한에 각기 단독정부가 수립된 이후부터, 정확한 시기는 알 수 없으나, 그가 월북했을 것으로 짐작되는 1949년 중반까지의 시기로 잡을 수 있을 것이다. 남한의 정치적 현실이 더 이상 그의 문학적, 정치적 이상을 전개하기에는 어려운 형국으로 전개되고, 그가 가담했던 문학가동맹이나 민전 또한 정치적 탄압으로 사라지고 난 상황에서 그의 문학 활동 또한 조심스러울 수밖에 없었다. 1947년 말부터 본격화된 순수논쟁의 여진으로 1949년 벽두에 김동리와 대담을 한다거나,[135] 『문장』지의 평론부분 추천위원으로 활동하고,[136] 문학강연회에 나가서 외국문학을 소개하는 등,[137] 이전 시기와는 다른 소극적인 모습을 보여주었다. 김민철(金民轍)이라는 필명으로 몇 편의 글을 발표하는 것도 이때에 들어와서이다.[138] 시사적 비평이나 맹렬한 문학운동 대신에 문학연구나 강연에 많은 시간을 할애하며 지내다가, 1949년 중반 어름에 심대한 고민을 거쳐 월북을 결행한 것으로 보인다. 1949년 2월에 상재된 두 번째 평론집 『뿌르조아의 인간상』은 당시의 시대적 상황 탓에 상대적으로 사회나 문화 일반에 대한 발언이 줄고, 5편의 작가론과 3편의 묵직한 연구논문, 그리고 약간의 비평문으로 채워져 있다.

공식적인 지면에 김동석이 발표한 최후의 글은 1949년 5월에 『희곡문학』에 발표한 문예수필 「쉐익스피어의 酒觀」과 『태양신문』 5월 1일자에 발표한 수필 「봄」이다. 이때는 이미 그의 친구 배호가 남로당 서울시 문련 예술과책으로 활동하다가 1949년 5월에 체포되었고, 그 밑에서 활동

---

135) 실제 대담한 날짜는 1948년 12월 20일 오후 6시이며, 대담 내용은 『국제신문』, 1949년 1월 1일자에 실렸다.

136) 『문장』 속간호, 1948. 10.

137) 여성문화 강좌(『서울신문』, 1948. 12. 14)라든가, 조선영문학회에 나가서 셰익스피어의 희곡에 대한 연구논문 「뿌르조아의 인간상」을 발표하기도 한다.

138) 「고민하는 지성 - 싸르트르의 실존주의」(『국제신문』, 48. 9. 23-26), 「위선자의 문학 - 이광수를 논함」(『국제신문』, 48. 10. 16~26), 「음악의 시대성 - 박은용 독창회 인상기」(『세계일보』, 48. 11. 18) 등의 글이 김민철이라는 필명으로 발표되었다.

하던 이용악이 검거된 것이 8월이었으니,[139] 그의 공식적인 문학 활동
도 1949년 5월, 위 글을 마지막으로 중단되었던 것이다. 정지용, 김기림,
설정식, 엄홍섭 등 남한에 상주하고 있던 좌익계열의 작가들이 1949년
말에 결성된 국민보도연맹에 대거 가입되었지만, 김동석의 이름은 여기
에 보이지 않는다.

이로 미루어 볼 때 김동석은 1949년 중반 무렵에 이미 월북하였을 것
이다. 분단체제의 현실이 점차 노골화되던 이 무렵 그의 심경은, 이미
김일성 장군을 민족의 영명한 지도자로 흠모하고 북조선의 사회발전상
에 감격하여 눈물을 흘리는 북조선 체제의 선택으로 다가가고 있었
다.[140] 야음을 틈타 38선을 넘었을 것으로 추정되는 이 무렵 김동석의
심정은 짐작컨대 일제 말기에 씌어진 시 「비탈길」의 그것과 다름없었으
리라 여겨진다. "영영 돌아올리 없는 이 길에 / 나는 청춘의 그림자를 떨
치고 // 인생의 고개 넘어 무엇이 있는지 몰라도 // 나는 짐 실은 수레를
끌고 비탈길을 올라간다"는 구절은 마치도 그가 38선을 님을 것을 예상
하기라도 한 듯한 느낌을 갖게 한다. 그리고 그 결과로 그는, 한번 가서
는 다시는 돌아오지 못하는 분단의 고갯길 너머로 사라지고만 것이다.

월북한 김동석이 한국전쟁 발발 직후 인민군 치하의 서울에 내려와서
서울시의 교육 담당 부서의 고위직에 있다가 그 이후에는 어느 중학교
소재 미군포로수용소의 소장으로 직책을 옮겼다는 이야기가 수복후의
잡지에 기사화 된 적이 있었다고 한다.[141] 그러나 월북 이후의 가장 분
명한 행적은 김동석의 제자이면서 판문점 휴점회담의 취재기자로 참석
한 바 있는 이혜복의 증언이 남아 있다.

---

139) 최원식, 「이용악 연보」, 『도곡정기호박사화갑기념논총』, 인하대학교 국어국문학
　　　과, 1991 참조.
140) 「북조선의 인상」, 『문학』 8호.
141) 유종호, 「김동석 연구 - 그의 비평적 궤적」, 『예술논문집』 44, 대한민국예술원,
　　　2005, 50면.

　9일 오전 판문점 휴전회담장에서 합동위원회가 열리는 동안 나는 적측(敵側) 기자들과 만나려 그들이 서있는 흰 천막 쪽으로 다가갔다. 그때 이쪽으로 다가오는 공산 측 기자들 어깨 너머로, 낯익은 얼굴 하나를 발견하고 약간 망설이지 않을 수 없었다. 붉은 줄을 띤 곤색 사지 serge 군복 바지에 검은 장화, 누우런 누비 웃저고리에 북괴군 장교모를 눌러쓴 채 우두머니 무엇인가 생각에 잠긴 듯 서있는 그 사람은 바로 내 모교 중앙고보 선배로 지금부터 13년전 나에게 영어를 가르쳐주던 스승이 아닌가? 나는 나의 눈을 의심하였다. 이어 나의 보성전문 재학때도 역시 영문법을 교수하던 스승이었던 김동석, 그 사람이었기 때문이다.

　6·25 이후 그가 월북하였다는 소식만 들려들은 기억이 있을 뿐 내가 지금 이 회담장소에서 옛 스승을 적측의 한 사람으로 만나게 되었다는 것은 과연 어떤 인과관계일까? 나는 머리가 복잡해졌다. 나는 그 순간 엷은 반가움에 곁들여오는 증오감도 억제할 수 없었다. 악수하자고 손을 내밀 심정은 아니었다. 그도 나의 얼굴을 알아차린 듯 군복바지에 찔렀던 손을 뺄 듯 말 듯 머뭇거리면서 내 앞으로 다가섰다.

　"오래간 만입니다."(내가 학병으로 끌려나가기 직전 보전강당에서 송별회 때 그의 얼굴을 본 후 9년만의 대면이었다. 그 송별회 때 그는 학병에 끌려갈 제자들에게 '짐을 잔뜩 실어 힘에 겨워 비틀거리는 노새 등에 지푸라기 한 개를 더 얹어주는 격이니 나는 더 말을 않겠다'는 짤막한 한 마디로 송별사를 끝낸 후 연단에서 벗어나던 그의 모습이 기억났다.)

　내가 입을 열자 그는 곧 미소지으면서 '어떠시오?'하고 평범한 인사말을 던졌다. '이곳에 온 임무는?' 기자로서의 나의 첫 질문이 될 수 밖에 없었다. '글세 내가 영어를 할 줄 아니 통역격으로 나왔소'하며 그는 '요즘 어디 계시오?'하고 역시 내 직책에 대해 반문했다. '신문사 특파원으로 왔다'는 말에 '영어를 할 줄 아는 자만이 이곳에 올 수 있는 것 아니오. 미국사람들을 위하자면 영어를 해야 될거야…'하고 자문자답했다. 그 어조가 벌써 오래간 만에 제자를 옛 스승이 대하는 반가운 태도가 아니었다. 그는 철의 장막속에서 벌써 그가 갖고 있던 과거의 휴머러스한 두뇌를 녹쓸려 버린 것이 틀림없는 사실이 아닌가.[142]

---

142) 이혜복, 「판문점 진담」, 『경향신문』 1951. 12. 12. ; 유종호, 「김동석 연구 - 그의

다소 긴 앞의 인용문에 담긴 자세한 정황을 통해 보건대, 김동석이
인민군 장교복을 입고 미군과의 휴전회담 통역으로 나왔다는 것은 분명
한 사실로 봐야 할 것이다. 그러나 전시였던 이때까지도 김동석은 문학
에 대한 버리지 못했던 듯하다. 사상이나 정치를 떠나서 예기를 해보자
는 이혜복의 제안에 두 사람은 회담 장소에서 동남으로 뚫린 신작로를
따라 걸으면서 이야기를 나누었다고 한다. 약간의 사상 논쟁 비슷한 논
란이 있은 후에, 이혜복이 셰익스피어 연구는 어찌되었느냐며 근황을
물었고, 김동석은 이처럼 대답하였다고 한다. 그리고 이 장면이 그가 남
긴 마지막 모습이 되고 말았다.

> '응…… 하고 있지……. 그보다도 露語를 공부중인데 이제 소설쯤
> 보게 됐어요. 일제시대 노어를 배우려다가 헌병이 따라다니고 했지만…
> 사실 창씨도 안하고 머리도 안 깎고 하여 나는 민족을 위하여 해로운
> 일은 안한 셈인데……'
> 이때 적측 기자들이 우리 앞으로 우루루 다가오자 디욱 열렬한 목청
> 으로 과거 지하운동을 했다는 등 소위 투쟁경력을 나열한다. 그는 공산
> 주의자가 되려고 애쓰는 태도였으나 여윈 목덜미며 까부라진 눈, 희엿
> 희엿 흐린 날씨인데도 유난히 표가 나는 머리털, 어딘간 쓸쓸하고 찌들
> 은 고민의 자취가 역력히 나타나 있었다.[143]

비평적 궤적」, 50~51면에서 재인용.
143) 이혜복, 「판문점 진담」, 『경향신문』 1951. 12. 13. ; 유종호, 「김동석 연구 - 그의
비평적 궤적」, 51면에서 재인용.

제3장

문학관의 형성과정

　생애사의 복원과정에서 김동석의 문학적 태반이 어느 정도 드러났거니와, 이 장에서는 김동석의 문학관을 별도의 연구대상으로 하여 고찰하려 한다. 그의 문학의 특장이 여기서 드러나거니와, 아울러 4장에서 김동석 문학론을 전개하는 데 유용하다고 보기 때문이다.

　이미 식민지시대의 수학과정과 이후 비평의 모색과 좌절을 통해서 김동석의 문학관의 대개는 형성되었다고 보인다. 그러나 일제 식민지 치하에서는 그의 문학적 비전을 전개할 어떠한 가능성도 보이지 않았다. 따라서 김동석의 문학관도 형성되기 전에 시든 것과 같은 막연한 것에 머무르고 말았던 것이라 할 수 있다.

　8·15 민족해방은 시들었던 김동석의 문학관과 그 실천이 구체화되는 물적, 정신적 토양을 제공해주는 계기가 된다. 그가 누구보다도 먼저 해방기의 정치적 현실에 뛰어들고 잡지 『상아탑』을 창간한 것은, 식민지시대에 잦아있던 그의 문학적 열정과 비원이 얼마나 컸던 것인가를

역설적으로 드러내는 것이거니와, 해방기의 현실을 맞아 그의 문학관은 다시 개화하고, 그 실천은 거세게 분출하는 것이다.

식민지시대 말기에 형성되고, 해방기의 역사적 현실과 만나 구체화되는 김동석의 문학관을 고찰하는 데 있어 본장에서는 크게 세 절로 나누어 살펴보고자 한다.

1. 동양적 교양과 맑시즘의 세례

김동석이 문학에 본격적으로 입문하게 되는 계기를 찾기는 쉽지 않다. 학창시절의 면모라든가 가정사의 이면이 아직 온전히 드러나지 않은 상태에서 다만 유추할 수 있을 따름이다. 부분적으로 드러난 생애사의 면모와 그의 자전적 수필의 행간을 통해 추적하는 것이 가능하다.

유소년기 김동석에게는 예술을 좋아했던 기질이 남달랐다고 한다.[144] 출생지 다주면에서의 자연체험뿐만이 아니라 성장기를 보냈던 인천의 수려한 미관과 월미도 해변의 정취는 그에게 심미안을 제공해주는 좋은 환경이 되었을 것이다. 여기에 그의 유년기의 일화에서 느낄 수 있는 예민한 감성과 발랄한 탐구심이 접촉하였기에, 그에게 새로운 것을 창조해내려는 예술에의 강한 욕구가 팽창할 수 있었을 것이다. 여기에 성장함에 따라 절실히 체험하게 되는 식민지 백성으로서의 아비부재의식도 염두에 둘 수 있겠다. 그러나 이러한 추측은 어디까지나 일반적인 추측일 따름이다.

그의 문학의 인식적 배경으로 보다 중요한 것은 어려서의 서당 교육이다. 김동석이 보통학교에 입학하기 전에 경험했던 수년간의 한학(漢學)

---

144) 이현식, 「김동석론」, 『황해문화』 1994년 여름호, 216면.

수학은 그의 사고와 인지에 많은 영향을 주었을 것이다. 이를 단적으로 말한다면 동양(東洋)의 인문적 전통의 영향이라 말할 수 있다. 그것은 곧 시적(詩的)인 사유와도 통하는 것이다. 한학적 세계관이 수리적(數理的) 타산(打算)이나 기예적(技藝的) 방법론을 문제 삼는 것이라기보다는 포괄적인 세계 일반에 대한 존재론적 인식을 지향한다는 점에서 그러하다. 서당 교육이 비록 식민지시대까지도 일반인들의 사회화를 담당했던 보편화된 제도였으며, 어려서 시작한 초보적 수준의 것이라는 점을 무시할 수는 없다고 하더라도, 김동석에게는 줄곧 인식론적 기반이 된다는 점에서 자못 커다란 의미를 지닌다. 게다가 김동석은 비단 유가의 한학에만 관심을 두는 데 그치지 않고 불교라든가 노장의 사상에 이르기까지 다방면의 동양적 사유에 관심을 두었던 것으로 생각된다. 이는 이후의 그의 문학 활동에서 잘 나타나는 바, 비평에 공맹의 문구를 비롯해 노자, 불교『금강경』등의 구절을 용사(用事)한다든가, 이백과 굴원의 한시를 빈번히 인용하는 데서 드러난다. 동양의 고전적 정신과 유산을 통해서 그는 당대의 문제를 재음미하는 예지를 얻었던 것이다. 그리고 그가 이후 경성제대에서 수학한 비평가 매슈 아놀드도 어떤 면에서는 이러한 동양적 도덕성에 심정적으로 가까운 비평가로 생각할 수도 있다.[145] 아놀드가 비평의 공평무사한 노력을 강조하고 문학정전으로서의 시금석과 전통을 고창한 비평가이었던 점을 생각하면, 이러한 가정은 실상에서 크게 벗어나지 않는 것이다.

수학기의 그에게 또 한 가지 영향을 준 것으로 생각되는 것이 맑시즘이다. 1930년의 광주학생운동 1주년 기념식 주도 사건은 그 증거가 된다. 1920년대 학생운동이 줄곧 맑시즘적 세계관과 그 조직에 기초한 바른 것을 생각하면, 이 사건은 김동석 또한 맑시즘라는 당대에 유행하는

---

145) 이러한 점을 일러 아놀드의 '고전성'이라고 말할 수 있다. 윤지관, 「Mathew Arnold 의 비평 연구」, 서울대학교 영문학과 박사논문, 1993, 21~22면 참조.

사상에 어느 정도 심정적으로 동조하였음을 증거하며, 그 연장에서 터져 나왔던 외적 행동의 발현이었다고 이해된다.

일견, 대척적으로 보이는 한학적 세계관과 맑시즘적 세계관이 배면에 있어 태반적 공통점을 가지고 있음은, 비록 사상사적 영역에서 검증된 것은 아니지만, 벽초 홍명희를 비롯한 많은 식민지 지식인들의 행보에서 목격했던 사실이다. 김동석에게 있어서도 맑시즘의 수용은 그리 부자연스러운 것은 아니었을 것이다. 가정 내에서의 문제라든가 봉건적 사회 관념에 대한 혐오를 지녀왔던 그가, 맑시즘을 처음 접하고 느끼게 되는 경이는 짐작이 가고도 남음이 있다. 그리고 당대 유행하는 사조로서의 맑시즘은 청년·학생들에게 정신적 공허와 식민지 현실의 울분을 달래는 그 무엇으로 하여, 포즈에 머무르지 않는 현실성을 지녔던 것으로 생각된다. 남달리 예민하고 비상한 두뇌를 가졌던 김동석에게 맑시즘은 비껴가기 힘든 매력적인 사상이었을 것이다. 仁商 시기부터 접하게 된 맑시즘은 동양적 교양과 함께, 이후 그의 경성제대에서의 학습과정과 그의 문학과 실천의 인식적 기반으로써 그의 삶을 추동하는 사유로 자리 잡는다. 이는 해방기의 그의 문학과 실천이 웅변적으로 말해주는 것이거니와, 이미 식민지시대부터 형성된 사상적 모색의 현실적 귀결이었음을 증거하는 것이다.

그러나 그에게 있어 맑시즘은, 식민지시대 말기의 당대 상황에서는 지속적이고 신념적이어서 행동의 차원으로까지 전개될 성질의 것은 아닌, 부동하는 것이었다고 여겨진다. 그가 仁商에서 퇴학당한 이후 서울의 중앙고보에 편입하여 중등교육과정을 마치게 되는 시기는, 외적으로는 일본 군국 파시즘이 본격적으로 대륙 침략을 노골화하는 상황이었고, 김동석 개인적으로도 퇴학 이후 신중하게 자기진로를 모색해야 하는 엄혹한 시기였던 것이다. 결국 중앙고보를 졸업하면서 김동석이 선택한 길은 경성제대로의 입학이었다. 저항적 지식인으로 투쟁의 길에 나서기보다는 맑시즘을 포함한 광활한 근대적 지식에의 욕구와 이를 토대로 한 지식인으로서의 자기모색을 경성제대의 문을 두드림으로써 에둘러 지향해나갔던 것이다. 그리고 거기서 만난 것이 매슈 아놀드였다.

2. 경성제대 영문과와 매슈 아놀드

김동석이 법과 코스의 문과 A조에 입학하였다가 본과에 진학하면서 영문학을 선택하는 것은 예사롭게 보아 넘길 일이 아니며, 이것으로부터 김동석의 문학의 출발점을 삼을만하다. 생활하기에 따라서는 자유분방함 그 자체로만도 차고 넘쳤을 예과 2년 동안에 김동석은 지난한 자기모색과 방황을 거쳐 그처럼 어려운 선택을 행했던 것이다. 당시 경성제대 재학생들 중에는 예과에서 다니던 학과를 바꾸어 본과에서 전과하는 사례가 더러 있기는 했으나, 그 대부분이 역사나 문학 쪽으로 진학하게 되는 문과 B조에서 법과로 옮겨가는 사례가 대부분이었는데, 김동석은 오히려 정반대의 선택을 하고 있는 것이다.[146) 본과에서 법학을 전공한다는 것은 곧 식민지 고급관료가 되는 길임을 뜻한다. 그리고 문과 A조에서 본과로 진학할 때 법학을 전공하는 것은 자동적인 진학 코스였다. 김동석이 이렇듯 장래의 입신이 보장되는 법과에로의 진학을 마다하고 영문학을 선택하는 내면에는 무엇이 감춰져 있는 것일까. 이 점에 관해서 당시 경성제대 영문학과의 주임교수로 있던 사토 기요시(佐藤淸)의 회고담은 김동석의 숨겨진 내면을 드러내 주는 증언으로 귀담아 들을 만하다.

---

146) 이충우, 『경성제국대학』, 다락원, 1980 참조.

경성제대에는 매우 엄격히 선발된 소수의 입학자로 이루어진 예과가
있었으며, 따라서 문학부에 오는 학생은 소수였으나 영문과에 모이는
학생이 제일 많았으며 수재도 적지 않았다. 특히 조선인 학생의 우수한
자들이 모인 것은 제국대학의 이름에 이끌렸다기보다도 외국문학에의
그들의 목마름을 풀어 주는 어떤 요소가 帝大 속에 있었던 탓이다. 20년
간 조선인 학생과 교제하는 동안, 얼마나 그들이 민족의 해방과 자유를
외국문학 연구에서 찾고자 하고 있었던가를 알고 충격을 받지 않을 수
없었다.[147]

당시의 학생들 중 기억나는 인물의 맨 앞머리에 김동석의 이름을 거
론하면서 후술된 이 글을 통해 당시 김동석의 내적 지향을 읽을 수 있
다. 어려서부터 키워왔던 예술에의 욕구도 욕구려니와, 답답한 식민지적
현실에서 무엇인가 마음대로 찾아 나설 수 없었던 그에게는 발달한 영
국 자본주의 사회와 문학은 예과 2년간의 방향모색의 "목마름"을 해갈
시켜줄 수 있는 매력적인 것으로 다가왔을 것이다. 게다가 제대의 근본
적인 성격이 식민지 대학이며, 식민지에 거주하는 본국인 자녀와 한정
된 토착민에게 본국의 지식 체계를 이해시킴으로써 지배체제를 확립하
려는 식민지 정책의 일반적 원칙에서 벗어나지 않는 것이었다.[148]는 점
을 상기할 때, 식민지의 순응적 고급관료를 연성(鍊成)하는 법과보다는
문과에서 오히려 열린 세계를 꿈꿀 여지가 많았을 것이다. 더욱이 영문
학은 그의 기질에도 잘 맞았다. 동양적 사유에 인식적 기반을 마련하고
있으면서도 봉건적 관념을 혐오하고 "나"를 적극적으로 내세우려고 노
력했던 그에게 영문학은 구미에 맞는 것이었다.[149]

---

147) 佐藤淸, 「경성제대 문과의 전통과 그 학풍」 ; 김윤식, 『한국근대문학사상연구』
　　 1, 일지사, 1984, 406면에서 재인용.
148) 김윤식, 위의 책, 211면.
149) 수필 「나」(『국제신문』, 1949. 1. 1)의 다음과 같은 구절을 통해서도 이 점은 뒷받
　　 침 된다.
　　 "그러는 내가 영어를 배우게 되자 영어에서는 어른 아이할 것 없이 '아이(나)'라

영문학을 전공하면서 그는 다양한 학문적 모색을 실행한다. 타의 추종을 불허하는 영어실력과 비상한 두뇌의 소유자인 그에게는 영문학은 물론이려니와, 서양의 방대한 지적 소산들 모두가 지식욕을 자극하는 것들이었을 것이다. 평론에 등장하는 서양 문필가의 이름을 일일이 헤아리기도 어려울 만큼 김동석은 당시에 다방면에 걸치는 독서와 연구에 몰두하였던 것이다.

그러나 영문학을 전공하면서 김동석이 가장 큰 영향을 받은 것은 영국 빅토리아시대의 비평가 매슈 아놀드다. 아놀드는 영국 낭만주의의 세례를 받은 문인이면서도 낭만주의를 그저 추종한 것만이 아니라 비판적 시선을 유지했으며, 문학은 삶의 비평이라는 문학관에서 드러나듯, 있는 그대로의 현실에 착목하여 점차 무질서로 화해가는 자본주의 사회를 민주주의의 이념에 기초해 재현하려고 했던 참 근대적 비평가였다.[150]

「생활의 비평 - 매슈 아놀드 연구」는 1948년 6월『문장』속간호에 발표된 것이었고, 해방기의 시대적 요청에 따라 부분적인 가필이 있었으리라 생각되지만, 그의 영문학 연구와 학부논문 준비과정에서 이미 얻은 아놀드관에 입각하여 쓴 것으로 짐작된다.

> 詩가 全人民의 것이 될 때 「그 높은 使命에 남부끄럽지 않은 詩」가 될 것이다. 아놀드 自身이 그러한 詩를 낳지못한 것은 勿論이지만 그러한 詩가 어떻다는 것도 우리에게 明確히 말하지 못했다. 그러나 그러한 詩의 時代를 準備하기 위하여 낡은 秩序와 싸우는 것이 現代精神이며 詩는 이러한 싸움에 動員됨으로서만 現代文學이 될 수 있다고 한것은, 그리고 自身이 그런 方向으로 作品活動을 했다는 것은 높이 評價하지 않으면 아니 된다. 우리 自身이 낡은 秩序와 外來 自由主義와 싸우고 있으며 詩를 이

는 말을 자유로 쓴다는 것을 발견하고 올지 나도 어른들이 무어래건 '나'라는 말을 쓰리라 아니 일부러 많이 쓰리라 결심했던 것이다. 이를테면 이것은 조선의 국적인 나의 속에 이러한 부르조아 데모크러시의 혁명이었던 것이다."
150) 윤지관, 앞의 논문 참조.

싸움에 動員해야 되는 때이니만치 아놀드를 再吟味함은 決코 無意味한
일이 아닐 것이라 믿고 이 小論을 쓰는 바이다.[151]

서론격에 해당하는 이 구절을 통해, 역사적 문맥에서 아놀드의 공과
를 언명하고 이를 당대의 현실에서 재해석하는 김동석의 영문학 연구방
법론을 읽을 수 있다. 아울러 현대정신이라는 것을 표나게 내세우고 "시
의 시대"를 지향하는 문학관 속에 해방기 김동석 문학 활동의 편린을
엿볼 수 있기도 하다. 그러므로 아놀드가 영문학사에서 차지하는 위치
를 통해 김동석의 문학적 지향을 살펴볼 수 있다.

영국 자본주의가 한창 발전하던 1822년에 테임즈강 계곡의 랄레엄이
라는 마을에서 중산층 청교도 성직자의 가정에 태어난, 아놀드의 문학
활동은 1850년대 시의 창작을 거쳐 1860년대 이후에 비평으로 본격화한
다.[152] 시인으로서의 아놀드는 병든 사회와 병든 인간에 대해서 경험한
그대로를 기록한 것으로 평가된다. 그러나 산문 특히 비평에서는 사회
에 대한 고발에 머무르지 않고 적극적으로 '치료자'로서의 역할을 자임
하고 나섰던 것이었다. 그의 문학의 특장인 비평을 통해서 아놀드는, 영
국 자본주의가 정착하던 빅토리아 시대의 근대화와 관련된 갖가지 문제
들에 대하여 문학뿐만이 아니라 사회, 정치, 종교, 문화, 교육 등의 다방
면에 걸친 진지한 관심과 창조적 사유를 보여줌으로써, 현대비평에 있
어서의 고전적 비평가로 평가되고 있다.[153]

윤지관은, '근대성', '민주주의', '비평', '교양', '인문학', '고전', '시적
재현', '삶의 비평', '시금석', '가치평가' 등의 다양한 개념과 독창적인
사고를 통하여, 아놀드가 노린 것은 하나의 기획, 즉 '진정한 근대화로

---

151) 「생활의 비평」, 『뿌르조아의 인간상』, 197~198면.
152) 아놀드의 생애에 대해서는 M. H. 에이브럼즈 외, 『노튼 영문학 개관』 2, 김재환
    역, 까치, 1984, 215~217면에 소략하게 소개되어 있다.
153) 에이브럼즈 외, 위의 책, 220면.

서의 인간화'라는 교양의 기획이었다고 평가한다.[154]

이러한 점과 아울러 아놀드는 최근에 다시 논란되는 '근대성'에 대한 모색에 있어서도, 창조적 사유를 전개한 고전적 비평가라는 면에서 끊임없이 관심의 대상이 되고 있는 것이다.[155] 그러나 금세기 영국의 맑스주의 비평가 테리 이글턴(Terry Eagleton)은 아놀드를 해체해야 할 영문학 비평의 중심으로 설정하고 그 이유를 다음과 같이 비판한다.

> 종교가 점차 사회적 '접합체' 즉 혼란스런 계급사회를 융합시킬 수 있는 정서적 가치들과 기본적인 신화들을 제공할 수 없게 되자 '영문학'이 빅토리아시대 이래 줄곧 이러한 이데올로기적 임무를 수행할 과목으로서 확립된다. 여기서 중심 인물은, 항상 자신이 속한 사회계급의 욕구에 비상하게 민감하고 그러한 자신에 대해 매력적으로 솔직한 매슈 아놀드이다.[156]

80년대 미국의 영문학계에서 '문학정전(literary canon)'에 대한 비판이 제기됨과 함께 아놀드는 이처럼 부동하는 영국 중산층 이데올로기의 대변자로 비판의 대상이 되었던 것이다. 이 점은 아놀드 하우저(A. Hauser)의 영국 낭만주의에 대한 비판적 견해와도 일맥상통하는 것이다.[157]

영문학사에서 이상과 같은 평가를 받는 아놀드에게서 김동석이 배운 것은 바로 문학의 비평적 기능과 정신이었다. 그리고 문학의 공평무사한 노력과 순수한 도덕성에 대한 공감이다. 개인사와 문학 활동의 개괄적 양상만을 비교해 보아도, 매슈 아놀드와 김동석간에는 유사한 점이 많다. 양자 모두 중산층의 가정에서 태어나서 시의 창작을 전개하다가

---

154) 윤지관, 앞의 논문, 제 6장 결론 부분 참조.
155) 윤지관, 앞의 논문, 제 1장 서문 : 왜 아놀드인가 부분 참조.
156) 테리 이글턴, 『문학이론입문』, 김명환 외 역, 창작과비평사, 1986, 35면.
157) 아놀드 하우저, 『문학과 예술의 사회사』 근세 하편, 염무웅·반성완 공역, 창작과비평사, 1981, 240~243면.

비평으로 전환한다든가, 관심의 대상도 사회의 광범위한 현상들에 대한
인문적 천착으로 전개되는 것 등이 그러하다. 이런 면에서 보면 매슈 아
놀드는 김동석에게 있어 비평의 내용과 방법뿐만이 아니라 그의 사유체
계를 범주 지워준 스승이었다.

그러나 김동석은 아놀드를 모방하고 수용하는 데 그쳤던 것이 아니
다. 아놀드의『교양과 무질서』를 인용하면서, "영국의 뿌르조아지를 俗
物이라 唾罵하고 그들의 이데올로기인 自由主義를 俗物主義라 욕했다.
뿐만 아니라 뿌르조아 리베랄리슴이 沒落할 것을 豫言했다"고 평가하면
서도 김동석은, "그러나 이 새로운 勢力이 푸롤레타리아階級이라는 것
을 몰랐던 것은 아놀드의 限界였다"고 비판하고 있는 것이다.158) 비판의
준거로 맑시즘의 세계인식이 자리하고 있음은 분명하다. 그리고 이러한
아놀드의 비평관을 주체적으로 수용하여 당대의 순수문학과 국수주의
문학의 비판으로 나아가는 것도 잊지 않았다.159)

김동석의 이러한 아놀드 수용 양상을 볼 때, 그의 영문학 연구는 그저 낭
만적인 이국취향이나 추상적 지식욕에 머무른 것이 아님을 알 수 있으며,
이 점은 해방기에 발표한 수필「나의 영문학관」의 일절에서 거듭 확인된다.

> 그러니 現在 朝鮮의 英文學者도 들어갈곳은「象牙塔」밖에 없지 않으
> 냐.「象牙塔」誌에서 尙虛를 비롯해 朝鮮文學者를 論했기때문에 내가 英文
> 學을 버리고 朝鮮文學으로 轉向한줄 아는 사람이 있는 모양인데 나는 애
> 시 당초부터 朝鮮文學을 爲해서 英文學을 했지 英文學을 爲해서 英文學을
> 한것은 아니다. 崔載瑞는 싱가포르가 陷落했을때 英文學을 버린다고 聲明
> 했지만 나는 그런 事大主義者가 아니다. 또 硏究室에 들어 앉어서「함레
> 트」를 읽어야만 英文學이 아니오 나는 나대로「象牙塔」에서 英文學을 하
> 고있는 것이다.160)

---

158)「생활의 비평」,『뿌르조아의 인간상』, 195~196면.
159) 한국 근대 비평에서의 아놀드 수용에 대해서는 이은애,「김환태의 "인상주의 비
    평" 연구」, 서울대 석사논문, 1985, 88면을 참조할 것.

해방기에 씌어진 이 수필을 읽을 때는 물론 식민지적 현실과 해방기의 현실이 다르며, 그의 발언에도 그러한 시대적 차이가 잠복해 있음을 상기해야 한다. 자기윤색이 전혀 없지만도 않으리라 여겨진다. 그러나 "朝鮮文學을 爲해서 英文學을 했지 英文學을 爲해서 英文學을 한것은 아니다"는 발언이 전혀 근거 없지 않음은, 그가 최초로 발표한 글 「조선시의 편영」이 잘 대변해준다. 문우 배호의 서문처럼, 그는 대학시절부터 그 나름의 문학관을 가지고 있었고 그것을 바로 「조선시의 편영」이라는 글로 시험했던 것이다. 「조선시의 편영」은 그러므로 서툰 대로 그의 영문학 연구의 궁극적 지향이 어디 있는지를 소박하게 보여주는 처녀비평이다.

3. 비평의 좌절과 셰익스피어 연구

앞장에서도 언급한 바 있거니와, 그가 공식적으로 발표한 최초의 글이 「조선시의 편영」이다. 아놀드에게서 배운 문학관에 그 나름의 문제의식을 보태고, 당대 조선시단에 대한 그의 적극적 관심을 드러낸 이 평문은 처녀작의 면모를 물씬 풍긴다. 비평의 논리적 날카로움보다는 평자 자신의 직정적 주장과 문제의식이 도드라져 나타나 있는 점에서 그러하다. 그러면 아놀드의 비평관이 그대로 드러나 있는 이 평문의 주장을 그대로 들어보자.

> 비평이란 언제든지 대상을 철저히 이해한 후에야 가능한것이다. 그리고 이 '철저한 이해'란 대상속에서 조흔 점을 발견하는 것을 이름이다. 대상속에 조흔점이 하나도 없거든 애초에 비평을 말라. 不可輿言이 輿言이면 失言하지 안는가.

160) 「나의 영문학관」, 『예술과 생활』, 217면.

비평이란 '세계에서 가장 조흔 지식과 사상을 추구하며 또 그것을 전
파하려는 公正無事한 노력이다'(아놀드)
　자 힘을 합하야 (작가여 평가여 독자여) 세계에서 가장조흔사상과 지
식을 찾자. 그리고 그것을 세상에 퍼트리기에 힘쓰자. '조그만 겨레에게
위대한 시를 남기고 금잔디우에서 달가히죽음'(키-츠)이 不亦樂乎아!161)

영문학 연구에서 얻은 지식들을 그대로 인용하면서까지, 우리 시단에
참신한 목소리를 던지기를 주저하지 않는 김동석의 면모가 고스란히 드
러나는 대목이다. 이 처녀 평론에서 그의 이후의 문학관이 명백히 드러
나는 즉, 비평의 공평무사한 노력이 그것이다. 대상에 대한 철저한 이해
위에 대상의 좋은 점을 밝히고 이를 널리 퍼트리려는 열정으로 가득 찬
출발기 문학관이 그대로 드러나 있다.『논어』위령공(衛靈公) 편에 나오는
"不可與言而 與之言 失言"이라는 문구를 이용하는 데서, 유년기의 한학
수학경험이 자연스럽게 아놀드의 비평관과 만나는 것을 확인하게 된다.
　이외에도 이 평문에는 감상주의를, "센티멘탈리슴은 생활의욕을 좀먹
고 판단력을 흐리게 한다. 시에 있어서는 이는 불건전한 요소이며 불미
스런 표현법이다"162)고 하여 비판한다. 또한 시의 내용에 대한 강조뿐
만이 아니라 형식의 중요성을 강조해, "시인의 주관을 불쑥 써노흔것도
시가 될수 없는것이다"163)고 말하기도 한다. 그리고 당대 문단의 창작
방법논쟁에서 불거져 나온 작가와 비평가 사이의 분열과 반목을,『논어』
안연(顔淵) 편에 나오는 "君子成人之美하고 不成人之惡하나니 小人反是"
라는 구절을 들어 꼬집기를 잊지 않는다.
　제대 재학 중에 시도된 이 평문의 당찬 실험은 그러나 당대의 주·객
관적 상황에 의해 지속적으로 추구될 수 없었다. 일제말의 가혹한 상황

---

161)『동아일보』, 1937. 9. 14.
162)『동아일보』, 1937. 9. 9.
163)『동아일보』, 1937. 9. 14.

이 가로놓여 있었거니와, 대학원에 진학하는 동시에 교직으로 나가게 되는 그에게 식민지적 현실은 너무나 거대한 벽이 되었을 것이다. 그리고 결혼과 그에 따른 가장으로서의 책임은 그를 시대적 긴장으로부터 일정하게 이완시키는 도피처가 되었으리라 여겨진다. 아놀드의 예에서도 볼 수 있는 것처럼, 그가 목표로 했던 비평의 공정무사한 노력은 사회의 민주주의적 기초가 없이는 애초에 실현 불가능하였던 것이다.

이후 김동석의 문학 활동이 비평으로 나아가지 못하고 시와 수필의 창작으로 숨어들게 됨은, 전술한 바와 같다. 비평의 공정무사한 노력이 식민지적 현실에서는 불가능함을 알았을 때 그가 찾아 나설 수 있는 것은 시와 수필의 창작이 아니면 대학원에서의 영문학 연구였다.

> 事實 조선말조차 壓殺을 당할번한 그 時代엔 누가 떠다밀어라도 주기 前엔 글 쓸 勇氣가 나서질 않았다. 서뿔리 글을 쓰다간 自己本意도 아닌 유치장 신세를 지거나 그렇지 않으면 마이너쓰의 글이 되어버릴 염려가 결코 杞憂가 아닌 시대였다.[164]

"약하고 겁이 많은 나는 '무저항의 저항'밖에는 저항할 용기가 없었다."[165]는 해방 이후 수필집에서의 고백과 함께, 위에 인용한 시집의 서문은 그의 당시의 현실인식과 암울한 심사를 여과 없이 보여주는 대목이다. 여기서 "글쓸 용기"라고 할 때의 '글'이란 아마도 그가 경성제대에서 배우고 벼리던 비평이었을 것이다. 그러나 그는 「조선시의 편영」이후에 다시는 그러한 글을 쓰지 못했다. 그나마 쓸 수 있는 것이 "8·15전에 金東錫兄은 소위 지하운동으로 써 둔 수필"[166]이 아니면 시였다.

경성제대 출신의 여러 문인들이 적극적으로 문단에 나오는 것과 비교할

164) 「수필집『해변의 시』를 내놓으며」, 『해변의 시』, 128면.
165) 「『길』을 내놓으며」, 『길』, 71면.
166) 배호, 「跋」, 『3인 수필집』, 145면.

때, 김동석의 이러한 행보는 다소 의외라 할만하다. "나는 죽을 때까지 시집 하나, 소설 열권, 수필집 셋, 기타 논문 약간을 쓰고싶다"[167]던 그가, 이처럼 절필에 가까운 문학적 전환을 하게 된 이면에는, 암담한 현실인식과 함께 그의 강한 자기 염결성이 도사리고 있다고 생각된다. "마이너쓰의 글이 되어버릴 염려"라는 언급에서 그의 강한 자기 염결성을 확인할 수 있으며, 거의 절필에 가까운 이후의 행보가 이를 거듭 입증한다. "'그대의 길을 가라. 그리고 사람들로 하야금 떠들게 내버려 두라'-이것이 나를 인도한 지남철이다"[168]라는 좌우명이나 수필 「나」에서 보이는 확고한 주체인식에서도, 김동석 나름의 자기 확신과 자존의 엄격함을 확인할 수 있다.

이러한 자기 염결성이 민족의 차원으로 확대될 때 나타나는 것이 강한 반봉건성과 민족의식이다. 아놀드 연구에서도 볼 수 있고 수필을 비롯하여 그의 비평 곳곳에서 목도할 수 있는, 봉건사회와 샌님(양반)에 대한 강한 비판과 대한(大韓)과 조선(朝鮮)의 엄격한 구별[169], 자주적 민족국가의 건설에 대한 열의 등은 모두 이때의 냉혹한 현실에 대한 암중모색과 자기 염결성이 만나 다다른 성찰로 생각된다.

시대적 상황과 자기 염결성에 따라, 그가 대학원에서의 학문연구에 몰두하게 된 것도 그러므로 이해가는 바이다. 그는 특히 이 시기에 셰익스피어의 시극과 산문에 관심을 갖고 연구한다. 그를 통해 시와 산문의 역사적 성격과 문학사적 안목을 체득했던 것 같다. 그리고 여기서 더 나아가 당대의 현대성 일반의 문제를 본질적 질문으로 삼아 연구하게 된 것이다. 「시극과 산문」과 「뿌르조아의 인간상」 역시 발표된 것은 해방기의 일이지만, 시간을 두고 본격적으로 연구하고 구상된 것은 이 시기였을 것이다.[170]

---

167) 「나의 서재」, 『해변의 시』, 43면.
168) 「『길』을 내놓으며」, 『길』, 71면.
169) 「大韓과 朝鮮」, 『예술과 생활』.

제4장

김동석의 문학정신

1. 해방 직후, '상아탑의 정신'

해방을 맞아 사회운동에 몰두하면서도 김동석은 식민지시대에 남몰래 전개하던 문학 활동을 본격화할 준비를 한다. 몇 편의 시를 발표하는 동시에 서울로 올라와서는 대학동창 노성석의 도움으로 배호와 함께 잡지 『상아탑』을 창간하는 것이 그 시작이었다. 평론집 『예술과 생활』 "3부 象牙塔"의 앞머리에 실린 짧은 사회·문화비평들은 모두 잡지 『상아탑』에 실린 권두비평들이다. 여기에 실린 글들을 통해서, 해방을 맞는 김동석의 현실인식과 문학관을 살펴볼 수 있을 것이다.

---

170) 7장에서 다룰 김동석의 셰익스피어 연구는 주목을 요한다. 셰익스피어 문학을 파악하는 문학사적 안목도 문제려니와, 한국 근대비평사에서는 드물게 보는 본격적인 연구논문이라고 생각되기 때문이다. 영국 낭만주의의 문학적 자장 안에서 공부한 그가 대학원에서 이처럼 셰익스피어에 관심을 갖게 된 것은 아마도 주임 교수 사토 기요시의 영향이라기보다는 당시 <영문학사>를 가르쳤던 하워드 (Hawoth) 강사나, 수필 「나의 서재」에서 언급한 바 있는 블라이드(R. H. Blyde) 선생의 영향이 컸던 것 같다.(이현식, 앞의 글, 217면의 1934년 영문과 개설과목 참조)

「文化人에게 -『象牙塔』을 내며」는 『상아탑』을 펴내는 그의 야심찬 창간사이기도 한데,

> 그러나 朝鮮民族解放이란 歷史的 現段階에 있어서 良心的인 知識人이 自己의 쾡問題를 解決함으로서 滿足할수 있겠느냐. 여기서 宿命的인 知識人의 自意識이 비롯하는것이다. 黃金과 權力과 名譽가 壓殺하려하되 (중략) 革命家와 더불어 이러한 文化人들이야말로 現代朝鮮 인텔리겐챠의 精髓分子라 할수 있다. 朝鮮의 文化는 이들 손에 달려 있다.171)

"朝鮮民族解放이란 歷史的 現段階"라는 언급에서 드러나는 현실인식과 함께, "宿命的 知識人의 自意識"과 문화인으로서의 사명감이 통일적으로 제시되고 있다. 즉 8·15 이후의 역사적 현실을 맞아 지식인, 문화인들은 자기 사명을 명확히 각인하고 참다운 조선문화의 건설로 나아가자고 주장하고 있는 것이다.

그러면 그가 주장하는 새로운 조선문화란 어떤 것인가. 그리고 그것은 어떻게 준비되는 것일까. 역시 『상아탑』 권두비평의 하나인 「예술과 과학」의 일절을 보도록 하자.

> 政治에서 極左 極右가 다 誤謬이듯 文化에서도 左翼小兒病과 國粹主義를 排擊하지 않을 수는 없다. 文化叛逆者는 말할것도 없거니와 -.
> 그러면 朝鮮文化戰線統一의 基準은 무엇이냐.「덮어놓고 한데 뭉치자」는 式의 統一은 더욱이 文化에 있어서는 危險千萬이다.「文協」의 失敗도 無原則統一이었다는데 基因했다. (중략)
> 現代는 科學의 世紀다. 朝鮮은 民族의 良心이 가장 要望되는 때다. 藝術은 古今東西를 莫論하고 良心의 告白이었다. 科學者와 더부러 藝術家는 現代朝鮮 文化人의 雙璧이라 하겠다. 요컨대 文化는 科學과 藝術의 總稱이지만 이 둘을 뒤범벅을 해서는 안된다.172) (밑줄 인용자)

---

171)「문화인에게 -『상아탑』을 내며」,『예술과 생활』, 192~193면.
172)「예술과 과학」,『예술과 생활』, 197~198면.

그가 제기한 새로운 조선문화란, 비록 명확히 제시된 것은 아니지만, 극좌극우를 배제하고, 과학의 세기인 현대에 걸맞은 예술과 과학의 직능적 분화를 거쳐, 민족적 양심에 기초한 지식인에 의해 건설되는 미래 지향적 개념임을 알 수 있다. 여기에 "民族을 파는 野心家와 謀利輩"라든지 "8·15이전에 있었던 文化반역자"가 배제됨은 물론이다. 그리고 문화 건설의 방도로써, 무원칙한 통일이나 극좌극우를 배제한, "朝鮮文化戰線統一"을 제기하고 있는 것이다. 이 때 그가 내세운 기준이 바로 "民族의 良心"이다.

이러한 김동석의 태도와 문학관은 경성제대에서 영문학을 공부하면서 얻게 된 아놀드의 비평관이 8·15를 맞아 적극적으로 전개된 형국으로 이해된다. 당대의 문제를 직시하여 "현대"의 문제를 제기하고, 이를 "文化人의 良心"이라는, 아놀드에게 있어서의 '교양'이나 '인문학'과 같은 문화적 기획으로 극복하려는 그의 태도가 이를 잘 말해준다. 여기에 그의 인식적 사유로서의 동양적 교양과 맑시즘의 세계관이 안받침하고 있음은 물론이다. 그의 문학관에 드러나는 동양적 교양 내지 양심론의 면모는 「민족의 양심」과 같은 글에서 거듭 확인되거니와, "良心的인 文化人이 團結하여 經濟的 脅威와 政治的 壓迫과 싸워 나가면 반다시 朝鮮의 人民이 支持할때가 올것이다."[173]라는 언급에서는 아놀드의 비평을 넘어서는 맑시즘적 역사인식으로의 진전까지 목도하게 된다.

이후, 정치·종교·교육·문화 등의 다방면에 걸치는 사회·문화비평과 그의 본령인 문학논쟁과 문학비평에서 광범위하게 전개되는, 김동석의 해방 직후의 문학관과 그 지향을 요약하면 '象牙塔의 精神'이라고 말할 수 있다.

---

173) 「문화인에게」, 193면.

低俗한 現實에서 超然한 것이 象牙塔이다. (중략) 이러한 現實 속에서
藝術의 殿堂이오 科學의 牙城인 象牙塔을 建設하려 애쓰는 사람들 - 名利
를 超越하야 自己의 時間을 全部 바쳐서 朝鮮의 자랑인 꽃을 가꾸며 自然
과 社會의 秘密을 여는「깨」를 거두는 藝術家와 科學者들은 象牙塔 밖에
는 아무데도 갈곳이 없다. (중략) 朝鮮의 歷史와 運命은 朝鮮人民의 血管
속에 흐르고 있는것이 어늘 그들 속에 들어가 그들의 손을 잡지 않고 浮
動하고 있는 인텔리겐챠여 서뿔리 政治를 건드리지 말라. (중략) 象牙塔
은 희고 차다. 그것은 朝鮮의 理性을 象徵한다.174)

상아탑은 저속한 현실에서 초연한, "藝術의 殿堂이오 科學의 牙城"으
로 제시된다. 김동석이 말하는 '象牙塔'이란 용어는, 그 말을 처음 쓴 쌩
뜨 뵈브(Saint-Beuve)가 "시인 알프렡 드 비니(Alfred de Vigny - 인용자)를 批
評할때 쓴 "tour d'ivoire"라는 말과는 意味가 같지 않다"175)고 한다. 즉 서
구에서 나타난 순수문학과 달리 조선의 상아탑은, 일제의 강압 밑에서
어렵게 지켜온 예술가와 과학자의 양심의 꽃이며, 그러하기에 해방된
현실에서 새로운 조선문화 건설의 아성이자, 조선의 이성을 상징한다는
것이다. 그러나 상아탑은 역사에 초연한 것이 아니라 "低俗한 現實"에
초연한 것이다. "朝鮮의 歷史와 運命은 朝鮮人民의 血管 속에 흐르고 있
는것이어늘", 그 속에 들어가서 새로운 민족문화를 건설해야 한다는 것
이다. 이러한 그의 주장과 문학관을 일컬어 '상아탑의 정신'이라고 말하
는 것이다.

정치적 야욕과 경제적 이권, 문화적 아집이 한데 엉켜서 온갖 주장과
단체가 난무하던 해방기에, 그는 이처럼 '상아탑'의 건설을 주장하고,
문화적 노력을 통한 새로운 조선의 건설을 준비하였던 것이다. 이를 달
리 말하면, '문화를 위한 문화'로서의 문화주의와는 다른, 진보적이며

---

174)「상아탑」,『예술과 생활』, 200~201면.
175)「상아탑」, 200면.

'급진적 문화주의'라고도 말할 수 있겠다.

김동석의 상아탑의 정신은 앞서 언급한 바와 같이, 식민지시대에 형성된 동양적 교양과 맑시즘의 세례, 여기에 영문학 연구를 거치면서 체득한 문학관이 합쳐져 자기모색을 통해 우러나오는 균형 잡힌 교양감각이며, 지식인의 자기 염결성과 사명감에 대한 모색이 해방기의 현실을 만나 구체화되는 실천적 면모를 지닌 것이다. "소금의 짠맛"176)과도 같은 역할을 자임하는 상아탑의 정신의 사심 없는 성격은 이후 작가론이나 문학비평에서 좌익측의 문인이나 여기에 동조하는 정지용, 김기림 등을 대상으로 해서도 날카로운 비판이 가해지는 것에서 잘 드러난다.

그런데 송희복은 해방 직후 김동석의 갑작스러운 등장과 그가 주재하는 잡지의 이름이 『상아탑』인 것이며, 문학의 독자성과 순수성을 주장한다고 하여, 상아탑의 사상을 "좌익내 순수 문학인 일종의 보론스키즘 (voronskyism)"177)이라고 지적한다. 그러나 이러한 관점은 이미 사회주의 혁명을 거친 소비에트 문학운동의 이념적 노선을 김동석의 문학론, 그 것도 해방 직후의 일정한 시기를 토대로 전개된 역동적 문학관에 기계적으로 적용한 단선적 판단이라고 생각된다.

소비에트 문학사상의 보론스키즘은 김동석의 상아탑의 정신과는 다르다. 우선 두 문학관이 펼쳐졌던 역사적 단계가 다르며, 그 주장의 실질적 내용에 있어서도 같지 않다. 혁명 이후의 소비에트 사회에서 문제가 되었던 프롤레타리아 문학의 창조라는 과제에 대응하는 보론스키(A. K. Voronskii)의 주장과, 조선혁명의 역사적 과제를 인민을 기초로 한 부르조아 민주주의혁명으로 보면서도 인민의 나라에 있는 상아탑을 주장하는 김동석의 주장을 기계적으로 대비하여 유사하다고 보는 것은, 김동석 문학을 속류화 하는 것에 다름 아니다. 게다가 김동석의 문학관은 당

---

176) 「민족의 양심」, 『예술과 생활』, 206면.
177) 송희복, 『해방기 문학비평 연구』, 문학과 지성사, 1993, 71면.

대의 역사적 추이에 따라서 적극적으로 변화해나가는 역동성을 지니고 있는 것이다. 일시적인 시기에 그가 지니고 있던 문학적 관점이, 지식인의 역할에 대한 강조와 문학의 예술적 측면에 대한 고려, 정치적 오염에 대한 반감을 주장했다고 하여 이를 순수주의라 규정할 수는 없을 것이다.[178)

요약하거니와, 김동석이 해방을 맞으면서 구체화되는 문학관, 즉 상아탑의 정신은 그가 식민지시대에 형성과정에 있던 문학관을 해방기의 역사적 현실에 구체화한 것으로, 동양적 교양과 아놀드의 비평관에 기반하여 형성된 균형 잡힌 교양감각이며, 맑시즘의 역사인식에 토대를 둔 문화적 급진주의라 말할 수 있다. 해방 초기의 이러한 문학관에 따른 그의 문화적 노력은 『상아탑』이 종간되는 1946년 중반까지 지속되며, 이후 문화운동에 투신하는 것과 더불어 사회·문화비평과 문학비평, 작가론, 문학논쟁 등을 통해서 1948년 8월까지 지속된다. 그러나 상아탑의 정신은 그 뒤 해방 후기의 예각적 현실과 만나시 일정하게 굴절·발전하는데, 이후 그의 문학관의 지향이 다음 절에서 살펴볼 그의 민족문학론이다.

2. 분단기, 민족문학론

김동석의 해방기 활동이 전환하는 계기는 잡지 『상아탑』이 종간되는

---

178) 소비에트 문학사에서의 보론스키즘에 대해서는 게르만 세르게이 에르몰라예프 저, 『소비에트 문학이론』(김민인 역, 열린책들, 1989), 60~68면을 참조할 것. 아울러 그 책에 실린 보론스키의 『Dela literturnye』 22(1923. 12. 31)(21면)와 김동석의 「시를 위한 시」(『예술과 생활』, 57~58면) 부분을 대비해서 읽으면 의미상의 차이점을 발견할 수 있을 것이다.

1946년 중반 경으로 잡을 수 있다. 어떠한 사정으로 그가 7호까지 나온
『상아탑』을 그만두게 되었는지 구체적인 상황은 알 수 없다. 그러나 당
시의 정국이 점차 미군정과 좌익측 사이의 대립적 국면으로 치닫게 되
고, 우익진영이 모스크바 3상회의결정을 계기로 점차 세력을 확대하며,
미소공동위원회가 무시휴회로 들어가게 되어, 급기야 남로당이 '신전술'
을 채택하지 않을 수 없을 정도로 험악해지는 정세와 관계가 있을 것으
로 짐작된다.[179]

정세가 이처럼 좌와 우의 극단적 이분화로 험악해지자 김동석 또한
문화적 통일전선에의 노력이 버거워지고, 어느 한편으로의 선택에 떨어
질 수밖에 없었다. 그 결과 1946년 중반에 들어 김동석은 조선문학가동
맹 외국문학부 위원에 가담하고, 8월에는 동맹 서울시지부의 문학대중
화운동위원회 위원으로 참가하여 공식적인 조직 활동에 나서기에 이른
다. 문화운동에의 투신과 정치적 지형 변화 속에서 그는 이후 보다 밀착
된 현실인식을 획득하며 문학론을 재정립하는 것으로 나아가게 되는 것
이다.

이 시기를 맞으면서 그의 글에서 드러나는 변화는 두 가지로 살펴볼
수 있을 듯하다. 첫 번째 변화가 당시의 정치적 현실과 밀착된 정치비평
과 사회비평이 많이 나타난다는 것이다. 1946년 8월 『신천지』에 발표한
「민족의 자유」는 가장 대표적인 글인 바,

> 實로 多幸히도 朝鮮問題에 있어서는 三相決定이라는 互讓의 美德을 結
> 果했다. 인제 남은 問題는 朝鮮民族이 國際情勢를 正當히 把握하야써 國家
> 百年의 大計를 그르치지않는데 달려있다. 만약 朝鮮民族이 事大主義者나
> 國粹主義者나 反民主主義者에게 誤導되어 國際民主主義路線에서 脫線하는
> 나달(나날의 오자 - 인용자)이면 朝鮮은 第三次世界大戰의 火藥庫가 되고
> 말것이다. 朝鮮 땅을 탱크가 席捲하고 原子爆彈이 破壞할것을 想像만 함

179) 김남식, 『남로당연구』, 돌베개, 1984, 235~238면 참조.

도 끔찍 끔찍한 일이 아닌가. 朝鮮民族은 시방 天堂과 地獄사이에서 갈팡
질팡하고 있다는것을 잊어서는 안된다.[180]

당시의 민감한 정치적 사안을 직접적 대상으로 정치적 정세의 핵심을
지적하고, 민족의 자유를 위하여 모든 인민이 단결하여 민족의 자유를
옹호하자는 위 글의 주장은, 해방 초기에 새로운 민족문화 건설을 주장
하고 정치에 초연하고자 했던 그의 상아탑의 정신과는 조금 다른 것이
다. 이렇게 된 데에는 앞서 언급한 정세의 변화와 함께 김동석 자신의
정치적 결단이 담겨있는 것이다. 그것은 조선문학가동맹에 가담하고, 남
로당의 노선에 동조하는 것을 말한다.[181] 이 글 외에도 「조선문화의 현
단계」라든가 「조선의 사상」, 「공맹의 근로관」, 「기독의 정신」, 「암흑과
광명」, 「예술과 테로와 모략」 등의 글들에서 이러한 변화를 볼 수 있다.

민족이 처해있는 정치적 현실에 대한 적극적 발언과 함께 이 시기에
두 번째 주목되는 변화는, 문학비평과 일련의 작가론을 통해 민족문학
의 위상과 의의에 대한 모색에 들어간다는 점이다. 1946년 말에 중간파
김광균에 대한 두 편의 글을 발표한 뒤로, 그가 민족문학에 대하여 본격
적으로 언급하기 시작한 것은 우익측 청년문학가들의 수장격인 김동리

---

180) 「민족의 자유」, 『예술과 생활』, 129면.
181) 이러한 김동석의 정치적 전신, 즉 조선문학가동맹에 가담하고 남로당의 노선에
　　동조하는 것을, 좌익에 대한 전면적 긍정이나 투신으로 이해하기는 어렵다. 그의
　　비판적 면모라든가 문학관, 문학적 이력을 보건대, 당시의 남한 정세와 관련한
　　현실적인 선택으로 봄이 타당할 것이다. 그리고 그가 가담한 조선문학가동맹 역
　　시 극좌적인 성향의 단체가 아니라 '인민문학으로서의 민족문학'이라는 슬로건
　　을 내세운, "우리 문학사상 처음으로 이루어진 문인들의 좌우합작조직"(최원식,
　　「한국문학의 근대성을 다시 생각한다」, 『창작과비평』 1994년 겨울호, 27면)이며,
　　1946년 11월 8일 임원개편에서도 양주동, 염상섭, 채만식 등을 임원으로 보선하
　　는 것(윤여탁, 「해방정국의 문학운동과 조직에 대한 연구」, 『한국학보』 1988년 가
　　을호. 196면)에서 알 수 있듯이, 출발기에 뿐만이 아니라 운동의 지속적인 전개
　　속에서도 좌우합작노선을 견지했다는 점을 상기할 때, 김동석의 전신은 현실적
　　근거와 판단이 뒷받침된 자연스러운 것으로 봐야 할 것이다.

에 대한 작가론 「純粹의 正體」를 쓰고부터이다. 당시의 문단 역시 좌우
로 갈리면서 서로 개념을 달리하는 민족문학을 주장하기에 이른다. 이
에 김동석은 우익측에 의해 주창되던 순수문학에 대한 비판을 감행하지
않을 수 없었던 것이며, 이후로 민족문학에 대한 실천적 탐색에 들어가
게 되는 것이다.

> 호랭이를 그리려해도 개가 되기 쉽겠거든 굳이 聯關되는 모든 問題를
> 問題삼아 解決하려는 文學을 버리고 何必 曰 純粹文學이냐? (중략) 그러나
> 8·15가 왔다. 朝鮮文學이 무슨 問題든지 問題삼고 解決할려고 努力할수
> 있는 다시 말하면 民族文學을 樹立할 때는 왔다.[182] (밑줄 인용자)

밑줄친 "무슨 問題든지 問題삼고 解決할려고 努力할수 있는" 문학이
라는 막연한 언급 속에, 비록 추상적이긴 하지만, 민족문학에 대한 그의
생각이 담겨 있다. 그러나 그것은 영원불멸하는 정체불명, 국적불명의
추상적 구호가 아니라, 8·15를 계기로 해서 구체화되고 건설해야할 역
사적 실체로서의 문학임을 역설하고 있다. 이러한 의미에서 우익측의
순수문학론은 민족적 현실을 담아내는 민족문학과는 거리가 있다는 비
판이 가능했던 것이다. 이후 김동석의 민족문학에 대한 모색은 우익측
순수문학론과 작가 비판을 통해서 구체화된다.

그런데 여기서 주목할 것은 김동석의 민족문학론이 공식적인 조직의
문학론에 영향을 받았다거나 정치적 슬로건에 기초하여 이론비평을 중
심으로 전개되지는 않았다는 점이다. 문학조직과는 일정한 거리를 유지
한 곳에서, 실질적인 작가론과 문학 활동을 통해 대중적 관심과 지향 속
에서 민족문학론을 모색하고 전개하였던 것이다. 게다가 그는 좌익문단
의 대표적 민족문학론자들인 안함광, 임화, 이원조 등이 모두 월북한 뒤

---

182) 「순수의 정체」, 『뿌르조아의 인간상』, 59~60면.

에도 지속적으로 실제비평을 통해서 민족문학론을 구체화하였다. 이 같
은 이유로 해서 그의 민족문학론은 다소 산만한 면모를 보이기도 하고,
별다른 이론적 체계를 드러내지 않게 된 것이다. 그러므로 김동석의 민
족문학론은 임화나 암함광, 이원조나 윤세평에 이루어진 문학이념이나
방법론과 같은 이론비평적 측면에서가 아니라, 문학논쟁과 작가론과 같
은 실제비평과 순수문학비판을 통해 대중적 관심과 설득력을 가지고 전
개된 측면을 중심으로 살펴보아야 한다.183) 아울러 그의 민족문학론은,
해방 초기의 상아탑의 정신이 보여준 민족현실에 대한 착목과 지식인의
사명감 및 정치에 초연하고자 했던 문화적 노력이, 좌우의 이데올로기
적 대립을 맞아 문학 부면에서 자연스럽게 귀결된 것으로 이해해야 그
면모가 분명해질 것임을 잊지 말아야 한다.

　김동리와 이광수 비판과 같은 작가론, 셰익스피어 연구와 문학 강연,
문화운동 등을 통해 형성되던 그의 민족문학론을 집약적으로 보여주는
것은, 남북한에 각각 단독정부가 수립되고 대다수의 남로당계 문인이 월
북한 뒤인 1949년 1월 1일에 있었던 김동리와의『국제신문』신년대담에

---

183) 해방기 좌익측에 의해서 전개된 민족문학론을 체계적으로 고찰한 하정일의「해
　　방기 민족문학론 연구」(연세대 박사논문, 1992)는, 비평사적 맥락에서 해방기의
　　민족문학론을 임화-「문건」-「문맹」계열과 안함광-「동맹」-「북문예총」계열의 두
　　흐름으로 파악하고 있다. 하정일의 평가처럼 이들의 민족문학론은, 과거 식민지
　　시대의 카프 교조성과 폐쇄성을 일정하게 극복하고, 민족문학의 원리와 방법에
　　대한 높은 이론적, 현실적 수준에서 보여주었다는 역사적 의의를 지닌다. 그러나
　　이들의 논의 또한 실제 작품 창작과 문학현실보다는 앞서간 편향을 남겼다는 점
　　에서 비판을 면하기 어려울 것이다. 이런 점에서도 공식적, 이론적 편향에 떨어
　　지지 않고, 순수문학과 같은 실제적 문제를 대상으로 날카로운 비유와 대중적
　　친화력을 지닌 문체로 전개된 김동석의 비평은 의의가 크다는 것이다.
　　여기서 김동석과 함께 주목되는 비평가가 김영석이다. 비평과 함께 창작을 겸하
　　였고, 늦은 시기까지 월북하지 않고 실제비평과 문학운동을 전개하였으며, 이론
　　비평에서도「民族文學論」(『문학평론』3호, 1947. 4)과 같은 이론적 성과를 남긴
　　김영석은 해방기의 비평사에서 지나칠 수 없는 인물이다. 그러나 그의 비평과
　　소설을 종합적으로 문제 삼아 논구한 연구는 아직도 별무한 듯하다.

서이다. 「민족문학의 새구상」이라는 제목 아래에 전개된 이날 토론은, 정
치적 현실이 이미 단독정부의 수립으로 일색화된 이후라 다소 김빠지는
것이었으나, 해방기에 가장 날카롭게 대립한 논전의 당사자였던 김동리와
김동석 간의 지상논쟁일 뿐 아니라, 김동석의 민족문학론의 전개과정을 전
체적으로 살펴볼 수 있는 지점을 마련해 준다는 점에서 의의가 크다.

> 우리가 말하는 民族文學이라는 것은 8 · 15 解放 以後에 提唱된 것인데,
> 其實 따지고 본다면 이 8 · 15 以前엔 우리에게 民族文學이 없었다. 왜 그
> 러냐 하면, 한개의 民族文學이라면 응당 그것은 民族全體의 問題를 問題
> 로 하고 眞實을 그려야 할 것인데, 8 · 15 以前에 우리 문학은 그렇지 못
> 했다. 그야 勿論 8 · 15 이전에도 朝鮮文學이 없었던 것은 아니다. 그러나
> 그것은 用語에 있어서 朝鮮語를 使用했고 形式에 있어 朝鮮的이었지만 그
> 內容에 있어서는 民族的이 되지 못했다.184)

민족문학의 사적 의의를 8 · 15 이전과 이후로 대비하여 설명하고,
"민족전체의 문제를 문제로 하고 진실을 그려야 할" 민족문학의 내용과
형식의 모색으로 나아가는 것에서, 그의 민족문학에 대한 지난한 모색
을 알 수 있다. 곧, 용어를 조선어를 사용하고 형식에 있어 조선적이라
고 하여 민족문학이 아니며, 내용에 있어서 민주주의적이어야 민족문학
이라는 것이다. 그리고 내용에 있어서의 민주주의적 요소는 민족 전체
의 "生活을 爲한 文學"이 되려는 데에서 출발함을 역설한다.

> 쉽게 말하면 그것은 生活을 위한 文學이 되라는 것이다. 封建制度 下
> 에서나 또는 日帝時代와 같이 朝鮮民族의 生活이 全體的으로 暗黑 속에
> 있어 갈 바 길을 잃었을 때에는 리얼리슴이 成立하기가 困難했던 것이
> 다. 그러나 民族의 갈 바 길을 찾은 오늘날 새로운 生活을 建設하기 위하
> 여 實踐해야 되는 오늘날 그것을 바라고 朝鮮民族主體가 싸우듯 文學家

---

184) 「민족문학의 새구상 - 김동석, 김동리 대담」, 『국제신문』, 1949. 1. 1.

도 民族文學을 세울랴고 싸울지 않어서는 아니된다. 그리하여 民族文學
이라는 것은 形式으로는 民族的이고 內容에 있어서는 民主主義的이 되어
야 하는 것이며, 꿈이 아니라 現實에서 光明과 希望을 探究하고 發見하는
文學이라야 한다.185)

그의 이러한 견해는 특유의 '생활의 비평' 문학관과 민족문학론이, 리
얼리즘이라는 방법적 원리와 만나 제출된 정식으로서의 의의를 지닌다.
생생한 문학현장에서 발로 뛴 실제비평으로 검증되어 나왔다는 점과,
그것이 조직의 노선이나 정치적 슬로건에 긴박된 이론으로 주장된 것이
아니며, 대중적 언설과 견해로써 리얼리즘이라는 방법적 원리의 획득에
까지 다다랐다는 점이 평가된다.

그러나 이 대담조차도 서로의 입장이 근본적으로 현격히 다르며, 짧
은 시간 동안 서로의 입장을 교환하는 수준에 머물러서 결국 논지가 흐
려지고 만다. 그리고 이후 남한 단독정부 아래, 보도연맹이 횡횡하는 분
단현실 앞에서 더 이상의 논의를 진행하지 못하고 월북함으로써, 그의
민족문학론도 여기에서 멈추고 만다.

185) 「민족문학의 새구상 - 김동석, 김동리 대담」.

제5장

시와 산문의 세계

아놀드의 비평관을 비판적으로 수용하며 형성되던 김동석의 문학관이 식민지시대의 암담한 현실을 만나 지속되지 못하고 나타난 시와 수필의 창작은, 식민지 지식인 김동석의 내면을 가장 직접적으로 반영하는 문학양식이다. 그러므로 시와 수필에 대한 분석은 김동석 문학의 원형질을 살펴보는 데 있어 의의가 크다. 아울러 해방 이후에 쓴 시와 수필에 드러나는 변모와 지속, 문학적 형상화의 수준을 살펴봄으로써, 그가 해방기를 맞는 태도와 자세는 물론 그것의 미학적 성과까지도 가늠해볼 수 있을 것이다.

시와 수필로 잦아있던 김동석의 비평적 열정은 해방이 되자마자 마치 봇물과도 같이 분출하여 나온다. 상아탑의 정신으로 재출발한 그의 문학관은 작가론과 일련의 문학비평을 통해 구체화되며, 해방 후기 분단현실이 점차 가시화되는 것을 맞아서는 사회·문화비평과 문화운동, 외국문학 연구를 통한 민족문학 수립을 위한 문화적 투쟁으로 전개되는 것이다.

이같이 다양한 내용과 형식에 걸쳐 광범위하게 전개되는 김동석 문학의 전반을 살펴봄에 있어, 여러 가지의 방법이 있겠으나, 이하에서는 김동석 문학 활동의 전체적 면모를 주로 문학양식적 갈래에 따라 살펴보기로 한다. 이와 동시에 시기적 변모에도 주목하면서 구체적 전개양상의 개괄적 소개와 그것이 갖는 의미를 논구하여 볼 것이다.

먼저 순수창작으로서의 시와 수필, 그리고 사회·문화비평을 검토한 다음에 그의 문학의 특장이라 할 수 있는 작가론을 검토한 다음, 문학비평과 외국문학 연구 등을 묶어 '민족국가 건설을 위한 문화적 투쟁'의 전개과정으로 살펴보도록 하겠다.

1. 시집 『길』과 해방기의 시편들

김동석의 시 창작은 1930년대 말부터 시작된다. 비평의 좌절을 대신하여 시작된 그의 시 창작은 그러나 일제 말의 시대적 상황 속에서 발표하지 못하고, 시대적 울분을 정화하는 개인적 창작에 갇혀 있었다. 시 역시 수필과 마찬가지로 일제말의 엄혹한 시대를 인내하면서 길러진 김동석의 내적 문학양식으로 출발하였던 것이다. 이때 써두었던 시들은 해방 직후인 1946년 1월 시집 『길』로 출간되었다.

> 열손 배 위에 얹어 놓고야 큰 소리 허렸다는데 인제 겨우 설흔의 고개를 넘어 네번째 새 해를 맞이하는 나로서 처녀시집의 이름을 "길"이라 한것은 위태로운 짓이다. 허지만 아직껏 내가 걸어 온 길을 세상에 들어나게스리 그린다면 이 시집은 조금도 거즛 없는 바루 그 그림일것이다.[186]

위 글은 1946년 1월에 옛 시들을 모아 시집『길』을 간행하면서 후기
에 쓴 말이다. 시 또한 위 후기에서의 고백처럼, 그가 식민지시대부터
걸어온 길을 솔직하게 형상화한 고백의 문학에 다름 아니었다. 그러나
"길"이라는 시집 표제어가 말해주듯, 그에게 시는 산문으로 씌어진 수필
과 달리, 그의 삶과 인생의 좌표를 상징하는 감성과 실존의 차원에서 썼
던 것으로 생각된다. 이 점은 시집『길』의 맨 앞머리에 놓인「시」에 잘
나타나 있거니와, 그의 초기 시관을 이 시에서 살펴볼 수 있기도 하다.

> 소리 없이 들려 오는 노래 한가닥 –
> 가슴 속에 솟는 샘물의 선률일러라.
>
> 눈을 감아도 보히는 그림 한폭 –
> 뇌수 속에 피는 꽃의 묵화일러라.
>
> 옴짓않는 팔다리 속에 춤 추는 힘 –
> 세포에 흘러나린 처용의 춤일러라.
>
> 내 넋과 몸이 지니인 인간의 유산 –
> 태풍 속에 숨은 한점 고요일진저!
>
> — 「시」전문

시는 "가슴 속에 솟는 샘물의 선률"이고 "뇌수 속에 피는 꽃의 묵화"
이며, "세포에 흘러나린 처용의 춤"이다. 그리고 "내 넋과 몸이 지니인
인간의 유산"이 태풍 속에 숨어서 나타나는 "한점 고요"라고 표현하고
있다. 시를 이만큼 인간 영혼의 정화된 것으로 형상화한 시는 그리 흔
치 않을 것이다. 1946년 10월에 발표된 평론「朝鮮文學의 主流」에서 그
는 시와 산문의 특색을 프랑스의 시인 말레르브(F. de Malherbe)의 말을
인용하여 논하고 있다. 말레르브가 시를 무용에다 비유하고 산문을 보

---

186)「"길"을 내놓으며」,『길』, 71면.

행에다 비유한 것을 시와 산문의 차점을 잘 표현했다고 언급하고, "춤은 가는 곳이 정해있지 않은 대신 아름다워야 하지만 걸음은 아름답지 않드라도 지향한 곳에 다다르기만 하면 되는 것"[187]이라는 견해를 피력하고 있다. 「시」에서와 같이, 시를 인간 영혼의 '춤'으로 본 그의 시관이 되풀이 되고 있다.

그의 최초 시비평인 「조선시의 편영」에도 그가 시를 바라보는 관점과 척도가 나타나 있거니와, 생활의 글인 수필이나 소설과 달리 김동석의 시는 가슴과 뇌수, 세포와 넋 속에서 걸러 나오는 아름다움을 지향한 것이었다. 그리고 이와 같은 그의 시관을 통해 그의 시작(詩作)은 전개되었던 것이다.

시집 『길』에는, 해방 전부터 시집이 간행되던 1946년 1월까지 발표된 시까지 포함하여, 총 33편에 달하는 그의 모든 시를 수록하고 있다. 3부로 구성된 이 시집에서 '1부 풀닢배'와 '2부 비탈길'이 식민지시대에 쓴 시인 듯하며, '3부 백합꽃'에 실린 대부분의 시가 해방이 되고 나서 쓴 시라고 생각된다.[188] 그리고 1, 2부에 실린 시들도 시적 형상화라든가 정서의 전개 흐름에 있어서 시작 순서대로 편집하여 간행된 것으로 보인다. 그러므로 여기서도 역시 그의 시의 변모과정을 살펴보기 위해 시집의 순서에 따라 식민지시대에 쓴 1, 2부의 시를 살피고, 3부를 해방 이후의 시를 고찰해 보기로 한다.

1) 일제말의 시

일제 말에 썼던 시, 그러니까 시집의 1, 2부에 실린 시들의 공통적 특징을 들라면, 제재를 주로 생활주변의 자연물에서 구했다는 점과 어조

---

187) 「朝鮮文學의 主流」, 『경향신문』, 1946. 10. 31.
188) 해방기에 발표된 「알암」, 「경칩」, 「희망」, 「나는 울었다」 등이 모두 3부에 실린 것으로 보아, 이러한 추측은 타당하다고 여겨진다.

가 동요적이라는 데 있다. 형식에 있어서는 정형률이 드러나 보이는 시가 많다. 제재가 생활주변의 자연물인 것은 수필에서와 같거니와, 그것을 다루는 시인의 솜씨가 어떤지 몇 편을 살펴보기로 하자.

산도
포풀라도
물구나무를 섰소

소도
구장님도
꺼꿀로 걸어 가오

촌도
물에 빠져
한폭 그림이 되다.

— 「풍경」 전문

펴보면 아무것도 없느데
갈대닢은 불면 니나니 나니나

곡조도 없는 외마디 속에
감채미 속 같은 어린 나라가 있어
밀짚인형이 어깨춤 추고
귀밑머리 딴 풀각씨가 절한다.

— 「갈대피리」 1~3연

황혼에 나가서
하늘을 바라보면
별이 하나 둘 다정히 웃고

황혼에 나 혼자
숲속을 거닐면

물소리 졸졸졸 소근거리고

님 없는 신센데
내 마음 황홀하여
황혼 속에 비애를 묻었드니라.

　　　　　　　　　　　　　　　　　— 「황혼」 전문

나는 죽어 구름이 되께
너는 죽어 종달새 되렴
나는 너를 안고 창공을 날며
온종일 마음껏 노래 부르리.

나는 죽어 한줌 흙이 되께
너는 죽어 맴들레꽃 되렴
나는 너를 안고 무덤에 누어
해 지도록 푸른 하늘 바라보리.

나는 죽어 흰 박꽃이 되께
너는 죽어 맑은 이슬이 되렴
나는 너를 안고 지붕에 누어
밤이 늦도록 별을 치어다 보리.

　　　　　　　　　　　　　　　　　— 「하늘」 전문

시집 1부에서만 가려 뽑은 4편의 시이다. 위에서 언급한 공통적 특징
이 네 편의 시에서 그대로 드러나 있다. 시의 형식에 대한 속박과 함께
서정성에 대한 경사가 엿보인다. 비교적 초기에 썼던 습작기의 작품들
로 생각되는 시들이다.

시 「풍경」은 특히 그러한 습작기의 면모가 물씬 풍기는 시다. 물구나
무를 서서 바로 본 동리 풍경을 담아냄에 있어 3연 3행의 간결한 형태
를 유지하려고 했다. 시 「갈대피리」도 1연 2행으로 시상을 이끌어 가면
서 갈대피리를 통해 아름다움을 담아보고자 했다. 형식에 대한 배려와

간결하고도 단순한 시 형식을 유지한 것은 동화적 발상과 연관이 있는 듯하다. 「풍경」에서의 "소도 / 구장님도 / 꺼꿀로 걸어가오."라든가, 「갈대피리」에서 갈대피리 소리 속에 "감채미 속 같은 어린 나라가 있어"라고 표현한 것 등은 그의 시심의 원천이 천진한 동화적 심성에서 기인함을 드러내준다.

앞서도 언급했지만, 그의 산문적인 생활에서 우러나온 문학이 수필이라면, 이곳에서 일층 벗어나 자연과 마주하면서 샘솟는 것이 시였고, 그것의 원초적 심성은 불순물이 섞이지 않은 동화적 세계로부터 비롯되었다고 봐야할 것이다. 여기에 김동석이 유년을 보냈던 부천군 다주면 장의리 마을에서의 체험이 깔려있음은 물론이다. 이러한 동화적 시심은 이 두 편 외에도 무척 많다. 시 「별」에서는 "눈은 깜박, / 입은 방실. // 아기별들이 / 엄마별한테 / 옛날얘길 듣고 있는게지요."라고 묘사하고 있으며, 제목부터 동심을 일으키게 하는 「풀닢배」에서는 "새 노래도 꽃 향기도 언덕에 남긴채 / 풀닢배는 강물을 따라 흘러간다."고 형상화하고 있기도 하다.

그러나 시작의 출발기에 보이는 이러한 동화적 시심은 오래 지속되지 못하였다. 인용한 「황혼」과 「하늘」과 같은 시에 가면, 시적 자아는 동화적 세계에서 아름다움에 만족하여 안주하기를 멈추고 무엇인가를 갈구하거나 아쉬워하고 슬퍼한다.

시 「황혼」을 보면, 1, 2연에서 "별이 하나 둘 다정히 웃고", "물소리 졸졸졸 소근거리"는 황혼녘에 시적 자아가 그 "황혼 속에 비애를 묻었드니라"고 애닲아 하고 있다. 물론 시에서 자주 등장하는 "님 없는 신세"에 대한 외로움을 토로한 것으로 가볍게 보아 넘길 수도 있지만, 다른 시에서도 이러한 감정들이 계속 확대되어 나타난다는 점에 주의해야 한다. 「하늘」에 오면, 무엇인가 현실에서는 억눌리고 갇힌 심성을 죽음이라는 상황을 통해서 극복하려는 시적 자아의 소망이, 역시 동화적인

상상력으로 드러나고 있다. 그리고 여기서 시적 자아는 대상적 존재로
나타나는 "너"-실제로 존재했던 인물인지는 그렇게 중요한 것은 아니다-
와의 죽음을 통한 재생으로, "온종일 마음껏", "해 지도록", "밤이 늦도
록" 노래하고 하늘과 별을 바라보고 싶을 뿐이라고 토로한다. 이러한 시
적 자아의 불안과 슬픔은 2부에 실린 시들에 더욱 농후하게 나타난다.
  「비애」는 1부에 실린 시 중에 좀 특이한 시다. 그가 첫아들 상국을
1942년에 돌도 넘기지 못하고 잃고 나서 쓴 체험을 담고 있는 시다. 시
의 화자로는 그의 아내가 등장하고 있다.

> 네가 가고나서부터 엄마는 아름다운 것애 눈물 짖는 버릇이 생겼단
> 다. 더군다나 너 같은 아가를 볼 때면 그 아기가 귀여울쑤록 애처러워
> 못 견디겠다.
> 깨물고싶도록 귀여운 고 손. 고 손의 보드러운 촉감 - 이 속에도 비애
> 가 깃들일 줄이야.
>
> 너는 엄마에게 진정한 사랑을 가르켰다. "마돈나"의 자애로운 얼굴도
> 영아 예수가 발하는 광명이 아니냐. 아가 우리 아가 너는 가도 너의 사
> 랑은 영원히 빛나리라 나는 믿고 살겠다.
>   ― 「비애」 4, 7연

  앞서의 시에서 이제껏 자연물이나 서경적 묘사를 통한 시적 자아의
감상이 드러났어도, 그것들은 역시 동화적 상상력에 기대었거나 아니면
막연한 불안과 슬픔의 정조에서 나온 것들이었다. 그러나 「비애」는 다
르다. 첫아들을 돌도 지나지 않아 잃고 난 슬픔은 절실한 개인적 아픔을
동반하는 것이다. 그러므로 이러한 아픔을 계기로 시인이 세상을 바라
보는 눈이 더욱 성숙하여지리라는 것을 짐작할 수 있다. 4연에서 "네가
가고나서부터 엄마는 아름다운 것애 눈물 짖는 버릇"이 생겼다거나, 7
연에서 "너는 엄마에게 진정한 사랑을 가르켰다"는 것을 통해서 알 수

있듯, 그가 시를 바라보는 시선이 아들의 병사를 통해 그만큼 깊어질 수 있겠기 때문이다. 시작 초기의 낭만적·감상적 시관은 이렇듯 개인적 체험을 경과하면서 오히려 현실성을 얻게 되는 것이다. 그러므로 2부의 시들은, 1부의 시들에서 보였던 불안과 슬픔이 더욱 농후해지고 동시에 이를 극복하려는 시적 상징들을 보여주는 것으로 나아간다.

> 달도 없는 밤인데
> 바다는 잠을 이루지 못한다.
> 너의 가슴은 왜 저리 설레이느냐.
>
> 네 몸부림에
> 물고기들도 잠자리가 괴로우리.
>
> 밤이면 바다ㅅ가에 앉아
> 흐느끼는 사나이 하나 있음을
> 너는 아는다?
>
> ― 「바다」 전문

시 「바다」에서의 시적 자아는 바다의 출렁거림을 통해서 흐느끼는 자신의 마음을 읽는다. "달도 없는 밤"에 잠 못 이루는 바다와 물고기들의 괴로움을 말하고, 3연에 와서 그 바닷가에서 흐느끼는 사나이를 등장시키고 있는 것이다. 여기서 흐느끼는 사나이는 시인 김동석 자신임을 쉽게 연상할 수 있다. 그리고 그의 심사에 의해서 바다조차 잠을 못 이루고 괴로워 한다는 역설적 표현이 가능했던 것이다. 그리고 3연 마지막의 반어법을 통해 잠 못 이루는 괴로움을 다시 한 번 환기시킨다. 간명하면서도, 괴로운 시적 자아의 심사가 잘 형상화된 시다. 그러나 그 괴로움의 근원이 무엇인지는 잘 보이지 않는다.

2부의 시에서 빼어난 서정성을 획득한다고 여겨지는 시가 「나무」이다.

　　상처 입은 나무닢 흩어져 눕고
　　뼈만 남은 가지는 바람에 떠는데
　　가마귀떼 까악 까악 지저귄다.

　　불길한 새 가마귀야 죽음을 노래하라.
　　살무사도 땅 속에 숨는 겨울
　　나무는 조각달 하나 없는 밤에
　　산 넘어 붉은 태양을 꿈 꾼다.

　　불길한 새 가마귀야 죽음을 노래하라.

　　푸른 잎닢이 나비가 되는 유월
　　해 빛은 은어떼처럼 춤 추리니
　　그 때를 바라고 수난하는 나무들.
　　억눌린 생명은 꿈틀거리어라.

— 「나무」 전문

　「나무」 역시 시적 배경으로 "살무사도 땅 속에 숨는 겨울", "조각달 하나 없는 밤"이 등장하고, 거기에 "상처 입은 나무닢", "뼈만 남은 가지"가 바람에 뒹굴고 떠는 을씨년스런 풍경을 제시한다. 그리고 그러한 풍경에 불길한 새를 상징하는 가마귀를 등장시켜 을씨년스러움을 한껏 고조시킨다. 마치도 E. A. 포우(poe)의 시 「The Raven」의 음울한 서정적 정조를 연상케 한다. 게다가 음악적 리듬의 배려와, "불길한 새 가마귀야 죽음을 노래하라"라는 시행의 반복을 통해, 엄혹한 겨울을 수난하는 나무의 시련을 강렬하게 부각시킨다.

　그러나 이러한 고난 속에서도 김동석은, 내용상 2연에 해당하는 부분에서 제시된 "붉은 태양"이라는 상징과, 새로 도래할 봄의 "은어떼처럼 춤 추"는 햇빛의 이미지를 통해, 다시 소생할 것을 믿고 "수난하는 나무"의 형상을 슬그머니 그려낸다. 앞서 음울하게 노래한 "죽음"은 실상 소생에 대한 강렬한 꿈을 간직하고 있는 것이다. 3연 마지막의 시행 "억눌린 생명은 꿈틀거리어라"는 그러므로 현실에서의 불안과 답답함을 못내 괴로워하다가 시적 자아가 찾아낸 강렬한 희망의 염원을 토로한 것이며, 수난하는 나무의 상징을 통해 어려운 시절을 인내하는 시인 자신의 비원을 보여주는 것이다.

또 다른 시 「단상」에서는 답답한 현실이 보다 구체적으로 형상화된다. "날개를 가지고도 날으지못하는 나", "나래미가 있어도 자유로 헴못치는 나"가 그것이다. 그러나 이 시 역시 도래할 "오월"과 "유월"에 대한 기대를 잊지 않는다.

이렇게 위의 시들을 읽었을 때, 시적 자아가 불안해하고 답답해하는 현실이란 곧 식민지시대임을 떠올릴 수 있다. 그리고 그러한 시대적 상황에 대한 답답함과 어쩔 수 없음에 대한 불안이 그의 시에서 계속 증폭되어 나타나고 있음을 알 수 있다. 이러한 과정에서 김동석은 급기야 "붉은 태양"이라는 시적 상징을 찾아내고 그 시절을 견디어 나가고 있는 것이다. "붉은 태양"으로 상징되는 시인 김동석의 시적 전망은 이후 해방이 되고 나서도 줄곧 그의 앞길을 비춰주는 상징으로 되풀이 되어 나타난다.

식민지시대 그의 시의 대미를 장식하는 시는 「비탈길」이다. 초기 시에서 보이는 형식에 대한 속박을 어느 정도 극복하고, 자연물에 의탁하여 암담한 어조로 불안과 답답함을 토로하던 것에서 벗어나서, 직설적이고도 담담한 어법으로 자신의 인생을 '비탈길'에 서있는 것으로 수려하게 형상화하고 있다.

나는 짐 실은 수레를 끌고 비탈길을 올라 간다.

인생의 고개는 허공에 푸른 활을 그리고

그 넘어 흰 구름이 두둥실 떴다.

길은 올라갈쑤록 가파르고 험하야
나는 잠시 수레를 멈추고
올라 온 길을 나려다 본다.

— 「비탈길」 전반부

군더더기의 설명이 필요 없는 명징한 시다. 이전에 보였던 다소 과도
한 비유와, 청춘에게서 보일 법한 유미주의적 표현이 말끔히 가시고, 자
신의 인생을 지그시 굽어보려 하는 이립(而立)의 지향이 보이는 시다.
"올라갈쑤록 가파르고 험"한 길을 무엇이 있는지 몰라도 올라간다는 진
술에서 식민지시대를 힘겹게 견뎌내려는 시인의 자세가 드러나고 있다.

요컨대 식민지시대에 쓰인 김동석의 시는 수필과는 달리, 산문적 생
활과는 거리가 먼 자연심성과 동화적 상상력에서 출발하여, 점차 시대
적 질곡과 개인사적 아픔을 배경으로 비애와 불안의 정서를 드러내었
고, 이후 강렬한 시적 상징을 획득함으로써 험한 시대를 인내하려는 견
딤의 정서를 보여주었다고 평가된다.

2) 해방기의 시편들

시집 3부에 실린 시들은 「鳶」을 제외하고는, 대체로 해방이 되자마자
썼던 시들이다. 그러므로 이들 시에는 당연히 해방 직후의 시적 흥분이
미만할 것으로 짐작하기 쉽다. 그러나 1945년 11월에 발표된 「希望」은
의외로 차분하다.

너의 할아버지는 구멍가개를 보고
네 애비는 사방모를 쓰고 다녔다
현아, 나는 너를 위해 무엇을 하랴.

짓밟혀 시들은 잔디에 풀엄이 돋고
너이들이 무심히 딩구는 동산
그 동산을 꿈 꾸며 두 주먹을 쥐어본다.

— 「희망」 4, 5연

"세살된 상현에게 주는 시"라는 부제를 달고 있는 이 시에서 해방을 맞는 시인의 감정은 의외로 담담하다. 그저 아들이 "무심히 딩구는 동산"을 꿈꾸며 두 주먹을 쥐어보는 정도다. 그러나 이러한 그의 결의가 예사롭지 않음은 식민지시대 첫아들을 잃고 나서 쓴 시 「비애」가 있음으로 해서 더욱 확연해진다. 해방된 현실에 임하는 시적 자아의 정서적 모토가 "현아, 나는 너를 위해 무엇을 하랴"라는 질문으로 소박하게 출발하는 것인 만큼, 그것은 육화된 것으로서의 절실한 울림을 지닌다. 그리고 이렇듯 차분하면서도 절실한 울림을 주는 육화된 시적 정서가 상아탑의 사상으로 확대되는 것에, 해방기 김동석 시가 갖는 변화의 근본적 추동력이 자리하고 있다. '나'에 던져졌던 실존적·도덕적 질문이 해방과 함께 바야흐로 사회로, 문학으로 굵어져 나가게 된 것이다. 그렇기에 힘겹게 자기 자신을 다독이고 인내하며 견디어 내던 그에게 해방 직후의 현실은 무엇이든지 가능한 것으로 다가왔으며, 동시에 그런 어려운 시대에 적당히 야합하여 개인적 이권만을 챙기는 친일 모리배와 봉건잔재는 시급히 청산해야 하는 절박한 시기로 생각되었던 것이다. 그러므로 그의 해방 직후의 시에는 강한 시적 전망이 들어섬과 함께 청산해야 할 과거에 대한 칼날 같은 결단의 어조가 들어가게 되는 것이다.

달밤을 대낮이라 우겨가며
술 먹고 춤 추던 무리들 잠든듯 고요한
서울의 거리 죄 많은 거리 거리……

················· (중략) ·················

　　　흥분한 야망과 욕심을 깔아앉히고
　　　눈은 나려 나려서 거리 거리를 덮고
　　　먼 동이 트기전 오에와 치욕은 숨으라.

　　　거리마다 부즈런한 이들의 얼굴 얼굴
　　　그들의 발길이 밟고 가는 순백의 길·
　　　그 길위에 붉은 태양은 빛갈을 던지리라.
　　　　　　　　　　　　　　　　　　　　　— 「눈은 나리라」 부분

　「학병 영전에서」와 함께 이 시는 해방 직후의 현실을 맞는 김동석의 격정과 분노가 가장 두드러지게 드러난 시다. "달 밤을 대낮이라 우겨가며 / 술 먹고 춤 추던 무리들" 즉 친일모리배에 대한 시적 자아의 시선은 그러므로 단호하다. "눈"으로 상징되는 흰빛의 정화와 청산을 열망하며, "먼 동이 트기전 오에와 치욕은 숨으라"고 외치는 거침없는 호흡 속에 해방을 맞는 그의 시대적 비원이 담겨있는 것이다. 그리고 그러한 청산의 "순백의 길"이 끝난 곳에서 새로 "붉은 태양"으로 상징되는 새 조국 민주주의조선 건설의 길을 가리키게 되는 것이다.

　　그런데 실상 그의 이러한 시적 상징은 매우 단순하고, 시어로서 그리 새로워 보이지도 않는다. 그리고 섬세한 시적 표현이라든가 수사를 전개하지도 않는다. 그러나 그러한 것이 없는 대신에 그의 시에는 직정적인 힘이 있고, 명징한 시적 울림을 전해준다. 또한 그의 시는 선전벽보의 문구를 그대로 인용한 듯한 슬로건 시로 떨어지는 것도 아니다. 다른 시들을 보기로 하자.

　　　나무 나무들도 잠든듯 한데
　　　바라뵈는 산들의 침묵은 무겁고
　　　가도 가도 끝 없을 나그네ㅅ길임에
　　　주저없어 목놓아 울고만싶다.
　　　그래도 이 길이 별빛에 히고

여러 동무가 내 앞에 걸어갔음에
나는 어둠 속에서 헤매지 않고
또 다시 용기를 얻어 발을 옮긴다.

길은 흰 강물처럼 구비쳐
어둠 속을 감돌아 산 속에 들고
이 밤이 다하는 산봉우리에선
붉은 태양이 홰치며 솟으리라.

— 「길」 4~6연.

젊은이들은 묵묵히 걸어 간다.

독사와 이리가 무서워
안타까이 바라만 보던 산
푸른 산 쪽빛 산 연보라ㅅ빛 산들……

……………… (중략) ………………
봉우리 가까이 별빛에 눈은 히고
젊은이들의 노래ㅅ소리 높아만 가는데
돼지우리를 향해 내려 뛰는 이리떼
해방의 붉은 태양은 산 넘어 있다.

— 「산」 부분

　시집의 표제작인 「길」과, 「산」이라는 시다. 그가 지속적으로 차용하
고 있는 "붉은 태양"이라는 상징이 여기서도 계속 사용되고 있다. 절제
된 시형식의 틀도 완강히 지속되고 있다. 그러면서도 이 두 시는 「눈은
내리라」의 강한 억양과 호흡과는 조금 다른 낙관적이면서도 완강한 시
선이 엿보인다. 직설법의 어투를 통해 가야할 곳으로 묵묵히 가는 시적
자아의 강인한 경건함이 두드러지게 나타나고 있다. 시의 의미를 별달
리 논의할 필요가 없을 정도로 또렷이 드러나 있다. 식민지시대에 썼던
시에서 보이던 불안과 답답함이 사라지고, 대신 새조국 건설에 대한 낙

관적 기대와 의지가 시적 자아의 주관적 감상을 벗어나 역사적 현실로 다가가고 있음을 볼 수 있다. 군더더기 없는 시상의 전개 속에, 그나마 사용한 시적 기교는 반복법임을 알 수 있다. 시「눈은 나리라」의 1, 2연에서 보이는 "거리 거리"라든가 "얼굴 얼굴", 시「길」4연에서 보이는 "나무 나무", "가도 가도", 「산」2연에서 보이는 "푸른 산 쪽빛 산 연보라ㅅ빛 산들……"이 그것이다. 반복법을 통해서 점증하는 의식을 다독거리면서 확신에 찬 발걸음을 옮기려는 의지의 균형도 보인다. 간간이「길」에서와 같이 "주저앉어 목놓아 울고만싶다"고 그 길의 어려움을 토로하기도 하고, "돼지우리를 향해 내려 뛰는 이리떼"를 환기하기도 하지만, "붉은 태양"을 향한 신념은 견결하게 유지되고 있다.

한편, 그동안 게재지를 확인할 수 없어서 알려지지 않았던 시로 새로 발굴된 시가 한 편 있다. 문학가동맹 서울시지부의 기관지로 발행되던 『우리문학』3호에 발표된 김동석의 시「나비」가 그것이다. 이를 학계에 보고한다는 의미에서 전편을 인용하고자 한다.

> 하늘은 푸르고 바람은 잔잔해
> 춤추고 노래부르다가도
> 비ㅅ방울 하나만 떨어져도
> 어데인지 숨어버리는 너
> 너는 날개를 가지고도 暴風속을 나르지 못한다.
>
> 空氣의 波動이 날개를 꺾을까 저어하여
> 언제나 眞空속에만 있으려는 너
> 네 노래가 사람의 聽覺을 울릴수는 없다.
>
> 그래도 네 뾰죽한 입은
> 꽃이 빚는 그 꿀맛을 누구보다도 잘 안다지.
> 빨려무나 맘껏 빨려무나 너혼자 맘껏 빨려무나.
> 네 춤은 꿀맛이 좋다는 몸짓이고

네 노래는 꿀맛이 좋다는 소리라지만……

나비
나비
너는 진정 世上모르는 詩人일다.

— 「나비」 전문[189]

김동석 특유의 서정시적 세계를 그린 듯하면서도 나약한 나비의 모습
을 통해 현실의 고난과는 유리된 세계에 자족하는 순수문학자들을 비판
하고자 하는 시적 발언이 담겨 있는 시이다. 김기림의 「바다와 나비」의
시적 상징을 채용하여 자기탐욕에 빠져있는 당대의 우익문학자들을 비
판하고자 하는 시적 의도를 어렵지 않게 읽어낼 수 있는 시이다.

비록 그의 시작 이력이 그리 오래 지속되지 못했고, 그나마 쓴 시도
일제말의 습작기와 해방 직후의 격동기에 쓰인 것이어서, 시집 『길』의
시만을 대상으로 그의 시의 시사적 의의를 따진다는 것은 다소 무리가
있을 듯하다. 그러나 해방 직후의 시적 현실을 맞는 초기 시단에 있어,
김동석의 시는 흥분과 감상에서 멈추지 않고 묵직한 긴장과 열정으로
시적 전망을 제시하고 있다는 점에서 의의가 있다 하겠다.

2. 수필의 세계

김동석의 수필 창작은 1930년대 말부터 시작된다. 비평의 좌절을 대
신하여 시작된 그의 수필문학은 이후 수필집 2권(공저 1권 포함)과 기타
로 발표된 수필을 합하여 총 41편에 이른다. 그의 문학 활동 시기에 비

---

189) 김동석, 「나비」, 『우리문학』 3호, 1947. 3, 51~52면.

하면 상당히 많은 양이다.

여기에서는 수필을 제재나 형식으로 분류하기보다 그가 수필에서 무엇을 담으려 했는지를 밝히고, 해방 후 수필의 변모를 개관하는 것에 관심을 두며, 아울러 그의 문학에서 수필이 갖는 의의를 밝혀보도록 한다.

본격적인 수필의 검토에 앞서, 먼저 40편을 상회하는 많은 수필을 남긴 김동석 자신의 수필관을 살펴볼 필요가 있다. 수필집 『해변의 시』 후기를 보자.

> 隨筆은 生活과 藝術의 샛길이다. 詩도 아니오 小說도 아닌 隨筆 - 이것이 小市民인 나에게 가장 알맞는 文學의 쟝르였다.
>
> 이를테면 어버이 德에 배부르게 밥 먹고 뜻뜻이 옷 입고 大學을 마치고 또 五年 동안이나 大學院에서 책을 읽고 벗과 茶를 마실수 있었다는 것은 朝鮮 같은 現實에서는 보기 드문 幸福이었다. 그러나 나의 藝術을 위해서 不幸이었다. 이러한 散步的인 生活에서 나오는것은 隨筆이 고작이었다. 때로 詩도 썼지만 그 亦 히미한것이었다.
>
> 허지만 自己를 송두리채 들어내는것이 藝術이라면 이 隨筆集은 나의 詩集 『길』과 더부러 나의 過去를 如實히 말하고 있다. 뒤집어 말하면 지난 날의 내 미천을 털어놓고 보면 요것밖에 없는것이다.[190]

일제 말에 그가 수필을 창작하게 된 동기와 의미를 말하고 있는 위 구절에서 우선 느껴지는 것은, 그가 애초에 수필을 목표로 문학 활동을 하지 않았다는 점이다. 수필과 함께 시도 썼지만 그것 역시 희미한 것이었고, 대학과 대학원을 다닌 자신의 행복을 예술을 위해선 불행이라고 말한 것에서 그가 가진 애초의 문학적 지향이 역설적으로 드러난다. 애초의 지향이란 곧 「조선시의 편영」에서 시험했던 문학의 비평적 기능에 대한 사명감과 양식으로서의 비평이었을 것이다. 그러나 "서뿔리 글을 쓰다간 自己本意도 아닌 留置場 신세를 지거나 그렇지 않으면 마이너쓰

---

190) 「수필집 『해변의 시』를 내놓으며」, 『해변의 시』, 127면.

의 글이 되어버릴 염려가 결코 杞憂가 아닌 時代"[191])에 그는 수필과 시로, 이른바 "生活과 藝術의 샛길"을 걷지 않을 수 없었던 것이다. 그러나 "自己를 송두리채 들어내는 것이 藝術"인 시와 수필의 창작에는, 소시민의 생활 속에서도 힘겹게 자기 자신을 응시하고 지키려는 솔직함과 고집이 담겨있으며, 이러한 예술적 모색과 자기수련을 통해서 해방기의 적극적 실천으로 나아가게 되는 것이다.

1) 수필집 『해변의 시』[192])

일제 말에 쓴 수필을 모아서 간행한 수필집 『해변의 시』에는 네 개의 소제목 하에 총 25편의 수필이 수록되어 있다. 대부분 그의 일상사에서 취재한 것이므로 꽃이라든가 정원, 낙조와 같은 자연물에 대한 느낌과 단상을 기록한 것이 많으며, 생활의 에피소드를 통해 자신의 삶을 되돌아보는 것들이 대종을 이룬다. 이와 함께 그의 어린 시절을 회상한달지 현재의 삶을 그대로 기록한 것들이 많아서, 그의 생애사를 해명하는 데 좋은 자료가 되는 것들이다.

수필 「꽃」에는 꽃을 두고 금방 결실이 없음에 실증을 내는 자신과 그것에 물을 주고 애써 길러 활짝 핀 꽃을 얻는 아버지와의 대비를 통해 자신의 인생관을 되돌아본다는 내용이 나온다. 자연물을 대상으로 한 수필은 이처럼 사색수필적인 성격을 띠고 있다.

> 버들치들은 자꾸만 물을 거슬러 오르려 한다. 물은 쉴새 없이 그들을 밀쳐나린다. 그래도 버들치들은 山 봉우리를 향하여 바둥거린다. 無智한 물고기의 파다거림.

---

191) 「수필집 『해변의 시』를 내놓으며」, 128면.
192) 수필가 박연구에 의해서 범우사에서, 평론집 『예술과 생활』에 실린 몇 편의 글을 더하여 문고본으로 재간행되었다.

그러나 이 때 불현듯 무엇인지 나의 머리 속에서 閃光처럼 빛났다. 버들치들의 行動이 실로 死地를 벗어나려는 바락인것을 나는 깨달았다. 버들치들이 現狀에 滿足하고 몸을 담그고 있는 물이 늘 같은 그 물임에 安心하고서, 마치, 내가 放學이라고 文明과 生活을 떠나 閑暇이 山水를 벗하듯이, 꼬리와 나래미를 쉬고 물과 더부러 흘러갈것을 想像해 보라-버들치들은 於焉間에 바다에다 그 屍體를 띠울것이 아니냐.

— 「버들치의 教訓」

버들치와 자신과의 대비를 통해 삶에 대한 새로운 통찰을 얻는 수필의 면모는 많은 수필에서 나타난다. 그리고 이러한 수필들은 자신의 소시민적 생활에 대한 반성과 긴장을 촉구하는 것들이다.

생활에서 취재한 수필들 예를 들면, 「夫婦圖」, 「撞球의 倫理」, 「碁戰圖」, 「쿠레용」 등과 같은 것들도 인간관계와 생활에 대한 자신의 관점과 태도를 드러낸 것들이다. "隨筆의 理想은 平凡에 있다"는 「夫婦圖」의 일절처럼, 그의 소시민적 일상생활에 대한 고백과 술회가 솔직하게 드러나 있다. 따라서 문장과 문체도 이러한 솔직함과 생활의 여유를 즐기려는 가벼움으로 경쾌하다. 대개의 수필이 이처럼 평범한 생활과 이에 대한 자신의 태도와 교훈을 경쾌하게 드러내고 있다. 이러한 그의 수필 문체는 이후 그의 평론 문체에도 그대로 드러나기도 한다.

서정적인 수필도 적지 않다. 수필집의 표제작인 「해변의 시」가 대표적이다.

첫여름 한나절 햇빛을 받고 月尾島 海邊은 꼬호의 그림인양 明暗이 鮮明했다. 이 風景을 背景으로하고 素服한 女人과 紺色 洋服에 노 타이 샤쓰를 입은 젊은이가 金빛 모래사장에다 나란히 발자국을 찍으면서 걸어간다. 바다와 하늘은 한빛으로 파아랗고…… 젊은이는 이따금 허리 굽혀 손에 맞는 돌을 집어서는 멀리 水平線을 向해서 쏘았다. 감빛 돛, 흰 돛, 보라ㅅ빛 섬들이 視野에서 출렁거렸다.

— 「海邊의 詩」

마치 소설의 첫대목을 연상케 하는 문장이다. 이러한 수필을 통해 그는 예술에는 욕구를 보상받으려 했을 것이다. 생활의 주변에서 취재하여 솔직하게 자신의 일상을 일기와 같이 고백하거나 때론 삼인칭으로 대상화시켜 표현하기도 하고, 삶에 임하는 자신의 태도와 인생관을 스스로에게 되묻고 하는 것이, 일제 말 그의 수필 창작태도였다. 그러나 사회풍자적 비평수필은 이 시기에 한 편도 나타나지 않는다.

2) 해방 이후의 수필들

해방이 되고 나서도 김동석은 지속적으로 수필을 발표한다. 식민지시대에 어쩔 수 없는 환경에서 쓰기 시작한 수필에 그 나름의 애착과 편안함을 느꼈을 것이다.

1946년 4월에 대학동창 노성석의 도움으로, 일제 말에 썼던 수필을 모아『해변의 시』를 펴내고 난 김동석은, 연이어 10월에는 김철수, 배호와 함께 해방 이후에 쓴 수필을 모아서『토끼와 시계와 회심곡』이라는 3인 공동수필집을 간행한다.

전술한 바와 같이 배호는, 그의 대학동창이며 중문학을 전공한 외국문학 연구자였다. 김철수는 1930년대부터 민요적인 서정시를 창작해온 중견시인이었다.[193] 이들 셋은 모두 김동석이 창간한 잡지『상아탑』의 주요 필진으로 가담한 바 있으며, 여기서의 인연으로 3인 공동수필집까지 내게 된 것이다. 김철수가 10편, 배호가 8편, 김동석이 9편의 수필을 각자 내어 공동 수필집으로 상재하였다.

여기에 수록된 김동석의 수필은 그러나 식민지시대에 썼던 수필과는 다른 면모를 보인다. 수필「窓」(『3인 수필집』)에서 볼 수 있는 것처럼,

---

193) 김철수에 대해서는 김용직,『해방기 한국시문학사』, 민음사, 1989, 212~215면 참조.

"스스로 위로하기 위하여 글 쓰는 나"를 준엄히 비판하고, "육체를 불살러 빛나는 찰나를 가지려는 욕구"를 사회로 확대하려는 적극성이 드러나기 때문이다. 이러한 수필의 변모는 특히 이 수필집에 실린 「조그만 叛逆者」, 「汽車속에서」와 같은 사회비평적 수필에서 적극적으로 나타난다.

> 그러나 이 쓰리는 한낱 조그만 叛逆者이다. 그리고 이 事件으로 말하면 比較에 지나지 않는다. 이런 쓰리가 탄 電車를 타기도 不安스럽거늘 크나큰 叛逆者를 除外하지 않는 民族統一戰線이 두렵지 아니한가. 朝鮮의 車掌인 政治家들이 알고 어련하랴만 요새 하두 「덮어놓고 뭉치자」는 사람들이 있고 그런 사람들이 自稱曰 指導者라 하니 말이다. (중략) 나는 일개 隨筆家이기 때문에 政治는 모르지만 電車車掌에겐 한마디하고 싶다. 쓰리는 絶對로 電車를 태우지말것. 小妾의 집을 찾아가는지 獲官運動하러 가는지 모르는 영감님과 美粧院에 가는 땐서는 적어도 通勤時間에는 電車를 태워주지말것.
>
> ― 「조그만 叛逆者」

> 앞으로 朝鮮의 生産力이 發達되고 해서 누구나 걸터앉아 가게되면 問題가 없지만 車가 나날이 문어져가는 이때에, 車를 타는 사람도 나날이 늘어만가는것 같은 이 때에 車 속에 일어나는 모든 問題를 解決하려면 우선 걸상에 앉아 있는 사람부터 일어서야 할것이다.
> 여기까지 생각했을 때 내가 시방 타고 가는 이 유리가 깨지고 걸상이 부서진 車가 시방 朝鮮의 歷史인것같은 感想을 禁치 못했다. (중략) 隨筆家의 생각으로선 좀 지나치게 나갔지만 窓으로 뛰여들지 않고는 車를 탈 수 없는 시방 現實에서 隨筆家의 생각이 이렇게 되는것도 無理가 아니다. 아니 이대로 가다가는 隨筆을 쓰게 될지조차 의문이다.
>
> ― 「汽車속에서」

「조그만 叛逆者」는 민족통일전선과 이를 이끄는 지도자에 대한 그의 생각을 일상사에 견주어 담은 글이고, 「汽車속에서」는 새조선의 미래상을 기차 속의 풍경에 비유하여, "걸상에 앉아 있는 사람"인 가진 자부터 새조국 건설에 솔선해서 일어서고 참여해야 올바르게 건설될 수 있음을 피력한 글이다. 딱딱한 사회비평과 달리, 수필을 통해 당대의 현실적 문제들을 재미있고 설득력 있게 보여주고 있어 주목된다.

그러나 "이대로 가다가는 수필을 쓰게 될지조차 의문이다"고 우려했던, "창으로 뛰어들지 않고는 차를 탈 수 없는" 당대의 현실이 그의 바람과는 달리, 분단으로 더욱 악화되었음은 주지의 사실이다. 이 수필집을 내고서 김동석은 다섯 편의 수필만을 남기고 있을 뿐이다. 그것도 하나는 문예수필인 「쉐익스피어의 酒觀」이고, 다른 네 편은 모두 1949년 월북하기 직전에 발표한 「나」와 「신결혼론」, 「나의 투쟁」, 「봄」인데, 정치적 현실 탓인지 시대적 긴장은 잃어버리고, 『해변의 시』에서 보이던 것과 같은 회고담과 일상사를 담고 있다.

요컨대 김동석의 수필은 좀 단순하게 말하면, 감성의 영역인 시와 이성의 영역인 비평의 중간 형태로, 또는 자아와 사회가 만나 교통하는 문학 장르로, 그가 일기와 같이 즐겨 짓던 문학양식이었다고 할 수 있다. 그리고 여기에서 길러진 문체와 세상을 바라보는 태도와 관점이 이후 그의 비평에 반영되었음을 생각할 때, 김동석 문학에서 원형질과 같은 자리를 차지한다고 생각된다.

3. 사회·문화비평과 문화운동의 지향

한편, 김동석의 문학 활동에 있어 특기할 것이 그가 지식인으로 해방기 사회에 던진 비평적 사유를 담고 있는 글들이다. 해방을 맞아 적극적으로 전개되는 그의 실천적 노력은 비단 문학 부면에만 한정된 것이 아니었다. 문학 부면에서 적극적인 민족문학의 건설을 도모하면서도, 사회와 문화 전반에 걸쳐 광범위한 문제제기와 비판적 견해를 주저 없이 제기했던 것이다. 『상아탑』의 창간도 기본적으로는 이러한 전제 위에서 출발한 것이다.

해방 직후부터 월북하기 전까지, 그가 문학비평과 함께 지속적으로 전개한 것이 사회·문화비평이다. 인테리겐차의 사명감을 적극적으로 인식하였던 그였기에,[194] 그것은 우선 정치적 현실에 대한 인식을 기반으로 해서 출발하게 되는 것이다. 더욱이 정치와 문학이 혼효된 상태에 있었던 해방기의 시대적 특성을 고려할 때, 새로운 민족국가의 수립이라는 당대적 필요성에 의해 시기적절하게 대응할 필요가 있었던 것이다. 그러므로 이러한 글들은 당연히 다방면의 문제를 포괄하는 것일 수밖에 없다. 이를 크게 대상 영역에 따라 사회비평과 문화비평으로 나누어 살펴보도록 한다.

사회비평에 드는 글로는 잡지 『상아탑』의 권두비평인 「학원의 자유」, 「전쟁과 평화」, 「민족의 양심」, 「애국심」, 「대한과 조선」, 「대학의 이념」을 비롯해, 르포 형식의 「남원사건의 진상」, 「암흑과 광명 - 노련대표단의 인상」, 「북조선의 인상」 등을 포함할 수 있으며, 여기에 「민족의 자유」, 「조선의 사상-학생에게 주는 글」, 「공맹의 근로관 - 지식계급론단편」, 「기독의 정신」, 「학자론」 등을 추가해서 살펴볼 수 있다. 사회전반의 문제에 대한 이념적 모색과 대안 제시를 담고 있는 글로부터, 교육·노동·정치·종교·지식인론에 이르기까지 다방면에 걸친 그의 적극적 대안제시를 볼 수 있다.

『상아탑』의 권두비평문들은 대체로 사회전반의 문제를 되짚고 있다. 그 중 하나인 「대한과 조선」을 보자.

---

194) 이 점은 그의 지식인론인 「공맹의 근로관 - 지식계급론단편」(『신천지』, 1947. 2)에 잘 드러난다.

三十六年의 苦難과 窮乏와 虐待를 무릅쓰고 民族의 解放과 獨立을 위하
여 싸워온 愛國者가 千載一遇인 이 마당에 있어서 骨肉相爭의 悲劇을 演
出하려는것은 웬일이냐. 두렵도다. 民族과 歷史를 背反하는 무리들의 謀
略策動이여! 우리의 살길은 오로지 새로운 朝鮮建設에 있는것을 그래 大
韓人들은 모른단 말인가?195)

봉건주의자들을 일컫는 대한인과 새로운 민족국가의 건설을 요망하
는 조선인 사이의 분열을 우려하는 그의 이러한 언설 속에는 당시의 정
치정세에 대한 민감한 예지가 담겨 있다. 그가 우려했던 "骨肉相爭의 悲
劇"은 얼마 지나지 않아 현실화되었으니 말이다. 이처럼 날카로운 그의
현실 감각이 주목한 문제가 교육이다. 「조선의 사상」과 「학원의 자유」,
「학자론」, 「대학의 이념」 등의 글에서 그는 이조의 허학과 일본의 관념
론을 극복하고 과학에 입각한 민족의 자유를 위해서 젊은이와 학자의
분발을 요구하였다.

노동문제와 관련하여서도 그는 「민족의 자유」, 「공맹의 근로관」, 「암
흑과 광명」 「문화인과 노동자」 같은 글을 통해서 노동의 신성함과 함께
민족의 실질적 주체로서의 노동자, 농민의 역할을 제시하고, 지식계급의
주체적 자의식과 인민과의 결합에 입각한 민족통일전선을 모색하였다.

종교문제를 통해서도 그는 사회적 문제를 환기하였다. "시방 朝鮮의
基督教徒들은 바리세가 되어간다"196)로 시작되는 「기독의 정신」에서는,
예수를 피압박민족의 혁명가의 상징으로 해석하는 파격적 인식과 함께,
피압박민족 조선의 혁명을 위해 기독교도뿐만이 아니라 전인민이 단결
해야 함을 역설하기도 했다. 조선 봉건사회의 이데올로기인 유교에 대
한 비판이 가차 없음은 물론이다.

이러한 그의 사회비평적 모색이 분단이 가시화되는 1948년 중반에 이

---

195) 「대한과 조선」, 『예술과 생활』, 213면.
196) 「기독의 정신」, 『예술과 생활』, 73면.

르러 구체화된 것이 「북조선의 인상」이다. 이미 체제를 달리하는 두 정권이 남북에 각각 실제적 권력의 모습으로 구체화되어가는 현실 앞에서, 더욱이 마지막 민족통일전선의 모색이었던 '남북정당 및 사회단체 지도자 연석회의'가 개최된 평양을 직접 다녀와서 쓴 「북조선의 인상」은 그의 해방 이후 3년여의 모색이 다다른 자리가 어디인지를 사심 없이 드러내주는 글이다.

　　어떤 미국인이 「북조선에도 결함이 있을 터인데 이번에 련석회의에 갔다 온 사람들이 좋게만 이야기하니 어찌된 셈이요」 하기에 나는 이렇게 대답하였다.
　　「그것은 북조선이 완전무결해서 그런것이 아니라 조선사람의 손으로 외국에 비하야 손색 없는 사회적 경제적 생활을 하는것이 좋아서 그럴 수밖에 없겠지요.」
　　그렇다. 조선사람의 손으로 이만한 공장과 이만한 군대와 이만한 문화시설과 이만한 행정기구를 창설했다는것은 조선민족의 한 사람으로서 축복하지 않을수 없는바이다. 그것이 북조선이라해서 좋은 것을 좋다고 하는데 인색할수 있을것인가. 더더군다나 조선이 국제적으로 주목되고 있는 이 때에 조선이 조선사람의 손만 가지고 완전히 자주 독립할 수 있다는 것을 실지로 보여준데 대해서 북조선 동포들에게 감사하는 바이다.[197]

"조선이 조선사람의 손만 가지고 완전히 자주 독립할수 있다는 것"을 그는 이토록 간절히 염원했던 것이다. 마치 월북 전야, 그의 심정의 배면을 들여다보는 듯한 이러한 언급 속에서, 그가 끝까지 고수했던 것이 민족분단을 넘어선 '완전한 자주독립국가'이었음이 분명해진다.

문화비평에 드는 글로는 상아탑의 권두비평인 「문화인에게 - 『상아탑』을 내며」와 「예술과 과학」, 「상아탑」 등과, 따로 발표된 「조선문화의 현

---

197) 「북조선의 인상」, 『문학』 8호, 1948. 7, 133면.

단계 - 어떤 문화인에게 주는 글」, 「시와 자유」, 「예술과 테로와 모략」, 「한자철폐론 - 이숭녕 씨를 박함」, 「시의 번역 - 유석빈『시경』서문」, 「연극평 - <달밤>의 감격」, 「민족문화건설의 초석 -『조선말사전』간행을 축하하야」, 「사진의 예술성 - 임석제씨의 개인전을 보고」, 「음악의 시대성 - 박은용독창회 인상기」 등을 포함할 수 있다. 문화에 대한 이념적 모색뿐만이 아니라 방법적 구체화에 이르기까지, 여기에 연극, 사진, 음악, 언어정책, 문화운동론 등의 각 방면에 걸치는 그의 문화비평은 실상 그의 실천적 문화운동의 과정에서 자연스럽게 전개된 것이다.

1946년 중반 이후에 두드러지는 그의 문화운동198)은 당시의 급박해지던 정치적 정세에 대응하는 것으로써, 문학적·이론적 모색에만 그치지 않는 민족국가와 민족문화 건설을 향한 실천적 산물로 이해된다.

> 시방 朝鮮은 부르조아 데모크러시의 段階라 하지만 日帝 三十六年 동안에 부르조아가 腐敗했음인지 政治의 推進力이 되기커냥 反動化해가고 있다. 그래서 시방 朝鮮의 民主主義 勢力은 푸롤레타리아의 領導下에있다. 그러나 文化만은 將來는 몰라도 于先은 文化人이 領導해야할것이다. (중략) 民主主義의 文化 - 人民의 依하야 人民을 위한 人民의 文化를 建設하는 주추돌을 놓는 工作者가 될것이 文化人이 當面한 使命일것이다.199)

1946년 11월에『신천지』에 발표한 「문화인에게」의 일절이다. 문화운동에 적극적으로 나아가는 자신의 출사표와 같은 인상을 주는 글이다. "朝鮮文化의 現段階가 民族文化요 그 具體的 內容이 民主主義"200)라고 명시한 다음 계속된 위 글의 주장에서 주목되는 것은, 그가 새로이 건설해야 할 민족문화의 계급적 성격을 분명히 하고 자신과 문화인의 사명을 확연히 제시하고 있었다는 것이다. 곧, "民主主義의 文化-人民의 依하

---

198) 자세한 운동의 양상에 대해서는 2장 생애사와 부록의 <김동석연보>를 참조할 것.
199) 「조선문화의 현단계 - 어떤 문화인에게 주는 글」,『예술과 생활』, 163~164면.
200) 「조선문화의 현단계」, 161면.

야 人民을 위한 人民의 文化를 建設하는 주추돌을 놓는 工作者"로서의 문화인에 대한 사명감 인식은, 해방 초기의 상아탑의 정신이 문화운동의 실천적 노력을 통해 보다 구체화되고 현실성을 얻게 되었음을 드러내는 것이다.

이상에서 간략하나마 김동석의 사회·문화비평과 문화운동의 지향을 살펴보았다. 김동석의 사회·문화비평의 전개는 그가 수업기에 영향 받은 영국의 비평가 매슈 아놀드가 보여주었던 비평의 전개과정과 흡사한 데가 있다. 아놀드 역시 문화비평의 전개로 시작해서 점차 관심의 대상을 확대하여 사회·문화비평으로 나아갔기 때문이다. 문학적 기획과 실천의 모태가 되는 문학관의 형성에 아놀드가 많은 영향을 준 것이니만큼, 사회·문화비평적 노력의 일단도 아놀드에게서 영향 받은 문학관의 자장에서 출발했다고 생각된다. 그러나 후술한 문화운동적 실천과 그것의 비평적 반영으로서의 "工作者"로서의 문화인에 대한 인식은 아놀드에게서는 볼 수 없는 실천적 면모이다. 물론 이러한 비교는 아놀드가 살았던 영국 빅토리아朝의 시대적 조건과 해방기 조선의 현실과의 차이를 염두에 두지 않으면 공론이 되고 마는 것이다. 그러나 그러한 역사적 조건의 차이가 고정불변의 상대적인 것이 아닌 인류의 역사적 실험에 따른 필연적인 계기를 내포한다는 것을 인정하고, 20세기의 제반 모순이 해방기 조선사회에 결점을 이루어 나타난 형국을 이해한다면, 새로운 사회 주도세력으로서의 인민의 발견과 실천적 문화운동으로의 투신은 김동석이 전세기의 비평가 아놀드를 넘어서는 유력한 준거임을, 따라서 인정해야 할 것이다.

단순 비교이기에 조심스러운 것이거니와, 그러므로 다음 절에서는 아놀드를 비롯한 김동석의 외국문학 연구를 통해서 김동석 문학의 이론적 수준을 검토해 보려고 한다.

제6장

해방문단과 작가론

해방문단에서 김동석 만큼 많은 작가론을 남긴 이도 드물다. 본격적인 작가론으로 그가 다룬 문인은 10명이다. 이태준, 임화, 유진오, 정지용, 김기림, 오장환, 안회남, 김동리, 김광균, 이광수가 바로 대상 문인들이다. 이들 문인들은 식민지시대의 문학적 행보에서부터 해방을 맞는 자세라든가 이후의 문학적 실천에 이르기까지, 어떤 한 계열로 묶을 수 있는 공분모가 유달리 존재하지 않는다. 이처럼 다양한 문학적 이력과 행적을 보여주는 문인들을 상대로 본격적인 작가론을 전개한 것도 김동석의 남다른 점이거니와, 이들 타자와의 사이에 나타나는 문학적, 정치적 견해의 일치와 괴리의 편차 속에서 김동석의 문학적 지향처와 해방기의 문학사가 보다 구체적으로 드러나게 됨은 물론이다.

작가론을 살핌에 있어서는, 여러 가지 방법이 있겠으나, 여기서는 해방기의 문학사가 던져주는 시대적 의미에 주목하고, 그것의 현상적 반영이라 할 수 있는 좌우문단의 대립을 고려해서 좌익, 중간파, 우익이라

는 통상적 구분에 따라 대상 작가를 나누어 살펴보고자 한다.[201] 도식
적 분류의 위험을 감수하면서 이러한 편의적 방법에 따르는 것은, 해방
기 문학사에서 김동석의 독특한 위치를 드러내주는 손쉬운 방법이기 때
문이다. 논의의 순서는 그의 문학적 변모를 고찰하기 쉽게 발표된 순서
를 따라 밟아나가도록 할 것이다.

1. 좌익문단과의 거리

  김동석이 다룬 작가들 가운데 통상적으로 좌익문인으로 분류되는 작
가는 이태준, 임화, 정지용, 김기림, 오장환, 안회남 여섯 사람이다. 그
중 안회남을 제외한 다섯 사람의 작가론이 평론집 『예술과 생활』에 실
렸다. 시기적으로 보면, 그가 상아탑의 정신을 문학권으로 가지고 있던
해방 초기에 집중적으로 좌익측 문인들에 대한 작가론을 썼음을 알 수
있다. 정치로부터 초연하고, 문학의 독자성을 지키려는 상아탑의 정신은
작가론에서도 그대로 나타나는 것이다.
  「藝術과 生活 - 李泰俊論」은 『상아탑』 1호와 2호에 연재된 글이다. 이
글에서 김동석은 당시 문단의 주도자였던 상허 이태준을 논하고 있다.

---

201) 좌익, 중간파, 우익이라는 구분은 다분히 정치적 경향성에 따라 문단과 문인을
  구분하는 것이어서 문제가 있다. 이러한 통상적 구분으로는 김동석을 통해 해방
  기 문학사를 보다 다양하게 살펴보려는 애초 논문의 의도에서는 벗어나는 방법
  이다. 그러나 이 문제를 본격적으로 논의하려면 문학사적 안목도 문제려니와,
  별도의 논문으로 상론해서 다루어야 할 것이며, 연구자의 능력부족과 작가론을
  다루는 본 논문의 특성상, 부득이 통상적 분류에 따랐음을 밝혀둔다. 이와 관련
  하여 참조할 것은 최근에 공간된 김윤식 교수의 『한국근대문학사상연구』 2(아세
  아문화사, 1994)이다. 김윤식 교수는 이 논저에서 한국 근대문학의 사상계보를
  정치와 문학의 관련양상에 초점을 맞추어 해방기의 문인을 다섯 유형으로 고찰
  하고 있다.

이태준은 당시 조선문학건설본부의 중앙위원장이었다. 이 글의 부제가 "李泰俊의 文章"이거니와, 그는 우선 이태준의 문장을 문제 삼는다.

"말을 골라 쓰기로는 芝溶을 많을者 없겠지만 그는 詩人이라 그것이 當然하다 하겠지만 小說家가 말 한마듸, 한줄 글에도 彫琢을 게을리 하지않는다는것은 그리 쉬운 일이 아니다"하여 이태준의 문장을 평가한 후에 김동석은, "그러면 이것이 果然 小說家가 小說로서 成功한것이라 할수있을가"고 반문한다.202) 그리고 여기서 그가 상허의 소설을 평가하는 기준으로 내세운 것이 셰익스피어와 아놀드에게서 배웠던 시와 산문의 원리이다. 곧 "소설의 대로는 산문정신"이며, "문장은 수단에 지나지 않는다"는 것이다.203) 인물이 약동하는 생활현실을 독자 스스로 체험하게 만드는 것이 소설이며, 미란 원래 귀족사회의 산물인 시의 세계이지 산문의 세계는 아니기에, 현대 소설은 문장미가 전부일 수 없다는 것이다. 상허의『문장강화』에 나오는 귀절, "實證, 實證, 이것은 散文의 肉體요 精神이다."을 인용하면서, 김동석이 상허에게 진정으로 당부하고자 한 것은 다음의 구절에 담겨있다.

> 藝術家가 取할수 있는 態度는 結局 둘밖에 없다. 生活을 肯定하느냐? 否定하느냐? 다시 말하면 藝術을 위한 藝術이냐? 生活을 위한 藝術이냐? 詩냐? 散文이냐? 尙虛는 形式은 散文을 取하였으되 精神은 詩人이었다.204)

다소 이분법적 선명성을 띠고 있는 이러한 주장에서 김동석이 궁극적으로 주장하는 바는, 일제말의 억압에 직면하여 조선문학이 가질 수밖에 없었던, 허무주의와 순수문학의 극복과 청산이다. 이 글의 대상으로 논의된 상허의 작품이 모두 식민지시대에 쓴 사소설적 경향의 작품들이

---

202)「예술과 생활」,『예술과 생활』, 11면.
203)「예술과 생활」, 12면.
204)「예술과 생활」, 15면.

고 보면 김동석의 의도는 명확해진다. 그것은 민족해방 혁명단계를 맞이하여 조선 소설계를 이끄는 상허에 대한 기대의 염이 강하게 나타난 것이며, 당대 예술가의 임무를 명확히 하고자 한 것이다. "小說의 實證精神이란 作家가 自我를 송두리채 털어서 生活에 投射하는 精神이다"205)는 말 속에 김동석의 문학관이 집약되어 있다.

「예술과 생활」이 식민지시대의 순수문학에 대한 상허의 태도와 그 잔존에 대하여, 시와 산문의 원리와 생활의 비평이라는 비평원칙으로 생활의 문학을 주장된 것이라면, 「詩와 行動 - 林和論」에서 김동석이 임화를 문제 삼은 것은 지식인의 관념성과 감상주의에 관해서이다. 식민지시대 임화의 시집 『현해탄』을 읽고 김동석은 임화를 "詩人이면서 詩人이 아니었다"206)고 평가한다. 구체적이라야 할 곳에서는 추상적이 되어버리는 센티멘탈리즘이 「네거리의 순이」를 비롯한 시집 『현해탄』 전체의 흠이라고 지적한다. 그의 이러한 지적은 이른바 '단편서사시'라 불리는 임화가 1929년에서 1933년 사이에 쓴 시에 나타나는 지식인의 관념성과 낭만성을 지적한 것으로써 수긍이 가는 바이다.207)

> 林和의 詩를 무슨 工場의 機械 소리처럼 요란스럽게 맨든 原因의 하나는 林和는 詩를 目的으로 하지않고 手段으로 썼다는것이다. 詩와 行動 새 중간에서 갈팡질팡하는 自意識이 林和로 하여금 詩의 世界에 安住하지 못하게하고 壓迫이 强한 現實을 詩로서 움지겨 보려는 靑春의 蠻勇이 그를 詩人으로서 誤謬를 犯하게 한것이었다.208)

행동하려는 의욕과 관념만 가지고는 시가 안 되며, "詩는 感情의 培養

---

205) 「예술과 생활」, 같은 면.
206) 「시와 행동」, 『예술과 생활』, 20면.
207) 김명인, 「1930년대 중후반 임화시의 양상과 성격」, 『민족문학사연구』 5, 민족문학사연구소, 1994년 상반기, 146면.
208) 「시와 행동」, 22~23면.

이 아니라 感情의 教養"[209]이기에 임화는 아직 시인으로서 출발 전이라는 것이다. 이러한 김동석의 평가와 시관은 이미 1937년에 쓴 비평 「조선시의 편영」의 연장선상에 놓인 것이다. 시는 감정의 교양이며, 감상이 지나친 센티멘탈리즘도 문제지만, 지성이 지나쳐 시의 음악을 상실해서는 안 된다는 종래의 문학관이 그대로 드러난다.

당시 좌익문단의 실질적인 핵심이고 문협의 의장이었던 임화를 그가 이렇게 비판할 수 있었던 것은, 해방 직후의 시단에서 보이는 "現實을 詩로서 움지겨 보려는" 일단의 경향에 대한 김동석의 비판적 시각에 기인한다. 곧 좌익측 문단의 정치일변도의 문학에 대한 비판이 이 글에 담겨져 있는 것이다. 이와 동시에 김동석은 이 글을 통해서 문협의 무원칙한 통일의 오류를 지적하고, 올바른 통일전선의 과제를 지적하기조차 하고 있다. 그러므로 이 글을 통해서 김동석의 문학적 실천이 결코 좌익에 의해 조정되거나 시대적 분위기에 편승한 것이 아니라 그의 독자적인 문학적 모색이었음을 알 수 있다.

「詩를 爲한 詩 - 鄭芝溶論」도 역시 문단의 선배 시인을 직접적인 논급의 대상으로 삼고 있다는 점에서 그의 비평의 사심 없는 성격을 여실히 보여주는 글이다.

「詩를 위한 詩」에서 그가 문제 삼고 있는 것은 그가 가장 많이 비판의 대상으로 삼고 있는 문학의 순수주의이다. 특히 시에 있어서의 순수의 문제를 집중적으로 문제 삼고 있다.

> 詩集 「白鹿潭」은 이가 저리도록 차디차다 할 사람도 있을게다. 아닌게 아니라 希臘의 大理石같이 차다. 허지만 春園처럼 뜨건체하는 사람이 아니면 玄民처럼 미지근한 사람들이 橫行하던 朝鮮文壇에서 이렇게 깨끗할 수 있었다는 것은 祝賀하지 않을수 없다.[210]

---

209) 「시와 행동」, 27면.
210) 「시를 위한 시」, 『예술과 생활』, 48~49면.

지용에 대한 존경의 감정을 숨기지 않고 드러내며 축하하면서도 김동석이 이 글을 쓰는 이유는 현대, 특히 해방 이후에 있어서의 시의 위치에 관해서이다. 그의 말에 따르면, 靑春이 詩의 가장 화려한 동산이오, 동심이 깃든 시가 가장 순수한 시의 깨끗함을 지니는 것이라 한다. 과거 지용의 시가 그처럼 깨끗한 시였음을 높이 평가했던 것이다. 그런데 일제 말부터 그처럼 깨끗하던 지용의 시에도 추잡한 산문적 요소가 개입하여 그의 시의 순수함을 상실했음을 김동석은 아쉬워한다. 그런데 더욱 문제가 되는 것은 8·15 민족해방을 맞아서도 지용의 시는 변화가 없으며, 오히려 정치인을 환영하는 시류적 정치성에 함몰할 위험을 보이고 있다는 것이니, 요컨대 "政治부로오카적인 시"211)를 쓸려거든 차라리 순수해지라는 것이다.

> 그렇다. 人民戰線이 펼쳐졌다. (중략) 그러나 芝溶이어 安心하라. 象牙塔은 人民의 나라에도 있다. 左翼小兒病者의 詩아닌詩를 보고 人民의나라에는 「詩」가 없을거라고 지레짐작을 말지니 勞動者 農民 속에서 「詩」가 용솟음쳐 나올때 ─ 그것은 먼 將來의 일이기는 하지만 ─ 가느러지고 자자들었던 朝鮮의 詩가 우렁차게 三千里江山에 멩아리칠 것이다.
> 芝溶은 맑은 샘이어니 大河長江을 이루지 못할진대 차라리 끝끝내 白鹿潭인양 차고 깨끗하라.212)

김동석 자신이 주관한 잡지의 이름이 『象牙塔』이라는 데 놀라서, "象牙塔이요? 人民戰線이 펼쳐졌는데 『象牙塔』이 無事할가요"하고 반문하던 지용에게 그는 이처럼 대답한다. 임정 요인의 환영석상에서 지용이 낭독했다는 「그대를 돌아오시니」의 위태로운 정치성을 공박하고 그가 전개한 논리가 "象牙塔은 人民의 나라에도 있다"는 주장이다.

이 글을 발표한 『상아탑』 5호가 나온 1946년 3월경이었으니, 당시는

---

211) 「시와 정치 ─ 이용악시 「38도에서」를 읽고」, 『예술과 생활』, 149면.
212) 「시를 위한 시」, 57~58면.

김동석이 민전(民戰)에 적극 가담하기 시작한 때다. 그의 민전 가담 전후
의 민감한 현실인식이 이 글에 반영되어 있음은 물론이다. 그의 해방 초
기 문학관이 당대의 역사적 현실과 만나서 '인민전선'이라는 실천적 노
력으로 구체화되는 모습이 잘 드러난다. 그러므로 정지용의 시를 통하
여 그 자신의 문학적 비전을 토로하는 이 글은 그의 문학관의 진전된
계기를 포함하는 것이다. 그것은 "勞動者 農民 속에서 「詩」가 용솟음쳐
나올때" 즉 "人民의 나라"에 있는 '象牙塔'으로 표상되는 바, 이후의 그
의 문화적, 정치적 실천은 이를 위해서 바쳐지며, 이 점이 그의 비평이
아놀드를 넘어서서 당대성을 획득하는 장면이다.

『상아탑』 6호(1946. 4)에 「小市民의 文學 - 兪鎭午論」213)을 쓰고 나서
쓴 작가론이 「濁流의 音樂 - 吳章煥論」(『민성』 6~7, 1946. 5~6)이다. 그는
여기서 그의 문학관에 가장 부합하는 문인으로 오장환을 내세운다. 당
대의 역사적 단계를 직시하고, 조선시단에서 그것의 시적 형상화의 가
능성을 보여준 시인으로 오장환이 있다고 유일하게, 비판 없는 격려로
시종하는 작가론이 바로 「탁류의 음악」이다. 이러한 오장환 평가에는
당연히 김동석의 당대에 대한 역사인식이 수반된다.

> 아직까지 人類의 歷史는 濁流였다. 더럽힌것은 가라앉고 처지기는 하
> 지만 아직까지 한번도 맑아보지 못한것이 人類의 歷史다. (중략) 그러면
> 朝鮮의 人民은? 三十六年동안 아니 五百하고 三十六年동안 한번 크게 외
> 쳐 봤을뿐 말을 못한지 너무 오래기때문에 이젠 마음놓고 소리치라 해
> 도 무서워서 말을 못하게 되었다. 굶으면서도 배고프다 아우성치지못하
> 는 人民들 - 누가 그들의 소리를 代辯할것이냐.214)

사적 유물론의 발전사관에 입각한 그의 냉정한 역사인식이 당대의 역

---

213) 이 글에 대해서는 다음 절의 우익문인을 다루는 자리에서 논의할 것이다.
214) 「탁류의 음악」, 『예술과 생활』, 59면.

사를 "탁류"라고 규정하는 것이다. 특히 조선의 역사는 오백년간의 봉건적 질곡과 일제 36년간의 식민지 착취로 인하여 "下水道같은 歷史"[215]였다고 말한다. 그러나 "汚穢와 混濁은 결국 가라앉아 뒤에 처지고 말것이며 人類의 歷史는 언제까지든지 濁流로만 있을것이 아니다"하여 "시방 歷史의 主流는 行動이지 말은 아니다"고 못 밝는다.[216] 그리고 탁류의 역사에 짓눌려 삶을 구속당하고 있는 인민을 위하여 시인의 역할이 중요함을 지적한다. 그리고는 조선시단에서 탁류의 역사에 맞서 나약하거나 아름답기만 한 시만을 쓰지 않고, 탁류의 역사를 그대로 드러내고 고발한 시를 구사하는 시인이 오장환임을 높이 평가하기에 이른 것이다. 그리고 그가 특히 높이 평가한 시가 "時代의 강물 속에 몸을 잠그고 있었기에 이러한 濁流의 音樂"이 가능했다고 한 「病든 서울」이다.

여기서 우리는 김동석이 해방 직후의 현실에서 어떠한 시를 높이 평가하는가와 그 근거가 무엇인지를 살피기 위해, 오장환의 「병든 서울」과 이용악의 「38도에서」를 비교해 보도록 한다. 이용악의 「38도에서」는 이미 그가 『신조선보』 1945년 12월 17~18일에 「시와 정치」란 글로 평한 바 있는 시이다. 이 두 시에 대한 김동석의 평가를 통해 그의 비평이 지향하는 시의 위상이 무엇인지를 찾아보도록 한다.

> 누가 우리의가슴에 함부로 금을 그어 강물이
> 검푸른 강물이 구비처 흐르느냐
> 모두들 국경이라고 부르는 삼십팔도에 날은
> 저무러 구름이 몽여
>
> 물리치면 산 산 흩어졌다도
> 몇번이고 다시 뭉처선

---

215) 「탁류의 음악」, 60면.
216) 같은 곳.

고향으로 통하는 단 하나의 길
철교를 향해
철교를 향해
배를 저어 나아가는
피난민들의 행렬

················ (중략) ················

모두들 국경이라고 부르는 삼십팔도에
어둠이 내리면 강물에 들어서자
정갱이로 허리로 배꿉으로 목아지로
막우 헤치고 나아가자
우리의 가슴에 함부로 금을 그어
구비처 흐르는 강물을 헤치자
— 이용악 「38도에서」(『신조선보』, 1945. 12. 12) 1~2, 7연

八月十五日밤에 나는 病院에서 울었다.
너의들은, 다 같은 기쁨에
내가 운줄 알지만, 그것은 새빨간 거짓말이다.
日本 天皇의 방송도,
기쁨에 넘치는 소문도,
내게는 고지가 들리지않었다.
나는 그저 病든 蕩兒로
홀어머니 앞에서 죽는것이 부끄럽고 원통하였다.

그러나 하로아츰 자고깨니
이것은 너머나 가슴을 터치는 사실이었다.
기쁘다는 말,
에이 소용도 없는 말이다.
그저 울면서 두주먹을 부루쥐고
나는 病院에서 뛰처 나갔다.
그리고, 어째서 날마다 뛰처나간것이냐.

큰거리에는,
네거리에는, 누가 있느냐.
싱싱한 사람 굳건한 靑年 씩씩한 우슴이 있는줄 알었다.

아, 저마다 손에 손에 기빨을 날리며
노래조차 없는 군중이 "萬歲"로 노래 부르며
이것도 하로아츰의 가벼운 흥분이라면……
病든 서울아, 나는 보았다.
언제나 눈물없이 지날수없는 너의 거리마다
오늘은 더욱 짐승보다 더러운 심사에
눈깔에 불을 켜들고 날뛰는 장사치와,
나다니는 사람에게
호기 있이 몬지를 씨워주는 무슨本部, 무슨本部,
무슨당, 무슨당의 自動車.
— 오장환 「병든서울」,(『상아탑』 1, 1945. 12. 10) 1~3연

1945닌 12월 초순에 쓴 두 시에서 우리는 해방 직후의 현실을 맞는 시인들의 뛰어난 직관을 마주하게 된다. 이용악은 「38도에서」에서 만주 유이민이 해방을 맞아 조국에 돌아오는 형상을, 38도선 접경의 강을 밤으로 건너는 귀향이민들의 심정을 통해 섬세하게 묘사하고 있다. "해방 공간의 용악시가 보여주는 주된 특성 중의 하나는 이른바 '귀향이민'의 비극적 현실을 예각적으로 형상한 데서 찾아진다"[217]는 평가 그대로, 「38도에서」는 귀향이민의 비극적 형상을 통해 해방 직후 민족모순의 예각적 현실을 날카롭게 드러내고 있는 것이다. 동시에 이 시에는 이후의 분단 현실에 대한 시인의 예감이 섬뜩할 정도로 예언적으로 묘파하고 있어, 오늘날의 독자가 시를 읽더라도 찬탄을 금하지 못하게 한다. 그런데 이러한 시를 두고 김동석은 무엇을 비판하고 있는가.

---

217) 윤영천, 「민족시의 전진과 좌절」, 『이용악전집』, 창작과비평사, 1988, 234면.

露骨的으로 말하면 38度의 線은 資本主義와 社會主義가 均衡을 얻은 實力線이다. 이 線을 없이하는데는 세가지 길밖에 없다. 이 線을 朝鮮北端으로 옴기든지 그와 正反對로 朝鮮南端으로 가저가든지 또는 이 線을 둘로 쪼개서 하나는 北端으로 하나는 南端으로 옴기는것-즉 朝鮮이 自主獨立하는 길이다.

그러면 李庸岳氏에게 물어보자. 어찌해서 「고향으로 통하는 단 하나의 길」은 38度 以南으로만 통하는것이냐 (중략) 政治學이란 모든 體驗과 學問의 總決算이라야 한다. 「38度」는 유우클리드的인 槪念線이 아니라. 複雜多端한 現實線이다. 詩人이여 그대의 感覺을 過信하지 말지니 (중략) 詩人이여 純粹하라. 서뿔리 政治를 건드리지 말지니 數字없는 政治觀은 위험하기 짝이 없는것이다.218) (밑줄 인용자)

김동석이 이용악의 시에서 문제 삼은 것은 시의 정치성이다. "고향으로 통하는 단하나의 길"이, 피난민들이 바삐 가고자 하는 곳이 38선 이남이라는 데 문제가 있다는 것이다. 이는 물론 만주 유이민이 북쪽을 따라 남쪽으로 내려오는 여정에 따른 자연스러운 시적 표현으로 이해할 수도 있다. 그리고 여기에 김동석의 과도한 의미부여와 오독의 가능성도 배제할 수 없다.

그러나 "詩人이여 그대의 感覺을 過信하지 말지니"라는 김동석의 우려처럼, 이용악의 시에는 당대 38도선이 내포하고 있는 날카로운 정치성을 몰각한 낭만적 현실대응이 잠복하고 있는 것도 사실이다. 그리고 그러한 직관적 시의 표현은 당시의 정치적 현실에서 악용될 소지가 있기도 했다.

이 점을 비판하는 데 있어 김동석의 당대 정치적 현실감각은 탁월하다고 할 것이다. 38도선을 "없이하는데는 세가지 길밖에 없다"는 것이나, "38度의 線은 資本主義와 社會主義가 均衡을 얻은 實力線"이라는 통찰은 자못 날카로운 바 있다. 그리고 이용악에 대한 김동석의 비판은 용

218) 「시와 정치」, 150~152면.

악의 시 전반적으로 나타나는 "서울지향주의"[219]를 지적한 것으로 탁견이라 하지 않을 수 없다.

그렇다면 「38도에서」에 대한 이상의 평가와 비교해, 김동석은 「병든 서울」을 어떻게 보고 있는가. 오장환의 시 「병든 서울」에 대한 김동석의 평가도 이러한 김동석의 현실인식과 문학관의 연장선상에 놓여있다. 오장환의 시가 긍정되는 점은, 전술했거니와 그것은 탁류의 역사에 시인이 직접 몸을 담그고 있기에 가능하다는 것이었다. 이 점은 이용악에게도 위반되지 않는다. 그러나 용악 시의 낭만적 현실대응과 달리, 오장환의 「병든 서울」에는 "스스로 맑고 濁流속에 있으면서 濁流를 노래한"[220] 비판적 면모가 담겨있기에 높이 평가하게 되는 것이다. 이러한 장환 시의 면모는 3연의 "호기 있이 몬지를 씨워주는 무슨本部, 무슨本部, / 무슨당, 무슨당의 自動車."에 대한 비판적 시선에 특히 잘 나타나 있다. "詩는 本質이 宇宙를 한개의 흐름이요 律動이라 보고 동시에 그렇게 把握하는 것이기때문에 詩는 어느時代고 歷史의 音樂이지 토막토막 잘라 논 論理는 아니다"[221]는 그의 시관이 오장환을 평가하는 또 다른 근거가 됨은 물론이다.

이상의 「38도에서」와 「병든 서울」의 비교분석을 통해서, 해방 직후의 현실에서 김동석이 높이 평가하는 시가 어떤 시인가를 알 수 있다. 그것은 좌익측의 선전선동을 목적으로 하는 관념적 "左翼小兒病者의 詩아닌

---

219) 윤영천, 앞의 글, 237면.
　　그 의미가 반드시 동일한 것은 아니지만, 이용악 시의 한 특질을 해명하는 데 있어 관련이 있는 듯하다. 이 글에서 윤영천 교수는 이용악에게서 나타나는 서울지향주의에 대하여, "이 시인에게 있어 그것은 문화적 중앙집권이 가장 확실하게 살아 움직이는 현장에서의 문학적 두각을 열망하는 조급성의 한 표현, 달리 말하자면 민중적 삶의 세부를 아무런 관념적 왜곡 없이 정확하게 포착할 수 있는 생생한 지방주의적 관점으로부터의 때 이른 일탈일 수도 있겠기 때문"(237면)에 그의 시를 평가함에 있어서 단순한 문제가 아니라고 지적하고 있다.
220) 「탁류의 음악」, 66면.
221) 「탁류의 음악」, 65면.

詩"222)도 아니요, 이용악이나 정지용에게서 드러났던 "政治부로오카아的인 詩"도 아니요, "시들은 꽃 위에서 白日夢"을 꿈꾸는 연약한 나비와 같은 순수시223)는 더욱 아닌 것이다. 그것은 바로 탁류의 역사를 뛰어드는 시인적 열정과, 날카로운 현실인식, 그리고 그것을 시적 음악성으로 통일시켜 나타내는, 그의 말대로 하면 곧 "人民의 나라에 있는 象牙塔"에서 울려나오는 시인 것이다. 그러나 그것이 아직은 불가능한 현실에 있어서, 오장환의 탁류의 음악에 기대를 거는 것에 김동석 시비평의 당대적 지향이 담겨있는 것이다.224)

「禁斷의 果實 - 金起林論」(『신문학』, 1946. 8)에서 김기림을 다루면서 김동석이 문제 삼는 것은 시에 있어서의 논리와 예술성의 문제다. 김기림의 식민지시대에 쓴 장시 「기상도」와 「태양의 풍속」를 분석하고 나서 김동석은, "起林이나 光均의 詩가 繪畵的이 되는 原因은 論理的이 되려 했기 때문이다"225)고 지적한다. "論理로 詩를 만들때 言語의 曲藝가되어 버린다"226)는 언급에서 알 수 있듯, 시에 있어서의 지성의 과도함과 무의미한 형식실험의 문제를 지적한 것으로, 이 점은 한국 모더니즘 전반의 문제를 지적한 것이라 할 수 있다.227) 나아가 김동석은 김기림 문명 비판의 추상성에 대해서도 해방 이후의 현실을 들어 문제시한다.

---

222) 「시를 위한 시」, 37면.
223) 「탁류의 음악」, 61면.
224) 김동석은 「탁류의 음악」 말고도 오장환의 시집에 관한 서평을 두 편 남긴 바 있다. 시집에 관한 서평을 두 편 남긴 바 있다. 「신간평 『병든 서울』」(『예술신문』, 1946. 8. 17)과 「시와 혁명 - 오장환 역 『에세-닌 시집』을 읽고」(『예술과 생활』)가 그것이다. 이를 통해서도 김동석의 오장환 시에 대한 기대가 얼마나 큰 것이었던가를 알 수 있다.
225) 「금단의 과실」, 『예술과 생활』, 42면.
226) 「금단의 과실」, 42면.
227) 이 점은 김기림의 시론과 모더니즘이 가지는 실용론적 관점과 이에 따른 기법의 새로운 제시와 실험을 지적한 것으로 생각된다. 자세한 것은 문혜원의 「김기림 문학론 연구」(서울대 석사논문, 1990) 참조.

"詩人도 行動人이 될수 있다. 허지만 知性의 曲藝같은 詩는 詩도 아니
오 科學도 아니다"228)는 언급에서 알 수 있는 것과 같이, 정치적 행동과
는 다른 '시인으로서의 행동'을 적극 모색한 것이며, 임화론이나 정지용
론에서와 같이 해방기의 현실에서 시의 역할, 문학의 역할을 적극적으
로 개진하고 있었음을 알 수 있다.

그러나 이 글이 발표된 1946년 8월 무렵부터 남한의 정세는 급박하게
돌아가게 된다. 남로당이 신전술을 채택함과 함께 10월 인민항쟁 전야
의 급격한 정치적 흐름이 잠복하고 있었던 것이다. 이후 김동석의 작가
론이 그러므로 점차 성격을 달리하게 되는 것은 당연하다 할 것이다.

「父系의 文學 - 安懷南論」과 「飛躍하는 作家 - (續)安懷南論」은 1948년
에 쓴 것으로, 「예술과 생활 - 이태준론」 이후 다시 보이는 소설가론이
라는 점에서 흥미를 끈다. 물론 그 사이에 「소시민의 문학 - 유진오론」
이 쓰기는 했지만, 이는 소설에 대한 논의보다는 작가의식의 측면에 기
운 것이어서 차이가 있다.

해방기에 정력적으로 작품 활동을 한 안회남을 두고 그가 이처럼 두
편의 작가론을 쓸 수 있었던 것은, 시인으로서 오장환을 주목한 것과 함
께 소설가로서는 안회남을 주목했음을 의미한다. 이는 안회남 스스로가
짧은 시기 동안에 작품과 행동에 있어 실천적 성과를 드러낸 측면도 있
지만, 그러한 변모를 찾아내고 밝히는 김동석의 평론가로서의 날카로운
비평감각이 있었기에 가능했던 것이다.

시기적으로 먼저 쓴 「부계의 문학」229)에서 김동석이 대상으로 했던
안회남의 작품은 식민지 말기에 쓴 작품부터 해방 초기에 발표한 「탄광」,

---

228) 「금단의 과실」, 47면.
229) 평론집 『뿌르조아의 인간상』에 실린 「부계의 문학」 말미에 실린 부기를 보면,
이 글은 1948년 6월 16일 『예술평론』에 발표되기 전에 쓴 것으로, 쓴 지가 1년도
넘었다고 말하고 있다. 아마도 1947년 중반 경에 썼던 글로 생각된다.

「불」, 「그 전날밤에 생긴 일」, 「투계」 같은 작품들이다. 이 시기에 작품을 김동석은 "主觀的 센티멘트"[230]를 청산하지 못했다고 비판하고, 그것은 곧 그가 "父系의 文學"[231]관에서 벗어나지 못했기 때문이라는 것이다. "부계의 문학"이란 곧 아버지 안국선의 문학적 위광에서 안주하여 자식세대의 새로운 세계관으로 나아가지 못하는 회남 문학의 한계를 지적한 말이다. "아버지는 아들로 말미암아 否定됨으로서 肯定되는 것이 歷史의 倫理"[232]일진대, 회남은 오히려 식민지시대에 신변소설로 침잠하거나, 아버지를 우상으로 모신 나머지 역사인식을 갖지 못하고 세대간에 지속되는 영원성이라는 니힐리즘에 빠져버렸다는 것이다.[233] 회남의 소설이 아버지의 향수에 젖은 "부계의 문학관"을 시급히 청산하지 못한다면 봉건주의자라는 오명을 벗지 못할 것이라고까지 단정한다. 그러나 김동석은 해방 후의 작품 「불」을 들어 안회남의 변화하려는 노력을 인정하고, 그가 새로운 타이프의 인물이 되지 않으면 안 되며, 그의 미래를 긍정하기 위하여 과거를 부정하였다며 격려하기를 잊지 않고 있다.

1947년에, 해방 초기의 안회남 소설을 두고 이렇게 비판한 김동석이, 안회남의 새로운 소설 「폭풍의 역사」(『문학평론』, 1947. 4)와 「농민의 비애」(『문학』, 1948. 4)를 읽고 나서 쓴 작가론이 「비약하는 작가」(1948)이다. 그가 이 글에서 안회남을 두고 비약했다고 하는 이유는, 앞서의 논문에서 비판했던 자기 혁명의 의지가 이 소설들에 와서 드러났으며, 그것은 "個人에서 歷史 속으로 뛰어들어"[234]가게 한 역사와, 회남 내부의 아버지에게서 물려받은 혁명적 열정이 있음으로 해서 가능했다고 평가한다.

---

230) 「부계의 문학」, 『뿌르조아의 인간상』, 20면.
231) 「부계의 문학」, 23면.
232) 「부계의 문학」, 13면.
233) 「부계의 문학」, 17면.
234) 「비약하는 작가」, 『뿌르조아의 인간상』, 27면.

그리고 위의 두 작품을 평가하면서 그가 소설의 평가 기준으로 제시하고 있는 것이 다음의 언급이다.

作家가 自己 自身을 이야기하느냐 아니냐에 따라서 身邊 小說이냐 아니냐가 決定되는것이 아니라 作家가 自己 自身을 歷史와 乖離시켜 이른바 個性으로서 表現하느냐 歷史 속에 살고 죽는 典型으로서 表現하느냐에 달린 것이다.[235]

작가 자신을 "歷史 속에 살고 죽는 典型으로서 表現"해야만 신변소설에서 벗어나서 역사적 현실을 올바르게 담을 수 있으며, 안회남의 「폭풍의 역사」는 그러한 발전을 일정하게 수행했다는 것이다. 그러나 이 점이 또한 「폭풍의 역사」를 비판하는 논거가 된다. 안회남의 작가적 비약을 칭찬하면서도, 「폭풍의 역사」가 지닌 결함 즉 "歷史 속에서 움지기는 人物들의 言動을 通하여 歷史를 이야기하게 하지 못하고 作家의 觀念이 통그러져 나와 있는 것"[236]이 문제라는 것이다. 이에 비하여 「농민의 비애」는 회남이 리얼리스트로서의 자기를 확립한 작품이며, 남조선 문단 최대의 수확이라고 높이 평가한다. 소설에 있어서도 형상화의 중요성을 강조하고 그것의 한 원칙으로서 인물의 전형성을 강조한 데 따른 평가였다.

이상의 안회남에 대한 작가론을 통해서 김동석이 주목한 것이 소설의 리얼리즘이다. 과거 안회남의 소설이 신변소설에서 벗어날 수 있었던 것은 역사에 뛰어들어 당대 역사의 전형적인 인물을 통해 역사를 이야기할 수 있었기 때문이라는 것이다. 그리고 이러한 고찰을 통해 이후 김동석 스스로의 민족문학에 대한 모색이 깊어짐도 아울러 살펴볼 수 있었다.

이상의 좌익측 문인들에 대한 작가론을 통해 그가 겨냥한 것은 8·15

235) 「비약하는 작가」, 29면.
236) 「비약하는 작가」, 32면.

이후의 민족적 과제에 대응하는 문학의 역할에 대한 모색일 것이다. 좌
익문단과의 일정한 거리에서, 비판과 동조와 격려의 교환 속에 김동석
의 문학관과 현실인식도 깊어졌음을 알 수 있다.

> (懷南의 비약적인 발전 - 인용자) 이러한 作家의 뒤를 따라간다는 것
> 이 어찌 評論家의 기쁨이 아니랴. 내가 人物論을 쓴 作家 詩人들은 兪鎭午
> 金東里 金光均을 빼 놓고는 도 한번 論하지 아니치 못 하게 스리 飛躍的
> 發展을 했다. 유진오 김동리 김광균도 發展이 있기를 빌어 마지않는 바
> 이다.237)

　김동석의 작가론이 지향한 바가 어디에 있는지를 알려주는, 「비약하
는 작가」 말미의 언급이다. 여기서의 바램처럼, 그가 작가론을 통해서
언급한 좌익 작가들은 이후 일정하게 해방기 문단에서 적극적인 노력과
역할을 수행한다. 요컨대, 김동석의 좌익문단에 대한 작가론은, 해방 이
후 조선의 역사적 현실에 기반하여, 조선문학이 가야할 길이 어디인가
를 엄격한 비평가적 시선과 애정을 가지고, 비판적 격려를 통해 수행한
것으로 생각된다.

2. 중간파 · 우익문단 비판

　『상아탑』 6호(1946. 5)에 실린 「小市民의 文學 - 兪鎭午論」에서 김동석
이 유진오를 비판하는 논조는 사뭇 신랄하다. 물론 이태준과 임화를 논
할 때에도 김동석 특유의 비유와 수사가 없었던 것은 아니지만, 유진오
에 대한 비판에서는 자못 독설적이기조차 하다. 그 자신이 유진오와 같이

---

237) 「비약하는 작가」, 35면.

일제말의 소시민적 생활을 체험했고, 지식인으로서의 자의식이 강했다는
데 그 원인을 찾을 수 있을 것이다. 게다가 일제 말에는 친일을 했고 해
방기의 현실을 맞아서도 부동하는 인텔리겐차의 표본으로 유진오가 그의
시선에 잡혔음이, 논조의 날카로움과 관계가 있을 것이다. 그러므로 이
글은 김동석 스스로의 반고백이 담겨있는 지식인론으로 읽힐 수 있다.

유진오의 식민지시대 단편 몇 작품을 분석한 이후에 김동석은 현민
유진오 문학의 본질이 "그의 遺傳과 環境과 反應의 三角形"[238)]에 의해서
길러진 소시민적 이중성에 있음을 갈파한다. 해방 이후의 현실에서도
그의 이러한 기회주의적 속성이 결국 그를 "講師요 敎授요 科長이 그의
本質이었지 文學人이 아니"[239)]었다고 단정하게 한다. 이러한 비판의 이
면에는, 그가 해방 초기의 과제로서 가장 앞머리에 두었던, 식민지·봉
건잔재의 청산이라는 시대적 과제를 유진오의 해방 이후의 행보[240)]에
빗대어 주장하고자 하는 의도가 전제되어 있다. 해방 이후의 엄숙한 현
실에서 문학자의 자기비판이 제일의 과제임을 밝히고, 동시에 지식인이
갖게 되는 소시민성과 기회주의 속성에 대한 비판도 함께 담고 있는 작
가론이다.

그가 경성제대 9년 선배이자 30년대 말 문단 이후에 가장 지성적인
작가로 평가되는 현민을 두고 이처럼 야유할 수 있었던 것도, 같은 지식
인으로서의 자의식과 함께, 그의 상아탑 정신의 사심 없는 성격에 기인
하였다고 볼 수 있을 것이다.

「소시민의 문학」이 다분히 해방 초기의 문단에 대한 문제제기 수준의
작가론이었다면, 「詩人의 危機 - 金光均論」과 「純粹의 正體 - 金東里論」

---

238) 「소시민의 문학」, 『예술과 생활』, 34면.
239) 「소시민의 문학」, 36면.
240) 문협을 조직하고는 곧 빠져버린다든지, 그 뒤에 일상의 안위를 위해서 경성대학
법과교수로 재직한 것 등을 말한다.

은 좌우문단의 대립과 논쟁의 와중에서 쓴 것이기에, 그 특유의 비유적
어조가 한층 강하게 드러나 있다.

  김동석 작가론에 두드러진 특징을 꼽으라면 우선 논지의 선명성을 들
수 있을 것이다. 시와 정치, 시와 행동, 시와 과학 등의 대비적 수사에서
드러나는 바와 같이, 그는 어중간한 논리의 타협이나 절충을 부정했다.
그렇더라도 그것이 이분법적 흑백논리로 떨어지는 것이 아니라 변증법
적 인식론에 기반하여 논리의 설득력을 가지고 전개됨은, 앞서의 작가
론 검토에서 확인되는 바다. 그러므로 김동석이 당대 문단의 중간파[241]
에 대한 비판을 감행하게 되는 것은 능히 예상하고도 남음이 있다.

  김광균의 「시단의 두 산맥」(『서울신문』, 1946. 12. 3)을 읽고 즉각적으로
쓴 「詩壇의 第三黨」(『경향신문』, 1946. 12. 5)에서 김동석은, 당시의 문학가
동맹과 문필가협회 사이에서 방황하는 김광균의 문학적 태도를, "藝術
과 時代를 辨證法的으로 把握하지 못하고 岐路에서 彷徨하는 氏는 '觀念
的인 中庸'에다 自己의 位置를 定하고선 自己야 말로 藝術과 時代의 對立
을 止揚한 詩人이라고 錯覺하고 있는 것"[242]이라고 설파하고는, 당대 시
단의 상황을 다음과 같이 비유한다.

  比컨대 시방 朝鮮詩壇엔 여전히 올챙이인채 滿足하는 이른 바 純粹詩
  人이 있고, 개구리가 되는 過程에 있으므로 올챙이의 꼬리가 남아 있어
  서 어색한 吳章煥 李庸岳을 비롯한 文學家同盟의 詩人이 있고, 自己는 올
  챙이면서 개구리인 채 올챙이와 아직 꼬리가 달린 개구리를 둘 다 비웃
  는 金光均氏 같은 詩人이 있다. 누가 먼저 完全한 개구리가 될 것인
  가?[243]

---

241) 해방문단의 중간파에 대해서는 권영민, 「해방공간의 문단과 중간파의 입장」(『한
    국민족문학론연구』, 민음사, 1988)을 참조할 것.
242) 「시단의 제삼당」, 『예술과 생활』, 223면.
243) 「시단의 제삼당」, 같은 면.

'개구리와 올챙이의 비유'를 통해 시단의 대립적 구도를 말하고 있는 이 구절에서, 그가 비판의 대상으로 삼는 것이 바로 중간파 문인과 순수 문학을 주장하는 우익측의 문인이었음은 말할 것도 없다. 그리고 김광균의 「시단의 두 산맥」에 촉발되어 먼저 "自己는 올챙이면서 개구리인 채 올챙이와 아직 꼬리가 달린 개구리를 다 비웃는" 중간파 문인에 대한 비판에 나선 것이다.

이 글로부터 몇달 뒤에 발표한 「시인의 위기 - 김광균론」(『문화일보』, 1947. 4)은 김광균을 통해서 중간파 문인의 절충성과 관념성을 본격적으로 비판하려는 의도에서 쓴 글이다. 이 글의 발단 역시 김광균의 글 「문학의 위기」(『신천지』 11호)에서 비롯된다. 1946년 8월 29일에 있었던 문학가동맹 주최의 국치기념 문예강연회에서 사회를 본 김동석은, 그곳에 참석했던 김광균이 유진오(兪鎭五)의 시낭송과 대회 분위기를 보고 "文學講演會같은 雰圍氣는 조곰도 없고 무슨 政治講演會에 가까운 森嚴한 공기에 充血되었다"[244]고 한 데 대하여, 김광균 시의 특성과 문학관 및 태도 전반의 문제를 들어 비판한 글이다.

> 觀念論者란 - 나는 氏를 觀念論者로 斷定한다 - 循環論理나 토오톨로지를 일삼는것이 고작이고 때로는 論敵을 迷宮으로 끌고 들어간다. 詩나 文學을 人間性이라는 더 漠然한 槪念을 갖이고 定意하려는것이 迷宮으로 끌고 들어가는 것이 아니고 무엇이냐. 「人間性」을 또 무슨 荒唐한 觀念을 가지고 規定하려는지 모를 일이다. 내 미리 豫言하노니 氏의 評論이 다다르는 곳은 「神秘」거나 고작해야 전 十九世紀的인 三次元的 理念에 지나지 않을것이다.[245]

김광균의 문학가동맹에 대한 비판 논거가 '인간성을 몰각한 문학'이

---

244) 「시인의 위기」, 『뿌르조아의 인간상』, 100면에서 재인용.
245) 「시인의 위기」, 102면.

라는 것에 대하여, 김동석은 그것의 개념과 의미가 무엇인지 묻고, 그의
주장을 현실성이 없는 관념론자의 순환논리이자 문학의 신비화에 다름
아니라고 공박한다. 해방 직후의 좌와 우로 대변되는 현실적 대립을 애
써 무시하고, 추상적인 '인간성'이라는 개념으로 본질을 호도하는 것에
대해서 김동석은, 관념론이요 신비주의라는 비판과 함께 시인들의 분명
한 태도를 요구했던 것이다. 시인은 현명한 시인과 바보 시인 두 가지
종류 밖에 없다고 하고, "詩보다는 人民을 사랑하는것이 더 詩적인것을
아는 詩人과 人民이 또 어느놈의 종이 되든 나는 詠風明月이나 하겠다는
詩人"246)이라 제시하는 선명한 구분에서 이 시기 김동석의 태도가 더욱
분명하게 나타난다. 해방 초기 상아탑의 정신에 기반하여 수행되던 그
의 문화적 모색이 남한 정치상황의 극단적 대립과 우익의 발호에 의해
위기에 처하게 됨에 따라 점차 논쟁의 형식을 취하게 되었고, 이 과정에
서 점차 인민에 기초한 민족문학으로 구체화되는 과정에 놓여있는 작가
론이 「시인의 위기」라 할 수 있다.

중간파에 대한 비판에 연이어 김동석은 당시 청년문학가협회의 주도자
였던 김동리를 대상으로 장문의 작가론을 발표한다. 그것이 유명한 「純粹
의 正體 - 金東里論」(『신천지』, 1947. 12)이다.

그는 이미 몇 편의 소론과 작가론의 전개과정에서 순수문학에 대한
비판을 감행한 바 있다. 1946년 3월의 청년문학가협회 결성 직후에 쓴
것으로 생각되는 「批判의 批判 - 靑年文學家에게 주는 글」이 순수문학에
대한 본격적 비판을 담은 첫 번째 글이라 생각된다. 이 글 이후에도 작
가론이나 기타의 문학비평마다 김동석은 순수문학에 대한 비판을 거의
빼놓지 않고 강화해 나가고 있음을 볼 수 있다. 그러나 남한의 정치정세
가 점차 악화되고, 좌우의 대립이 점차 노골화되어 문단 내에서도 마침

---

246) 「시인의 위기」, 105면.

내 순수논쟁[247]이라는 전문단적 진폭을 가진 논쟁으로 비화하는 것을 보고, 전면적 비판을 감행할 필요를 느꼈던 것이다. 그리고 당시 우익측의 이념적 대변자 구실을 하던 김동리를 비판적 대상으로 삼았던 것이다.

이 글에서 그는 우선 순수문학의 역사적 연원을 문제시한다. 식민지 시대의 폭압과 착취로부터 어쩔 수 없이 조선의 문학자들이 도피해 들어갔던 것이 '순수문학'이며, 해방이 된 연후에도 문인들이 순수문학을 고집하는 것은 작가들의 정신적인 병이라고 본 것이다. 그래서 김동리를 "「純粹」라는 허무한 鬼神"[248]으로부터 구하기 위한 처방전으로써 작가론을 쓴다고 서두에 밝히고 있다.

그는 우선 김동리가 식민지시대 발표한 평론의 주장을 검토하여, 그의 작가적 본질을 "小說家가 아니라 象牙塔的 詩人이었다"[249]고 전제하고, 「昏衢」(『인문평론』, 1940. 2)를 중심으로 한 동리 소설 전반을 다음과 같이 비판한다.

> 日帝時代에 우리가 다 같이 絶望狀態에 빠졌을때 學蘭이가 發見한 「다음 港口」나 順女가 걸어가는 「洞口 앞길」을 햄레트의 죽엄과 꼭 같은 文學的 解決이라고 본다면 東里가 말하는 個性이니 生命이니 하는것이 얼마나 값싼 文學靑年的 空想의 産物인가를 알수 있을것이다. 學淑의 갈길도 「다음 港口」나 「洞口 앞길」이라면 金東里의 作家로서의 生命은 「巫女圖」 한卷으로서 끝을 막고 만것이다.[250]

---

247) 해방기 문학논쟁사의 가장 치열한 대결장이라고 볼 수 있는 순수논쟁에 대하서 보다 자세한 논의는 다음 절에서 다루기로 한다. 순수논쟁의 경과에 대해서는 송희복,『해방기 문학비평 연구』(문학과지성사, 1993), 그것의 역사적 성격에 대해서는 홍정선, 「해방 후 순수·참여론의 전개 양상」(『역사적 삶과 비평』, 문학과 지성사, 1986)을 참조할 것.

248) 「순수의 정체」, 『뿌르조아의 인간상』, 37면.

249) 「순수의 정체」, 46면.

250) 「순수의 정체」, 54면.

김동리의 '생의 구경적 형식'이라는 문학관과 그것의 소설적 반영으로서의 「혼구」, 「다음 항구」, 「동구 앞길」의 세계는 "文學靑年的 空想의 産物"이며, 그 이유는 식민지시대에 어쩔 수 없이 도피해 들어갔던 순수문학의 "夢幻的이고 非科學的이고 超自然的인"[251] 관념의 세계에서 김동리는 벗어나지 못했기 때문이라는 것이다. 그리고 그러한 문학은 이미 서구에서 실험이 끝난 지 오래인 "팽 드 씨애클文學에서 靑年들이 걸어가랴다 失敗한" 耽美派의 길이며, "純粹치 못한 사람에게 利用을 당하기가 쉬"[252]운 위험을 내포하고 있다고 지적한다.

이처럼 그는 순수문학의 대표자인 김동리의 문학론과 작품의 분석을 통해, 순수문학의 관념적 미학관과 그것의 비순수성을 날카롭게 공박했다. 그리고 소설 「혼구」에 나오는 무기력한 관념적 지식인 강정우[253]의 독백을 인용하여 민족문학의 길을 다음과 같이 제시한다.

호랭이를 그리려해도 개가 되기 쉽겠거든 굳이 聯關되는 모든 問題를 問題삼아 解決하려는 文學을 버리고 何必 日 純粹文學이냐? 그것은 다름 아니라 朝鮮文學이 日帝의 彈壓 때문에 問題를 局限하지 아니치 못할 슬픈 運命에서 나온것이다. 다시 말하면 日帝의 壓迫에 못 이겨 崎型的 作家가 된 金東里같은 萎縮된 「한개 모래알만한 生」에서 빚어진것이 純粹文學인것이다. 그러나 八·一五가 왔다. 朝鮮文學이 무슨 問題든지 問題삼고 解決할려고 努力할수 있는 다시 말하면 民族文學을 樹立할 때는 왔다. (중략) 누구나 「個性과 生命의 究竟에서」, 行動할수 있는 朝鮮이 바야흐로 到來하련다. 아니, 半은 이미 到來하였다.
－ 가야 된다, 가야 된다!
金東里 홀로 民族과 民族文學을 두고 어데로 가려는 것인가?[254]

---

251) 「순수의 정체」, 52면.
252) 「순수의 정체」, 50면.
253) 작가 김동리의 자화상으로 김동석이 본 인물이다.
254) 「순수의 정체」, 59~60면.

"무슨 問題든지 問題삼고 解決할려고 努力할 수 있는" 문학, "누구나 '個性과 生命의 究竟에서' 行動할 수 있는" 문학을 그는 문학의 정도요 역할이라 본 것이며, 그것을 민족문학이라고 명명하고 의미부여하기에 이른 것이다.

순수논쟁의 와중에서 발표된 이 글은 당시 점차 가열되어가던 좌우의 문단대립과 관련하여, '정치와 순수'라는 이분법적 도식에 얽매이지 않고, 작품의 분석을 통해 민족문학의 지향을 제시하려 한 실천적 문제성을 보여준 글이며, 그만큼의 커다란 반향을 일으켰던 글이다. 상아탑의 정신으로부터 출발하여 지속적으로 전개되던 그의 작가론과 문학비평이 격변하는 현실과 만나 구체화되고 명료해지는 과정을 이 글을 통해 볼 수 있다.

그가 작가론에서 마지막으로 다룬 작가는 이광수다. 해방 이후에 발표된 김동석의 거의 모든 글, 하다못해 수필에서조차 이광수는 그에게 있어 비판의 표적이 된다. '김민철(金民撤)'이라는 필명으로 발표된 「僞善者의 文學 - 李光洙論」(『국제신문』, 1948. 10. 16~26)은 그의 이처럼 끈질긴 비판이 어디에서 기인하며, 무엇을 향하고 있는가를 여실히 보여주는 작가론이다. 아울러 이 글은 남북한에 각각 단독정권이 수립되고 나서 쓴 글이어서, 그의 문학적 변모와 지속을 동시에 살필 수 있는 기회를 제공한다.

이 글에서 김동석이 직접적으로 문제 삼고 있는 것은 '해방 후의 춘원'이다. 춘원의 해방기 자전적 소설『나』와 역사소설『원효대사』, 수필집『돌베개』와 일기 등을 대상으로 하여, 춘원문학의 위선자적 본질을 추적해 나가고 있다. 해방 이후의 춘원문학의 본질을 밝히는 것이 이처럼 중요한 이유를 김동석은, 춘원이 인간적으로는 위선자지만 그의 문학은 좋다는 그릇된 문학관을 분쇄하기 위해서라고 말한다.

우선 김동석은 춘원 소설의 본질을 자화자찬에 기반하여 쓴 것이라

단정한다. 그리고 그 "生命을 깍고 저미는 억지"[255)]의 목적과 동기를,
작품을 심리분석적 방법으로 분석, 추적해 들어간다. 자전적 소설『나』
의 분석을 통해서 그것이 용의주도하게 위장된, 민족의 처단을 피하려
는 의도임을 드러내고, 그 위장의 대표적인 것이 '사랑'이요, 色을 초월
한 듯한 주인공 춘원이 주인공으로 등장하여 오히려 선정성을 통해서
독자를 현혹시키는 곳에 춘원문학의 함정이 있음을 밝힌다. 그리고 그
의 소설을 잘 분석해보면, 그 속엔 "早朝에 ○욕으로 고생하다"[256)]라고
일기에 고백한 춘원의 리비도가 잠재해 있음을 밝힌다.

> 그의 僞善的 男女觀이나 戀愛觀은 그 罪의 一半이 封建的 社會에 있기
> 도 하지만 여하튼 金東仁氏 말마따나 李光洙의 집안이 兩班일 까닭이 없
> 는데 兩班으로 행세하려는 虛僞보다도 그의 小說의 中心을 이루는 男女關
> 係가 變態的이 아니면 僞善的인 것은 封建的 殘滓라 아니할수 없다. 타고
> 나기를 남달리 色을 좋아하는 春園이 「社會의 攻擊」이 무서워서 好色을
> 自由로 滿足시키지 못하고는 일그러지고 퉁그러진 性慾을 가지고 小說을
> 쓴 것이다. 또 그의 社會的인 活動도 그 動機가 이러한 性慾의 變態에 지
> 나지 않는다. 이것은 적어도 『나』에서 春園이 취한 態度를 곧이 곧대로
> 받어드린 解釋이다.[257)]

듣기에 따라서는 다소 천박하게 들리기도 하는 김동석의 이러한 해석
은, 그러나 치밀한 작품분석과 논증에 뒤따른 것이어서, 춘원문학 본질
의 중요한 한 계기를 드러낸 것이라 생각된다.[258)] 김동석은 그것을 "對

255) 「위선자의 문학」,『뿌르조아의 인간상』, 70면.
256) 「위선자의 문학」, 81면.
257) 「위선자의 문학」, 83면.
258) 서영채는 춘원의 소설『무정』에서 드러나는 중립적이고 이중적인 것으로서의
　'욕망'이 서사 구성의 핵심적인 원리로 기능한다고 밝히고, 그것은 근대적 인식
　틀의 근본에 놓이는 <주체성(혹은 주관성)의 원리>에 기인한다고 밝히고 있다.
　(「『무정』 연구」, 서울대 석사논문, 1991) 이러한 논지에 김동석의 분석을 더한다
　면, 이광수의 주체성(주관성)의 핵심적 계기가 바로 춘원의 '성욕'이라는 해석도

象을 發見하지 못한 性慾"259)이라고 표현한다. "일그러지고 뚱그러진 性
慾의 變態"가 그의 소설과 사회 활동의 동기이자 본질이라는 것이다. 이
러한 분석을 통해 김동석은, 이광수의 문학만은 좋게 보자는 항간에 떠
도는 관점의 오류를 지적하고, "春園의 小說이 讀者를 꺼는 힘이 실로
米國 流行 小說처럼 이렇게 쎅씨한데 있는 것"260)이라 하여, 그것의 반
민족적 성격을 분명히 한다. 민족문학에 대한 모색의 도정에서 반봉건
적 인식과 함께 반제국주의적 인식의 단초를 보여준다고 여겨지는 이
글을 김동석은 이렇게 끝맺고 있다.

> 허긴 朝鮮이 外來 資本과 商品의 市場이 되어야 春園같이 外來勢力에
> 阿附하야 날치던 사람에게는 잃었던 幸福을 도루 찾을 수 있을것이다.
> 香山光郎이와 다른 戰略 戰術로서 李光洙는 또다시 民族을 外來 帝國主義
> 勢力에다 팔려 하고 있다. 民族과 民族文化을 이러한 凶計에서 擁護하려
> 는 생각에서 나는 李光洙와 그의 文學을 批判한 것이다.261)

이러한 언급을 보건대 김동석의 비판은, 비단 이광수 일개인에 대한
비판에 있지 않고, 단정 수립 이후 남한 문단에 만연된 친미극우문학과
그 상업적 성격 전반에 대한 비판으로 나아가고 있었음을 알 수 있다.
남한의 정치적 현실, 그 자체가 드리운 분단의 징후에 대한 예리한 비판
이기도 했던 것이다.

해방 이후 김동석이 줄곧 이광수를 비판해온 것은, 그의 식민지시대
의 작품과 행적에 드러나는 반봉건성과 친일잔재의 청산에 관한 것이
었다. 그러나 남한에 단정이 수립되고 난 뒤에 쓴 「위선자의 문학」에서
는 이광수의 해방 이후의 문학적 전신을 문제 삼고, 그 속에 숨어있는

가능하다.
259) 「위선자의 문학」, 86면.
260) 「위선자의 문학」, 81면.
261) 「위선자의 문학」, 97면.

위선자적 면모와 더 나아가 제국주의적 성격까지를 날카롭게 비판하는 것으로 나아간다. 해방 직후 상아탑의 정신에서 출발한 그의 문학적 모색이 분단기에 발표한 「위선자의 문학」에 이르러서 반봉건적 인식뿐만이 아니라 반제국주의적 지향까지를 자각하는 것으로 나아가고 있음을 알 수 있다. 그러나 이후로 김동석은 더 이상의 작가론을 발표치 못하고 월북하고 만다. 그의 작가론을 통한 민족문학의 모색은 여기에서 멈추고 만다.

이상의 작가론 외에도 김동석은 개별 작품에 대한 8편의 서평을 남기고 있다. 이 중 「최재희 저 『우리 민족의 갈 길』을 읽고」를 제외하면, 모두가 당대에 발표된 시와 시집을 대상으로 하고 있다. 이미 작가론에서 다룬 오장환의 시집에 대한 2편의 서평과 이용악의 시 「38도에서」 말고도, 설정식의 시집 『종』(1947), 『전위시인집』(1946), 김용호의 시집 『해마다 피는 꽃』(1948), 최석두의 『새벽길』을 대상으로 하고 있다. 그의 당대 시에 대한 평가의 중심이 어디 있는가와 이들 시인들과의 관계 등을 추찰하는 데 있어 이들 서평을 살펴보는 것도 의미가 있다고 생각되나, 대부분 짧은 글이고 단편적인 인상을 기록한 것이며, 작가론의 분석을 통해 그의 문학적 지향이 대부분 드러났다고 생각됨으로 여기서는 생략하기로 한다.

부족하나마 이상에서 해방기 김동석 문학의 지향을 가장 잘 드러낸다고 생각되는 작가론을 개괄적으로 살펴보았다. 해방 직후의 정치적 흥분 속에서 『상아탑』지를 창간하고, 이태준으로 시작해서 단독정부가 수립된 이후 이광수를 다루기까지, 그의 작가론 속에는 고스란히 그의 문학관의 특징과 성격, 변화가 담겨져 있다고 생각된다. 식민지시대에 억눌렸던 삶의 비평을 지향하는 그의 비평적 관심이 해방기를 맞아 문학의 독자적인 역할을 모색하는 상아탑의 정신으로 현상되고, 점차 민족문학론으로 구체화되는 과정이라 할 수 있다. 좌우라는 문학외적 이데

올로기라든가 조직의 테제와 같은 교조적 노선과는 일정한 거리를 두고
전개된 작가론은, 그러므로 김동석 문학의 독자성과 사심 없는 비평의
힘을 드러내주는 선편들이라 평가할 수 있을 것이다.

제7장

민족국가 건설을 위한 문화적 투쟁

이 장에서는 작가론 외에 김동석이 남긴 기타의 비평적 산문과 문화운동, 외국문학 연구를 일별하여, 그의 지속적인 민족문학을 향한 문화적 모색을 검토해 보려고 한다. 짧은 4년간의 작업이라고는 생각되지 않을 만치 상당한 분량의 이론적, 실천적 족적을 남긴 바 있는 그의 이러한 문화적 모색을 '민족국가 건설을 위한 문화적 투쟁'이라는 관점에서 정리하고, 그것의 의미와 성격을 분명히 함으로써, 그의 문학사적 공과를 논하는 근거를 찾아보고자 한다.

1. 순수주의 비판

식민지 및 봉건 잔재에 대한 청산을 꿈꾸며, 상아탑의 정신을 누구보다도 먼저 고창한 문인이 김동석이었다. 그러나 그가 주장한 상아탑의 문학은 우익측에서 주장하는 순수문학과는 다른 것임은 앞서 문학관을 논하는 자리에서 살펴보았다. 일제의 압박 속에서 발생적 연원을 가지며, 그 이념 안에 국수주의적 관념론을 내포한다고 보이는 순수문학에 대하여 김동석은 해방 초기부터 비판하였고, 이후 문학비평이나 사회·문화비평을 통해서도 지속적으로 비판을 수행해왔던 것이다. 작가론을 다루는 데서도 이 점은 부분적으로 드러났거니와, 해방 직후부터 그의 글에 가장 지속적으로 등장하는 논지의 하나가 순수주의 문학에 대한 비판이었다.

김동석의 문학관을 좌익문학 내의 일종의 '보론스키즘'이라고 오해케 한, 그의 순수문학관은 그럼 어떤 것인가. 김동석이 주장한 문학의 순수성은 김동리 등이 주장하는 것과는 다른 것이다. 그리고 그가 문학의 정치성을 부정한 것은 아니다. 「시를 위한 시 - 정지용론」에 잘 드러난 것처럼, 그가 비판한 것은 어설픈 순수문학의 '비순수성'이었고, 순수한 문학가의 태도를 강조한 것이었지, 순수 그 자체가 목적이자 물신화된 가치로서의 순수문학을 주장한 것과는 거리가 멀다.

해방의 감격과 시적 흥분 속에서, 새로운 민족국가 건설에 대한 희망이 김동석에게는 『상아탑』이라는 잡지를 창간하고 문학의 역할을 적극적으로 모색하는 것으로 나아가게 했다. 그런데 그러한 흥분이 가라앉고 1946년에 들어서자 정국 상황이 점차 좌와 우로 나뉘어 대립의 국면으로 치닫게 되었다. 정치적 지형변화에 따라 그동안 잦아있던 우익측 문인들이 순수문학을 표면에 내세우고 나타나기 시작하였다. 그리고 그 것은 문필가협회와 청년문학가협회라는 조직적 실체를 가지고 자못 공세적으로 전개되기에 이른 것이다. 이러한 대치국면에서 1946년 초부터 서서히 전문단적 관심사와 논쟁의 주테마로 떠오른 것이 이른바 문학의 순수성 문제거니와, 김동석은 이에 누구보다도 앞장서서 정치성을 띤 순수주의 문학에 대하여 과감한 비판을 제기하고 나섰던 것이다.

김동석의 순수주의에 대한 첫 번째 비판은 「批判의 批判 - 靑年文學家에게 주는 글」이다. 청년문학가협회가 결성된 1946년 3월 직후에 쓴 것으로 짐작되는 이 글에서 그는 조선의 역사적 현실을 "뿌르조아 데모크러시의 나라를 맨들려해도 朝鮮民族은 한참 진통을 격어야것이다"[262]고 전제하고는, 다음과 같이 순수문학의 허실을 논박한다.

> 朝鮮民族은 시방 政治的 經濟的 自由를 달라는 것이지 日帝에 빼앗기었던 땅이나 工場이 어찌되든 詩나 읊으고 小說이나 쓰겠다는 精神을 가지고 있지는 않다. 그대들이 하도 民族精神 民族精神하고 念佛 외우듯하니 말이다. 民族의 土地와 工場이 어찌되든 내버려두고 「文學의 尊嚴」이니, 「文學의 市民」이니, 「純粹의 精神」이니, 「文學의 危機니」, 「文學의 宗敎」니, 「個性의 文學」이니 하면서 무슨 대단한 民族精神을 가지고 있다는 것이냐.[263]

조선청년문학가협회는 주지하다시피 유치환이 회장으로 있고, 김동리, 조연현, 곽종원, 서정주, 박두진, 조지훈, 박목월 등이 참가하여, 강령에 "일체의 공식적 예속적 경향을 배격하고 진정한 문학정신을 옹호함"을 주장했던 우익문단의 전위조직이었다.[264] 김동석은 이러한 우익 측의 발호에 대하여 해방 직후의 현실적인 조건과 역사적 단계를 제시하여 "政治的 經濟的 自由"를 주장하였던 것이다.

그런데 여기서 주목되는 것은 소위 청록파라고 불리는 박두진, 조지

---

262) 「비판의 비판」, 『예술과 생활』, 98면.

263) 「비판의 비판」, 98면.

264) 곽종원의 「해방문단의 이면사」(『문학사상』, 1993. 2~8)의 회고에 의하면, 당시 청년문학가협회의 초대 회장은 김동리가 아니라 유치환이었다고 한다.(1993. 5, 275면) 그리고 이 조직이 성립되게 된 직접적인 계기는 좌익측의 문학자대회에 영향 받아 젊은 문인들이 "행동대원 부대가 당장 필요함을 역설"한 데 있었음을 밝히고 있다.(1993. 5. 272면)

훈, 박목월과 김동석과의 관계다. 김동석의 평론이나 수필 등을 살펴보면, 과거 식민지시대부터 김동석은 이들과 개인적인 친분이 상당한 듯하다.[265] 그리고 「詩를 위한 詩」에서는 "「文章」에서 그(정지용 - 인용자)가 推薦한 詩人들은 朴斗鎭 趙芝薰 朴泳鐘을 비롯해 바야흐로 쪽빛보다 더 푸른 詩를 生産하고 있다"[266]고 평가하기도 하였다. 그런데 이 시기에 오면 이처럼 그 관계가 악화되어 있는 것이다. 그 이유는 분명하다. 해방기의 정치적 현실이 문인들에게 강제하는 두 갈래 길에 그들이 각자 들어섰음을 보여주는 것이다. 그리고 이후의 행보는 더더욱 멀어지는 형국을 보여준다.

김동석의 「비판의 비판」에 대해 청년문학가협회 쪽에서 먼저 반응한 것이 조연현이다. 조연현은 「純粹의 位置 - 金東錫論」(『예술부락』, 1946. 6)에서, 김동석의 해방 초기의 활동을 순수를 지키려했다 칭찬하면서도 그것이 자신들이 말하는 순수와는 다른 내용을 담고 있다고 비판한다. 김동석의 「시를 위한 시」의 일절을 인용하면서, 그것을 "슬로강적인 공식"과 다르지 않다고 말하고, 해방 직후의 "醜雜한 現實"에서 "간신히 갖일수있는 生命"이 순수라고 주장한 것이다.[267]

이후 여기서 처음 드러난 논리의 평행선은 점차 확대된다. 청문협의 건설과 함께 우익측은 그들의 문학론을 좌익측에 대하여 공세적으로 발표하기 시작한 것이다. 이에 따라 논쟁은 본격화되고, 여러 논자들이 이 순수논쟁에 개입한다. 우익측의 조연현, 김동리의 주장에 맞서 좌익측에

---

265) 고려대의 <조지훈문고>에 소장되어 있는 『해변의 시』 속지에는 김동석의 친필로 "趙芝薰 詩兄 惠存"이라고 적혀 있다. 이로 보건대, 조지훈을 비롯한 청록파 문인들과 김동석은 시를 통한 문학적 교감이 식민지시대에 일정하게 있었지 않았을까 추정해볼 수 있다. 이러한 기록은 그의 수필과 평론의 여러 군데에서도 산견된다. 그러나 조지훈이나 박두진이 남긴 어떠한 기록에도 김동석에 대한 언급은 찾아볼 수 없었다. 김동석의 일제시대의 행적과 함께 그의 시의 연원을 살핌에 있어 앞으로 추적해보아야 할 과제라 생각된다.
266) 「시를 위한 시」, 55면.
267) 조연현, 「순수의 위치 - 김동석론」, 『예술부락』 3, 1946. 6.

서는 김동석과 함께 김병규와 정진석이 나선다.

김동리의 「純粹文學의 정의」(『민주일보』, 1946. 7. 11)와 「순수문학의 진의」(『서울신문』, 1946. 9. 14) 등에 나온 뒤에 김동석은 짤막한 글 「조선문학의 주류」에서 시와 산문 중 조선문학의 주류를 산문이라고 말하고, 순수문학의 주장을 다음과 같이 공박한다.

8·15를 계기로 조선문학은 新文學 발생후 처음으로 정말 마음놓고 걸어갈 目標를 발견한 것이다. 그래서 詩도 우선은 그 애달픈 춤을 버리고 散文과 步調를 같이하야 씩씩한 첫걸음을 내딛은 것이다. 그 걸음이 그 춤에 비하야 美를 喪失했다 하자. 민족이 제국주의자에게 목매어 껄려 갈 때 남 몰래 추던 그 춤보다는 민족과 더부러 해방의 붉은 태양을 마지려 걸어가는 그 걸음이야말로 더 民族的인 文學일 것이다. 朝鮮文學의 現段階는 民族文學이다.268)

"朝鮮文學의 現段階는 民族文學"이고, 민족의 운명과 함께하려는 시와 산문의 노력이 절실히 요구되는 이 때에, "제국주의자에게 목매어 껄려갈 때 남 몰래 추던 그 춤"인 순수문학만을 계속 고집하는 것은 조선문학의 주류가 될 수 없다는 것이다. 그러나 그의 이러한 비판에도 불구하고 우익측 순수문학의 주장이 계속 강화되고, 김병규의 전면비판을 통해 논쟁이 점차 확대되었다.269) 이에 김동석이 당시 청년문학가의 수장격인 김동리를 대상으로, 순수문학 전반의 문제를 비판한 것이 앞서 살핀 「순수의 정체 - 김동리론」이었던 것이다.

---

268) 「조선문학의 주류」, 『경향신문』, 1946. 10. 31.
269) 김병규의 「순수문제와 휴머니즘」(『신천지』, 1947. 1), 「순수문학과 정치」(『신조선』, 1947. 2) 등에 대하여 김동리는 「순수문학과 제3세계관 - 김병규씨에 답함」(『대조』, 1947. 8)으로, 조연현은 「논리와 생리 - 유물사관의 생리적 부적응성」(『백민』, 1947. 9)으로 맞선다. 여기에 새로 윤태웅, 김하명 등이 참가함으로써 논쟁은 한층 격렬하게 진행된다. 보다 자세한 논쟁의 양상에 대해서는 송희복, 앞의 책 참조.

이에 대하여서도 우익측은 즉각적인 반발을 보인다. 조연현의 「無識의 暴露 - 金東錫의 '金東里論'을 駁함」(『구국』, 1948. 1)과 「개념과 공식 - 백철과 김동석씨」(『평화일보』, 1948. 2. 17~18), 김동리의 「生活과 文學의 核心 - 金東錫君의 本質에 대하야」(『신천지』, 1948. 1) 등은 우익측의 동시 다발적 반격이거니와, 이들의 비판으로부터 심화된 이후 논쟁의 양태는 인신공격과 자기주장만이 횡행하는 상식 이하의 욕설로 떨어지고 만다. 그러나 김동석은 이들의 비판에 애써 답하지 않고 묵묵히 그의 문학적 실천을 지속한다.

김동석이 해방 초기부터 순수주의에 대한 비판을 줄곧 제기하지 않을 수 없었던 것은 민족의 역사적 현실에 기반하여 전개해야 할 문학의 적극적 역할 때문이었다. 식민지잔재와 봉건잔재의 청산을 통한 새로운 민족국가의 건설에 문학은 적극적인 노력을 경주해야 하며, 식민지시대 남몰래 춤이나 추던 순수주의 문학으로는 그러한 역할을 수행할 수 없고, 오히려 비순수한 세력에 의해 정치적으로 이용당할 염려가 있다는 것이다. 그러나 그의 이러한 비판을 통해 문단은 자못 소란스럽게 순수 논쟁으로 확대되기는 하였지만, 이 역시 단독정부의 수립이라는 분단의 가시화와 함께 미해결의 상태로 스러지고 마는 것이었다.

2. 외국문학 연구과 현대의 탐색

작가론, 문학비평, 사회·문화비평, 문학운동 등으로 다양하게 굵어져 온 그의 문화적 실천도 1948년 8월 남한 단독정부 수립 이후의 상황을 만나면서 굴절될 수밖에 없었음은 이미 생애사를 다루면서 언급한 바 있다. 그리고 이 때 찾은 김동석의 문학적 모색이 강연 활동과 함께 그가 전공했던 영문학과 해외의 문학적 쟁점을 비판적으로 소개하는 것이었다. 「위선자의 문학」을 통해 이광수를 비판하고 「한자철폐론」과 몇 편의 수필을 발표한 것을 제외하면, 1948년 말부터 월북하기 전까지 그가 글로서 남긴 것은 4편의 외국문학에 관한 글이 전부이다.270)

김동석의 외국문학에 관한 글들을 살펴볼 본 장에서는, 이 시기 이전에 발표된 「구풍속의 人間 - 現代小說論斷片」(『예술과 생활』)과 「詩劇과 散文 - 세익스피어의 散文」(무대예술연구회 연극강좌, 1946. 10)까지를 포함하여 개괄해 보도록 한다.

「구풍속의 인간 - 현대소설론단편」은 그가 현재 조선문학에서 요구되는 산문(소설)의 위상을, 영국 소설가 조셉 콘래드의 소설문학을 통해 제시하려 한 글이다.

현대를 "勞動과 科學이 文明의 基調가 되어 있을뿐 아니라 人間精神도 科學과 勞動의 影響下에 있는"271) 시대로 규정하고, 그러한 시대에 필요한 문학정신으로 "客觀世界를 科學的으로 把握 表現"하는 산문정신을 지적한 김동석의 문학관은 이미 「비약하는 작가」를 다루면서 살펴본 바다. 이라한 주장이 굳이 콘래드 소설 「구풍」을 예로 들면서까지 다시 역설되게 한 이유는, 순수문학이 점차 문단적 세를 얻어 팽창하던 해방기 당시의 필요에 기인했기 때문일 것이다. 이 글 또한 "조선문학을 위해서 영문학을 했지 영문학을 위해서 영문학을 했던 것은 아니다"(「나의 영문학관」)고 했던 그의 영문학관의 실천적 본보기거니와, 체험의 강조와 함께 등장인물의 성격을 문제 삼는 그의 소설론은 리얼리즘을 지향하고 있다. 그의 민족문학을 향한 이념적 모색이, 영문학을 대상으로 조선적

---

270) 문예수필 「쉐익스피어의 주관」(『희곡문학』, 1949. 5)은 본격적인 외국문학 소개 논문이라 볼 수 없기에 논의대상에서 제외한다. 그리고 세익스피어와 함께 그가 크게 영향 받았던 아놀드를 다룬 「생활의 비평 - 매슈 아놀드 현대적 음미」는 이미 앞장에서 다루었음으로 여기서는 논의를 생략하기로 한다.
271) 「구풍속의 인간 - 현대소설론단편」, 『예술과 생활』, 147면.

현실을 염두에 두면서 리얼리즘이라는 창작 방법으로 구체화되는 계기를 보여주는 글이다.

「시극과 산문」과 「뿌르조아의 인간상」은 모두 그가 대학원에서 연구했던 셰익스피어의 희곡을 연구 대상으로 현대문학의 장래를 모색한 글이다. 전술한 바 있거니와, 그의 셰익스피어 연구는 주목을 요한다. 일제말의 상황에 서 대학원에 진학하면서 본격화된 그의 셰익스피어 연구는, 그것을 다루는 문학사적 안목도 문제려니와, 근대문학의 형성과정이 불철저했던 우리 문학사를 서양문학과의 관련성 아래 살펴보려는 적극적 의도를 담은 것으로써 귀중한 것이라 할 것이다.

「시극과 산문」에서 먼저 김동석은, 영문학사에서 봉건사회에서 근대로의 이행기의 문학적 표현물로 논의되는 셰익스피어의 시극 전반을 대상으로 하여, 각 작품에 드러나는 운문(詩)과 산문의 역할을 분석·논구한다. 이러한 분석을 통해 그는, 봉건시대 귀족의 이념을 대변하는 시와 달리 산문은 성장하는 시민계급의 이념을 대변하며, 셰익스피어 시극에 새로이 나타나는 자연주의적 요소와 심리주의적 요소, 과학주의적 요소는 성장하는 시민계급의 이념을 반영하는 근대문학의 맹아였다고 평가한다.[272] 그런 다음 김동석은 셰익스피어 시대부터 일찍이 발달한 "英文學이 아직도 詩에 戀戀하다는 것은 朝鮮文學에 있어서 아직도 詩가 優勢한 것과 아울러 硏究할 問題"[273]라 지적하고, 「뿌르조아의 인간상」에서 '폴스타프'라는 인물의 분석을 통해 다음과 같은 인식으로 나아간다.

歷史는 否定의 否定으로 發展한다. 쉐잌스피어에 있어서 否定的이던 폴스타프가 그 否定을 否定하야 肯定的인 「뿌르조아의 人間像」이 된것이 歷史의 發展이듯이 오늘날 英美의 뿌르조아學者들이 自由의 偶像으로 모시어앉히는 폴스타프지만 그는 資本主義와 運命을 같이 하지아니할수

---

272) 「시극과 산문 - 쉐잌스피어의 산문」, 『뿌르조아의 인간상』, 146~147면.
273) 「시극과 산문」, 147면.

없는 人間이다. (중략) 文學的으로 폴스타프에 대하야 結論을 짓는다면
쉐잌스피어에 있어서 否定的이던 散文이 肯定된것이 뿌르조아 文學인데
이 散文을 다시 否定하야 쉐잌스피어의 詩와 散文을 아울러 止揚해서 - 새
로운 價値를 表現하는 리얼리슴이 將來할 文學이다. 폴스타프의 散文이 「眞
理도 名譽도 法律도 愛國心도 勇氣도」 否定하는 이른바 自由主義의 散文이
라면 眞理와 名譽와 法律과 愛國心과 勇氣를 지닌 散文이 아마 다음에 올
人民的 리얼리슴 또는 人民的 휴매니슴의 文學이 아닌가 한다. 이것이 쉐
잌스피어를 硏究한데서 歸納되는 結論이다.274)

　셰잌스피어의 희곡에서 부르주아 계급의 이해를 대변하는 폴스타프
는, 산문이라는 문학형식을 통해서 봉건주의를 극복하고, 새로운 자본주
의 세계의 인간상을 표상한다는 점을 찾아낸 것은 그의 날카로운 문학
적 통찰이라 하지 않을 수 없을 것이다. 이러한 인식은 더 나아가, 셰잌
스피어 시대의 문학에 있어서 부정되던 산문이 긍정되면서 성립된 것이
부르주아 문학이며, 그것은 "새로운 價値를 表現하는 리얼리슴"에 의해
서 다시 부정됨으로 해서 발전한다는 문학사적 결론에 다다른다. 그의
이러한 결론의 근저에 "歷史는 否定의 否定으로 發展한다"는 사적 유물
론의 역사관이 밑받침되어 있음은 물론이다. 그리고 이러한 연구 끝에
그가 귀납적으로 다다른 결론이, 그가 해방 직후부터 문학비평과 작가
론, 실천적 문학운동의 전개 속에서 발견한 "人民的 리얼리슴"에 맞닿아
있다. 현대 문학 특히 조선에 장래할 현대 문학에 대한 모색은 이처럼
영문학을 통한 보편적·공시적 영역에서도 검토되었고, 조선이라는 구
체적 현실에 귀납되어 수행되어왔음을 알 수 있는 것이다.
　「뿌르조아의 인간상」에서 또 하나 재미있는 것은 김동석이 셰잌스피
어의 시극과 판소리 소설『춘향전』을 비교하는 대목이다. "「헨리四世」
를 「春香傳」에다 비하면 「헨리五世」는 房子 없이 李道令만 가지고 만든

---

274) 「뿌르조아의 인간상」, 『뿌르조아의 인간상』, 191~192면.

劇이오 「윈저의 愉快한 안악들」은 李道令 없이 房子만 가지고 만든 劇이다"275)라는 언급이 바로 그것인데, 김동석이 동서를 막론하고 봉건제에서 근대로 넘어가는 이행기의 산물로 셰익스피어의 희곡과 우리의 판소리 소설 『춘향전』을 대비하여 살펴보고 있는 것이다. 이는 이미 「新戀愛論」에서도 부분적으로 보였던 것이기도 한데, 비록 간략한 논급 정도로 지나쳐는 소략함을 면치 못하나마, 최근 민족문학의 새로운 모색의 방법으로써, "국제적 시각의 일환으로 영향에만 집착하는 비교문학을 넘어서, 방 띠겜(Paul Van Tieghem)이 제기한 "영향없는 유사성"의 문제, 즉 일반문학적 과제의 설정을 고려해보자"276)는 문제제기와도 상통하는 선구적 통찰을 드러내주는 부분이어서 놀랍기까지 하다. 이를 통해서도 김동석 문학의 탄탄한 이론적 깊이와 방법적 혜안을 높이 평가할 수 있다.

영문학의 연구와 소개 외에도 김동석은 당시 구주에서 한창 주목을 받았던 실존주의를 조선에 처음으로 소개한다. 그러나 실존주의 역시 셰익스피어의 소개에서처럼, 조선의 현실에 착목하여 소개하는 것이어서 비판적 논조를 유지하고 있다. 「苦悶하는 知性 - 싸르트르의 實存主義」(『국제신문』, 1948. 9. 23~26)와 「實存主義 批判 - 싸르트르를 中心으로」(『신천지』, 1948. 10)는 비슷한 시기에 쓴 것이다.

먼저 「고민하는 지성 - 싸르트르의 실존주의」에서 김동석은 강단철학에서 실존주의는 새로운 것이 아니라는 지적으로 시작해서, 논문의 전반부를 실존주의 소개에 할애하고, 후반부에서 비판을 감행한다. 비판의 핵심은 다음과 같은 구절에 있다.

實存主義란 별것이 아니오 佛蘭西의 아니 世界의 社會的 危機가 낡은

---

275) 「뿌르조아의 인간상」, 177면.
276) 최원식, 「한국문학의 근대성을 다시 생각한다」, 『창작과비평』, 1994년 겨울호, 19면.

自由主義로서는 어찌할수 없게 되었을때 생겨난 苦悶하는 自由主義의 한 表情에 不過한것이다. (중략) 싸르트르 自身이 左냐 右냐 하는 岐路에 抛棄되어 있는 것이다. 싸르트르와 같은 佛蘭西의 知識人 폴 발레리는 現代를 「事實의 世紀」라고 말했지만 크나큰 두가지 事實이 부드치고 있는 佛蘭西에서 새 중간에 끼여서 苦悶하는것이 善意로 본 싸르트르의 位置다.277)

사르트르의 실존주의를 서구 부르주아 계급의 자유주의적 주관주의의 산물로 보고, 현대의 "크나큰 두가지 事實"278)의 새 중간에서 방황하고 고민하는 무기력한 지식인의 기회주의요 도피주의의 산물이 실존주의라고 말한다. 이렇듯 일시적으로 유행하는 사조로서의 실존주의에 현대의 지식인들은 현혹되지 말고, 세계와 역사에서 객관적 진리를 배우라는 말로 끝맺는다. 도스토엡스키의 작품을 실존주의의 출발점으로 본 것이라든가, 사르트르의 작품에 등장하는 인물이 약하거나 비겁하고 악하기만 한 것 등을 들어 논증한 결론이다.

그리고 그가 실존주의를 조선에 소개와 함께 비판하는 동기를 「실존주의 비판 - 싸르트르를 중심으로」에서 밝히고 있다. 즉 "人民과 民主主義와 歷史에서 孤立한 自我의 主觀을 神主로 모시는 實存主義"는 "思想의 病菌이니만치 혹시 傳染되는 浦柳質의 인테리가 있을가 저어하여" 예방주사를 놓기 위한 것이라 의도를 밝히고 있다.279)

김동석의 실존주의 소개에 대해서는 이미 임헌영,280) 김윤식281) 두 교수가 간략하게 논급한 바 있다. 김동석의 실존주의 이해수준은 그리 천박한 수준의 것은 아닌 것 같다. 전후 지식인의 무기력함에 기초한 주

---

277) 「고민하는 지성 - 싸르트르의 실존주의」, 『뿌르조아의 인간상』, 235~236면.
278) 프랑스에서 드골파와 노동계급의 대립을 예로 들어 설명하고 있다. 자본주의와 사회주의의 대립을 말하는 것임을 알 수 있다.
279) 「실존주의비판 - 싸르트르를 중심으로」, 『신천지』, 1948. 10, 81면.
280) 임헌영, 『한국현대문학사상사』, 한길사, 1988, 79~80면.
281) 김윤식, 『한국근대문학사상연구』 2, 아세아문화사, 1994, 193~195면.

관주의적 산물로 실존주의를 이해한 것은 그것의 발생적 배경에 대하여 정곡을 찌른 것이라 할 수 있다. 그리고 그의 두 편의 글을 통한 "예방 주사"에도 불구하고, 이후 실존주의는 한국전쟁을 거치면서 비상히 우리나라에 사상적 전염을 가져왔으며, 그러한 전후의 실존주의를 한국 지성계에서 철학적 사조로서 수용하는 데에는 많은 시간과 논란이 허비되었음도 주지의 사실이다.[282]

1948년 말의 시점에서 인민적 리얼리즘의 관점으로 실존주의를 비판적으로 검토하고 있는 두 글의 성격 역시, 앞서 영문학에 대한 연구의 의도에 잇따르는, 장래의 조선문학에 대한 모색과 검토의 산물로 이해된다. 발등의 불과도 같은 시급한 현실적 과제 속에서도, 외국문학에 대한 이론적 모색을 통하여 조선문학을 동시대적 현대성 속에 탐색해보려는 그의 비평적 지향을 이 두 편의 논문에서도 확인할 수 있다.

조선문학을 중심에 두고 외국문학과의 대비를 통해 민족문학을 구체화하려는 그의 외국문학 연구를 통해 또 한 가지 알 수 있는 것은, 그의 문학과 비평을 안받침하고 있는 학문적 깊이와 날카로운 비평적 안목이다. 해방기의 들끓는 현실 속에서, 그가 이처럼 차분히 비평과 문학연구의 수준 높은 결합을 보여주었다는 점은 쉬운 것이 아니다. 문학연구가 뒷받침 되었기에 그의 비평은 뛰어난 설득력을 가질 수 있었고, 현실에

---

282) 김동석의 실존주의 이해 수준과 관련하여, 김윤식 교수는 앞의 책 194면에서 김 동석이 "사르트르의 저술을 단 한 편도 읽어보지도 않"았다고 하여 김동석의 실 존주의 이해수준을 미국의 잡지를 통한 어설픈 것이라고 말하고 있다. 그러나 「고민하는 지성」, 227면에 보이는 "구라파에서 돌아온 친구가 싸르트르의 친저 『실존주의와 휴매니즘』이라는 책을 선물로 갖어왔다"는 언급에서 알 수 있듯이, 그는 실존주의를 직간접 경로를 통해 숙지했고, 그러한 연장선상에서 실존주의에 비판적인 두 편의 글을 쓸 수 있었던 것으로 생각된다. 이후 추찰을 요한다. 실존주의와 전후 한국문학과의 관련성에 대해서는 임헌영, 「실존주의와 1950년대 문학사상」(앞의 책)을 참조할 것.

몸담으려는 실천적 열정이 있었기에 그의 문학연구는 당대성을 획득할 수 있었던 것이다. 이 점이 또한 그를 단순히 해방기의 시류적 비평가로 폄하할 수 없게 하는 소이다.

3. 민족문학의 모색과 좌절

이상에서 개괄적으로 살펴본 순수비판과 사회·문화비평, 문학운동, 외국문학 연구 등에 걸치는 김동석의 행보는 결국 민족문학의 이념과 방법을 찾아나가려는 지난한 도정이라 말할 수 있을 것이다. 그리고 그러한 실천적, 이론적 노력이 분단의 현실과 만나면서 위기에 봉착하게 되었음은 앞서 언급하였다.

해방 직후에 문단을 주도했던 임화, 김남천, 이태준, 한효 등이 이미 월북하여 없는 서울에서 그는 이처럼 지속적으로 자기 견해를 피력해 왔다. 그러나 단정 수립 이후 남한의 현실은 더 이상 그의 문학관을 수용할 만한 정신적·물질적 토대를 상실하였다. 그러므로 「북조선의 인상」 이후에 발표한 글들은 다분히 수세적인 국면에서, 직접적인 문제제기를 억제하고 민족문학을 위해 먼 길을 에두르는 것이었다.

1949년 1월 1일에 『국제신문』에 발표된 「民族文學의 새構想 - 金東錫, 金東里 對談」은 김동석의 민족문학을 향한 도정의 마지막 모습을 담고 있는 글이다. 그러나 이 대담은, 해방기 당시에 가장 뜨거웠던 순수문학 논쟁의 두 당사자 사이의 대담이고, 서로의 문학관이 정치적 상황에 따라 더욱 확고하게 전개된 형편이어서, 논지의 평행선은 좁혀지지 않은 채 더욱 확대되어 나타나고 있다. 다만 이 글을 통해서 김동석의 민족문학에 대한 이념적, 방법적 모색이 다다른 자리를 살펴볼 수 있을 것이다.

민족문학의 수립과 동시에 문제되는 것은 리얼리슴의 문제입니다. 일
제땐 문학가가 정면으로 현실을 테클할 수 없었던 만큼 리얼리슴을 창
작방법으로 하기가 곤란했던 것이다. 동리군이 조선문학이 세계문학의
일환이 되어야 한다고 하였는데 그말에는 나도 동감이다. 즉 조선문학
은 형식에 있어서 조선적이고 또 그 내용이 조선의 현실과 생활이라 하
더라도 리얼리슴의 문학이라면 번역되어 세계 어느 나라 인민에게도 공
감을 일으킬 수 있을 것이다. 꾀테가 문학은 번역되어도 남는 것이 있어
야 한다고 말했는데 이러한 의미에서 진리라고 생각한다. 문학사적으로
보아 세계는 이제 리얼리슴이 아니면 문학이 될 수 없게 되었고, 조선문
학은 이러한 세계문학의 일환으로서 또 민족문학으로서 리얼리슴 밖에
는 갈 길이 없는 것이다.283)

그가 지속적으로 주장하던 당대 문학의 위상이 그대로 표현된 글이
다. 그것이 곧 '민족문학'이다. "형식에 있어서는 조선적이고 또 그 내용
이 조선의 현실과 생활"을 담은 문학을 민족문학이라고 명기하고, 그 방
법적 원리로서 리일리즘을 제기한 것이다. 이것은 김동석이 해방기 내
내 민족문학을 모색하면서 얻은 소중한 결론이라고 생각된다. 그러나
기실 이러한 주장은 1930년대 말부터 여러 비평가들에 의해 모색되었던
것이었으며, 해방 초기 문학가동맹의 임화라든가 김영석, 이원조 등에
의해서도 이미 '인민에 기초한 민주주의 민족문학'으로 정식화된 것이
며, 그것의 방법적 원리 또한 '진보적 리얼리즘'으로 이미 제시되기도
했던 것이다. 그리고 문맹의 인민문학 노선에 반대한 북문예총의 안함
광에 의해서는, 노동자 계급의 헤게모니가 강조된 민족문학의 이념적
원리와 '고상한 리얼리즘론'이라는 창작방법론도 제기된 바 있다.284)

김동석의 민족문학론은 사실, 해방기에 다양하게 논구되었던 민족문

---

283) 「민족문학의 새구상 - 김동석, 김동리 대담」, 『국제신문』, 1949. 1. 1.
284) 해방기 민족문학론에 대해서는 하정일 「해방기 민족문학론 연구」(연세대 박사
    논문, 1992)에 소상히 정리되어 있다.

학론에 비한다면, 그리 내세울 만한 것이 없는 뒤늦은 것임에 틀림없다. 그리고 「민족문학의 새구상」에 들어있는 김동석의 언급 자체도 추상적 수준의 개념규정에 머무르고 있어, 이것을 가지고 그의 '민족문학론'이라고 하기에는 머뭇거리게 만드는 아쉬움이 남는다. 그러나 그럼에도 불구하고 김동석의 이와 같은 언급이 예사롭지 않다고 연구자가 판단하는 것은, 그의 민족문학론이 문학가동맹이나 북조선문학예술동맹과는 일정한 비판적 거리를 유지한 데서, 실제적 비평 활동 속에서 대중적 방식에 의해 모색된 실천적 노력의 산물이었다는 점 때문이다. 게다가 김동석은 다분히 선험적 교조에 따라 다분히 편가르기식으로 전개된 좌익측 내에서의 이념논쟁을 지양하고, 구체적 문학 현안을 중심으로 문화통일전선을, 그것도 남북에 각각 단독정부가 수립된 현실에서 끝까지 견지, 고수하는 열의와 노력을 보여주었다고 평가된다.

비록 김동석의 민족문학에 대한 모색이 1949년에 들어서 기어이 중단되고 말지만, 그가 남겨준 구체적이고도 실천적인 비평 작업과 민족문학을 향한 비당파적 노력, 성실하고도 열정 있는 비판적 지식인으로서의 자세 등은 높이 평가하고도 남음이 있다. 「민족문학의 새구상」과 같은 날 발표된 수필 「나」에서 김동석은, 엄혹한 분단 현실 하에서도 청년 같은 열정으로 자신을 다음과 같이 다독이고 있다.

> '나' 때문에 흐린 마음을 가지고 영영 하느님인 진리를 발견하지 못하고 말것이 두렵다. 올해는 무엇보다도 '나'를 없이하는데 힘을 쓰리라. 그것이 불가능하다면 '나'라는 말을 적게 쓰도록이라도 하리라. 그러나 다만 한가지 걱정은 그러면 이런 수필을 못쓰게 될 것 아닌가. 그래서 나는 벌써부터 소설 쓸 궁리를 하고 있다. 춘원같은 사이비 소설이 아니라 본격적 소설을 쓰려고 맘먹고 있다.[285]

---

285) 「나」, 『세계일보』, 1949. 1. 1.

1949년, 한창 좌익문인에 대한 보도연맹의 횡포가 극심하던 그 시절에도 그는 이처럼 자신을 채찍질하고 일으켜 세우기에 부단하였다. 김동석이 언제, 어떻게, 왜 월북을 했는지 상세한 정황은 알 수 없거니와, 이후 그가 남겨놓은 "본격적 소설"을 그 누구도 보지 못했음을 상기할 때, 해방기 민족문학의 마지막 좌절을, 연구자는 절실히 체험하게 되는 것이다.

제8장

김동석의 문학사적 위치

이상으로 그간 제대로 알려지지 않았던 해방기의 비평가 김동석을, 생애와 문학관, 문학 활동의 족적을 따라 개괄적으로 살펴보았다. 생애 사의 고찰로부터 시작하여, 문학에 입문하게 된 인식론적 배경과 그것의 귀결로서의 문학관을 살펴보았고, 이를 근거로 하여 해방기에 다양하게 전개된 김동석의 문학을 분석하고 정리하되, 되도록이면 빠뜨리지 않고 종합적으로 소개하려고 노력하였다. 그러나 애초 필자가 드러내고자 했던 의도가 얼마나 관철되었는가 하는 아쉬움이 남는다. 그러나 부족한대로 필자가 김동석의 삶과 문학에 대한 논의를 끝까지 다잡아 나갈 수 있었던 것은, 기왕의 문학사에서 김동석이 그의 문학사적 문제성에도 불구하고 잊혀져 매몰되었고, 그나마 드물게 논구되더라도 분단 이데올로기적 선입관에 사로잡힌 왜곡된 면모에 치우쳐 논급됨으로써, 정당한 평가를 받지 못하고 있다는 판단 때문이었다. 산만한 논의를 통해 김동석의 삶과 문학에 대하여 필자가 얻은 결론을 요약하면 다음과 같다.

조선이 일제에 합병당한 직후인 1913년에 경기도(京畿道) 부천군(富川郡) 다주면(多朱面) 장의리(長意里)에서 2남 4녀의 장남으로 태어난 김동석은 어려서 서당교육을 받고, 이후 식민지 근대교육을 줄곧 받으며 경성제대 영문과에까지 수학한 지식인이며, 구미의 자본주의 문물이 흘러넘치는 인천에서 출생·성장한 식민지 태생의 소시민이었다. 그가 문학에 본격적으로 입문하게 된 계기는, 인천상업학교 3학년 때 광주학생의거 1주년 기념식 시위 주도로 이 학교를 퇴학당하고, 이후 경성제국대학에 입학하면서부터라고 말할 수 있다. 특히 본과에 진학하면서 영문학을 선택한 것이 직접적인 계기가 되었다. 어려서 서당에서 얻은 동양적 교양과 수업기의 맑시즘의 세례에 더하여, 영문학을 통한 얻은 광범한 근대적 지식, 그 중에도 특히 매슈 아놀드 문학관은 그를 문학으로 안내한 인식적 배경이었다 할 것이다. 여기서 형성된 비평적 관심이 한 차례 조선시에 대한 비평을 시도하는 것으로 나타나기도 하였으나, 식민지적 현실에서 좌절하여 소시민 인텔리의 생활로 나아가는 것이 일제 말 김동석의 행적이었다.

그러한 그가 해방이 되고 나서 급격히 정치적·문화적 실천으로 나아가게 되는 것은 그의 독특한 문학관인 <상아탑(象牙塔)의 정신>에 기인한다. 상아탑의 정신은 달리 말하면 지식인의 엄격한 자기염결성과 양심에 기초한, 문화적 사명감에 대한 인식이다. 그가 대학에서 수학한 매슈 아놀드의 비평관과 동양적 지성의 양심론에 입각하여 형성된 문학관이 바로 상아탑의 정신인 바, 이것이 구체화된 것은 해방이 되고나서이다.

정치와 문학이 혼효상태에 있던 해방기에 상아탑의 정신은, 정치와 일정한 거리를 유지하면서 문학의 독자성을 지키려는 문화적 급진주의로 전개되며, 해방기의 역사적 현실과 인민을 발견함으로 해서 민족문학론으로 구체화되어 나아간다. 이러한 적극적 변모는 그가 영향 받은 매슈 아놀드의 비평관을 뛰어넘는 실천적 당대성을 획득했다는 점에서 의의가 크거니와, 좌우의 이데올로기적 대립에 발목 잡혀있던 해방기 한국문학사에서 적극적인 역할을 수행하게 되는 것이었다.

그의 본격적인 문학 활동은 식민지시대의 시와 수필의 창작으로부터 시작되었다. 일제 말 자기고백과 일상에 대한 반성적 글쓰기로서의 수필의 창작은 해방기를 맞아 일정하게 당대 사회상의 풍자와 비판으로 전화한다. 시도 마찬가지로 식민지시대의 내면적 고백을 토로하던 것에서 벗어나 해방기에 이르러서는 시적 자아가 적극적으로 당대의 현실을 수용하고, 역사의식을 고양하려는 시적 모색을 수행하게 된다.

『상아탑』지를 거점으로 전개된 사회·문화비평과 좌우익을 가리지 않고 날카롭게 전개된 작가론을 통한 그의 문화적 건설에의 노력은 그러나 1946년 중반 이후의 첨예한 정치적 정세를 맞아 순수주의 비판과 문화운동에의 투신 그리고 지속적인 민족문학의 모색으로 이어지게 된다.

좌·우파, 중간파의 대상을 가리지 않고 전개된 작가론에서 김동석은, 문학의 독자적인 역할을 적극 옹호하는 대신 그것의 시류적 정치성을 특유의 비유와 논리로 비판·논구해 나간다. 이런 점에서 작가론은 그의 문학의 탄탄한 힘을 증거하는 역작이다. 김동리, 김광균을 다룬 작가론과 논쟁에서도 그는 해방기의 시대적, 문학적 과제를 과감하게 제기하고, 이를 통해 자기논리를 전개함으로써 해방기의 문학사가 제기하는 문제에 적극적으로 가담하였던 것이다. 이러한 그의 모든 노력은 곧, 인민을 기초로 한 민족문학의 수립으로 요약된다. 조선적 형식에 민주주의적 내용을 담는다는 민족문학의 이념적 원리와, 생활을 있는 그대로 드러내는 방법적 원리로서의 리얼리즘에 대한 인식은 포괄적이긴 하나마, 당대의 실제적 현실에서 실천적 노력을 통해 귀납된 것이어서 의의가 크다 할 것이다.

이상의 내용을 통해서, 해방기 문학사에서 김동석이 차지하는 문학사

적 위치는 크게 다음의 다섯 가지 사실로써 안받침 될 수 있다고 생각
된다.

첫째, 김동석의 문학 활동이 비록 1945년에서 1949년 사이의 짧은 시
기에 집중적으로 전개된 것이었다 해도, 그는 해방기의 문학사가 제기
하는 모든 문제들에 대해 적극적으로 참가하고, 실천한 문인이었다고
평가할 수 있을 것이다. 새로운 국가의 건설과 식민지·봉건 잔재의 청산
이라는 역사적 과제를 그는 지식인으로서의 사명감에 입각하여, 다양한
문화적 모색을 통해 보여줌으로써, 해방기 문학사의 일각을 떠받치는
실천적 지성으로 대두하게 되는 것이다. 그가 남긴 사회·문화비평과
순수주의 문학에 대한 비판이 이를 잘 대변한다.

둘째, 문학의 정치사설화가 만연하던 해방기의 비평사적 맥락과 관련
하여 김동석은, 상아탑의 정신이라는 문학관을 통해서 문학의 독자적
역할에 대한 모색과 그것의 귀감적 소산으로서의 작가론과 시 비평을
선보임으로써, 식민지시대 카프의 이론비평 이후 줄곧 문제되었던 비평
의 교조화, 관념화에 대한 극복의 대안을 보여주었다고 평가된다. 좌와
우의 대립뿐만이 아니라 좌익 내부의 이념논쟁이 정치적, 조직적 배경
을 전제하고 횡행하던 당시 비평사에서, 그가 보여준 대중성과 현장성
을 통한 민족문학의 모색은 귀중한 문학적 자산으로 남는 것이다. 여기
에 그의 비평 문체가 주는 독특함이 함께 하여, 비평의 전통이 그리 오
래지 않은 한국 비평문학의 수준을 한 단계 높인 성과를 남겼다고 생각
된다.

셋째, 외국문학 연구와 관련하여, 식민지 지배정책의 일환으로 건립
된 경성제국대학에서 영문학을 전공한 김동석이었지만, 그의 문학적 모
토는 항상 조선의 민족문학에 있었고, 그러한 연장에서 외국문학 연구
의 주체화를 도모했다는 점이다. 이 점은 식민지시대 외국문학을 전공
한 일부 비평가들의 외국문학에 대한 비주체적 추종과 경사라든가, 오

늘날까지도 만연해 있는 지식수입상적 외국문학 연구의 풍토를 감안할 때 값진 것이다. 그의 비평이 갖는 탄탄의 힘이 바로 외국문학연구를 통한 이론적 깊이를 통해 가능했음도 알 수 있다.

넷째, 그가 종국에 다다른 민족문학에 대한 인식은, 비록 임화나 안함광에 의해서 일찍이 정식화된 것에서 크게 벗어나지 않은 수준이었다 하여도, 이념에 의해 선험적으로 주어진 교조에 긴박된 아닌, 실천 속에서 검증된 구체성을 보여준 것이었기에 의의가 크다는 점이다. "민족적 형식에 민주주의적 내용을 담고, 인민이 주체가 되어 리얼리즘의 방법적 원리를 통해 세계문학의 일환으로 참여하는 민족문학"(「민족문학의 새 구상」)에 대한 그의 인식은, 분단의 현실이 계속되고 있는 오늘날 민족문학의 이념적 원리로서도 크게 손색이 없다고 생각된다. 더욱이 그의 그러한 모색이 대중적 성격을 지니고 다양한 형태로 전개되었다는 점에서, 앞으로의 실천적 실례로 기억하기에 부족함이 없다고 생각된다.

다섯째, 그러나 그의 문학적 실천과 민족문학에 대한 모색이 분단의 확정과 함께 스러졌음은 아쉬움으로 남는다. 이렇게 된 이유가, 해방기의 역사가 가지는 본질적 성격, 즉 자주적 민족해방을 통한 주체적 민족국가의 건설을 이루지 못하고, 미·소를 중심으로 한 냉전구도의 한가운데 놓임으로 해서 분단이 예정되었다는 데에 있었음을 수긍하지 못하는 바는 아니다. 그러나 동시에 김동석 개인의 다소 낙관적이고도 낭만적인 현실대응으로 인하여, 끝까지 현실적 긴장을 유지하지 못한 채 스러지고 만 것은 그 나름의 현실에 대한 일탈이라 할 수 있거니와, 허전한 아쉬움으로 남는다.

요컨대, 아직도 온전한 의미의 근대성을 이루지 못한 한국문학에 있어, 해방기의 열린 공간에서 적극적으로 모색되었던 김동석의 문학적 행적은, 현대 한국문학의 실천적 노력의 한 성과로 새삼 재평가되어야 하며, 분단극복을 이루지 못한 오늘날 민족문학의 새로운 모색에 있어서도 의미 있는 한 출발점으로 기억되어야 할 것이다.

이상에서 김동석의 문학사적 위치를 가늠해보았으나 아직 많은 부분이 온전히 연구되지 못하였다. 김동석의 문학을 온전히 조명함에 있어 앞으로의 연구에서 극복해야 할 연구과제를 제기하는 것으로 마무리를 가름하고자 한다.

우선, 생애사에 있어 아직 실증적으로 해명이 안 된 부분이 남아있다. 그의 가계라든가, 수업시절의 교우관계, 사상적 변모과정, 문인들과의 교우관계, 남로당과의 관련성, 월북 이후의 행적 등은 좀 더 세심히 찾아봐야 할 과제로 남아 있다. 또 한 가지 실증적으로 복원해야 할 작업은, 이미 공간된 다섯 권의 저서 외에 여기저기의 잡지와 신문에 발표한 그의 글들을 모두 모아서 전집으로 묶어 정리하는 작업이다.

둘째, 연구방법과 관련하여, 기왕에 그의 문학연구에서 주로 비평에만 연구의 초점이 맞추어진 것도, 그의 문학의 내면적 진실과 거기서 우러나는 표정을 이해하는 데에는 방해가 됨을 고려해야 할 것이다. 이를 극복한 연후에야 그의 문학과 인간상에 대한 여러 선입관들을 극복하고, 그를 문학사의 제 페이지에 바로 기술할 수 있을 것이다.

셋째, 그의 문학을 다룸에 있어서 비교문학적 방법의 적용에 대한 보다 치밀하고도 주체적인 시각의 확보가 필요하다고 생각된다. 이 점은 아놀드와 셰익스피어 연구를 통해 문학관의 형성과 문학론의 전개를 살펴 그의 문학을 이해하는 데에 관건적인 문제라고 여겨진다. 그러나 이러한 고찰에 있어 김동석을 일방적으로 아놀드의 영향이나 영문학 연구의 성과에만 한정해서 바라보는 비교문학적 편견은 주의해야 할 것이다.

제2부 해방기 문학 연구

- 해방기 좌·우·중간파의 장편소설
- 해방·분단기, 중간층 작가의 현실인식
- 엄흥섭의 삶과 지역 문예운동
- 발굴자료를 통해 본 '전위시인'들

제1장

해방기 좌·우·중간파의 장편소설

1. 머리말

2007년 8월 15일, 올해로 해방 62주년을 맞는다. 해마다 해방을 맞는 감회가 적지 않지만, 올해는 특히 불완전한 해방으로부터 기원했던 남·북의 분단이 기나긴 어둠의 터널을 지나 경의선과 동해선으로 남·북의 철도가 왕래하고, 이를 계기로 분단체제를 대신하여 한반도에 평화체제를 구축한 이런저런 모색과 토론들이 활발히 개진되고 있는 터여서, 해방의 의미가 참으로 남다르게 다가온다. 물론 한반도의 평화체제를 구축하기 위해서는 동북아 지역 전체의 평화가 전제되어야 한다. 그러나 일본과의 과거사 분쟁이 여전히 탈식민적 관점에서 해소하지 못한 채 외교 현안으로까지 대두하고 있고, 한미 FTA협정 체결 이후 중국과 미국간의 보이지 않는 치열한 경쟁이 전개되고 있어, 자칫 내적으로 성숙된 분단체제 극복의 노력이 외적 상황으로 인해 언제든지 무화될 수 있는 상황이 상존함을 잊지 말아야 한다.

뿐만 아니라 2007년의 8·15는 정부 차원에서 진행하고 있는 친일 청산을 비롯한 과거사 청산, 정리 작업이 본궤도에 오름과 동시에, 그러나 연말에 있을 대선으로 인해 이 해묵은 과업이 다시 뒤집혀, 해방 직후의 반민특위가 그랬던 것처럼, 왜곡되고 중단될 수 있는 되고 말 안타까운 시간을 내다보고 있다. 새삼 1945년 8·15 해방의 진정한 의미가 무엇인지, 그 불완전했던 해방을 온전히 성취하기 위해서 지금 우리 사회는 어떤 길을 선택해야 할 것인지, 심사숙고하지 않을 수 없게 된다.

62년의 성상을 지나 여전히 민족 앞에 역사적 성찰을 요구하는 8·15를 맞으면서, 이 글에서는 계간『작가들』에 4회에 걸쳐 발굴, 전제한 김남천의 장편소설『1945년 8·15』를 통해 이 문제를 시원에서 다시 되돌아보려고 한다. 김남천의『1945년 8·15』는 조선문학가동맹을 이끌다가 월북한 좌파 작가 김남천이 발표한 해방 직후의 최초의 장편소설이자, 미완의 장편이기도 하다. 그런데 이 작품을 온전히 살펴봄에 있어서는 동시대의 역사적 의미를 두고 치열하게 각축했던 우파와 중간파의 소설을 함께 놓고 검토할 때 비로소 온전한 문학적 성취와 역사적 성찰을 온전히 천착할 수 있을 터이다.

해방기를 시대적 배경으로 하여 순차적으로 발표된 세 편의 장편소설은 김남천의 장편소설『1945년 8·15』(1945~6)와, 좌·우의 갈등과 대립 속에서도 초월적 위치에 존재하면서 중도적 노선을 걸었던 염상섭의 장편『효풍』(1948), 그리고 해방기 우파 문학의 실질적 지도자였던 김동리의 장편『해방』(1949~50)이다. 이들 세 작품은 각각 해방공간의 시대적 의미를 장편소설이라는 장르의 특성상 총체적으로 담아내기 위한 세 작가의 치열한 고투의 산물이라는 점에서 해방기 우리문학사의 성취를 가늠할 수 있는 핵심적 자리에 위치한다. 뿐만 아니라 우리는 이 세 작품을 통해 각기 좌파, 중간파, 우파가 당대를 어떻게 문학적으로 형상화했는지 살펴볼 수 있을 뿐만 아니라 세 작가의 문학세계를 전체적으로 조망하는 데 있어서도 중요한 맥락을 잡을 수 있을 것이다. 뿐만 아니라

이 세 장편은 해방의 진정한 의미가 어디에 있는지를 각기 다른 시대감
각과 세계관을 통해 창작된 장편서사라는 점에서, 이 세 작품을 함께 살
펴보는 것은 의미 있는 작업이 될 것이다.

2. 좌파의 장편 - 김남천의 『1945년 8·15』

세 장편 중에서 가장 먼저 발표된 김남천의 『1945년 8·15』은 해방이
되고 나서 2개월도 채 안 된 1945년 10월 15일부터 『자유신문』에 연재
되기 시작하여 1946년 6월 28일 연재가 중단된 미완의 장편소설이다.[1]
해방 직후 김남천은 임화 등과 함께 정력적인 조직 활동을 전개하는 한
편 '진보적 리얼리즘론'을 중심으로 한 새로운 문학이념을 정초하는 평
론을 정력적으로 제출하였다. 그런 가운데서도 김남천은 창작을 게을리
하지 않았는데, 『1945년 8·15』를 연재하는 가운데서도 1946년 3월부터
5월까지 잡지 『신천지』에 희곡 「3·1운동」을 3회에 걸쳐 연재하였고,
1946년 7월에는 『인민평론』에 단편 「원뢰」를 발표하기도 하였다 『대하』

---

1) 이 작품은 자료의 보존이 체계적으로 이루어질 수 없었던 해방기 『자유신문』에 연
재되었기에 그 존재 자체가 잘 알려지지 않았을 뿐만 아니라 지질 상태조차 좋지
않아서 작품에 접근하기 어려웠다. 이로 인하여 김남천의 소설 중에서도 큰 주목
을 받지 못하였다. 아래의 연구를 제외하고는 본격적인 연구가 이루어지지 않았다.
이덕화, 「김남천 연구」, 연세대 박사논문, 1991.
신형기, 「역사의 방향 - 김남천의 『1945년 8·15』」, 『해방기 소설연구』, 태학사, 1992.
김외곤, 「새나라 건설을 위한 노력과 좌절 - 김남천의 『1945년 8·15』」, 『외국문
학』 31호, 1992년 여름호.
와다 도모미, 「김남천의 취재원에 관한 일 고찰」, 『관악어문연구』 23호, 서울대 국
문과, 1998.
김동석, 「김남천의 『1945년 8·15』 연구」, 『현대소설연구』 26집, 2005.
서영인, 「김남천의 해방기 문학해석을 위한 시론」, 『어문논총』 44호, 한국문학언어
학회, 2006.

의 후속편인 『동맥』을 1946년 7월부터 『신문예』에 연재하기 시작하여 1947년 6월까지 총6회까지 연재하다가 중단한 바 있다. 김남천은 여기에 그치지 않고 1946년 후반에 장편 『동방의 애인』을 『일간예술통신』에, 그리고 1947년 7월에는 역시 장편 『시월』을 『광명일보』에 연재하였다. 신문자료의 유실로 인해 작품의 온전한 실체가 전하지 못하는 이 두 작품이 해방기 김남천이 남한에서 발표한 마지막 작품이다.

이러한 활동으로 미루어 볼 때 김남천은 해방을 맞아 억눌렸던 자신의 문학의 의지를 실천 활동을 통해서 뿐만이 아니라 작품 창작을 통해서도 정력적으로 전개하고자 했음을 알 수 있다. 그리고 그러한 그의 모색이 장편소설 『1945년 8·15』의 야심찬 연재를 통해 집중되었다는 점도 어렵게 않게 짐작할 수 있다. 남로당의 문예노선을 선도했던 김남천의 의욕이 그대로 담긴 『1945년 8·15』는 어떤 면에서 르포르타주 혹은 기록문학이라고 봐도 좋을 만큼 작품의 시간적 배경과 창작의 시간대가 거의 차이가 없는 장편서사라는 점에서 우리 근대문학사에 있어서도 매우 희귀한 사례에 속할 것이다. 조선문학가동맹이 1946년 2월 8, 9일 양일간 개최한 조선문학인대회에서 그 자신이 「새로운 창작방법에 관하여」라는 글을 통해 정초한 바 있는 "혁명적 로맨티시즘을 자체내의 커다란 계기로하는 진보적 리얼리즘"[2]을 제출하기도 하였거니와, 이 작품은 진보적 리얼리즘론의 제출 이전부터 씌어진 이 작품이라는 점에서 해방기를 맞는 김남천의 날것 그대로의 현실인식과 문학적 지향이 담겨 있다 할 것이다.

> 남쪽·북쪽이 갈리고 정당이 45개나 생기고 네가 옳다 내가 옳다 떠들어 대고 도무지 어찌된 일인지 머리가 뒤숭숭하다고 사람들은 곧잘

---

2) 김남천, 「새로운 창작방법론에 관하여」, 『건설기의 조선문학』, 최원식 해제, 온누리, 1988, 123면.

말한다. 더구나 젊은 학생이나 청년들에게서 이런 말은 더 자조 듣게 된다.

혼란! 그러나 이 복잡하고 뒤숭숭한 현상의 포말 밑에 굳세게 흘러내리고 있는 역사의 커다란 진행에 대해서 우리는 고요히 귀를 기울일 필요가 있지 않을까. 젊은이들이여! 어디로 가려는가? 청년의 불타는 정열과 냉철한 진리를 안고 그대들은 어디로 향하려는가? 이 소설은 이 물음에 대한 말하자만 하나의 대답이다. 혼란 가운데서 가장 진실한 그러나 가장 곤란한 길을 걷고 있는 젊은이들의 이야기다.[3]

소설의 연재 예고기사와 함께 실린 위의 「작가의 말」에는 『1945년 8·15』 연재를 앞둔 작가의 각오와 낙관적 전망이 담겨 있다. 해방 직후의 포말과도 같은 혼란한 현실 밑에 도도히 흐르는 "역사의 커다란 진행"에 대한 낙관적 신념과 역사에 대한 흔들리지 않는 믿음, 그리고 소설을 통해서나마 진보하는 역사의 대의를 젊은 세대에게 감동적으로 전해주어야 하겠다는 김남천의 사명감이 위의 「작가의 말」에는 가득 담겨 있는 것이다.

소설은 "전 조선 각지에 구속되어 있는 정치범을 즉시 해방하라!"는 군중들의 외침으로 시작한다. 여주인공 박문경이 지방에서 서울로 올라오는 차 안에서 듣게 되는 이 해방의 함성을 들으며 문경은 벅찬 감정도 잠시, 일제 말 징병거부 문제로 소식도 없이 헤어져야 했던 연인 김지원에 대한 생각에 빠져든다. 작가가 "혼란 가운데서 가장 진실한 그러나 가장 곤란한 길을 걷고 있는 젊은이들의 이야기"라고 말한 것처럼, 이 소설은 김지원과 박문경을 긍정적 주인공으로 삼으면서 해방기에 명멸했던 다양한 인물군상들이 등장시킨다. 그들 중 먼저 부정적 인물군으로는 매판자본가 이신국과 친일파로 변절한 지식인 최진성이 등장한다. 이들과 반대편에 일제 말부터 노동운동에 투신했던 영등포 공장노

---

3) 김남천, 「작가의 말」, 『자유신문』 1945. 10. 5.

동자들의 지도자인 황성묵이 등장하고 황성묵의 지도에 의해 혁명적 지
식인으로 변모한 김지원이 등장한다. 그리고 이러한 두 유형의 인물군
사이에서 8·15 이후의 역사를 책임져야 할 젊은이들이지만 각자의 처
지와 인간관계에 따라서 혼란을 겪는 인물들인 김광호, 이경희, 이경철,
박무경, 이정현 등이 소설적 공간을 활보한다.[4]

　8·15 직후 펼쳐진 실제적 사건들을 배경으로『1945년 8·15』는 주인
공 김지원과 박문경이 새나라의 건설을 위해 매진하는 과정을 중심으로
그 주변 인물들의 부침을 보여줌으로써 올바른 역사의 방향을 혁명적
로맨티시즘과 진보적 리얼리즘으로 그리려고 했던 듯하다. 김남천이
1939년 연재했던 장편소설『사랑의 수족관』에 등장했던 합리주의자 김
광호가 해방 직후의 역사적 과제를 직시하지 못하고 매판자본가인 장인
이신국의 대리인으로 전락할 수밖에 없게 된 과정도 그런대로 개연성 있
게 형상화되어 있다. 뿐만 아니라 친일파였던 이신국과 최진성이 살아남
기 위해서 대한공화당의 결성에 앞장서는 장면이나 미군정에 접근하는
과정 또한 주요한 서사적 의미망으로 형상화되고 있어, 해방의 진정한
의미가 무엇인가를 되묻게끔 하는 리얼리즘의 성취를 잘 보여주었다.

　　'십오일 직후에 생각던 것보다는 되려 순조롭게 될 상부르다.'
　　경히가 그러케 생각하는 것은 결코 무리가 아니엇다. 미군의 진주한
　이래 군정이 펴지고 그의 오빠인 이경철이가 군정 고문관이 되고 또 한
　편 아버지인 이신국이 최진성씨와 함께 꾸민 대한공화당도 처음 생각
　이상으로 강력한 것이 될 것 가태서 십오일 흥분 직후에 차자왓던 적지
　안흔 공포는 틀림업시 사라질 것 가튼 것이다.
　　'역시 아메리카는 자본가의 우인인 것이다.[5]

---

4) 이 소설에 등장하는 인물들은 김남천의 식민지시대 소설인『사랑의 수족관』의 김
　광호, 이신국,『경영』『맥』의 최무경, 이관형,『낭비』의 이규식 등과 그 성격 면에
　서 뿐만 아니라 계급과 성격에 있어서도 그대로 연결되고 있다. 이에 대해서는 신
　형기의「역사의 방향 - 김남천의『1945년 8·15』」참조.

앞의 인용문은 친일파 이신국의 딸이자 김광호의 부인인 이경희의 독백을 옮긴 부분이다. 해방 직후의 최대 과제였던 친일파의 청산이 수포로 돌아가는 장면을 친일파의 시각에서 적시하여 해방기의 시대상에 대한 비판적 성찰을 자아내게 한다. 뿐만 아니라 그들 친일파를 비호하는 세력이 "역시 아메리카는 자본가의 우인"이라는 표현을 통해 미군정이라는 사실까지도 지적하고 있는 것이다.

이처럼 『1945년 8·15』는 해방의 부정적 측면에 대해서는 핍진한 서사적 화폭을 보여준다. 그러나 복잡하게 전개되었던 당대의 현실로부터 역사적 거리가 부재함으로써 김남천이 진보적 리얼리즘을 통해서 보여주려 했던 긍정적 전망을 소설에 담기에는 역부족이었으리라 짐작된다. 결정적으로는 김남천이 이 소설을 통해 그려 보여주려고 했던 진보적 전망이란, 1946년으로 넘어가면서 점차 실재의 현실과는 크게 유리되어 관념적 전망으로 추상화될 수밖에 없었기 때문이다. 이를 반영하듯, 지식인으로서 자기반성을 통해서 노동자계급의 세계관을 획득하고 노동운동에 뛰어든 주인공 김지원과 박문경의 고뇌와 실천을 그린 부분은 리얼리티가 떨어질 뿐만 아니라 당시의 시대적 상황에 대해서도 추상적인 현실인식에 머무르고 있음을 보여준다. 그 때문에 소설은 다음과 같은 고민과 질문만 남긴 채 연재가 중단되고 만다.

> 모든 것은 내 잘못이다. 내가 노동자계급, 여직공의 생활과 의식정도, 그런 것에 대해서 아무런 준비도 업시 소시민적 근성을 그대로 가지고 그들 가운데 나선 것이 잘못이었다. 아, 어떠케 이 어려운 난관을 돌파할 것인가.[6]

상해임정 요원의 딸이자 교원이었던 박문경이 연인 김지원으로부터

---

5) 『1945년 8·15』 88회, 『자유신문』, 1946. 1. 20.
6) 『1945년 8·15』 168회(마지막회).

감화를 받으면서 사회주의 이론을 학습하게 되고 그리하여 서울 동부지역의 노동운동에 참여하는 과정이 소설의 핵심 축으로 설정되어 있었지만, 결국 박문경은 위와 같은 쓰디쓴 자아비판만을 떠안은 채 암담한 현실의 벽에 부딪힐 수밖에 없었다. 그리고 그것이 또한 당대의 실상이기도 하였다. 박문경의 이러한 좌절과 마찬가지로 김지원 또한 소련군이 진주한 북한의 변화에 대하여 지나친 낙관을 품을 뿐만 아니라 미군정에 대해서도 매우 낭만적인 현실인식을 갖고 있는 점에서 그 또한 이미 좌절을 예비하고 있다 할 것이다.[7]

결국 김남천은 1946년 3월 무렵부터 『1945년 8·15』를 힘 있게 이어가지 못하고 간헐적으로 연재를 이어가다가 1946년 6월 28일, 165회를 마지막으로 연재를 중단하고 만다. 해방으로부터 비롯된 새로운 시대에 대한 역사적 전망을 전개를 소설을 통해서 생생하게 재현하려 했던 김남천의 진보적 리얼리즘은 결국 그 자신의 소설을 통해서 구현하지 못하고 중단하고 말았던 것이다. 『대하』의 후속작인 『동맥』을 통해 재차 조선 역사에 대한 장편서사를 추구했지만 이마저도 연재가 중단되고 만다. 임화 등이 일찍이 월북한 이후까지도 서울에 남아 조선문학가동맹의 서기장을 맡아 최후까지 실천적 문예 활동을 전개하던 김남천은 결국 1947년에 월북하지 않을 수 없었다.

해방 직후 정치적으로나 문화적으로 주도권을 잡았던 좌파가 미군정과 우파세력에 반격에 의해 불법화되고 결국 38선을 너머 북으로 넘어갈 수밖에 없었던 역사적 한계를, 김남천의 장편 『1945년 8·15』는 여실히 보여주었다. 그리고 그 결과는 1948년 가장 극단적인 좌·우파의 정권이 남·북에서 각기 분단정부를 수립한 것으로 귀결되었다.

---

7) 김외곤, 「새나라 건설을 위한 노력과 좌절 - 김남천의 『1945년 8·15』」, 262~263면 참조.

3. 중간파의 장편 - 염상섭의 『효풍』

그런데 이처럼 새나라 건설을 둘러싼 치열한 이념의 대립이 남과 북에 가장 극단적인 우파와 좌파의 승리로 가시화되던 시점인 1948년 벽두에, 해방기 내내 좌·우파의 대립으로부터 초월적 위치에 있으면서 중도적 입장을 견지했던 염상섭이 장편소설을 연재하기 시작하였다. '새벽바람'이란 의미의 『효풍(曉風)』이라는 장편을 1948년 1월 1일자로 『자연신문』에 연재하기 시작하여 11월 3일 200회로 완결을 지었던 것이다. 현실의 이데올로기인 좌·우파와는 무관한 제3세력권을 통칭하여 중간파를 불렀거니와 염상섭은 당시 "중간파의 두목격"으로 해방기 내내 민족분단에 반대하는 독자적 목소리를 견지해왔다.[8] 그런 그가 '새벽바람'이란 의미심장한 제목을 달고 해방기 당대의 총체적 현실을 형상화한 장편소설 『효풍』을 중단 없이 200회에 걸쳐 연재하였던 것이다. 『효풍』의 연재가 끝난 직후인 1949년 1월에 염상섭은 다음과 같이 우파 중심으로 흐르는 문단의 분위기를 질타한 바 있다.

> 문학의 자주성을 부르짖고 그 독창적 충동에 호소하려는 것은 문학이 가장 편당성에 유수되어 있고 독창적 생명과 빛을 잃은 반증에 틀림없음은 물론이거니와, 자다가 깬 듯이 새삼스럽게 문단의 자유로운 분위기라든지 문학의 자주성을 운위한다고 이것을 가리켜 자유주의라 비난하고, 중간파라 이단시하려는가?[9]

순수문학이 늘 주장하던 "문단의 자유로운 분위기라든지 문학의 자주성을 운위"하였다고 하여 이를 자유주의 혹은 중간파라고 비난하는

---

8) 김윤식, 「중간파 포섭론의 정치적 성격」, 『해방공간 문단의 내면풍경』, 민음사, 1996, 358면.

9) 염상섭, 「문단의 자유 분위기」, 『민성』, 1949. 1. 이 글의 말미에 실제 집필시기를 1948년 11월이라고 밝혀 놓았다. 『효풍』 연재가 끝난 직후 쓴 비평문인 것이다.

우파 문학에 대한 비판을 담고 있는 글이다. 당시 남한 단독정부 수립 하에서 순수문학파가 우이를 잡은 남한 문단의 분위기를 염상섭은 이처럼 강하게 비판하였던 것이다. 이러한 염상섭의 발언 속에는 김동리식의 소위 '순수문학'에 대한 강렬한 반감이 담겨있다고 할 것이다. 그런 만큼 염상섭의 장편『효풍』에는 김남천과도 다르고 우파문학과는 또 다른 중간파 염상섭의 현실인식과 문학적 전망이 담겨 있을 터이다.

이 작품이 실린『자유신문』은 1945년 10월 5일 창간되었는데 창간 직후에는 신탁통치를 찬성하는 등 뚜렷한 좌익이념을 표방하였고 그 때문에 1946년 5월 이후에는 다섯 차례나 우익청년단체의 습격을 받기도 하였다. 창간 직후 김남천의 장편『1945년 8・15』가 연재되기도 하였거니와 그러나 1947년 언론에 대한 성향 조사를 벌인 미군정은 4만여 부를 발행하던 종합일간지『자유신문』을 중립신문이라고 분류하였다.10) 김남천의 장편 연재 이후 1948년 염상섭의『효풍』이 연재되는 것을 보아서는 이 신문이 이미 중도지로 논조를 변화하였던 것이라 짐작할 수 있다. 시국의 급격한 변화에 따라 김남천의 소설이 연재가 중단된 것과는 달리 염상섭의『효풍』은 연재의 단속 없이 완결되어 해방기 염상섭 문학이 보여준 날카로운 현실인식을 보여준다. 하지만 이 작품 또한 격동기의 신문연재소설이었고 한국전쟁 이후 반공이데올로기가 지배하는 시대적 분위기 속에서 재발간을 할 수 없었던 저간의 사정으로 미루어, 작품의 존재 자체도 잘 알려져 있지 않았을 뿐만 아니라 연구의 사각지대에서 방치되어 왔다. 그렇다면『효풍』은 해방기의 시대상을 어떻게 문학적으로 형상화하고 있는가.11)

---

10) 김민남 외,『새로 쓰는 한국언론사』, 아침, 1993, 284~285면.
11) 작품이 발표된 지 꼭 50년 만에 실천문학사에서 단행본으로 간행되었다. 해방기 염상섭의 행적과 작품세계에서 이 작품이 갖는 의미에 대해서는 이 실천문학사판의 말미에 붙은 김재용의「8・15 이후 염상섭의 활동과『효풍』의 문학사적 의미」(『효풍』, 실천문학사, 1998) 참조. 작품의 인용은 이 책의 면수를 밝히는 것으로 대신한다.

이 작품의 시대적 배경은 식탁통치 문제로 좌·우가 극단적으로 분열하고 미소공동위원회마저 결렬된 1947년 말이다. 이 소설 또한 김남천의 『1945년 8·15』와 마찬가지로 젊은 연인 사이인 병직과 혜란이 주인공이다. 박병직은 일제 말 도의원을 지낸 친일파이자 해방 후 양조장 사업을 하면서 미국에 편승하여 돈을 벌고 정계에까지 손을 뻗치려는 부친 박종렬의 아들인데, 그는 신문사 기자로서 아버지와는 다른 길을 걷고자 한다. 좌파 계열의 신문사에 근무하면서 남·북의 분열을 막고 민족이 단결하여 외세의 영향력에서 벗어나 통일국가를 건설해야 한다는 신념을 갖고 있는 주인공 박병직은 그 이력이나 시국관으로 보건대 그대로 작가 염상섭의 그것을 대변하고 있다. 그가 자신의 연인인 혜란에게 끈질긴 호감을 표하는 지한파 미국 청년실업가인 베커와 나눈 다음과 같은 논쟁을 통해서 우리는 중간파 염상섭이 우파만의 단독정부 수립으로 흘러가고 있는 남한사회에 던지고 싶었던 안타까운 충고를 생생하게 듣게 되는 것이다.

> "이런 말이야 베커 군에게 할말은 못 되지마는 우익에게까지 지지를 못 받는 것은 군정의 실패요, 우익끼리끼리 분열시킨 것도 미국의 책임이라고 아니할 수 없지. 더구나 남조선이 적화할 염려가 있다면 완전히는 당신네의 실패요."
>
> 병직이 차차 열이 올라간다.
>
> "그 반면에 조선인 자신의 과오에는 책임이 없지 않겠소?"
>
> "그야 우리도 모른 게 아니요, 반성(反省)하여야겠지마는 그러나 조선사람 모두가 미국정책에 열복(悅服)하지 않고 미국세력에 추수(追隨)하고 아부(阿附)하지 않는다는 의미로 조선사람에게 책임을 물어서는 안 돼요! 적어도 그와는 정반대의 의미로 해석돼야 할 거요!" (……)
>
> 베커는 역시 팔이 안으로 굽는 소리를 하며 웃는다.
>
> "그럼 조선에 진정한 여론이 없단 말씀요? 그야 혼돈상태인 것은 사실이지마는……."

하고 병직이는 정색을 한다.

"진정한 여론이 없다는 것은 아니지만 그 선봉은 대개가 빨갱이 아니요?"

"당신 같은 분부터 빨갱이와 대다수의 여론의 중류(中流)·중추(中樞)가 무언지를 분간을 못하니까 실패란 말요! 우리는 무산독재도 부인하지마는 민족자본의 기반도 부실한 부르주아들이나 부르주아 아류를 긁어모은 일당독재를 거부한다는 것이 본심인데 그게 무에 빨갱이란 말요!"12)

이 짧은 논쟁적 대화 속에서 우리는 해방기의 여러 쟁점에 대한 염상섭의 시각을 박병직의 입을 통해 듣게 된다. 미군정의 민족운동에 탄압에 대한 우회적 비판과 함께 미군정이 지원한 우파의 분열에 따르는 혼란, 그리고 조선의 현안문제는 조선인의 입장에서 조선인이 감당해나가야 한다는 관점 등이 박병직의 말 속에 담겨있다. 좌파의 무산독재도 부인하지만 여론의 호도 속에서 부실한 부르주아들의 일당독재로 흘러가는 38선 이남 사회에 대한 비판, 그리고 이를 수수방관 내지는 조장하고 있는 미국에 대한 비판이 적나라하게 토로되었던 것이다.

이처럼 이 소설에는 남·북한 단독정부의 수립을 차례로 지켜보면서도 민족의 분열을 넘어선 민족통일국가의 수립을 열망했던 중도적 민족통일주의자 염상섭의 꼿꼿한 신념이 반영되어 있다. 그리고 냉철한 현식인식에 기반 하여 미국의 문제를 중심적으로 부각시키고 있는 점 또한 당대의 다른 어느 작가보다도 탁월한 날카로운 현실인식이라 하지 않을 수 없다. 결국 이 소설에서 우리는 "과거 염상섭의 소설에서 좀체보기 드문 그런 긍정적 주인공"13)으로서 분열된 세계 속에서도 외세의 영향을 받지 않고 민족적 자결성을 지켜나가는 두 주인공 병직과 혜란

---

12) 『효풍』, 114~115면.
13) 김재용, 「8·15 이후 염상섭의 활동과 『효풍』의 문학사적 의미」, 362면.

을 만나게 된다. 이는 김남천이 추상적 현실인식 속에서 목적의식에 붙잡혀 과잉 선택된 실천을 결행하다가 끝내 참담한 고민만 안고 사라지고 만 두 주인공 김지원, 박문경의 실패를 넘어선 구체적이면서도 생동하는 인물형상인 것이다. 이 소설에는 이들 긍정적 인물들뿐만 아니라 부정적 인물군상, 그리고 특히 미국인들의 모습까지도 당대의 시대적 문맥에서 살아있는 총체적 형상으로 그려져 있음을 확인하게 된다. 바로 이 점에서 이 소설을 "해방 이후 염상섭의 창작활동에서 가장 빛나는 작품"이자 "해방 직후 문학사에서 매우 값진 성과이며 우리 근대문학사 전체에도 매우 중요한 의미를 갖는 빛나는 성취"라는 평가가 결코 과장이 아님을 알 수 있다.14)

4. 우파의 장편 - 김동리의 『해방』

해방기의 시대적 현실과 과제에 대한 좌파와 중간파의 시각을 각기 대변한 김남천과 염상섭의 장편소설에 뒤이어, 새로운 국가 만들기를 둘러싼 치열한 전면전에서 승리를 쟁취한 우파를 대표하여 김동리가 소설을 들고 나섰다. 그 시점도 이미 남한 단독정부가 수립된 직후인 1949년 9월에 들어서인데, 김동리는 『해방』이라는 제목을 당당히 내걸고 당대 역사에 대한 총체적 결산을 시도하였다. 그러한 점에서 이 소설은 김동리 개인에게도 기념비적 소설이 아닐 수 없지만, 남한 단독정부의 출범에 대한 문학적 헌사라고도 할 수 있을 터이다.

---

14) 김재용, 「8·15 이후 염상섭의 활동과 『효풍』의 문학사적 의미」, 365~6면. 그러나 안타깝게도 염상섭이 『효풍』 연재를 마치고 난 직후인 1949년 6월에 국민보도연맹에 강제적으로 가입할 수밖에 없게 되었고, 이후 그의 작품세계는 전혀 다른 모습을 보여줄 수밖에 없게 된 것은 우리 역사의 비극이라 할 것이다.

1949년 9월 1일부터 1950년 2월 16일까지『동아일보』에 총156회 연재된 이 소설은 김동리 최초의 장편소설이자 해방기 당대를 시대적 배경으로 삼은 야심찬 작품이라고 할 수 있다. 그런데 김동리는 「윤회설」과 마찬가지로 이후에 이 작품을『김동리대표작선집』(삼성출판사)에 수록하지 않았음은 물론이고 재발간이나 작품에 대한 언급조차 전혀 하지 않았다. 따라서 신문연재 상태로만 남게 된 이 작품은 자료적 한계에 더하여 그의 여타의 대표작에 관심이 집중된 나머지 연구가 거의 이루어지지 않았다.15)

그러나 이 작품이 김동리가 모든 노력을 다해 자신의 신념과 지향을 만천하에 드러낸 야심찬 작업의 결과물이었다는 점은 능히 짐작된다. 해방 직후 좌익이 주도했던 시대적 상황을 가로질러 고군분투하면서 청문협을 결성하고 문학 내·외적으로 우파의 나라를 건설하기 위한 치열한 노력을 전개하는 한편 작품을 통해서도 좌파를 극복하려했던 그에게 이제 감격스러운 현실의 승리가 다가와 있었던 것이다.

> 우리의 해방을 소설로 쓸 생각은 진작부터 가지고 있었다. 그러나 그 네 돌을 맞은 오늘에 이르도록 三八선은 의연히 가로놓여 있으며 파괴와 혼란은 그칠 줄을 모르고 우리의 해방은 아직도 완수되어 있지 않다. 따라서 우리의 해방을 완전히 그려낼만한 적당한 거리에 와있지는 않다.
> 그러나 우리의 신념은 이미 사년간의 실적을 쌓아 왔다. 우리의 독립

---

15) 이 작품에 대해서는 다음의 연구가 있을 뿐이다.
 박영순, 「김동리 <해방> 연구」, 『국어국문학』 99집, 1988.
 김윤식, 「중간파 포섭론의 정치적 성격」, 『해방공간 문단의 내면풍경』.
 박헌호, 「김동리의 『해방』에 나타난 이념과 통속성의 관계」, 『식민지 근대성과 소설의 양식』, 소명출판, 2004.
 신문연재본으로 남아있는 『해방』을 김주현이 원문대로 편집하여 『어문론총』 39호(경북어문학회, 2005)에 전문 수록하였다. 작품의 인용은 이 책의 면수를 밝혀 인용하면서 신문의 작품 게재일을 병기하기로 한다.

은 완수될 것이며 우리의 자유는 승리할 것이다. 나는 우리의 이러한 자유와 독립에 대한 신념으로 우리의 해방을 충실히 그려 보려 한다.

여기에는 우리의 해방을 상징할만한 인간형(人間型)이 등장할 것이다. 그리하여 나는 그들의 해방의 기쁨보다도 해방이 가져온 아픔과 괴로움에 어떻게 울며 쓰러지며 싸우며 나아가며 하고 있는 것인가를 그려 보려 한다. 될 수 있는 대로 모든 사람이 다 이해할 수 있고 재미날 수 있게 써보려 한다.16)

연재에 앞둔 김동리의 감격과 드높은 자신감이 있는 그대로 표백되어 있다. "우리의 신념은 이미 사년간의 실적을 쌓아 왔다. 우리의 독립은 완수될 것이며 우리의 자유는 승리할 것이다"는 확신에 찬 전망이야말로 승리에 찬 자신감의 표현이리라. 비록 좌파에 대한 승리가 38선 이남 아래에서만 이루어졌지만, 얼마 있지 않아 "아직도 완수되어 있지 않"은 우리의 진정한 해방을 위해 그간의 고투어린 투쟁과정을 "될 수 있는 대로 모든 사람이 다 이해할 수 있고 재미날 수 있게" 형상화해보려 했던 것이 김동리의 드높은 포부였던 것이다. 김동리는 그 방법으로 "우리의 해방을 상징할만한 인간형"을 등장시켜 "될 수 있는 대로 모든 사람이 다 이해할 수 있고 재미날 수 있게" 써보려 했다. 김동리의 이 말을 달리 표현한다면 곧 소설로 쓴 대한민국 건국사에 다름 아닐 터이다.

김동리는 진작부터 이 소설을 쓰기 위해 준비하고 있다가 남한 단독정부가 수립되어 상대적 안정기를 찾게 되자 비로소 적기임을 발견하고 장편소설 『해방』의 창작에 임하였던 것 같다. 그리고 이를 형상화하기 위한 방법으로 「무녀도」 계열의 작품과는 정반대로 당대 현실을 서사의 직접적 질료로 삼되 남녀 간의 삼각관계를 설정하면서 대중적인 방식으로 승리의 역사를 소설로 기록하려 했던 것이다.

그런데 이 소설에는 김동리의 실체적 체험이 적지 않게 녹아들어가

---

16) 김동리, 「장편소설 『해방』 작가의 말」, 『동아일보』, 1949. 8. 25.

있는 바, 이를 현현하고 있는 주인공 이장우를 통해서 우파 이념의 정당
성을 증명하려는 치열한 정치의식을 보여준다. 그 결과 그 자신의 득의
의 문학론이었던 순수문학론이 무색할 정도의 정치소설『해방』을 내놓
게 된 것이다. 따라서 이 소설에 등장하는 인물들도 좌·우익의 인물들
이 도덕적 차원에서 선악이 분명한 인물형으로 그려지고, 좌익의 인물
에 대해서는 육체적으로 타락한 인물로 그리기를 서슴지 않는다. 그리
고 이는 대중들을 현혹하는 통속소설의 문법을 그대로 차용하여 현 체
제를 긍정하게 만드는 선명한 효과를 노리고 기술된다.17)

> "난 자네가 그렇게 극우(極右)될줄은 몰랐어. 그 부패하고 억압적이고
> 보수적인 자본주의 세력의 지지자가 될줄은 몰랐어."
> 하윤철은 홍분한 목소리로 이렇게 말했다.
> "그럼 좌익이란 그와 반대란 말인가? 신선하고 자유스럽고 진보적이
> 고……?"
> "우익 보다야 신선하고 자유스럽고 진보적이지."
> "그럼 그러한 좌익이 실현 되어 있는 곳은 어딘고? …… 三八 이북인
> 가?"
> "난 반드시 三八 이북이 그렇다는 건 아니야."
> "그럼 소련이란 말인가?"
> "이 사람이 누굴 조롱을 하나?"
> "그럼? 자네가 말 하는 그 신선하고 자유스럽고 진보적인 좌익이란
> 어디 있단 말인가?"
> "……"
> 윤철은 처음 자기의 가슴을 가르쳤다.
> "우리들의 가슴속에…… 그리고 적어도 인민당 지도자들에게만
> 은…"
> "자네 현실이라는 거 아는가?"
> "……?"

---

17) 박헌호, 「김동리의『해방』에 나타난 이념과 통속성의 관계」, 391~2면.

윤철이 또 대답을 하지 않았다.

"정치는 언제나 현실을 떠날 수 없는 걸세. 자네가 생각 하는 것은 자네의 희망 이지 현실은 아니야. 자네가 생각 하는것 보다는 좀더 이상적이요 또 구체적인 희망을 나도 가지고는 있어. 왜 학병동맹을 습격하여 희생자를 내었느냐, '전평'간부에 고문을 했느냐 하는 것도 모두 자네의 한 개 이상 이요 인도적 감정일는지 모르나 현실은 아니야. 현실은 독립과 자유를 부르짖는 애국청년 남녀들이 얼마든지 서백리아로 실려가고 있는가하면, 학병동맹이 습격을 당 하고 '전평'간부가 고문을 당하고 있는 거야."

"그럼 자네가 말 하는 현실이란 대체 무엇인가?"

"三八선이란 말일세…… '두 개의 세계'! 자네 이 '두개의 세계'란 무슨 뜻인지 아는가?"

"미국을 대표로 하는 자본주의 세계와 쏘련을 대표로 하는 공산주의 세계란 말인가?"

"그렇게 말 해도 되지. 자네가 말하는 좌익이니 우익이니 하는 것은 결국 이 두개의 세계를 의미 하는 거야. 그것이 단순히 우리 민족에 국한된 좌우익이 아니요 三八선만이 아닐세. 이것은 지극히 평범하고 상식적인 말 같지만 동시에 지극히 근본적이요 원측적인 판단이란 것을 알아야 해. 왜 그러냐 하면 이것이 현실이기 때문이야. 현실은 이와 같이 '두개의 세계'의 싸움이란 것을 알아야 되. 우리가 정치를 한다는 것은 이 '두개의 세계'의 싸움에 뛰어 드는것 뿐이야. 그어느 '한개의 세계'에 가담하여 다른 '한 개의 세계'와 싸우는 것이야."

"이 '두개의 세계'를 동시에 지양한 '제三세계'의출현을 상상할 수는 없는가?"

"자네와 같은 이상이나 희망으로는 가능 하겠지. 그러나 가장 현실적이요 구체적인 방법은 그 어느 '한개의 세계'가 다른 '한개의 세계'를 극복하는 길 밖에 없어."[18]

좀 길게 인용한 이 대목은 장편 『해방』의 마지막 장인 11장 "십자가의 윤리"의 일절이다. 주인공 이장우와 인민당원인 친구 하윤철 사이의

---

18) 『해방』 제149회, 『동아일보』, 1950. 2. 9. ; 『어문론총』 39호, 388~389면에서 재인용.

이 대화에는 작가 김동리의 시국관뿐만 아니라 결국 『해방』이 선전하고
자 하는 바가 고스란히 담겨 있다. 독학으로 공부를 하면서도 자존심을
잃지 않고 연민에 이끌려 술집여자를 돈을 주고 구해주고,[19] 대한청년
회의 조직 활동에 적극적으로 참여하는 이장우는 그대로 작가 김동리의
소설적 분신이라고 할 수 있는데, 따라서 위의 이장우의 말 속에는 좌·
우익 투쟁과 우파의 국가 만들기를 둘러싼 해방기 김동리의 현실인식이
그대로 드러나고 있는 것이다. 김동리의 현실인식이란 곧 그 어떤 논리
를 떠나 38선을 둘러싼 생존을 위한 "현실"이라는 것이다. "가장 현실적
이요 구체적인 방법은 그 어느 '한개의 세계'가 다른 '한개의 세계'를
극복하는 길 밖에 없어."라는 이장우의 마지막 말을 통해 우리는 현실추
수를 넘어, 그 자신의 득의의 제3세계관조차 부정하는 냉전논리에 깊이
침윤된 김동리의 적나라한 면모를 만나게 된다.

> 좌익이라는 타자가 사라졌기 때문인가? 이 점은 강조되어야 한다. 좌
> 우익이 투쟁중일 때는 스스로의 정신적 위상을 높게 책정할 필요가 있
> 었다. [……] 단정이 수립되고 현실 속에서 투쟁해야 할 좌익이 사라지
> 자 이데올로기적 위장은 더 이상 필요 없어졌다. 위장막을 걷어치운 뒤
> 드러나는 알몸의 진실은 냉전의 세계일 뿐이다.[20]

『해방』의 노골적인 정치이념과 서사의 통속적 파탄을 지적한 한 연구
자의 위와 같은 지적처럼, 『해방』은 김동리의 맨얼굴이 그대로 드러난
작품이다. 그러니 이 작품을 이후에 재발간 할 이유가 그에게는 없었던
것이다. 그는 민족혼에 입각한 휴머니즘의 기수이고 생의 구경적 형식
을 탐구하는 도저한 철학적 예술가로 남아야 하기 때문이다. 그러나

---

19) 술집여자를 돈을 주고 구출해 고향에 보내주는 이야기는 소설 「두꺼비」(1939)의
　주요한 서사로 제시된 바 있다.
20) 박헌호, 「김동리의 『해방』에 나타난 이념과 통속성의 관계」, 395~6면.

1949년의 시점에서 김동리는 이장우의 말마따나 "다른 '한개의 세계'를 극복"하는 보람찬 승리를 구가하기에 바빴고, 해방기 김동리 소설이 가 닿은 마지막 구경으로서 장편『해방』을 최대의 실패작으로 남겨놓았다.

5. 맺음말

1945년 8·15 해방은 일제의 식민지로부터의 해방인 동시에 새나라 건설을 둘러싼 분열의 시작이었고, 세 편의 장편은 각기 다른 관점에서 그 분열의 원인과 대상을 각기 다른 인물과 사건을 통해 치열하게 형상 화하였다. 그 어떤 시대보다도 정치적 투쟁이 사회의 모든 부면에서 적 나라하게 관철되었던 해방기에 김남천과 염상섭과 김동리는 가장 치열 하게 정치적 활동을 전개하였을 뿐만 아니라 이를 문학적 형상을 통해 치열하게 고투하였다. 그러나 그들이 그처럼 고투하였건만, 새나라는 둘 로 분단된 채 전쟁의 폐허 속에서 각기 다른 두 개의 나라로 분열된 채 우리는 아직도 온전한 새나라를 건설하지 못하고 있는 것이다.

세 작가의 삶은 그 시대에 갇혀 그처럼 각기 다른 삶의 살다가 각기 다른 운명을 겪으며 사라졌지만, 그들이 남긴 작품은 영원히 우리 곁에 남아 있다. 염상섭의 장편『효풍』의 복원과 더불어 이제 막 김남천의 장 편소설『1945년 8·15』이 복원된 것을 계기로, 문학과 정치의 이항대립 과 승리와 패배를 강요하는 저열한 현실의 논리를 넘어서, 진정 화해와 평화가 깃든 아름다운 새나라를 건설하기 위한 역사적 성찰과 문학적 형상이 우리 세대와 함께 하기를 고대하는 바이다.

제2장

해방·분단기, 중간층 작가의 현실인식

― 박영준(朴榮濬)을 중심으로

1. 머리말

흔히 '해방기' 혹은 '해방공간'이라고 부르는, 1945년 8월 15일 이후에 전개된 특정한 역사의 시기를 문학사 연구에서는 아직 온전하게 수용하고 있지 못하다. 그것은 무엇보다 시기 명칭에 대한 혼선에서부터 드러나거니와, 그 역사적 성격이 무엇이고 어느 때까지를 역사적 단위로 설정할 것인가 하는 문제에 있어서도 사정은 마찬가지다. 그러나 무엇보다도 이 시기가 현대문학사의 공백으로 남아있음을 웅변으로 말해주는 것은 1차적인 실증자료의 소실과 정리의 미비에서 찾을 수 있다. 1차 자료의 정리와 섭렵을 통해서만이 문학사적 성격이 파악되고 그 연장에서 문학사의 기술에 임할 수 있기 때문이다. 물론 그렇게 된 데에는 한국전쟁이 가져다 준 전화(戰禍)와 이후의 분단 상황 그리고 남·북에서 각각 횡행하였던 이데올로기적 제약이 가로놓인 터이지만 연구자들의 게으름도 적지 않을 것이다.

1953년의 휴전과 함께 분단이 확정된 이후 금기와 망각의 영역으로 방치되었던 이 시기의 문학사 연구는 80년대 후반부터 부쩍 활기를 띠었다. 그러나 그것은 사실 역사학계와 정치학계에 빚진 바 크다. 1979년 말에 첫 권이 나온 『해방전후사의 인식』 시리즈는 이 시기에 주목하는 그들의 문제의식을 선명히 대변하는 논저였다. 이러한 분위기에 촉발되어 국문학계에서도 뒤늦게 본격 연구에 임하게 되었던 것이며 그 이전까지는 간헐적으로 그나마 문학사의 실상에는 못 미치는 밑그림을 소개하는데 그치고 있었다.[1]

월북작가 작품에 대한 정부의 공식 해금(1988년)을 전후하여 한동안 고양되었던 이 시기의 문학 연구는 그러나 90년대 들어서면서 눈에 띄게 줄어든다.[2] 마치 유행의 퇴조를 방불하는 현상이 일어난 것이었다. 80년대 말 연구열의 내적 계기였던 변혁전망의 흔들림과 모종의 관계가 있을 것인데, 그러나 문학사 연구의 엄중함을 생각할 때 되새겨봐야 할 문제이다.

우선, 수삼년 사이에 급하게 전개된 기왕의 연구 성과들을 이제 냉정히 되돌아볼 필요가 있다. 많은 논문들이 1차 자료의 정리와 작품의 정독은 밀쳐둔 채로 문학운동론이나 문학정책론, 문학조직론, 이론투쟁, 변혁운동과 문학운동의 관련성과 같은 이론 편향으로 기울었다. 때문에 '문학사'보다는 '문학운동사'를 기술하는데 그쳤고 더러는 속류사회학적 오류에 떨어지고 말았던 것이다. 뿐만 아니라 진보와 보수의 변증법을 속류화하여, 이 시기의 문학을 '좌'와 '우'의 두 극단만이 존재했던 기괴한 문학사로 왜곡한 점도 없지 않다. 연구자 사이에 마치 선명성 경쟁을

---

1) 이런 점에서 김윤식 교수의 저서 『한국현대문학사』(일지사, 1976)와 염무웅 교수의 논문 「8·15직후의 한국문학」(『창작과비평』 1975년 가을호)은 주목할 만한 선편이었다.
2) 이 시기 문학에 대한 연구사에 대해서는 김승환의 「해방직후 문학 연구의 경향과 문제점」(『문학과 논리』 2호, 태학사, 1992 참조)과 전흥남의 「해방기 소설의 정신사적 연구」(전북대 박사논문, 1995. 2, 4~12면)를 참조할 것.

하듯이 좌익 일변도의 논의를 전개하고, 우익 문학은 손쉽게 반동으로
만 매도한 경우(혹은 그 반대의 경우)는 없지 않았는가? 흥분이 가라앉자
마자 밀쳐버리는 연구 태도도 반성해야 한다. 문학사 연구가 시류를 타
고 넘나드는 유행은 아니기 때문이다.

이제 이 시기의 문학사를 보다 냉정한 시선으로 작품을 통해 접근하
려는 노력이 필요하다. 그것은 재삼 강조하거니와 1차 자료의 정리와
확정에서부터 출발하여야 한다.[3] 그렇게 확정된 작품들을 섭렵한 연후
에 이 시기의 문학사적 성격과 명칭 문제 그리고 시기 설정 문제로까지
귀납적으로 천착해 들어갈 수 있을 것이다.

본고에서는 연구사에서 보이는 이러한 문제점들을 의식하고 이 시기
의 문학 연구를 문학사적 의미망 속에 담아내려는 시론적 논의를 전개
하려고 한다. 먼저, 이 시기의 성격을 잘 담아준다고 생각되는 '해방 ·
분단기'라는 시기 명칭의 타당성을 검토하고, 이를 통해 당대의 소설사
를 바라보는 관점과 '중간층'[4] 작가에 주목해야 할 필요성을 제기해볼
것이다. 이를 통해 아직도 논의되지 못한 이 시기 소설 작가 · 작품론의
단초를 삼고자 하며, 나아가 논쟁적 문제제기를 던짐으로써 연구의 활
성화를 도모하려 한다. 그리고 이러한 논의를 그간 망실하여 소홀히 다
루어진 '중간층' 작가 박영준의 소설을 통해 실증적으로 검토해보고자
하였다.

---

3) 시, 평론 부문도 마찬가지겠지만 소설 쟝르에 한정해서 말한다면, 작품 발굴은 물
   론이고 아직 제대로 된 소설목록조차 갖추지지 못한 상태이다. 권영민 교수가 펴
   낸『한국 현대문학사 연표』1권(서울대출판부, 1987)에 그나마 많은 작품이 소개되
   어 있는데(1948년까지의 작품수가 450편 정도), 그나마 발표 매체의 소실로 작품을
   대하기 어려운 작품이 많으며 미처 조사되지 않은 작품도 상당수 있을 것으로 추
   정된다.
4) '중간파'라 하지 않고 '중간층'이라 한 것은 어떤 조직적 움직임이나 이념적 동질
   성을 보이지 않는 다양한 성격의 작가들을 함께 묶는 개념으로 사용하였기 때문이
   다. 이에 관해서는 2장에서 상론하겠다.

2. '해방·분단기'와 '중간층' 작가

근·현대문학사에서 시대구분의 문제와 시대 성격을 보는 관점에 대해서는 많은 논의가 있어 왔다. 1945년 8월 15일 민족해방을 계기로 식민지 시대와 단층을 이루며 전개된 특정한 소시기의 문학사에 대해서도 기왕에 다양한 견해가 제출된바 있다.

먼저 명칭에 관해서 제출된 견해로는 해방기, 해방공간, 해방직후, 미군정기, 해방정국, 해방 전후, 민족해방투쟁기, 8·15 직후, 해방 3년 등이 있다. 북한에서는 '평화적 민주건설시기'5)라고 부르고 있으며 최근에는 '미소분할기'6)라는 제안도 나온다. 시기 구획에 있어서도 1948년 분단정부 수립까지로 한정하여 보는 견해와 1950년 한국전쟁 전까지로 묶어 보는 견해가 팽팽하며, 그 안의 소국면을 나누는 데서도 많은 차이를 보이고 있다.7)

이러한 혼란을 극복하고 새로운 시기 구분과 명칭을 설정할 때 고려해야 할 사항은 다음 몇 가지이다. 먼저, 작은 국면의 변화는 있을망정한 시기를 규정하는 근본적 갈등양상과 시기 성격을 추출하여야 하며, 이를 통해 시기를 구획해야 한다는 것이다. 뿐만 아니라 분단에 편승하여 어느 일방을 중심에 두는 것이 아니라 남·북을 아우르는 시야를 확보해야 하며, 나아가 만주, 일본 등지에 걸친 전재민의 삶까지 포괄하여 우리 민족 전체 성원이 처한 국내·외적, 주·객관적 상황을 잘 드러내야 한다는 점이다. 그리고 가장 중요한 것은 당대 문학의 실제 전개양상과 어울리는 시기 명칭과 구분이지 않으면 안 된다는 점이다.

---

5) 과학원 언어문화연구소 문학연구실, 『조선문학통사』 하, 과학원출판사, 1959, 176면.
6) 조성면, 「독자를 통해서 본 미소분할기의 문학」, 인하대 대학원 국문과 발표논문, 1996. 6. 13.
7) 시기 명칭과 시기 구분 문제의 연구 상황에 대해서는 김승환과 전흥남의 앞의 논문을 참조할 것.

이에 관해 필자는 1945년 8월 15일에서 1950년 6월 한국전쟁 이전까지의 시기를 문학사에서는 '해방·분단기(解放·分斷期)의 문학'이라는 명칭으로 연구하는 것이 타당하다고 생각한다.[8]

그러면 먼저 명칭 문제부터 검토해보자. 기왕에 사용하고 있는 '미군정기' '해방정국' '민족해방투쟁기' 같은 용어나 '미소분할기'라는 시기 명칭은 무엇보다 지나치게 정치사적 관점에서 명명된 것이어서 문학사의 명칭으로 어울리지 않는다고 생각한다. 그나마 '미군정기'나 '미소분할기'라는 용어는 냉전체제가 한반도에 작동하기 시작한 세계사적 움직임을 일정하게 반영한 것이긴 하지만 지나치게 외재적 명칭이라는 점에 문제가 있으며, '민족해방투쟁기'라는 용어는 그 반대로 지나치게 주관적이라는 문제점을 가진다. 그리고 '해방직후'나 '8·15 직후' '해방 전후' '해방 3년'과 같은 명칭은 우선 그 시기 설정부터가 막연하고 역사인식이 담기지 않은 몰가치적인 명칭이며, 제반 연구 성과가 미비했을 때에 사용했던 잠정적인 용어이므로 이제는 그만 써야 할 것이다. 그렇다면 남는 것은 '해방기'와 '해방공간'인데, '해방공간'이라는 용어가 낭만적 현실인식을 반영한 용어라는 타당한 지적[9]과 함께 문제로 되는 것은 그것이 지나치게 역사허무주의적 관점을 투영한 용어라는 데에 있다. 역사의 전개에는 어떤 빈 여백이나 공간은 존재하지 않으며 항상 앞 시기와 뒤 시기가 역사적 필연성을 갖고 전개된다는 상식을 되새길 때 이 용어는 부적절한 것이다. 이런 점에서 '해방기'란 용어가 보다 설득력이 있어 보인다. 그러나 이 용어도 가만히 되새겨보면 또한 일정하게 낭만적 계기를 내포하고 있고 분단의 냉혹한 현실이 작동하기 시작했던

---

8) 이재선 교수도 비슷한 의미의 명칭을 사용하고 있는데 1945년부터 1950년까지의 소설사를 '해방과 교착시대'라는 명칭으로 살피고 있어 참고가 된다. 이재선, 『현대한국소설사』, 민음사, 1991.

9) 윤영천, 「8·15직후의 시」, 『한국근현대문학연구입문』, 한길사, 1990. 182면.

당시의 시기 성격을 간과한 한계를 갖는다.

해방과 거의 동시에 38선을 경계로 북한과 남한에는 각기 상이한 이념과 체제를 가진 두 세계의 무력을 대표하는 미·소의 군대가 진주하였다. 이를 계기로 한반도에는 이전의 '식민지-제국주의'의 대립구도와는 전연 다른 '자본주의-공산주의'의 대립구도가 새로 움트기 시작한다. 세계사적 냉전구도를 집약적으로 드러내는 한반도의 분단체제가 작동하기 시작했던 것이다. 그러한 분단체제가 탁치논쟁과 좌·우 대립을 거쳐 1948년 남·북 분단정부 수립으로 표면화되고 급기야 1950년 6월 한국전쟁을 거치면서 무력에 의한 세력균형으로 고정화되기에 이른다.[10]

이 시기는 이처럼 초기의 해방에서 비롯된 새국가 건설의 열정 및 식민지 극복문제와 동시에, 미·소군의 진주와 좌·우의 분열로 점차 표면화된 후기의 분단 극복문제가 중첩한 시대적 성격을 갖는다. 그런 의미에서 이 시기를 '해방·분단기'로 명명하는 것이 보다 객관적이고 설득력이 있다는 것이다. 이 시기의 성격을 이처럼 명칭에 드러내놓고 보면 이에 따라 시기 설정 문제도 자연스럽게 도출된다. 곧, 1945년 8월 15일의 해방으로부터 1948년 8~9월 남·북 단독정부 수립까지를 일제청산과 새조국 건설의 과제가 제기된 전기(前期)로써의 '해방기'로, 1948년 8~9월에서 1950년 한국전쟁 발발까지를 후기 즉 분단체제가 확연해지는 '분단기'로 보면 될 것이다.

그러면 이러한 시기 명칭과 설정은 당대의 문학 실상과 얼마나 부합하며 문학사의 시기 구분으로 타당한가? 타당하다고 생각된다. 기왕에 많이 제기된 1948년 8~9월 남·북한 단독정부 수립까지를 시기 구분으

---

10) 김학준의 「분단의 배경과 고정화 과정」(『해방전후사의 인식』 1, 한길사, 1979) 참조. 이렇게 보면 실상 이 시기를 '해방기'라고 규정하는 것은 8·15 직후 처음 몇 달간의, 해방의 환희와 자기비판에 골몰했던 소시기에만 타당할 뿐인 것을 알 수 있다.

로 삼는 견해에는 문제가 많다. 우선 1948년 8~9월 이후의 작품을 연구
대상에 포함시키지 않거나 아니면 분단 이후의 산물로 방기하는 문제점
을 낳는다. 정치체제는 갈렸을지언정 많은 문학작품들이 1950년 6월까
지 남·북에서 해방과 분단에서 오는 당대의 여러 문제들을 지속적으로
형상화하고 있기 때문이다. 또다른 문제점은 정부수립 이후의 남·북
작가들의 활동에 대한 인위적 분류와 편견에서도 드러난다. 1948년 9월
에도 문학가동맹 서울시지부의 기관지 『우리문학』 10호가 간행되었
고,11) 월북하지 않고 남한에 남아서 지하활동을 한 배호, 이용악, 이병
철 등이 존재할 뿐만이 아니라,12) 문학가동맹의 동맹원이었던 지봉문,
전홍준, 김만선, 이규원, 강형구, 엄흥섭 등이 남한의 여러 잡지에 작품
을 계속 발표하고 있다. 요컨대 한국전쟁 후 문단이 완전히 남·북으로
재편되기까지 인적구성으로 보아서도 이 시기는 나누어 생각할 수 없
다. 더욱 중요한 것은 이들을 비롯한 당대 남·북한 작가들의 작품이 어
떤 현실인식을 보여주는가 하는 점이다. 분단에 따른 억압이 강화되는
만큼 어느 정도의 변모는 분명히 있겠지만 따로 나눠 살펴야 할 이유는
없는 것이다. 1948년 8월의 시점은 그러므로 소시기의 분기로만 보는
것이 타당할 것이다.13)

---

11) 문학가동맹 서울시지부의 기관지로 1946년 2월에 창간된 『우리문학』(발행인 홍
   구)은 창간 초기에는 뜸하다가 47년 3월에 3호를 내면서 1948년 9월까지 10호가
   나온 잡지이다. 『문학』(문학가동맹의 기관지)과 함께 좌익문단의 주요 문학 기관
   지로서의 성격을 갖는 『우리문학』 4~9호를 볼 수 없는 것이 이 시기 문학연구의
   현황이기도 하다.
12) 최원식, 「이용악 연보」, 『도곡정기호박사회갑기념논총』, 인하대 국문과, 1991.
13) 이런 점에서도 작품을 세세히 살펴야 할 필요성이 제기된다. 황순원의 이 시기 작
   품을 보건대 1948년 무렵을 전후로 리얼리즘적 성취를 보인 작품에서 알레고리적
   기법을 사용한 작품으로 변모했다고 볼 수 있지만 이를 두고 작품의 성격까지 달
   리한다고 볼 수는 없는 것이 그 예이다.(김명인, 「황순원의 '해방기' 작품세계에
   관하여」, 인하대 대학원 국문과 발표논문, 1996. 6. 17) 이는 이후 살필 박영준에
   게서도 거듭 확인될 것이다.

이상에서 필자는 1945년 8월 해방에서 1950년 한국전쟁 이전까지를 문학사에서는 '해방 분단기의 문학'이라는 명칭으로 연구할 것을 제안하였는데, 그러나 문제는 남는다. 향후 남·북통일이 이루어져서 1950년 한국전쟁 이후 현재까지의 문학사를 기술할 경우 '해방·분단기'와 이 시기의 명칭을 어떻게 차별화하느냐 하는 문제가 있다. 각기 '해방·분단기'와 '남·북분단기'로 명명하여 살피는 것도 가능하리라 생각하나 향후 보완이 필요한 시론적인 논의일 뿐 넓게는 '분단시대'라는 명칭 아래 살필 수 있을 것이다.

그렇다면 해방에서 비롯된 새국가 건설 및 식민지 극복 과제와, 미·소군의 진주와 좌·우의 분열로 표면화된 분단 극복 과제가 동시에 제기된 '해방 분단기의 문학'을 되살피는 참신한 관점과 방법은 어떠해야 할 것인가? '좌·우'의 노선에 긴박된 기왕의 연구들이 모범은 될 수 없을 것이다. 그러한 연구 경향이 몇몇 이념적 성격이 강한 작가와 작품에만 주목하고 기타의 많은 작가와 작품들을 망실하게 만든 한 원인이 되기도 하였다. 여기서 연구 대상을 폭넓게 확대할 필요가 제기된다. 이 점에서 필자는 "우리 근대문학 전체상 속에서 프로문학의 주류성을 이제 진정으로 해소하자"[14]는 최근의 반성적 제안을 해방·분단기 문학을 보는 입각점으로 참조하되 그 방법적 매개로써 '중간층' 작가란 범주를 설정, 이에 주목하고자 한다.

사실 '중간층' 작가란 범주는 잠정적으로 사용하는 개념이고 모호한 명칭이기도 하다. 그러나 프롤레타리아와 부르주아 사이에 위치한 계급을 일컫는 계급론의 개념으로 사용한 것은 분명 아니다. 기존에는 이와 비슷한 개념으로 '중간파'에 주목하여 논급한 글들이 있었다.[15] 실제로

---

14) 최원식, 「한국문학의 근대성을 다시 생각한다」, 『창작과비평』 1994년 겨울호, 26면.
 분단 이후 문협 중심으로 전개된 남한문학은 오히려 '우익문학의 주류성'이 정책적으로 강제된 경우로 역시 극복해야 할 과제일 것이다.

해방·분단기에는 좌·우합작 운동이 전개되는 와중에 중간파에 대한 논란이 있었으며,16) 문학 쪽에서는 김광균의 글17)과 이를 비판한 김동석의 비평,18) 그리고 백철이 전개한 일련의 문학론이 있기도 했다.19) 백철의 평론 「중간파의 진출 - 예상되는 금년의 창작계」(『세계일보』, 1949. 1. 1)에서 공식화된 '중간파' 논의는 그러나 좌와 우의 구도에 의해 상대적으로 규정받지 않을 수 없는 개념이어서 기왕의 협소한 논점과 영역에서 벗어나기 힘들다. 게다가 '중간파'는 신형기가 옳게 지적한 것처럼, 내심으로 동조한 사람이 적지 않을 당시의 어떤 입장의 편린을 보여주는데 그쳤을 뿐, 이론적 기반이 워낙 취약했고 때로 전향의 논리로 이용되기도 했다는 점에서 빈약한 것이다. 좌·우대립의 논리가 그만큼 완강했기 때문이라는 것이다.20)

좌와 우의 틈바구니에서 침묵하는 다수의 비판적 대안을 드러낼 가능성만을 남긴 채 스러져간 중간파에 주목하는 대신에 필자는 중간파를 포함하는 '중간층'이란 후차적 범주를 설정, '좌·우의 주류성'에 밀려있거나 소외된 작가들을 포괄하여 검토할 것을 제안한다. 이를 통해 그동안 좌·우의 도식적 구도에서만 논의되고 일견 '좌의 주류성' 위에서 연구되었던 해방·분단기 문학을 재검토할 입지가 마련될 것이기 때

---

15) 권영민은 「해방공간의 문단과 중간파의 입장」(『한국민족문학론연구』, 민음사, 1988)에서 문단사적 시각에서 백철의 평론을 중심으로 개략적으로 서술하였다. 신형기는 『해방직후의 문학운동론』(화다, 1988)에서 좌·우의 문학운동론을 중심으로 논하면서 중간파 문학론을 개략적으로 살펴본 뒤에 「중간파의 입장 - 염상섭의 경우」(『해방기 소설연구』, 태학사, 1992)에서 염상섭의 중간파적 입장과 그의 소설을 함께 다루고 있다.
16) 신형기, 『해방직후의 문학운동론』, 174~5면 참조.
17) 김광균, 「시단의 두 산맥」, 『서울신문』, 1946. 12. 3.
_____, 「문학의 위기 - 시를 중심으로 한 일년」, 『신천지』, 1946. 12.
18) 김동석, 「시단의 제삼당」, 『경향신문』, 1946. 12. 5.
_____, 「시인의 위기 - 김광균론」, 『문화일보』, 1947. 4.
19) 이에 관해서는 권영민의 앞의 글을 참조할 것.
20) 신형기, 앞의 책, 189면.

문이다.

'중간층' 작가 범주를 이렇게 설정해 놓고 보면, 여기에는 그 성격을 약간씩 달리하는 다층적인 작가군이 포함될 것이다. 먼저, 작가 스스로 중간파임을 자처하거나 동조를 표명한 작가들을 들 수 있다. 시인으로 는 김광균이 대표적이고 소설가로는 계용묵과 정비석,21) 그리고 1948년 이후에 독자적인 문학론을 전개한 염상섭 등이 포함될 것이다. 둘째, 초 기에 좌익 문인단체에 가입하여 작품 활동을 하다가 어느 시기에 이탈 하여 단독정부 수립 후에 남한에 남아서 작품 활동을 지속적으로 전개 한 작가들을 들 수 있다. 김영수, 박영준, 황순원 등이 그들이다. 세째, 좌·우 문학단체에 모두 이름은 올라 있으나 이와 상관없이 독자적인 문학 세계를 전개한 작가들을 볼 수 있다. 양주동, 채만식이 대표적이다. 넷째, 문단 가입이나 정치적 논란, 문학논쟁에 대해서는 일절 침묵하면 서 묵묵히 작품 활동을 실천한 작가들이 있다. 주요섭, 이무영 외의 많 은 작가들이 여기 포함될 것이다.

이와같은 다층적 '중간층' 작가들이란 곧 좌·우의 주류성에 의해 소 외되고 논의에서 밀려나 별반 주목을 받지 못한 작가들이 대부분일 것 이다. 그러나 이러한 작가군의 분류는 '중간층' 작가라는 범주의 외연을 드러내기 위한 편의적인 것일 뿐, 급박한 시류를 타고 넘으면서 작품 활 동을 전개하지 않을 수 없었던 해방분단기의 작가들을 어느 한 작가군 에 귀속시키려는 것은 아니며 실제로 그러기도 어렵다. 개별 작가의 작 가·작품론에서 상론과 보완을 통해 다양한 스펙트럼으로 작가적 개성 들이 드러나고 연구 영역이 확장되면 우선 족할 것이다.

---

21) "오늘의 국제 정세가 역사적으로 보아 결코 一主流에 의한 일방적인 통일이 성립 될 수 없고, 양 주류의 연립을 위하여 중간에서 키를 중류로 전환할 필요가 있다" (「정치와 문학의 우정에 대하야」, 『대조』 2, 1946. 7)는 백철의 중간파적 주장에 계용묵과 정비석이 입장을 같이하였다. 권영민, 앞의 논문, 414면 참조.

　기왕의 연구에서는 이들 중간층 작가들 중에서 그나마 채만식, 염상섭, 황순원 등이 주목되었을 뿐 다른 많은 작가들은 논급되지 못한 실정이었다. 뿐만 아니라 이들조차도 이 시기의 문학은 은연중 괄호 속에 묶여 왔던 터이다. 필자는 여기서 중간층 작가 연구의 한 출발로써, 왕성한 작품 활동에 비하여 주목을 받지 못하고 묻혀있는 작가의 한 사람인 박영준의 해방 · 분단기 소설을 검토해보고자 한다.

3. 만우 박영준의 궤적22)

　1934년 1월 『조선일보』 신춘문예에 단편 「모범경작생」이, 같은 해 『신동아』에 장편소설 『一年』과 콩트 「새우젓」이 동시에 1등 당선하여 문단에 화려하게 등장한 만우 박영준은 1911년 3월 2일 평안남도 강서군 함종면 발본리 688번지에서 기독교 목사였던 부친 박석훈(朴錫薰)과 모친 하석애(河錫愛) 사이에 차남으로 출생하였다. 서당에서 1년간 한학을 수학하다가 박영준이 함종공립보통학교에 입학한 1920년, 부친 박석훈이 독립운동 관계로 피검되어 평양형무소에 복역 중 옥사하게 된다. 어린 시절 아버지에 대한 기억을 「3 · 1운동과 아버지」(『우리문학』 2호, 1946. 3)라는 수필로 남기기도 하였는데, 어린 그에게 부친의 옥사는 큰 상처로 남게 된다.

　함종공립보통학교를 거쳐 1924년 평양의 숭실중학교에 입학하였다가 1926년에 평양 광성고등보통학교 3학년에 편입한 박영준이 문학에

---

22) 박영준의 전기적 사실들에 대해서는 어문각에서 나온 『한국정통문학대계 - 이무영 · 박영준 편』 9권(어문각, 1994)이 가장 자세하여 이를 바탕으로 하고 자전적 기록들을 참고하였다.

관심을 갖기 시작한 것은 이때부터라고 한다. 교우지에 시를 발표하기도 하였던 그는 1928년에 고향을 떠나 연희전문학교 문과에 입학하면서 보다 본격적인 문학 수업을 쌓아 나간다.23) 1934년에 연희전문 문과를 졸업하는 것과 동시에 위의 3편이 당선함으로써 화려하게 문단에 등장하였는데, 장편『일년』은 발표 당시 총독부의 검열로 3분의 1이 삭제당하였다 한다. 1934년에 결혼을 하고 간도의 용정촌에 있는 동흥중학교에 근무하던 1935년에는 고향의 독서회 사건으로 피검되어 5개월간 구류를 당하기도 한다. 그러다가 1938년 만주 길림성(吉林省) 반석현(盤石縣)으로 아예 이주, 교사생활을 하면서 해방이 될 때까지 간도에서 머무른다.

꾸준히 작품 활동을 전개하던 그가 왜 1938년에 만주로의 이주를 결행하게 되었는지 자세히 알 수는 없으나, 등단 이후로 문단에서 그리 큰 주목을 받지 못하였고 작품 생산도 만족스럽게 이루지지 않았던 "都市의 小市民"24) 생활에서 비롯된 탈출 동기가 작용하였을 것이다. 그러나 그보다는 경제적인 문제가 직접적이지 않았을까 한다. 해방 직후 조국으로의 귀환여정을 담은 자전적 소설「避難記」(『예술』2호, 1945. 12. 15)에 보이는 "일선융화의물결에 만주까지갔다"(19면)는 주인공의 진술과, 성(姓)을 기노시다(木下)라고 스스럼없이 창씨개명을 했다는 고백 등을 보면,25) "이른바 '만주개척민'이라는 허울좋은 이름 아래 (일제의) 조직적인 축방정책의 희생물로" 유이민들을 만주로 내몰던 "정책이민"에 편승하여 박영준도 만주로 가 교사생활에 들어간 것이 아닌가 한다.26) 이후

23) 문학수업과 문단활동에 대한 기록은「孤獨 - 나의 小說修業」(『文章』2권 6호, 1940. 7),「나의 文學生活自敍」(『白民』, 1948. 5)와「力量과 文名 - 문단에 나오기까지」(『민성』, 1949. 6) 등이 있다.
24) 박영준,「나의 문학생활자서」, 116면.
25) 박영준.「나와 내 이름」,『國都新聞』, 1950. 3. 8.
26) 윤영천,「일제 강점기 한국 유이민 시의 연구」,『한국의 유민시』, 실천문학사, 1987. 20~21면.

해방이 되어 돌아오기까지 8년간의 만주 생활을 박영준은 이렇게 회고
하고 있다.

> 一九三八年 渡滿하야 昨年九月 故國으로도라온 八年동안의 滿洲生活은
> 나個人으로보아서 冬死의 期間이엇다. 八年동안 무엇을 햇느냐고 뭇는이
> 가 잇다면 霁이라고박게 對答할 말이업다.
> 勿論 먹기를爲해 갓든길이니 그동안 그저먹고 살엇다고할가.
> 너무나 卑屈하고 너무나 消極的인 八年間이었다. 가장 피가끌는 나이
> 를 無爲로보내고 말엇다.
> ─「滿洲滯留八年記 ─ 屈辱과 開墾」(『신세대』, 1946. 3)

"너무나 卑屈하고 너무나 消極的인 八年間"의 만주생활의 와중에도
박영준은 문학 활동을 계속한다. 『만선일보』를 중심으로 하고 국내에도
간헐적으로 작품을 발표한다. 장편 『雙影』을 『만선일보』에 연재하는 한
편 1941년에 간행된 만주조선인 작품집 『싹트는 大地』(신경특별시, 만선
일보사 출판부 간행)에도 「밀림의 여인」이란 작품을 발표하기도 한다. 박
영준의 이 시기 만주체험은 해방 · 분단기에 만주 전재민의 현실을 다룬
그의 소설들의 원터이기도 하다.

1945년 해방을 맞아 어렵게 서울로 귀환한 박영준은 곧 활발한 문학
활동에 들어간다. 문건과 프로예맹의 회원명단에 각기 그의 이름이 보
이며,[27] 이 두 단체가 통합한 조선문학가동맹의 1946년 2월 8~9일의 전
국문학자대회에도 양일간 빠짐없이 참석하고 있다.[28] 건설출판사에 입
사하여 아서원에서 있은 「朝鮮文學의 指向」이란 주제의 문인좌담회에
입회하기도 하고,[29] 곧 신세대사로 옮겨 창작합평회의 사회를 맡기도

---

27) 임헌영, 「미군정기의 좌우익 문학논쟁」, 『해방전후사의 인식』 3, 한길사, 1987, 532~
533면.
28) 조선문학가동맹 『건설기의 조선문학』, 최원식 해제, 온누리, 1988, 174, 182면.
29) 『예술』 3호, 건설출판사, 1946. 1, 1, 4면.

한다.30) 문학가동맹 서울시지부(서기장 金永錫)의 1946년 8월의 위원개편
에서는 이용악을 부장으로 하는 조직부에 이병철과 함께 활약하기도 하
였다.31)

작품 활동에 있어서도 박영준은 식민지 시대의 작품 활동을 능가하는
정력적인 면모를 보여준다. 첫 단편집『목화씨 뿌릴 때』(서울타임즈사, 1946)
간행을 비롯하여 필자가 조사한 것만 해도 44편에 달하는 단편소설(꽁트
포함)과 19편에 달하는 수필류의 글을 남기고 있다.

그런데 이처럼 왕성하던 해방기 박영준의 좌파적 문학 활동이 언제
부터인가 시들해지고 대신에 신중한 처신과 모색에 들어간다. 특정한
계기나 시기를 알 수 없으나, 작품 발표가 한동안 뜸해지고 작품의 성
격도 서서히 변모하는 1948년『경향신문』문화부에 입사할 무렵일 것
이다.

> 文學人도 나라를 사랑하고 사회를 사랑하고 人民을 사랑한다. 그럼에
> 도不拘하고 덥퍼놓고 政治를 하지말라는것은 思想을 갖지말라는 말이
> 된다.
> 文學家同盟이 생기여 文學人全體가 그傘下로 모인듯하든것이 요새 文
> 筆家協會의 誕生으로 文學人도 兩分되었다. 應當 그럴수 있는일이다. 왜냐
> 하면 文學人도 全部가꼭 갖은 思想속에서 사는것이 아니기 때문이다.32)

박영준의 이 글을 통해서도 조선문학가동맹이 문인들의 좌우합작조
직으로 출범한 것이며 우익측의 대타의식으로 인하여 좌·우로 분열해
간 사정을 짐작할 수 있거니와,33) 문학가동맹에서 활동하면서도 좌·우
를 모두 인정할 줄 아는 그였다. 그러나 좌·우의 극한적 대립이 단독정

---

30)『신문학』2호, 신세대사, 1946. 6, 155면.
31) 재미 한족연합위원회 편,『해방조선』, 1948. 11. ;『백제』2권 1호, 1947. 2, 81면.
32) 박영준,「文學人의 誠實」,『한성일보』, 1946, 3. 20.
33) 최원식,「한국문학의 근대성을 다시 생각한다」, 27면 참조.

부의 수립과 분단으로 치달아 운신의 폭이 좁아지자 그도 시운을 따라 남한에서의 현실적 선택을 취하게 된 것으로 여겨진다. "하기야 이때까지 내作品에對서 自信을 가져 본적이 한번도 없지만 作品以前의 내精神的動搖가 크기는 解放後가 처음일런지 모른다. 무엇을 어떻게 쓸것인가?"34)라고 거듭 고백한바 있듯이, 해방분단기의 그의 작품 활동은 어떤 선취된 이념이나 신념에 따른 것은 아니었다. 그보다는 나름의 자의식과 상황인식이 빚어낸 현실적 선택에 따른 결과였을 것이다. 결국 남 · 북의 분단이 현실화된 1948년 이후에는 작품세계도 일정하게 변모하여 남녀간의 애정이나 윤리 문제를 다룬 소설들을 발표하기 시작한다. 1950년 한국전쟁이 발발하자 인민군에게 납치되어 끌려가다 탈출하는 우여곡절을 겪은 후로는 육군본부 문관으로 복무하면서 1951년 5월 대구에서 결성된 육군종군작가단에 가담하여 사무국장을 맡는 한편 반공문학의 일선에 선다.35)

1976년 7월 지병인 당뇨병으로 별세할 때까지 연세대 국문과 교수로 재직하며 많은 작품을 남긴 박영준은 "적은 몸에 너무나큰 역사를 체험"(「피난기」, 19면)을 하고, 그 고난의 연대를 지나치며 현대사의 굴곡을 그 나름으로 작품에 반영한 작가이다. 초기의 친좌익 활동에서 시작하여 분단정부 수립과 함께 남한 사회에 남아 작품 활동을 전개하다가 한국전쟁 이후로는 반공문학 진영에 서는 해방 · 분단기 박영준의 문학적 이력은 어쩌면 비극적인 한국 현대사의 한 역설적 전형이라 할 만하다. 그와 그의 작품을 통해서 우리는 좌 · 우의 주류성과 분열상에 짓눌리고 왜곡되어 간 중간층 작가의 한 행로를 확인하게 되는 것이다.

---

34) 「나의 文學生活自敍」, 117면.
35) 박영준, 「종군작가 시절」, 『한국문단이면사』, 깊은샘, 1983.
한국문인협회 편, 「陸軍從軍作家團」, 『해방문학 20년』, 정음사, 1966, 89~90면.

4. 해방 · 분단기 박영준의 소설[36]

　"萬若 解放이란것이 없었다면 나는 죽을때까지 作品生産을 못해보았을런지도 모른다"(「나의 文學生活自敍」, 116면)고 고백했던 박영준의 해방기 처녀작은 앞서 언급한 자전소설 「避難記」다. 이 소설은 만주로 이주한 지 7~8년 된 젊은 부부가 조선이 해방되었다는 소식을 접하고 조국에 돌아갈 희망에 부풀고 남편인 민수가 먼저 조국에 돌아오는 과정을 내면묘사와 세태묘사를 곁들여 박진감 있게 전개한 작품이다. 신산스런 만주에서의 생활을 청산하고 귀국할 "서울거리-태극기가 나붓기고 여태껏 보지못하든 자유스런 웃음을 마음껏웃을 서울의 환호"(16~17면)를 기대하며 민수는 보름 동안의 힘겨운 여정을 감내하고 서울에 도착한다. 그러나 애초의 기대와는 달리 "사람마다 뿌로카로 밥버리를 하고 (……) 누구나 「잘왔다」하고 건국의 일을 해달라는이는 나서지 않고 어데서인지 불숙나서서 양담배사라는 어린애들이 그의길을 막을뿐"(18면)인 조국의 현실에 민수는 실망하고 만다. 회의와 갈등 속에 방황하던 민수가 우연히 옛날의 친구를 만나게 되고 그 친구의 권유에 따라 일본에 소극적으로나마 협력했던 과거를 반성하고 건국 사업에 매진할 희망으로 결말을 맺은 짧은 소설이다. 이 소설은 비록 짧고 단순한 서사구조를 가졌으나 해방을 맞는 박영준의 감회와 포부를 건강하게 드러내고 있어서, 1948년 이전에 창작되어 일정하게 작가의 현실인식을 드러내주는 소설

---

36) 이제까지 박영준 문학에 대한 연구는 두 방향에서 전개되었다. 식민지시대에 발표한 농촌소설 『일년』 「모범경작생」 「목화씨 뿌릴 때」와 같은 몇몇 작품만을 대상으로 '농민소설'이라는 주제로 다루거나, 한국전쟁 이후의 작품들에 대한 비평적 고찰이 고작이었다. 창작이 가장 왕성했던 해방 · 분단기 작품을 연구한 것은 전무하며, 무수히 간행된 한국문학 전집류에는 이 시기의 작품연보조차 갖추어져 있지 않다. 의도적으로 작가가 숨기고 있다는 의혹이 들 만한데 분단 이데올로기의 영향일 것이다.

들의 여러 방향을 담고 있는 작품으로 읽힌다.

이후의 작품은 크게 세가지 경향으로 대별된다. 일제잔재의 청산 문제를 주로 친일 부역자의 입장에서 묘파해간 작품들(「還鄕」「蒼空」)이 있고, 식민지 만주 조선인의 신산스런 삶과 해방후의 귀국여정을 다룬 소설들(「過程」「물쌈」「故鄕없는 사람」), 그리고 만주에서 돌아와 마주한 조국의 현실을 비판적 시선과 냉정한 필치로 묘파한 일군의 작품들(「부로-커」「서울」)로 나눌 수 있다.

먼저 친일부역자의 입장에서 일제잔재의 청산 문제를 부각시킨 첫 번째 경향의 작품들을 살펴보면, 이들 작품은 작가 박영준의 친일행위에 대한 작가 나름의 자기비판을 드러내는 소설들이라 할 수 있다.

『우리문학』 2호에 발표된 「還鄕」(1946. 3)의 주인공은 고향에서 "소설가가 되여보려고 밤낮 소설책이나 들고단닐 때는 누구에게 시비받을 건덕지도 없었지만 그놈의 징용이 무서워 그를 모면해볼랴는 술책으로 하기싫은 면사무소 서기노릇한 것이 화가되어 조선이 해방되는 날부터 공포를 느끼"(32면)는 소심한 지식인이다. 그때문에 그는 고향을 떠나 서울로 8월 20일경 남몰래 떠나왔던 것인데, 서울에 와서도 공포에서 벗어나기는 커녕 불면증에 시달리게 된다. 그나마 잠이 들면 악몽을 꾸며 일자리도 잡지 못하고 배회하다가 급기야 자동차 사고로 병원에 입원하는 처지에 이른다. 자괴감에 빠져 있던 주인공은 결국 고향의 어머니와 함께 찾아온 동무로부터 건국일에 동참할 것을 권유받고 나서야 자신의 과거를 반성하며 고향으로 돌아갈 결심을 한다는 줄거리이다. 채만식의 「맹순사」와 「미스터 方」에서나 볼 수 있었던 친일 부역자의 내면이 묘사된 소설인데, 박영준은 일제잔재의 청산문제를 채만식처럼 공격적 풍자로 처러하지 않고 섬세한 어쩌면 신경질적이라 할 내면묘사를 통해 보여준 것이 색다른 작품이다.

한시빨리 내공포증을 없애고 또 그 공포를 잊을만한 일을하고 싶은
것만이 나의 마음이었다. 공포를 잊는방법 그것은 새로운 나라를위하야
이바지할 수있는 일을하는것뿐이라고 생각했다.

— 「還鄕」, 34면.

그러나 이 소설은 인용된 부분에서 드러나듯이 주인공의 옹색한 자기
비판이 인민위원회에서 일하는 동무의 관대한 포용을 통해 불철저하게
이루어짐으로써 성급한 낙관적 전망으로 치닫고 만다. 이 때문에 소설
의 많은 부분을 차지하는 주인공의 심리묘사가 신경질적 과장으로 떨어
지고 있다. '작가의 자기비판'을 제기했던 문학가동맹 주변의 분위기를
다분히 의식한 결과로 보인다.

「蒼空」(『문학비평』, 1947. 6)도 비슷한 주제를 다룬 작품이다. 그런데 이
작품은 「환향」의 내면적 갈등과 달리 가족 내의 아버지와 아들 사이의
갈등을 통해서 친일문제와 해방 후의 현실참여 문제를 다룬다는 점에서
김영수의 「혈맥」(『대조』, 1946. 6)을 연상케 한다. 소설은 아버지와 아들
사이의 중간자인 어머니 명순의 시점에서 서술된다. 일제시대에는 면장
의 직위에서 친일부역을 하였고 해방이 되서는 미군에 아부하여 권세를
누리려는 남편과, 아버지를 비판하고 새로운 민족국가 건설에 투신하려
는 아들 사이의 갈등 속에 방황하던 명순이 결국에는 남편을 버린다는
줄거리다. 일제잔재 청산이라는 시대적 과제를 제시하고는 있으나 이
작품의 결정적인 흠은 명순의 인물형상이 전연 사실성이 없다는 것이
다. 그리고 그녀가 민중의 편에 서서 남편을 다시는 보지 않겠다고 선언
해버리는 결말은 아무래도 억지에 가깝다. 친일문제를 다룬 작품들은
작가의 내면에서 울려나오는 작은 목소리가 소설의 긴장을 더해주는 요
소일 터인데, 박영준의 어설픈 자기비판이 좌익의 테제에 타협함으로써
현실성을 잃고 관념화한 소설이 되고 말았다.

두 번째 경향의 작품들은 작가 박영준의 만주체험에서 비롯된 것인

데, 해방 · 분단기에 전재민의 문제를 다룬 소설과 시가 많이 창작되었
던 것을 고려할 때 다른 작가의 작품과 비교하여 그 형상화의 수준이
주목되는 작품들이다.

소설 「과정」(『신문학』, 1946. 4)은 식민지 만주에서 일본인이 경영하는
합작사에서 서무주임으로 일하는 인주와 타이피스트로 일하는 경숙을
주인공으로 하고 있다. 합작사의 일본인 사장으로부터 받는 민족적 멸
시와 억압 속에 두 사람 사이의 애정을 교직시켜 일제말 만주에서의 조
선인의 삶을 사실적으로 그리고 있다. 이 때문에 이 소설은 송영으로부
터 "왜놈밑헤서 살던 월급쟁이의 비애와 비굴이 여실히 나타낫"고 "소
박한 필치가튼 것이 퍽 조왓습니다."라는 상찬을 받았던 작품이다.[37] 그
러나 분량에 비하여 주제의식과 갈등구조가 미약하고, 주인공의 성격,
특히 여주인공 경숙의 성격이 여물지 못한 흠이 있다.

문학가동맹 기관지 『문학』 2호(1946. 11)에 발표된 「물쌈」은 만주로 이주
해간 조선 유이농민 종석영감 일가가 딸 필녀를 탐내는 중국인 둔장(屯長)
의 물을 무기로 한 횡포에 대항할 수밖에 없는 현실을 그린 작품이다. 이
소설은 언뜻 이태준의 해방 전 작품 「農軍」(『문장』, 1939. 7)을 연상시키는
데, 아무래도 「농군」에는 미치지 못하는 상투화된 서사구조가 문제이다.

> 종석이는 다시한번 삽을 얼어메였다. 그러나 올리였든 삽으로 다시
> 찌르지는못했다.
> 「이놈! 잘살려거든 천륜에 맛는일을해라. 내눈깔이 성해있는동안 네
> 놈이 어데 잘사나보자.」 종석이는 너머진 둔장을 한번 눈 흘겨보고는
> 독기를찾아들고 수문으로갔다. 성난 구렁이가 물불을 가릴수없다. 나무
> 수문을 패고 또팼다.
>
> — 「물쌈」, 34면.

---

37) 송영 외, 「창작합평회」, 『신문학』 2호, 1946. 6. 이원조는 이와 반대로 연애 장면
  을 넣은 것이 불쾌하기 짝이 없고 관념적이라고 비판하고 있다.

「물쌈」의 마지막 장면인데 신경향파적 귀결이 아닐 수 없다. 서두를 읽으면서 이미 결말이 예견되기도 한다. 일말의 진실성은 전해질지언정 전형적 상황이 주는 감동의 울림에는 모자란 개체적 비극의 여운에 머무른 작품이다.

「故鄕없는 사람」(『백민』, 1947. 3) 역시 만주로 흘러간 조선 유이민의 삶을 다루었는데, 「물쌈」의 상투화된 서사구조와는 다른 모습을 보여준다. 환갑을 넘은 황보영감 부부가 주인공인데 일본인들의 무자비한 농지정리 사업에 집을 버리고 떠날 수밖에 없는 절박한 사정이 여실히 드러난다.

> 길가에짐을놓고, 남편을 기다리든 황보영감마누라는 머지않어 고기의 노리터가 되고말 자기의동리를 바라보기에 정신을 잃고 있었다. 만주에온지 이십년, 그동안 쓴물이란 쓴물은 다맛보았것만, 홍수도아니오 해일도 아닌 물때문에 집을 띄워보내리라고야 누가 꿈엔들 생각했으랴! 바다와같은 물결이 자기네들이 살든집으로 점점갓가히 움즉이고있는것이, 분명, 눈에뵈였다.
> 「발측한놈들! 강을막어 바다를 만들어가지구 물루사람을 내쫓기 까지한담」 만주에드러와 십년동안 조선사람들끼리 개간한 사백쌍직이땅을 일본 이민단에게 뺏길때 피눈물이 나오리만큼, 원통했지만 풍만(豊滿)땅을 만들어 십년동안 파먹든땅을 다시 내쫓기게 된것 역시 일본인때문이라는것을 생각하니 이가 갈릴만큼 일본놈이 원망스러웠다.
> — 「고향없는 사람」, 52~53면.

인용된 황보영감 마누라의 분한과 넋두리는 그것이 누구의 것이라 해도 구호뿐인 "정책이민"의 횡포에 절박한 삶의 벼랑으로 내몰린 당대 조선 유이농민 일반의 넋두리와 한가지일 것이다. 이는 곧 식민지시대를 살며 고향을 잃어버린 조선민족 전체의 넋두리에 다름 아니다.

젖 꿀이 흐르는 내땅버리고
남의 집 종살이 웬말이런가
해마다 봄오면 고향간다고
십여년 별러도 갈길이아득
(후렴) 울어라 울려라 애닲은 소리
　　　　산넘고 바다건너 땅끝까지에
내어려 울적에 열또일곱살
지금은 반남아 설흔또아홉
온몸에 살이란 모두떨어져
이제는 뼈마디 헤개되었네
　　　　　　　— 만주 최수복, 「내 신세」(『농민』, 1932. 4) 부분

위 시의 시적 화자는 끝내 고향으로 돌아갈 수 있었을까? 결코 돌아
가지 못했을 것이다. 그렇게 신산스런 삶을 살다 황보영감과 같이 나이
만 먹어 망연자실 물에 잠기는 집과 땅을 바라보기만 해야 했던 일제
말이었다. "중국관헌의 압박, 중국지주의 횡포, 마적의 폐해, 어렵게 개
간한 땅을 빼앗긴 후 계속되는 유랑생활의 악순환, 입식(入植) 일본인에
의한 피해상"[38]에 짓눌린 만주 조선 유이농민의 삶을 설익은 관념으로
드러내지 않고 소박한 민중적 리얼리즘의 진경으로 보여준 「고향없는
사람」의 결말 또한 음미해볼 만하다. 물 때문에 쫓겨나는 조선농민들
앞에 온갖 감언이설로 또 다른 개척지로 갈 것을 꼬이는 젊은 조선청년
에게, "거기선 백년이라두 살수있나요?"(58면)라고 황보영감은 묻는다.
입식(入植)을 못시켜 남아도는 땅이 걱정이니 일본 사람이 들어오면 비
켜줘야 한다는 젊은이의 말을 듣고, 황보노인은 단호하게 말한다.

　「잘 알겠소. 노형두 보아하니 농사질분은 아닌데 농부와같이 개간을
　하시겠다는 것으로보아 단단히 생기는게 있는것같소이다. 언젠가 그회
　사일을 들은때가 있는데 거기는 바람이 심해서 눈을 못뜨고사는곳이랍

────────────
38) 윤영천, 앞의 책, 121면.

니다.」 (중략) 「난 못가겠소. 차라리 호수에서 자라난 고기를 잡어먹으며 살지언정 그런덴 못가겠소. 죽을날을 뻔히 내다보는 놈이 또 속아넘어 가요.」 (중략)

황보영감은 신세타령비슷한 말로 거절해버리었다. 할말을 다했다는 듯이 주먹으로 무릎을 몇번 두둘기고 이러서서는 집을향해 발거름을 옮기었다.

「안간다. 아무데두 안간다.」 그는 걸으면서도 이런말을 되뇌이었다. 그러나 눈동자가 흐리어지는지 몇발을 떼놓지못해서 옷소매가 작구눈자위로 올라갔다.

역시 시체를 묻어주리라 믿었든 도망간 딸이 그리운 모양이었다. (1947. 1)
—「고향없는 사람」, 58~59면.

농민들이 집단으로 젊은이를 구타하지도 않는다. 그렇다고 일본인 회사로 낫을 들고 뛰어가는 것도 아니다. 상투적 결말에서 벗어나 있는 것이다. 숯검댕이 같이 타들어가는 황보영감 부부의 가슴 속에 잉잉 불타는 저항과 달관을 두고 성급히 전망을 말할 수 있을 것인가. 해방·분단기 당대 농민의 현실을 비극적으로 형상화한 안회남의 「농민의 비애」와도 견줄만한 이 작품이 이처럼 묻혀있다는 것은 문제가 아닐 수 없다.

「고향없는 사람」을 비롯한 만주 전재민의 삶을 다룬 박영준 소설에서 그러나 전반적으로 아쉬운 점은 작품의 분량이 적고 서사적 폭이 넓지 못하다는 점이다. 또 하나는 해방 이후 농민이 처한 당대 현실의 문제를 접어두고 과거의 식민지 만주를 배경으로 소설을 창작할 수밖에 없었던 당대성의 부족이다. 이 점에서 「고향없는 사람」은 아무래도 안회남의 「농민의 비애」에는 미치지 못한다. 이와 연관하여 해방기의 현실을 비판적 필치로 묘파한 세 번째 경향의 작품들을 살펴보자.

짤막한 콩트인 「서울」(『새한민보』, 1947. 8)은 「피난기」에 나온 지식인 주인공 일가가 서울에 정착한 뒤의 이야기를 담고 있다. 서울에 온 지 1년이 채 못 되어 일자리마저 잃고 그나마 방에 불을 땔 숯이 없어 만연필을 저당잡히고 숯을 장만해야 하는 궁핍한 서울 생활을 묘사한 작품이다. 그나마 장만한 숯도 도둑을 맞아 아들의 학교 소풍 여비를 도로 빼앗으려 하자 아들이 남의 장작을 훔쳐오는 서글픈 정경을 제시하였는데, "공연히 돌아왔어요. 만주서 그대루 살았으면 좋았을걸-"(36면)하는, 한숨으로 가득한 당대의 서울 세태는 「브로-커」(『우리문학』 3호, 1947. 3)에서 보다 확대되어 나타난다.

일제시대에 청진에서 경관으로 있던 경술이는 해방이 되고 고향에 소련군이 진주하자 자기와 같은 경력을 가진 친일 부역자들(군수, 면장, 면서기, 군서기 따위)과 함께 서울로 내려와서 브로커 일로 한몫을 잡으려 한다. 그러나 하숙비도 내지 못하고 고향으로 돌아갈 희망은 어디에도 없다. 그나마 서로 믿고 의지하며 동업을 하던 동료들이 서로 속고 속이는 몰염치한 인간들로 전락해가지 않을 수 없는 현실뿐이다. 당시 미군정하의 남한 사회가 얼마나 부패로 만연하였는지를 사실적으로 보여주는 작품인데, 그 부패의 원흉으로 이박사(이승만)와 미군정청을 고발하는 대목을 볼 수 있다.

「연맹으로 사탕이 이천포대 밀가루가 일천포대 나온대는데요, 값은 사탕이 한근에 사원 밀가루가 한근에 이원 이래나봐요. 그걸 맡아 팔기만 하면 이익의 절반을 군정청 통역관에게 삼활은 전주에게 이활은 우리가 먹을수 있습니다.」
「사탕은 적어두 사십원씩은 받을테니 몇백만원 떨어질겁니다.」
— 「브로-커」 28면.

미군정청과 결탁하여 원가의 10배를 남겨먹는 브로커들의 농간이 당시의 경제적 혼란의 원인이었으며 그로 인해 희생당하는 것은 바로 민중들임을 짐작하게 된다. 돈을 벌기는커녕 하숙비를 내기 위해 어렵게 꾼 돈으로 술을 마시며 경술이는 술집 작부를 붙잡고 한탄만 하고 만다.

「너는 무슨 주의냐?」 경술이가 얼근해 갈때 물었다.

「난 먹자주의야요!」

「그럼 공산당이 좋으냐 민주당이 좋으냐?」

「난 먹자당이 제일 좋와요! 호 호!」

경술이는 커다란 종백이로 약주를 마신뒤 이러한 말을 했다.

「네가 입고 있는 옷감이 왜 비싼지 아니? 뿌로-커들이 배를 불리기 때문이다. 돈 모는 놈들은 모두가 물가를 서로 올림으로 배가 부르고 있다. 노동자들이 어째 동맹파업을 하고 있는지 아니? 배부른 놈들만 배가 부르고 노동자를 생각해주지 않기때문이다. 노동자를 속혀먹기만 할래기때문이다. 세상이 잘되려면 뿌로-커를 없애야한다. (중략) 그뿌로-커가 얼마나 많은지 아니? 서울엔 물건을 사서 쓰는 사람보다 뿌로-커해먹는 놈이 그 수효가 더 많을게다. 다. 도적놈들이다. 나두 뿌로-커다.」

— 「브로-커」 30면.

공산당도 민주당도 어찌할 수 없는 브로커가 판을 치는 남한의 현실을 통렬하게 고발하려 한 박영준의 현실인식이 경술이의 이 마지막 한탄에 집약되어 있다. 그러나 이 소설은 형상화의 옷감이 모자라고 그나마 너무 거칠어서 문학적 감동에까지는 이르지 못하여 아쉽다. 현실을 극복할 아무런 작가적 전망도 보여주지 못하는데 그치고 말았던 것이다.

일제시대 만주 조선인의 삶을 다룬 「물쌈」 「고향없는 사람」에서 보여준 소박한 리얼리즘의 세계에서 당대의 문제로 밀착해 들어갔던 박영준의 소설이 이처럼 전망 없는 투박한 고발의 세계로 떨어지고 만 이유는 무엇일까? 혹 작가의 체질과도 관련이 있을지 모르겠다. 만우(晚牛)라는 그의 아호도 그렇거니와, "하로빨리 農村을 볼수있고 農民을 알수있어 農民小說을 다시 쓸수있다면하는 念願만이 來日을 기다리게 하지만 좀체 서울을 떠나기가 힘이든다."(「나의 문학생활자서」, 117면)는 고백에서 볼 수 있듯이, 농촌의 세계를 잃어버리고 그나마 만주에서 8년을 살다

온 그에게 서울이란 도시는 온갖 정치적 격문이 난무하는 혼란으로만 다가왔을 것이다. 그러하기에, 해방 직후 낙관적 전망에 기대어 자기비판의 소설을 쓰다가 만주 체험을 발판으로 농민의 세계로 우회했던 소설적 여정이 이해가 가지 않는 바도 아니다. 그러나 초기의 소설부터 불철저하고 미온적이었던 작가의 자기비판에 문제가 있었던 것은 아닌가. 도저한 현실과 정면으로 맞서 싸워야 하는 작가의 임무를 생각할 때 아쉬움을 떨칠 수 없다.

이상에서 거칠게나마 1947년까지의 박영준 소설문학을 세 가지 경향으로 대별하여 살펴보았는데, 1947년 10월에 『신천지』에 발표된 「風雪」은 해방·분단기 박영준 소설의 변환점을 보여주는 작품으로 읽힌다. 「브로-커」에까지 유지되었던 박영준 나름의 현실인식은 이 작품 이후 점차 소거되고 말며, 애정의 윤리라든가 지식인의 자기 정체성 확인 같은 관념적 주제로 작품 세계가 옮아가고 있기 때문이다.

「풍설」의 주인공인 인걸은 친구인 한수를 알기 이전부터 사귀던 미야라는 여자가 자기와의 관계에 아무런 파탄이 없었음에도 불구하고 한수와 동거생활을 하는 것을 보고 갈등에 빠진다. 친구 한수에게 질투를 느끼기도 하고 미야에게는 동물성의 일면을 본 것 같아 불쾌감을 느끼는 것이다. 자신 내부의 갈등과는 달리 스스럼없는 그 둘의 호의로 혼란을 느끼던 인걸이 결국에는 그들의 애정을 받아들이고 우정으로써 그들과의 관계를 유지해 나간다는 내용의 소설이다. 「고향없는 사람」「브로-커」의 작품 세계와는 거리가 먼 박영준의 이러한 통속적 세계로의 추락은 이후에 발표된 「生活의 破片」(『백민』, 1948. 1), 「濾過」(『백민』, 1949. 1), 「敎授와 女學生」(『대조』, 1949. 3·4합본호), 「淪落說」(『문예』, 1949. 9)에서 계속 변주되어 나타난다.

현실의 후퇴와 함께 지식인의 무기력한 삶과 이것의 극복을 향한 윤리 회복 문제를 주로 남녀간의 관계 속에 문제 삼는 이들 작품의 세계는 작가의 현실 도피에 다름 아니다. 좌·우익의 극단적 분열과 이에 따른 작가 주변의 험악한 정황을 감안하더라도, 이처럼 커다란 작품의 변질이란 이해하기 힘든 측면이 있다. 작가의 이러한 현실 도피는 급기야 한국전쟁에 처해서는 반공소설의 창작으로까지 나아가게 된다. 「어둠을 헤치고」(『농민소설선집』(1), 협동문고, 1952)에 오면 지리산 공비에 의해 아내와 자식을 잃은 농민 근배의 치 떨리는 분노만이 감정적으로 그려지고 있을 뿐이다. 형편이 이 지경이면 이미 작가적 체질을 논할 상황도 아니다. 작가의 현실인식의 불철저함을 비난할 계제도 아니다. 여기서 우리는 좌·우의 비극적 분열에 뒤따른 분단 현실의 폭압 아래 소설적 파탄에 이르고 만 중간층 작가의 한 행로를 숙연히 직시하게 되는 것이다.

5. 결론에 대신하여

본고의 애초 의도는 답보 상태에 있는 해방·분단기 문학 연구에 새로운 시론적 논의를 더함으로써 논의의 활성화를 도모하는데 두었다. 시대 성격을 새삼 되새기고 그로부터 1945년 8월부터 1950년 6월까지를 '해방·분단기의 문학'이란 명칭 아래 살필 것을 제안하면서, '중간층' 작가를 연구대상으로 삼아야 할 필요성과 그 실증으로 박영준 소설을 검토하였다. 거친 논의를 통해서나마 남는 문제점들을 하나씩 다시 확인하여 이후의 연구에 임하려 한다.

먼저, 8·15 해방으로부터 시작해 1950년 분단으로 종결된 특정 시기의 역사적 성격을 한국근현대사의 전체적 맥락 속에서 되새길 필요가 있다고 생각된다. 이는 최근에 활발히 논의되고 있는 근대성 논의와도 관련을 가질 것이다. 즉 "'근대적 근대 이후'의 상"[39]을 지속적으로 모색해야 할 현재적 관심에서 이 시기는 어떤 의미를 가지는지 다시 점검해봐야 할 것이다. 현재를 가로지르는 가장 큰 질곡인 분단문제가 이 시기에서 연원하고 있음을 생각할 때, 남 · 북 통일을 끌어안는 문학사적 관점이 시급히 마련되어야 한다.

둘째, 첫 번째의 논의를 통해 이 시기의 대한 적확한 시기 구분과 시기 명칭을 부여하여 향후 연구의 객관성을 높여 나가야 한다. 이에 관해서 본고에서는 해방에서 비롯된 새국가 건설의 열정 및 식민지 극복문제와 동시에 미 · 소군의 진주와 좌 · 우의 분열로 표면화된 분단 극복문제가 중첩한 시대적 성격에 주목하여 '해방 · 분단기의 문학'(1945. 8~1950. 6)이란 하나의 시론을 제안하여 보았다.

셋째, 식민지 시대 문학을 볼 때 완강히 그림자를 드리웠던 '프로문학의 주류성'과 마찬가지로 해방 · 분단기 문학을 보는데도 일정하게 족쇄로 작용했던 '좌 · 우 대립의 주류성'을 해소하여 다양한 안목과 방법으로 이 시기 문학에 접근해가야 한다. '중간층' 작가라는 범주 설정의 잠정적 의도가 여기에 있는데, 보다 속 깊은 방법적 혜안이 나와야 할 것이다.

넷째, 짧은 시기에 전개된 것이긴 하지만 어느 때보다도 왕성했던 이 시기 문학을 앞 시기인 식민지 시대와 뒷 시기인 분단시대와 단절시켜 논의하는 관행은 주의를 요한다. 한 시기의 문학이 평지돌출로 갑자기 생기는 것은 아니기 때문이다. 이 점, 박영준 문학을 살피면서 노정한 본고의 한계이기도 하다.

마지막으로, 소수 몇몇 작가에 집중되었던 작가 · 작품론이 1차 자료의 확장과 정리를 통해 보다 많은 잊혀진 작가와 작품론으로 활성화되

---

39) 최원식, 「한국문학의 근대성을 다시 생각한다」, 11면.

고 이를 통해 잃어버렸던 해방분단기의 풍부한 문학적 성과를 되찾아야 한다. 본고는 박영준을 그 대상으로 거친 논의를 전개하였다. 중간층 작가의 한 사람으로 누구보다도 왕성하게 작품 활동을 전개한 박영준의 이 시기 문학은 해방과 분단의 두 극단적 계기를 작품으로 드러낸 동시에 분단으로 굴절해간 현대사의 파행을 전형적으로 드러낸 작가로 자리매김할 수 있겠다.

제3장

엄흥섭의 삶과 지역 문예운동

1. 비주류의 작가 엄흥섭

월북작가에 대한 해금 이후로, 동반자작가 혹은 월북작가 정도로 세간에 알려져 있던 소설가 엄흥섭(嚴興燮)에 대하여 비로소 몇 편의 연구 성과들이 제출되었다.[1] 소설가 엄흥섭은 해방 이전에 이미 45편 이상의 단편과 7편에 달하는 장편소설을 발표하였고, 해방기에도 15편 정도의 단편을 발표한 다작의 작가였다. 하지만 월북한 작가라는 문학 외적 이데올로기에 의해 그동안 연구가 거의 차단되어 왔다. 그나마 공식적인 해금 이후에도 엄흥섭에 대한 연구는 그리 많았다고는 할 수 없다.

---

1) 김재용, 「식민지시대와 동반자작가」, 『민족문학운동의 역사와 이론』, 한길사, 1990.
　박진숙, 「엄흥섭문학에 나타난 동반자적 성격 연구」, 『관악어문연구』 16집, 1991.
　이호규, 「엄흥섭론」, 연세대 석사논문, 1991.
　이봉범, 「엄흥섭소설연구」, 성균관대 석사논문, 1991.
　정영진, 「소설가 엄흥섭의 의문점들」, 『문학사의 길찾기』, 국학자료원, 1993.
　정호웅, 「엄흥섭론 - 엄흥섭의 농촌현실 증언과 휴머니즘」, 『한국현대소설사론』, 새미, 1996.
　이주형, 「엄흥섭 소설 연구」, 『국어교육연구』 30집, 경북대 국어교육학회, 1998.

식민지시대와 해방기를 배경으로 소설을 통해 민족현실에 대하여 부단하게 문학적 발언을 해왔음에도 불구하고 엄흥섭에 대한 연구가 이처럼 부진한 데에는 몇 가지 이유가 있을 것이다. 그 하나는, 많은 작품을 발표한 그의 창작활동에 비하여 그의 문학적 행로가 카프를 비롯한 주류 문학의 흐름과는 일정 정도 떨어진 위치에서 진행되었고, 게다가 그에 대한 본격적 연구를 개진하기에는 전기적 내지는 실증적 연구의 토대가 마련되지 못했다는 점이다. 또 다른 하나는 문학적 성취도와 관련된 문제로, 그가 남긴 소설적 성과가 민족문학의 성과에 값할 만한 뛰어난 문학적 수준을 보여주지 못했다는 예단으로, 상대적으로 카프 계열의 여러 작가들에 비하여 그에 대한 관심이 적지 않았나 생각된다.

1930년에 소설 「흘러간 마을」을 발표하면서 작품 활동을 시작하여 1951년 한국전쟁의 와중에 월북한 엄흥섭의 문학적 실천은 그대로 한국 근대사가 가장 위기에 직면해 있던 시기에 전개된 것이다. 엄흥섭은 그 매시기마다 부단히 당대의 현실 문제를 작품화하려고 노력한 작가였다. 그 스스로 규정하기를 문학이란 "언제나 사회적 성격을 완비하는 데서 문학으로서의 가치가 규정되는 것"[2]이라고 강조한 바 있거니와, 많은 작품을 통해서 다양한 방식으로 시대의 문제를 천착한 그의 소설문학에 대한 연구가 이처럼 지지부진한 것은 문제이다.

본고는 본격적인 엄흥섭론을 위한 기초적 작업으로 그의 알려지지 않았던 삶의 행로를 가능한 한 복원해보려고 한다. 특히 1920년대 후반 이후 인천 지역의 문화운동과 연관을 맺으면서 작품 활동을 시작하여 해방직후에 역시 인천에서 활발한 언론, 문학운동을 전개한 그의 알려지지 않을 행보를 찾아봄으로써, 그의 문학이 산출된 배경을 고구해 보고 이를 통해 비주류의 작가로 등한시된 그의 문학에 대한 본격적인 재평

---

2) 엄흥섭, 「5월 창작평」, 『조선일보』 1937. 5. 9.

가 작업을 예비해보려 한다.

2. 알려진 엄흥섭의 생애

먼저, 엄흥섭 자신의 회고와 지금까지의 연구를 통해 알려진 엄흥섭의 생애를 정리해 보자. 엄흥섭은 1906년 9월 9일 충남 논산군 채운면 양촌리에서 출생하였다. 그의 아버지는 세거지였던 진주를 떠나 충남으로 이사하여 엄흥섭을 낳았고 엄흥섭의 유아시절에 4남매를 남기고 작고하였다. 집안의 가장이 된 그의 큰형이 일확천금을 꿈꾸고 군산 등지로 돌아다니며 투기사업을 하다가 실패하고 죽자 그의 집안은 더욱 몰락하게 되었다. 그 뒤 얼마 안 있어 그의 어머니마저 연이어 사망한다. 어린 나이에 고아가 된 엄흥섭은 소학교 5학년 때 바로 위의 형과 함께 다시 진주로 돌아와 숙부 밑에서 자라게 된다. 그의 호적상 본적지는 경남 진주부 수정동 654번지로 남게 된 것은 그 까닭이다.[3]

그곳 진주에서 소학교를 다니며 엄흥섭은 '자유주의적 진보사상을 가진' 담임선생의 영향을 받았다고 기억한다. 소학교를 졸업한 뒤에는 경남 도립사범학교(후의 진주사범)에 진학하였다. 고아나 마찬가지인 흥섭 형제를 숙부는 친부모 못지않게 보살펴주었다고 회고하고 있는데, 그나마 그런 숙부의 보살핌이 있었기에 엄흥섭은 사범학교에 진학할 수 있었던 것 같다. 소학교를 다닐 때부터『아라비안나이트』『로빈슨 크루소』『이솝이야기』등과 같은 서양문학을 접하면서 문학에 대한 동경을 키웠고, 사범학교에 다니면서부터는 하이네, 바이런, 괴테의 시집을 탐독하였다고 한다. 그 시절 그는 동요를 지어 잡지와 신문에 투고도 했었다고

---

3)『좌익사건실록』제2권, 대검찰청 수사부, 1970, 502면.

한다.

사범학교 재학 중인 18세 때에 동급생들과 함께『학우문예』라는 동인 잡지를 만들면서 본격적인 문학수업을 시작하였다. 1923년『동아일보』에 시 한 편을 투고하여 게재되기도 하였다. 1926년 도립사범학교를 졸업한 그는 곧바로 진주 근교의 평거라는 농촌마을에 신설된 학교의 교원으로 취직한다. 이곳에서 농민들의 궁핍한 현실을 보며 문학수업을 계속해 나간다.[4]

1928년『조선일보』에 평론「문단전망 - '조선문단' 이후」를 발표하고, 이듬해『조선문예』창간호에 시「세거리로」가 발표되기도 하였다. 그러다 1930년 1월 소설「흘러간 마을」이『조선지광』에 발표되면서 일약 문단의 주목을 받았다. 이후 교사직을 버리고 서울로 이주하여『女性之友』라는 잡지의 편집일을 맡아보기도 하고,[5] 송영, 박세영 등과 더불어 어린이 잡지『별나라』의 동인으로도 참여하면서,[6] 본격적인 소설 창작을 예비하였다. 카프에는 이미 1929년에 가입하였고 1930년 4월에는 카프 중앙위원회 위원으로 피선된다. 그러나 그의 카프에서의 활동은 그가 카프 개성지부에 참여하여 발간하려던『군기』사건으로 1931년에 제명되면서 짧은 시기에 그친다. 이후 그는 줄곧 동반자 작가로서 독자적인 창작활동을 지속해나간다.

여기서『군기』사건을 잠시 살펴볼 필요가 있다. 그가 고향 진주를 떠나 본격적인 문학 활동을 위해 서울로 올라와서 본격적인 문예조직운동을 전개한 것이 카프 개성지부인 점도 주목할 바거니와,『군기』지를

---

4) 이 시기를 회고한 엄흥섭 자신의 글들로 다음과 같은 것들이 있다.
　　「조그만 체험기」,『동아일보』1935. 7. 5~6.
　　「나의 수업시대 - 작가의 올챙이 때 이야기」,『동아일보』1937. 7. 30~8. 3.
　　「나의 동인잡지시대를 말함」,『조선문학』1939. 1.
　　「체험은 귀중한 것」,『나의 인간수업, 문학수업』, 김재용 편, 인동, 1990.
5) 김재용, 앞의 논문, 189면.
6) 정영진, 앞의 글, 100면.

통해서 카프의 지도부와 거리를 둔 문학적 모색을 해나간 점도 그의 문학세계와 깊은 관련이 있기 때문이다. 『군기』는 엄흥섭과 함께 양창준, 민병휘, 이적효 등이 그 편집과 출판을 독자적으로 주도했는데, 이들은 1930년을 전후하여 카프 지도부가 이렇다 할 활동을 하지 못하는 것을 두고 "적색 상아탑"이라 비판하면서 카프의 재조직 필요성을 주장한 것이다.

이에 대하여 KAPF 서기국에서는 객관적 정세가 불리한 상황을 이유로 들면서 "중앙위원 전원의 합의 하에서 이적효, 양창준, 엄흥섭, 민병휘 등 4인의 반카프적 반××적 분파적 파괴행동의 음모와 『군기』 탈취 책동에 대하여 동인 등을 우리 카프와 전예술전선에서 방축함을 결정하는 동시에 우 음모에 가담하여 반××적 역선전으로 충만된 소위 성명서를 발표한 개성지부에 대하여" 무기정권의 처분을 내린다. "중앙사정에 어두운 지방 수 개인의 동지들을 카프 중앙부에 대한 기만적 역선전으로 책동하여 카프 전조직을 파괴하고 그들의 반동적 분파만에 의한 소위 전조선무산자예술단체협의회를 결성하려고 하였던 것"과 "개성지부를 카프 파괴에 이용한 것", "『군기』를 자기들의 반××적 선전기관으로 탈취하려 했던 것" 등을 구체적 죄목으로 적시하여 개성지부의 정권과 함께 주동자 4인을 제명 처리하였다.[7]

이에 대해 양창준 등은 본부측을 비난하는 성명을 내면서 저항하였다. 성명을 통해 이들은 본부측이 "『군기』를 노동자 대중으로부터 분리"시키려 하며, "노동자들의 자기비판까지를 중상"하고 있다는 것이다. 나아가 박영희, 김기진 등을 '타락간부'로 지칭하면서 "놈들의 반동은 명백하다. 우리 『군기』가 자기들 우익 지도를 폭로 배격하는 때문에 영구적 발행금지를 강제하는 것"이라고 비판하였다. 이러한 비판의 선봉에

---

7) 권영민, 『한국계급문학운동사』, 문예출판사, 1998, 234면에서 재인용.

선 이가 양창준이었는데, 엄흥섭이 실제 이 사건과 관련하여 어떤 입장과 행동을 취하였는지는 구체적으로 확인되지 않는다.

카프에서 제명되기는 하였지만 엄흥섭은 이에 크게 미련을 두지 않고 독자적으로 경향적인 소설 창작활동을 계속 전개하였다. 1936년 여름에는 개성에서 발간되던 『고려시보』의 편집 일을 잠시 담당하기도 하지만,[8] 이후에는 전업작가로 지내면서 1930년대 후반에 왕성한 창작열을 발휘하였다. 일제 말인 1940년 5월 중순에 그는 총독부 기관지 『매일신보』의 편집기자로 입사한다. 전업작가로 창작활동을 전개하다가 점차 통속적 경향의 장편소설을 발표하여 현실비판에서 멀어져간 그는, 많은 일제말의 작가들이 그러하듯 친일 국책문학에 동조한 작품과 평문을 몇 편 발표하였다.

그러나 해방 후 그는 다시 조선프롤레타리아예술동맹을 거쳐 조선문학가동맹 중앙집행위원 및 소설부 부원으로 참여하면서 당대 현실의 문제를 사실적으로 그려내는 소설작품을 창작해나갔다. 그러나 남북 분단이 가시화됨에 따라 좌익 계열의 많은 작가들이 1947년을 전후하여 월북하지 않을 수 없는 상황에 이르렀다. 그런데 그는 월북하지 않고 남한에 남아서 창작활동과 함께 사회활동에 임한다. 그러나 1948년 남한 단독정부가 수립된 뒤에는 작품도 거의 발표하지 못하고 곤경에 처해 있었던 것 같다. 당시 남한에 일부 남아있던 좌익계열의 작가들은 강제로 보도연맹에 가입하지 않을 수 없었는데, 그도 어쩔 수 없이 가입하여 온갖 수모를 겪는다. 그 뒤 엄흥섭은 한국전쟁이 발발한 뒤인 1951년에야 월북하였다. 월북한 이후 그는 남로당계에 대한 숙청 과정에서도 살아

---

8) 최인준, 「엄흥섭론」, 『풍림』 4호, 1937. 3.
　　카프에서 제명된 계기가 되었던 카프 개성지부 기관지 『군기』와의 관련성 및 개성에서 발행되었던 신문 『고려시보』에 엄흥섭이 편집 일을 담당했다는 사실 등으로 미루어볼 때, 1930년대 전반기에 엄흥섭은 아마도 개성을 중심으로 문학 활동을 전개했던 것이 아닌가 짐작된다.

남아 북한 문단에서 오랫동안 작품 활동을 전개한 것으로 알려졌다.[9]

3. 습작기의 엄흥섭과 인천

이상에서 살펴본 것이 엄흥섭에 대해 기왕에 알려진 사실들인데, 여기에서는 알려지지 않은 엄흥섭의 행적을 중심으로 하여 그의 문학적 행보를 살펴보도록 한다. 먼저, 이제까지 알려지지 않았던 습작기 엄흥섭의 문학 활동을 찾아보려 한다. 그것은 주로 인천에서 전개된 일련의 문학운동과 관계되는데, 그 전개과정과 그것이 그의 문학에 미친 영향을 중심으로 하여 그의 소설을 일별해보도록 하겠다.

엄흥섭은 경남도립사범학교 재학 시절부터 문학에 관심을 가졌고 특히 시 창작에 많은 노력을 기울였던 것 같다. 1923년 최초로 『동아일보』에 투고시가 게재된 이후에도 엄흥섭은 『동아일보』에 여러 편의 시 작품을 투고하였다. 1925년만 해도 그는 『동아일보』에 「꿈속에서」(1925. 9. 12), 「성묘」(1925. 9. 24), 「바다」(1925. 10. 12), 「달고도 쓴 꿈을 깨다」(1925. 12. 6) 등을 연이어 발표하였다. 이들 작품 중에서 시 「성묘」는 엄흥섭 자신의 개인사가 깊이 투영되어 있는 시이다.

> 콩밭에 밤콩이
> 살이 쪄
> 통통하여 질때면
> 나는 엄마 무덤을
> 살피려 간다
> 작년에 베힌 풀이

9) 김하명, 「엄흥섭과 그의 창작」, 『현대작가론』 2, 조선작가동맹출판사, 1960, 448면.

어느새 자라서 우북
서투른 낫질로
나는 그 풀을 벤다
옛일이 그림같이
눈 앞에 떠올라와
속으로 울면서도
나는 그 풀을 벤다

— 시 「성묘」 전문

위의 시가 잘 보여주는 것처럼, 엄흥섭의 습작기 시는 동요적 감성을 막 벗어난 곳에서 삶의 비애 내지는 혼돈을 있는 그대로 투영하면서 미지의 세계에 대한 동경을 표백하는, 다분히 문학청년적 낭만취향이 쉽사리 드러남을 알 수 있다. 그 스스로 고백하기를 "짤막한 몇 줄의 시! 사람의 마음을 단박 흥분시키고 감동케 하는 그 힘"[10)에 대한 매력 때문에 1926년 이후 교원생활을 해나가면서도 지속적으로 시 습작에 몰두했지만 그 자신의 시적 성과에 만족하지 못했던 것 같다. 문학 수업을 본격적으로 해나가면서 새삼 산문으로서의 소설이 갖는 매력을 발견하고 부단한 취재와 연구를 통해 산출되는 소설 창작에 몰두하였던 것 같다.

그런데 문학습작기의 그에게서 특기할 것은, 진주라는 문화적 변방에서 그가 문학에 대한 동경을 키우면서 여러 다른 지역의 문학청년들과 문학적 교류를 가지면서 습작기를 보냈다는 점이다. 그 스스로가 습작기의 문학적 행적을 「나의 동인잡지시대를 말함」이라는 글에서 자세하게 회고하고 있거니와, 이미 공고화되기 시작하였던 경성 중심의 중앙문단과는 무관한 자리에서 일종의 각 지역에서 발흥한 문학운동과 교류하는 방식으로 그의 최초의 문학적 실천이 시작되었다는 점을 기억할

---

10) 엄흥섭, 「체험은 귀중한 것」, 171면.

필요가 있다. 인천, 진주, 공주의 문학청년들은 습작기의 열정을 가지고
여러 순문예 동인지를 실험하였는데, 그 중에서 인천에서 발행된 『습작
시대』와 엄흥섭의 인연은 각별하다.

1927년 2월 1일 인천에서 창간된 월간 순문예지 『習作時代』는 인천의
진우촌(秦雨村)을 중심으로 한 문학청년들 진주의 엄흥섭, 공주의 윤귀영
등이 일종의 동인활동을 통해 발간한 지역문예운동 잡지이다. 인천 지
역에서 발간된 최초의 순문예 잡지이기도 한 이 잡지의 창간호에 엄흥
섭은 시 「내 마음 사는 곳」을 발표하였다.

> 나는 北國이 조와
> 거긔는 나의 사랑하는
> 동생들 사는곳
> 몸은 비록 南國에 떠도라도
> 내 마음 사는 곳은
> 먼 北國 그 나라
>
> 나는 北國이 조와
> 거긔는 눈 덥힌 곳
> 흰눈 나려 덥히는 곳
> 찬바람도 어름강물도
> 나의 친한 친구
> 몸은 비록 南國에 떠돌아도
> 내 마음 사는 곳은
> 먼 北國 오즉 그 나라
>
> ― 시 「내 마음 사는 곳」 전문

그의 개인사를 염두에 둘 때 가정 형편으로 헤어져 논산에 두고 온
동생들을 그리워하는 노래가 아닐까 짐작되는 시이다. 이처럼 창간호에
시를 발표하면서 『습작시대』 동인으로 줄곧 활동한 엄흥섭은 이후에도
인천과 계속 문학적 관련을 맺으면서 문학 활동을 전개해나간다. 1937

년에도 역시 인천에서 발행된『월미(月尾)』에도 참여하였고, 해방 후에는
아예 인천에 터를 잡고 활발한 사회활동을 전개하였다.

인천부 용리(지금의 중구 용동) 60번지에서 발행한 것으로 되어 있는
반타블로이드판 20면 내외의 월간지『습작시대』의 간행비는 한형택이
대부분 제공하였고 편집은 진우촌이 담당하였다 한다.[11] 당시에 엄흥섭
은 진주에 교원으로 있었기 때문에 인천과 진주를 내왕하면서 동인활동
에 열정적으로 참여하였다. 엄흥섭의 회고에 따르면『습작시대』에는 김
도인(金道仁), 한형택(韓亨澤), 염근수(廉根守), 유도순(劉道順) 등 많은 작가
들이 참여하였으며,『습작시대』에 대한 독자들의 반응도 상당하였다고
한다. 4호까지 발간한『습작시대』의 뒤를 이어 공주에서 엄흥섭, 진우
촌, 박아지 등이 주도하여『白熊』이라는 잡지를 창간하였으나 1호로 그
쳤고, 다시 진주에서 엄흥섭이 주관하여『신시단(新詩壇)』을 창간하였으
나 이 역시 1호로 그쳤다고 한다.[12]

이로 보면 인천의『습작시대』는 이 시기 지역문예지를 선도하면서 그
문학적 역량을 대표적으로 보여주는 순문예 지역잡지였다고 할 수 있
다. 모두 4호까지 발간된『습작시대』중 현재 실물을 확인할 수 있는 것
은 창간호와 제3호이다. 그 주요 필진들을 살펴보면 지역의 신진 문학
청년들을 비롯하여 중앙 문단에서 왕성하게 활약하고 있던 주요섭(朱耀
翰), 김동환(金東煥), 박팔양(朴八陽) 등과 같은 중량급의 문인들도 작품을
발표하고 있고, 창간호의 <편집여언>에 따르면 이광수, 최남선, 김팔봉
등도 글을 주기로 약속했다고 한다.

『습작시대』를 통해 인천의 진우촌과 막역하게 여러 동인지를 실험하
면서 습작기를 함께 보낸 엄흥섭은 이러한 사실에 대해서는 훗날「나의

---

11) 진우촌의 생애와 그의 문예활동에 대해서는 이희환,「인천의 근대문예운동과 실
   험적 극작가의 궤적 - 우촌 진종혁론」,『황해문화』2000년 겨울호, 참조.
12) 엄흥섭,「나의 동인잡지시대를 말함」, 42면.

동인잡지시대를 말함」이라는 글을 통해서 자세히 술회하고 있다. 그런데 그의 회고에는 부정확한 기록이 보인다. 그가 『습작시대』 창간호에 소설 「국밥」을 발표하였고, 제2호에 시를 발표하였다고 회고한 대목이 그것이다. 그러나 창간호에는 엄흥섭의 작품으로 시 「내 마음 사는 곳」이 발표되었다. 이로 보아 엄흥섭이 창간호에 발표했다고 기억하는, 아마도 그가 공식적으로 발표한 최초의 작품으로 짐작되는 소설 「국밥」은 『습작시대』 제2호에 발표된 것이 아닌가 짐작된다.

한편, 『습작시대』 창간호에 소설 「간호부」를 발표한 윤귀영(尹貴榮)은 공주 청년층의 지도부에 속한 인물로 이 때 문예운동에 손을 대었다 하여 공주 청년층 일부로부터 비난을 받았다 한다. 그러나 윤귀영은 『습작시대』가 4호로 폐간한 뒤 그것의 후신이라고 볼 수 있는 『白熊』이라는 잡지의 발행을 공주에서 주도한 열렬한 문학청년이었다. 각 지역 문학청년들의 교류와 문단선배들의 후원에 의해 창간된 『습작시대』의 판매 또한 각 지역의 동인들에 의해 이루어졌다. 진주에서 엄흥섭은 50부를 책임맡았는데, "50부를 冊肆에 갖다 맛기고 간판이나 하나해 세우면 불과 3, 4일 동안에 획 다 팔려버리곤 했"을 정도로 인기가 있었다고 한다.

『동아일보』 1927년 3월 9일자 기사에는 이미 2호까지 간행된 『습작시대』에 대하여 지역 사회의 호응이 높고 전도가 유망하다고 소개하였다. 아울러 3호부터는 그 표지와 지면을 일층 확장할 예정이라는 예고 기사가 실려 있다. 이 예고 기사대로 1927년 4월호(제3호)가 그 체제와 내용을 혁신하여 쇄신호로 간행되었음을 『동아일보』(1927. 4. 5)는 거듭 보도하였다.

최근에 연세대 귀중본 서고에 보관되어 있던 실물을 확인하면서 실물이 공개된 『습작시대』 3호는 반타블로이드 판으로 발간되었던 기왕의 잡지 지면을 일반적인 문학잡지의 판형인 국판으로 발간하였으며 지면도 정비하여 <평론> <상화(想華)> <6호란> <시가> <창작> 등의 다섯 부분으로 체계를 갖추었다.[13]

새로 발굴된 『습작시대』 3호의 여러 글들 중에서 주목을 요하는 글은 <평론>란에 실린 박아지(朴芽枝)의 「농민시가소론」이다. KAPF의 맹원으로 프로시가 운동을 활발히 전개하였던 박아지의 「농민시가소론」은 프로문학의 대중화 문제가 논쟁의 형태로 한창 진행되던 와중에 제출된 글이다. 기왕의 시가가 노동하는 농민과는 함께 하지 못했다는 전제 아래 장래의 시가는 "지방으로 농촌으로 손을 펼쳐서 일반농민에게 접근할 기회를 짓지 안으면 안될 것이다. 이리하야 시가를 일반농민에게 해방하여야"[14] 한다고 역설하고 있다. 당시의 프로시가운동의 원론적 문제의식을 담고 있는 글이라 하겠다. 역시 <평론>란에 수록되어 있는 늘봄 전영택(田榮澤)의 「사람과 글 - 문예창작의 태도」나 양주동(梁柱東)의 「문예단상」, 유도순의 「문예잡담」, 홍효민(洪曉民)의 「일기 2편」 등도 작가를 연구하는 데 있어서나 근대 초창기 문인들의 창작태도를 살피는 데 있어서 귀중한 참고가 될 것이다.

3호의 글 중에서 또 다른 측면에서 주목되는 글이 김도인[15]의 글 「나의 결투장」이다. 이 글은 프로문단의 중견평론가인 팔봉(八峰) 김기진(金基鎭)에 대한 비판을 담고 있는 논쟁적인 글이다. 『습작시대』 2호에서 팔봉이 지역의 문학청년들을 문학적 완성도 없이 문학의 공리성만을 추구한다고 비판한 데 대한 반론으로 작성된 공격적 글인 셈이다. 지역의 문학청년을 대표하여 김도인은 팔봉이 주장하는 문학적 세련성에 앞서

---

13) 『습작시대』에 창간호와 제3호에 대해서는 필자의 소고 「1920년대 문단과 『습작시대』」(『인천문화비평』 10호, 2002년 상반기호)를 참조.

14) 『습작시대』 3호(1927. 4), 5면.

15) 김도인과 그의 문학 활동에 대해서는 이희환, 「『월미』와 김도인」(『인천문화비평』 9호, 2001년 하반기호)을 참조. 김도인의 『월미』 발행인으로 엄흥섭과의 인연을 이어갔을 뿐만 아니라 해방 후에는 인천문학동맹과 어린이 잡지 『별나라』 동인으로도 함께 활동했다.

오히려 사상과 예술관의 확정을 강조하고 있다. 프로문학의 대중화 논쟁과 관련하여 흥미로운 문단적 양상을 보여주는 글이면서 『습작시대』의 문학적 지향을 대변하는 글이라 하겠다. 이 글은 한편, 지역에서 활동하기 시작한 신진 작가들이 기성의 프로문예 이론가들에 대한 불신과 더불어, 당시 이들이 카프 방향전환론에 적극 동조하고 있었음을 보여주는 글이기도 하다. 엄흥섭이 후에 등단하고 나서 카프 개성지부에서 활동하다가 『군기』 사건으로 제명된 이유도, 어쩌면 김도인의 글이 보여주는 강한 현장지향성에 입각한 문예운동관의 연장에서 발생한 필연적 행로일지도 모른다. 습작기에 함께 어울렸던 김도인의 글은 엄흥섭의 초기 작가의식을 간접적으로 보여주는 글인 셈이다.

이상에서 엄흥섭과 인연이 깊은 인천의 순문예지 『습작시대』의 면모를 간략히 살펴보았다. 1920년대 문학을 대표하는 주요한 문인들과, 지금은 문학사에서 그 이름을 확인할 수 없는 여러 군소작가들의 작품이 함께 수록되어 있는 『습작시대』는, 한국 근대문학, 그 중에서도 1925년을 전후로 해서 형성된 프로문학이 1920년대 후반에 들어 각 지역과 일반 독자층으로 그 폭과 넓이를 확대하는 과정을 실증하는 잡지로 평가된다. 『습작시대』를 필두로 하여 시작된 각 지역 프로문예운동의 확산 과정을 우리는 엄흥섭의 회고에서 거듭 확인할 수 있거니와, 『습작시대』는 그러한 문학사적 흐름에 기폭제 역할을 한 잡지이면서 초창기 한국 문단의 저변을 두텁게 하였던 잡지라는 역사적 의의를 갖는다 하겠다.

『습작시대』를 통해 엄흥섭과 깊은 인연이 있었던 인천 지역의 문예운동은 이후 1937년 1월에 발행된 『월미』(발행인 김도인)에까지 그 독자적 면모를 이어간다. 인천부 용강정(龍岡町, 지금의 중구 인현동) 24번지에서 4×6배판, 50면 분량으로 간행된 문예지 『월미』는 그 창간취로, "인구 10만을 算하는 인천에 이곳을 本位로 삼은 출판물 한개쯤 없을소냐? 미력이나마 공헌이 있고져 출생하였으니"라 당당히 밝히고 있다. 지역 문화 발전에 대한 주체적 인식이 『월미』의 출현을 보게 된 것인데, 『월미』
창간호에도 엄홍섭의 작품이 실려 있다. 수필 「解放港市 仁川所感」이 그
것인데, 근대도시 인천에 대한 작가로서의 문학적 단상이 흥미 있게 개
진된 글이다.

4. 엄홍섭의 소설과 인천 탐구

전술한 바와 같이, 프로문학의 지역적 전개과정을 보여주는 잡지 『습
작시대』로부터 시작된 엄홍섭의 습작기는 그가 진주에서 『신시단』이라
는 시 전문지를 창간한 뒤 폐간하면서 끝났다고 그 스스로 다음과 같이
회고한 바 있다.

> 『백웅』이 휴간되면서 바로 김병호 군과 나는 두 사람의 힘으로 동인
> 지를 하나 해 볼가 꿈꾸고 『新詩壇』이란 詩歌 중심지를 창간했다. 이 『신
> 시단』의 동인은 습작시대系의 일부와 그 당시 진주 문학청년의 대부분
> 이 동원되였었다. 첫 호를 진주에서 인쇄했다. 무슨 엉뚱한 짓으로 했었
> 는지 판로販路는 생각지 않고 2천부를 인쇄했다. (……) 『신시단』의 종
> 막과 함께 나의 동인지 시절은 끝났다.16)

시와 소설을 넘나들면서 각 지역 문학청년들과의 교류 속에서 모색된
습작기를 지나 엄홍섭은 본격적으로 소설 창작에 전념한다. 그리하여
엄홍섭은 단편 「흘러간 마을」이 문단의 주목을 받으면서 일약 문명을
얻는다. 「흘러간 마을」은 진주 지방 남강 상류의 어느 조그마한 농촌에
서 일어난 실화를 소설화한 것이다. 대지주면서 도(道) 평의원인 최병식

---

16) 엄홍섭, 「나의 동인잡지시대를 말함」, 42면.

이란 지주가 자기 집 앞에 연못을 만들기 위해 개천 물줄기를 가로막는 바람에 장마철에 밭과 집을 잃어버린 농민들이 최병식의 집에 몰려가 항의하는 사건을 소설화한 것이다. 이 작품 역시 지역에 뿌리를 내리고 농민문제를 주목한 엄흥섭의 작가의식이 있었기에 가능했던 작품일 터이다.

엄흥섭은 「흘러간 마을」의 발표와 함께 진주에서의 교원 생활을 청산하고 상경하여 본격적인 문학 활동에 전념한다. 상경 직후 카프에 가담하여 권환, 안막 등과 함께 카프 중앙집행위원에 보선됨은 전술 바와 같다. 그는 또 교사생활을 통해 얻게 된 아동 교육 경험을 바탕으로 어린이 잡지『별나라』 동인으로 활동하는 한편『여성지우』의 편집일을 해나가면서 1930년도에만 해도 「파산선고」(『대중공론』 6월호) 「꿈과 현실」(『조선지광』 6월호) 「지옥탈출」(『대중공론』 7월호) 「출범전후」(『대중공론』 9월호) 등의 소설을 연이어 발표한다. 이 중에서 「꿈과 현실」은 생활고와 일제 경찰의 탄압 등으로 이중고에 시달리는 사회주의자 소시민의 모습을 형상화한 자전적인 경향의 소설이고, 「출범전후」는 어민들의 비참한 생활상을 통해 당대 민중들의 삶을 형상화한 작품이다.

이 두 작품은 이후 엄흥섭 소설의 두 흐름을 보여주는 작품이다. 엄흥섭의 소설 세계를 최근에 재검토한 이주형 교수는, 그의 소설이 현실주의적 문학관 아래 일관되게 식민지적 민족현실의 문제를 다루었다고 평가하면서 크게 두 가지의 특징을 지적하였다. 하나는, 그가 다룬 소설의 인물유형이나 문제설정이 표면적으로는 다양함에도 불구하고 근본적으로는 큰 차별성이 없이 일정하며, 인물은 크게 민중(농・어민과 노동자)과 지식인들로 양분, 고정되어 있다는 것이다. 그리고 그들의 몰락상을 주로 그렸다고 보았다. 또 다른 특징으로 일제하 민중과 지식인의 몰락상을 그리는 엄흥섭의 작가적 입장이 매우 패배주의적인 관점에 침윤되어 있다는 것이다.17)

본고의 목적은 그의 작품 세계를 본격적으로 다루는 데 있는 것이 아
니고 그의 문학적 행적을 보다 자세하게 드러내어 이를 통해 그의 문학
세계를 재검토해보려 하는 것이므로, 그의 모든 작품에 대한 검토는 뒤
로 미루기로 한다. 다만 그의 문학적 행적과 관련하여 1927년『습작시
대』시절부터 인천 지역과 관련을 맺으면서 엄흥섭이 문학 활동을 전개
하였다는 점을 고려하여, 그의 작품 중에서 특히 인천을 문학적 공간으
로 탐구한 작품을 집중 검토하는 방법으로 그 소설적 성취를 논하여 보
도록 하겠다.18)

1935년 12월에『조광』지에 발표된 단편「새벽바다」는 인천을 문학적
공간으로 이곳으로 떠밀려온 민중의 생활상을 그린 소설이다. “부두의
공기를 흔든 大連丸”이 석탄연기를 내뿜는 인천항을 배경으로 시작되는
「새벽바다」의 주인공 최서방은 강경애의 장편『인간문제』에서 만날 수
있었던 인천 축항(築港)에서 떠도는 날품팔이 부두노동자이다. 농촌에서
떠밀려 인천의 빈민굴에 살게 되면서 날품팔이로 살아가야 하는 최서방
과 그 가족의 삶을 통해 식민지 치하의 가혹한 농업정책과 일제의 착취
로 인해 도시 부랑자로 살아갈 수밖에 없는 식민지 민중들의 암담한 현
실을 보여주는 단편이다. 그런데 이 작품에서 주목되는 것은 특히 일제
에 의해 외형적으로만 비대해 가는 인천이라는 근대도시와, 그곳에서
힘겹게 살아가는 최서방을 비롯한 빈민들의 삶이 매우 대조적으로 그려
지고 있다는 점이다.

---

17) 이주형, 앞의 논문, 248면. 엄흥섭 소설에 대한 이러한 평가는 90년대에 나온 엄흥
    섭 소설에 대한 연구에서 엇비슷하게 지적된 견해이기도 하다.
18) 김재용은 앞의 논문에서 식민지시대 엄흥섭 소설의 전개과정을 3기로 나누어 살
    펴보고 있어 본고를 보완해주는 참고가 된다. 첫째 시기는 등단작「흘러간 마을」
    이 집필된 1929년 무렵부터 비슷한 경향의 작품이 산출된 1933년까지이다. 둘째
    시기는 사회주의 리얼리즘이 소개된 1934년부터 1936년까지의 시기이다. 셋째 시
    기는 단편「길」이 발표된 1937년부터 1940년까지이다. 여기에 해방 이후의 작품
    활동을 엄흥섭 작품세계의 제4기로 보면 될 것이다.

삼봉이는 한다리를 쩔룩쩔룩 저르면서 최서방과 같이 부두에서 거리
로 들어슨다. 발서 저녁들을 먹었는지 젊은 사내 젊은 계집이 짝을 지여
바닷바람을 쏘이러 나온다.

거리에는 어느 틈에 감빛같은 전등불이 피였다.

레코-드 소리가 요란스럽게 들린다.

극장앞에는 발서부터 기생, 여학생, 트레머리, 들이 사각모, 양복쟁이
들 사이에 뒤섞이여 표들을 사느라고 야단이다. (……)

평평하고 대설대같이 곧은 상점가를 한참 지나고 난 뒤에는 바닷바
람이 선선하게도 불어치는 숲이 욱어진 낮은 언덕의 울긋불긋한 문화주
택을 모조리 뒤에 두고 한참만에야 시외로 나왔다.

제법 어둑어둑하다.

그들은 이 M항구의 가장 빈민굴인 K동으로 휘여들어갔다.[19]

거대한 축항 부두의 숨막힐 듯한 공기와 근대도시로 탈바꿈한 인천
시가지의 화려함, 그러나 그 바로 뒤에는 을씨년스런 빈민굴이 또한 커
다랗게 확장되어 갈 수밖에 없는 자본주의 근대도시의 병리학을 이 소설
을 잘 보여주고 있는 것이다. 특히 위 인용문에는 일본인 상가를 중심으
로 번화하게 발달한 인천 중심시가지와 유한계급들의 모습이 잘 그려져
있다. "감빛 같은 전등불" "레코드 소리" "극장" "트레머리" "문화주택"
등의 사물들이 발산하는 매혹적인 근대의 공간이 1930년대 인천 중심가
본정통에도 자리하고 있었음을 짤막한 단편에 사실적으로 기록하였다.

도시의 이 화려한 외관과 달리 그러나 주인공 최서방이 살아가는 K
동 어두운 빈민굴과 그 속에서 살아가야 하는 민중들의 삶은 비참하기
짝이 없다. 최서방의 마누라는 '오마니'라고 불리는 파출부 노릇을 하고
있고, 딸은 어린 나이에 벌써 공장에 다니며 생계를 책임지고 있으며,
어린 아들 돌이는 아무도 없는 낮에는 방구석에서 줄에 묶여 지내야만
한다. 땔감을 구하기 위해 묘지에 세운 말뚝을 빼러가야 하는 최서방의

---

19) 엄흥섭, 「새벽바다」, 『길』, 한성도서주식회사, 1938, 214~5면.

모습을 통해 엄흥섭은 비참한 식민지 민중들의 삶을 형상화하였다.

암담한 현실 속에서 미래에 대한 전망을 담지한 긍정적 주인공으로 공장 생활을 하면서 세상을 알기 위해선 배워야 한다는 신념으로 야학에 다니는 딸의 모습을 그려내고 있지만, 소설의 결말은 끝내 최서방의 흐린 날씨와 내일에 대한 넋두리로 마무리되고 있다. 결국 이 소설은 농촌에서 떠밀려 도시 빈민으로 전락하는 식민지 민중의 비참한 삶에 대한 핍진한 보고인 셈이다.

> 나는 「仁川」을 사랑한다. 그러면서도 슬퍼한다. 그것은 「仁川」이 港口이기 때문이라는 것과 또한 港口 가운데서도 解放된 浪漫的 港口이기 때문이라는 두가지 理由에서다.
>
> 나는 인천에 대한 知識이 깊지는 못하나 그러나 外樣만 훑고 이렇쿵저러쿵 짓거리는 印象派보다는 좀더 深刻하게 仁川을 理解하고 있다. (……)
>
> 그것은 무엇보다도 仁川이 勞動하는 大衆都市이기 때문이다. 날마다 선창가엔 千餘名의 勞動者가 들끓는다. / 港口마다 勞動者가 많은 것은 港口의 特徵이거니와 朝鮮 一을 자랑하는 釜山埠頭의 勞動者數와 別遜色이 없다. 그들의 보금자리인 花平里, 松林, 新花水里, 桃山町 一帶의 或은 산비탈, 或은 낭떠러지 或은 거름자리에 실그러진 성냥갑처럼 게딱지처럼 옹기종기 다닥다닥 앙상히 붙어서 캄캄한 새벽과 저녁 어두운 뒤라야 가는 煙氣를 올리는 風景은 東洋 第一 築港施設을 자랑하는 仁川으로서의 矛盾된 對照가 아닐 수 없다.
>
> 그러나 近代都市로서 이러한 矛盾을 內包하고 있는 都市가 오직 仁川뿐만이 아님을 잘 알 수 있지 않은가? /나는 積極的은 아니었으나 仁川風景을(勿論 自然風景만은 아니다) 創作 가운데 揷入하려 했다. 或 나의 拙作 「새벽바다」 「苦悶」을 읽은 讀者나 最近作 「熱情記」를 읽는 분이 있다면 그것을 느낄 수 있을 줄 안다.[20]

---

20) 엄흥섭, 「해방항시 인천소감」, 『월미』 창간호, 1937. 1, 26~7면.

위의 인용문은 1937년 인천에서 발간된 『월미』지에 발표한 수필 「해방항시 인천소감」의 일절이다. 大正13년(1924) 첫가을에 처음 조선의 명소인 인천 월미도 조탕에 와보았고 1931~2년경의 봄에서 여름까지 4~5개월을 인천에서 지냈다는 개인적 경험과 함께 술회된 위의 인천소감에는 인천이라는 도시를 바라보는 작가 엄흥섭의 관심이 잘 드러나 있다. "外樣만 훑고 이렁쿵저러쿵 짓거리는 印象派보다는 좀더 深刻하게 仁川을 理解"하는 그의 시선에 잡힌 인천의 모습은 그 때문에 "東洋 第一 築港施設을 자랑하는" 화려한 인천의 면모는 후경화 되고 그것과는 "矛盾된 對照"를 보이는 노동자, 도시빈민의 삶이 소설 속에서는 전경화 된다.

「새벽바다」를 통해서 인천이라는 도시를 소설로 처음으로 천착한 이후 엄흥섭은 중편을 통해서 거듭 인천을 탐구하였는데, 위의 수필에도 소개되어 있는 중편 「苦悶」과 장편 『情熱記』가 그것이다. 1935년 『신동아』에 7회 연재한 후 1939년 『세기의 애인』이란 제목으로 단행본 출간된 바 있는 소설 「고민」은 과거에 사회운동에 참여했던 종만이라는 청년 주인공이 운동의 쇠퇴 이후에 맞닥뜨리는 새로운 현실과 감정에 대한 고민을 그리고 있는 작품이다. 그러나 그 고민이라는 것이 연애와 치정과 가정 문제 등에 걸쳐 모호하고 추상적이어서 시대적 문맥으로 부각되지 못한 아쉬움을 남기는 작품이다. 이 작품에서의 인천이라는 도시도 아무런 공간적 맥락을 부여받지 못하는, 장소 그 이상도 이하도 아닌 것으로 그려져 있다.

그러나 1936년 11월부터 1937년 2월까지 『조광』에 발표된 「정열기」는 엄흥섭의 식민지시대 소설을 대표한다고 할 수 있을 정도의 소설적 성과를 인천이라는 도시를 배경으로 보여준다. 그런데 이 작품은 『조광』지에 처음 4회 연재된 이후 1938년에 다시 같은 지면에 「明暗譜」란 제목으로 그 후속편이 6회 연재되었고, 1941년 한성도서에서 단행본으로 출간된 작품이다. 이 작품의 모두는 이렇게 시작된다.

> H학원의 원사(院舍)는 그렇게 더위를 못이기는 건물은 아니다.
>
> 비록 낡아 찌그러지고 헐어빠진 옛날 조선기와집이망정 한일합병(韓日合倂)전까지는 이 지방에서 쩅쩅 울리던 양영의숙(養英義塾)으로서 대청 넓이가 남북이 세간이 넘고 동서가 넉넉 여섯간이나 되어 평수로 따지면 거의 이십여평이나 된다. (……)
>
> 운동장 정문앞으로는 몇가닥의 벼폭을 깔아놓은거 같은 흰모래배기 신작로가 새로 지어진 함석지붕들을 좌우로 멀찍이 밀어붙이고 새파란 콩밭사이로 제법 멋들어지게 구비쳐 흘러나와 거기서 다시 계집아이 가르매길처럼 앞산 언덕빼기를 비스듬이 기어올라 가서는 M항(港)의 도심지대(都心地帶)인 영정, 대화정 일부가 넘겨다 보이는 고갯턱으로 흘러가 버리었다.
>
> 고개턱 너먼 멀리 바다의 수평선이 눈살을 찌프리게 한다.[21]

이 소설의 주무대가 되는 H학원은 항구도시 인천의 조선인 무산아동을 주야로 가르치는 초급학원이다. 비록 낡고 찌그러진 옛날 조선 기와집이망정 '양영의숙'의 후신인 이 학원은 경술국치 이전부터 이 지역의 민간교육을 담당하였던 유서 깊은 사립 학원으로 서술되고 있다. 그런데 이 학교의 운동장 정문 앞으로 신작로가 나고 그 길이 고개 너머 인천항의 일본인 거주 지역 도심지대로 연결되는 공간적 배경, 그리고 여기에 식민 자본주의가 팽창할 대로 팽창해 있는 물신의 1930년대라는 시간적 배경으로 이 소설이 시작되는 점이 예사롭지 않다. 조선인 무산 아동을 교육하는 이 학교가 처한 위기가 모두의 이 배경 묘사에 상징적으로 축도되어 제시된 것이다.

이 소설의 대략적인 줄거리는 이렇다. 과거 사회주의에 심취했던 교원 김영세는 공립학교 교사의 자리를 버리고 인가도 나지 않은 이 무산학원의 교원이 되어 주야로 헌신적인 노력을 펼친다. 그러나 그의 헌신적인 노력에도 불구하고 출세와 안위를 위해 학원의 아이들을 헌신짝처

---

21) 엄흥섭, 『정열기』, 한성도서주식회사, 1941, 1면.

럼 버리는 교원들과, 아이들의 교육에는 하등 관심이 없으면서 월사금
이나 후원금 같은 돈벌이에만 혈안이 되어 있는 박 원장 같은 물신적
인물들에 의해 학원의 어려움은 가중된다. 이러한 상황에서 보육학교를
나온 박채영이란 여교원이 들어와 학원의 형편이 한결 나아지지만, 미
두장(米豆場)과 중석광(重石鑛)으로 벼락부자가 된 홍철진이라는 인물이
박 원장과 결탁하여 박채영 교사를 유혹하여 정조를 유린하는 한편 학
교를 새로 신축하여 무산아동을 쫓아내고 비싼 월사금을 받을 수 있는
돈벌이 학교를 만들려 한다. 그런데 이들의 탐욕을 누구보다도 잘 간파
하면서 김영세 교원과 함께 무산학원을 지키려는 인물이 문서방인데,
그러나 이들은 끝내 학교신축을 막지 못하고 학원의 문이 닫히는 것을
뒤로하며 이 도시를 떠난다는 줄거리이다.

사실, 1883년 개항 이래 인천은 일본인들에 의해 제물포 일대가 새로
운 인천지역으로 개발되면서 급작스럽게 구축된 근대도시이다. 이 도시
에서는 자본적 가치 이외의 공적 가치는 모두 가뭇없이 사라질 수밖에
없다. 그러니 조선인 무산아동들을 교육하는 낡은 사립 학원의 위기란
식민지 체제 모순의 여러 양상 중에서도 흔하디흔한 사례일 터이다. 엄
흥섭은 그 자신의 교사 경험과 인천 지역에 대한 체험을 바탕으로 실제
인천 지역에 존재했을 것으로 짐작되는 사립 무산학원을 무대로 식민지
교육이 처한 현실을 뚜렷한 성격을 가진 인물들간의 갈등을 통해 식민
지 현실 전체를 문제 삼고 있는 것이다.

그런데 장편 『정열기』는, 이후의 엄흥섭 장편소설이 그랬던 것처럼,
값싼 로맨스나 애정소설로 떨어질 위험을 안고 있었다. 하지만 이 소설
이 그러한 위험에서 벗어나 있다는 점은, 이 소설의 결말부분이 잘 보여
준다. 문서방과 김영세가 이 도시를 떠나기 기차를 기다리는 것과 반대
로 박채영이 홍철진, 박원장과 함께 역에 내리며 엇갈리는 장면이 그것
이다. 타락한 인물들 사이에서 방황하던 김영세와 박채영 사이의 사랑

이 어설픈 화해로 끝나지 않고 "세사람의 뒷모양을 영원히 보기싫어" 김영세가 커튼을 내려버리는 결말은 차갑다. 이를 "긍정적 세력이 더 이상 이 현실에 발을 붙일 수 없"는 어처구니없는 현실을 보여주는 것이라고 해석하는 것은 지나치게 소설의 내용적 결말에만 집착하는 해석일 것이다.22) 김영세의 박채영에 대한 값싼 동정이나 막연한 애정의 유혹을 넘어서서 냉혹한 현실을 있는 그대로 보여주는 이 소설의 결말이 오히려 선연하게 기억되며, 이는 문서방과 김영세가 펼쳐갈 이후의 행보에 대한 조심스런 기대감으로 연결된다. 현실로는 졌으나 이들의 미래에의 의지마저 꺾이지 않았음을 소설의 결말은 침착하게 보여준다.

한편, 이 소설에는 근대도시 인천에 구축된 자본의 배설지대를 실감나게 소설적 공간으로 끌어들이고 있어 흥미롭다. 천민자본가 홍철진의 타락한 일상을 부조하는 장소로 묘사된 인천 월미도의 월미관(月尾館)과 그곳 기생들의 모습, 도심지대를 지나 항구의 서쪽에 자리 잡은 중국인 거리와 그 음식점들 풍경, 축현역에서 멀리 않은 곳에 이었딘 조선인 음식점거리와 유곽 일대의 모습, 그리고 과자공장을 비롯한 공장에 다니는 어린 여공들과 부유한 집의 식모로 사는 소녀들의 측은한 모습 등, 1930년대 인천에 구축된 식민지 근대성의 구체적 양상들을 문학적 공간으로 추체험하게 하는 점도 이 소설이 주는 가외의 재미이다.

이상에서 다소 거칠게 식민지시대 엄흥섭의 한 정점을 보여주는 『정열기』를 살펴보았다. 「출범전후」나 「새벽바다」와 같은 경향의 작품들을 통해서 식민지 민중들이 겪는 시련과 그들의 암담한 현실을 천착하고, 「꿈과 현실」 『정열기』 등을 통해서 당대의 여러 사회문제를 아파하는 지식인 주인공들을 형상화한 엄흥섭은 그 나름으로 이를 극복할 긍정적인 인물을 찾으려 노력했던 것 같다. 그러나 카프가 해산되고 時運이

---

22) 김재용, 앞의 논문, 184면.

날로 험악해가는 1930년대 중반의 현실 속에서 엄흥섭은 결국 현실의 압도적 힘에 좌절할 수밖에 없는 냉엄한 현실을 사실적으로 그릴 수밖에 없었다.

그러한 냉정한 현실을 그리는 데 있어 엄흥섭은 특히 여성들의 수난을 거의 모든 작품들 속에 그려내었으며, 「새벽바다」(1935) 「過歲」(1936) 「길」(1937) 「아버지소식」(1938) 「黎明」(1939) 등의 단편소설을 통해서는 여성들을 미래의 가치를 구현해나갈 긍정적인 인물로 적극 부각시키기도 하였다. 엄흥섭의 거의 모든 소설에서 이처럼 여성이 차지하는 비중이 결코 작지 않으며 긍정적인 인물로 제시한 소설도 적지 않은 점은 주목에 만한 그의 소설의 특장 중 하나이다.

소설들을 발표하면서 한편으로 엄흥섭은 적지 않은 평문을 통해서 그 자신의 문학관을 피력하고 다른 작가들의 작품에 대한 비평도 개진하였다. 1935년 발표한 「문단시감」에서는 "오락파들의 비양심적 비시대적 범죄"[23]를 지적하기도 하고, 1937년에는 「통속작가에 일언」이라는 글을 써서 "통속소설을 연재하기란 양심 있는 작가로서 불쾌한 일"[24]이라 스스럼없이 밝히기도 하였다. 그러나 1930년대 후반에 들어 엄흥섭도 단편소설에서 그 나름으로 보여주었던 현실과의 긴장을 지속시키지 못하고, 특히 장편소설을 창작하면서 비운의 여주인공을 내세운 통속소설을 쓴다. 1938년 발표한 장편 『행복』과 1940년 발표한 『인간사막』, 1943년의 『봉화』 등이 바로 그런 작품들이다. 물론 이는 김재용이 잘 지적하였듯이 "작가가 그리려는 것과 말하려는 것 사이의 분열로 인하여 묘사보다는 서술이 우위에 놓일 때, 단편소설은 그런 난관을 극적 집중이라는 방법으로 비교적 용이하게 극복할 수 있는 반면 장편소설은 삶의 한 부분이 아니라 그 전체적 과정을 그려야 한다는 점"에서 통속화하기 쉽고,

---

23) 『신동아』(1935. 9), 175면.
24) 『동아일보』, 1937. 6. 24.

당대의 많은 작가들, 이기영이나 한설야, 김남천 등도 그러한 면모를 보여주었다.[25] 통속장편소설로 일제말기를 보냈던 엄흥섭도 다른 많은 작가들이 그랬던 것처럼, 1944년 10월에는 「그들의 전업」이라는 국책소설을 발표한다. 그리고 곧 해방을 맞는다.

5. 해방기, 인천에서의 언론·문화운동

해방이 되자 엄흥섭은 일종의 도피처이자 생활의 방편이었던 통속장편소설의 창작을 중단하고 다시 침중한 현실을 천착하는 소설의 창작에 몰두한다. 그리하여 해방 후 그의 소설은 해방 직후의 혼란한 현실 속에서 고통 받는 민중들의 모습과 그들의 현실에 대한 지난한 도전을 형상화한 소설들을 창작해나간다.

이처럼 민족해방을 계기로 통속작가에서 다시 현실주의 작가로 돌아온 엄흥섭의 변모는 비단 소설 창작에만 국한되지 않았다. 해방 직후 엄흥섭은 새로운 소설 창작을 모색하면서 1945년 9월 17일 결성된 조선프롤레타리아문학동맹(약칭 프로문맹)에 가입한다. 그가 카프 비해소파 중심의 프로문맹에 가입한 것은 과거 카프 시절의 그의 문학적 노선이 그렇거니와 그와 친분이 두터웠던 송영, 박세영, 민병휘, 이적효 등과의 친분, 그리고 일제 말 비교적 친일에 소극적이었던 점 등이 두루 작용했을 것이다. 프로문맹의 소설분과 위원으로 가입한 그는 이 조직의 25명으로 구성된 중앙집행위원으로도 보선되었으며, 9월 30일에 결성된 문예 연합조직인 프로예맹에도 문학 부분의 5인 상임위원으로 피선되었다. 또 이 시기에 엄흥섭은 과거 자신이 편집동인으로 잠시 참여한 바

25) 김재용, 앞의 논문, 188면.

있던 소년잡지 『별나라』의 복간 작업에 송영, 박아지, 박세영, 김도인 등과 함께 참여하기도 한다.26)

이러한 중앙에서의 문학 조직 활동과 더불어 엄흥섭은 해방 직후부터 인천에 터를 잡고 활발한 지역 문화운동을 전개한다. 해방 직후의 인천 지역에서는 마침 젊은 예술가들과 문화인들이 모여들어 새로운 민족문화, 지역문화 건설을 둘러싸고 뜨거운 열기로 충만하였다.

> 親愛하는 우리 兄弟여! 姉妹여! 오-랜 屈辱의 날 壓迫과 搾取의 긴 날은 끝나고 自由와 解放의 날은 왔다. / 그러나 一方으로 우리 同胞의 살과 뼈 속에 아즉도 그 惡毒한 鎖犯이 얼마나 남어 있는지 몰으며 他方으론 日本帝國主義의 走狗輩와 民族反逆者들의 가진 謀略과 陰謀는 民族統一과 自主獨立을 遲延시키고 있다. (……) 于先 現段階의 政治的, 社會的, 經濟的 現實을 正確히 把持하야 進步的 民族文學의 建設을 通하야 新生될 國家에 이바지하고 (……)
>
> 이에 仁川에 있는 文學人들은 一致協力하야 우리의 雙眉에 賦課된 使命을 爲하야 果敢히 싸워나갈 것을 宣言한다.
>
> 一 九四五年 十二月 十八日 仁川文學同盟27)

1945년 12월 18일 결성된 인천문학동맹의 출범 선언문이다. 해방을 맞은 문학인들의 감격과 함께 "民族統一과 自主獨立"을 통한 자주적 근대국가에의 지향을 드러내고 있다. 그 방법으로 인천의 문학인들은 "進步的 民族文學의 建設을 通하야 新生될 國家에 이바지"할 것을 다짐하고 인천문학동맹을 결성하였던 것이다. 이 인천문학동맹을 이끌 위원장이 바로 소설가 엄흥섭이다. 부위원장 윤기홍(尹基洪), 서기장 김차영(金次榮)을 비롯하여 인천지역의 문인들이 참여한 문학운동 단체가 바로 인천문학동맹이었던 것이다.

---

26) 「소년잡지 『별나라』 속간」, 『대중일보』, 1945. 11. 19, 2면.
27) 『문화통신』 2권 1호(1946. 1), 12~13면.

그런데 당시 인천음악협회의 지국장이었던 이약슬(李約瑟)의 기록에
따르면,28) 인천문학동맹의 전신으로 인천신문화협회(仁川新文化協會)가
있었다고 한다. 해방 다음날인 8월 16일 지역의 30여명 지식인이 모여
발족한 신문화협회는 "政治 經濟 文化의 廣範圍에 亘한 協議機關으로 地
方의 特殊性과 過渡期 知識人의 集團으로 複雜한 性格"29)을 갖고 출범하
였다 한다. 그러나 구성원의 복잡성과 노선의 차이, 그리고 우익의 발호
로 인하여 많은 회원이 떨어져나가고 또 일부는 별도로 활동하다가 인
천문학동맹으로 재조직되었다는 것이다.30) 『대중일보』의 보도에 의하면
인천문학동맹은 인천신문화협회 회원에 더하여 문예탑사(文藝塔社, 인천
청년문학동호회, 주간 신영순)와 동화세계사(童話世界社, 주간 우봉준)가 발전
적으로 해체, 합동하여 결성된 것이며, 기왕에 간행되어 왔던 두 잡지도
휴간하고 새로 인천문학동맹의 기관지 『인민문학』을 발간하기로 했다
고 한다.31) 인천문학동맹은 결성 이후 지속적으로 활동하면서 1947년 3
월에는 문학, 연극, 음악, 무용 등을 망라한 <三・一紀念藝術祭>를 대대
적으로 준비하다가 당국의 불허와 검속으로 6명의 예술가가 구금된 사
건이 일어나기도 하였다.32)

한편 해방 직후 인천에는 인천신문화협회와는 별도의 문화 조직으로
시인 배인철(裵仁哲)을 중심으로 10월 22일에 인천신예술가협회가 결성
되어, 문학, 미술, 연극 등에 걸쳐 보다 대중적인 문화운동을 전개하고
있었다. 지역 출신의 배인철, 함세덕(咸世德), 조규봉(曺圭奉, 조각가) 등과
함께 시인 오장환, 서정주, 평론가 김영건(金永建) 등이 합류하여 문학강

---

28) 이약슬, 「反動派와 싸우는 仁川의 文化運動」, 『문화통신』 2권 1호, 1946. 1.

29) 위의 글, 16면.

30) 이하 해방기 인천의 문화적 상황에 대한 보다 자세한 검토는 윤영천 교수의 「배
   인철의 흑인시에 대하여」, 『창작과비평』 1989년 봄호, 207~8면을 참조할 것.

31) 「문학동맹결성, 인천문화단체 통합」, 『대중일보』, 1945. 12. 21, 2면.

32) 「仁川藝術祭中止」, 『서울신문』, 1947. 3. 19.

연희를 비롯한 다양한 문화운동을 전개하고 있었던 것이다.[33]

이러한 인천지역의 문예조직 상황은 중앙의 상황과 크게 다르지 않았던 것 같다. 광범위한 좌·우파 지식인의 합작조직이었던 인천신문화협회가 분열하여, 조선문학건설본부(문건) 노선을 따르는 신예술가협회와, 조선프로레타리아문학동맹(프로문맹) 노선을 따르는 신문화협회(인천문학동맹)로 분화되었던 것이다. 실제로 인천신예술가협회에서는 대중일보사와 인천인민위원회의 후원으로 조선문건설중앙협의회의 간부를 초청하여 1945년 10월 27일 인천영화극장에서 대규모 강연회를 개최하였다.[34] 이에 뒤질세라 인천신문화협회에서도 바로 다음 날인 10월 28~9일간에 걸쳐 프로예맹원들을 초빙하여 애관극장에서 예술의 밤 행사를 거행하였다.[35] 인천신예술가협회와 인천문학동맹의 활발한 활동으로 인해 해방기 인천에서의 문화운동은 다양하면서도 활기차게 전개되었던 것이다.

그런데 엄흥섭이 인천문학동맹의 위원장을 맡게 된 것은 그가 프로문맹의 중앙집행위원이었기에 당연해 보인다. 그러나 그가 인천에 살고 있지 않았다면 프로문맹의 지부적 성격을 갖는 인천문학동맹의 위원장직을 맡기는 어려웠을 터이다. 엄흥섭이 해방 직후에 인천에 자리를 잡고 살게 된 것은 인천문학동맹 결성 이전인 1945년 10월 7일 인천에서

---

33) 인천의 문인 조직과 동인지 발간 상황 등에 대해서는 신연수의 「인천문단의 어제와 오늘」 2, 『학산문학』, 1993. 봄호를 참조할 수 있다. 해방 직후 인천의 정치·사회적 움직임에 대해서는 박태균의 「조봉암과 인천」, 『황해문화』 1996년 여름호, 270~282 면을 참조할 것.

34) 「문화강연의 일대호화진」(『대중일보』, 1945. 10. 27). 강연제목과 강연자는 다음과 같다.
    1. 문화운동의 당면문제(임화) 2. 조선미술의 세계적 지위(김주경) 3. 문학의 교육적 임무(김남천) 4, 조선문예의 기본방향(이원조) 5. 인민연극의 과제(안영일)

35) 「광고-예술의 밤」, 『대중일보』, 1945. 10. 26, 2면.
    예정된 예술의 밤 행사 내용은 다음과 같다. : 講演 - 한효, 박아지 / 詩朗談 - 박세영, 박석정 / 漫談 - 신불출 / 踊劇-연극동맹원 일동 / 演劇-연극동맹원 일동

창간된 『대중일보』에 그가 편집국장으로 취임한 것이 계기가 되었을 것
같다. 과거 신문기자의 경험도 있거니와 인천과의 연고는 물론 인천을
잘 아는 문인으로 엄흥섭이 『대중일보』 편집국장에 초빙된 것은 퍽 자
연스럽다.

타블로이드판 2면으로 창간호를 낸 『대중일보』는 처음 얼마간은 타
블로이드 1면만 발행되다가 곧 양면에서 4면으로 증면하면서 인천지역
의 종합일간신문으로 발전하였는데, 1950년 한국전쟁이 발발하기 직전
까지 꾸준히 간행된 신문이었다. 창간호에 창간축사로 임화의 「자유언
론의 사용」을 싣고 있는 데서 알 수 있듯이, 초기에는 좌익적 성격을 분
명히 하였다가 1947년 무렵부터는 중립적 입장으로 변모하였고, 남한
단독정부 수립 이후에는 인천 지역을 주대상으로 하여 발행을 지속해나
갔다.

『대중일보』의 편집국장직을 맡고 있는 동안 엄흥섭은 같은 해 11월
28일에 결성된 인천신문기자회의 위원장직도 겸직하게 된다. 인천에서
활동하는 현역 신문기자 20여명으로 조직된 인천신문기자회는 기자대
회를 열고 투표를 통해서 『대중일보』 편집국장 엄흥섭을 위원장으로 선
출하였다.36) 이러한 언론활동과 더불어 엄흥섭은 조봉암(曺奉岩) 등과 함
께 조선혁명자구원회 인천지부의 고문으로 활동하였다.37)

『대중일보』의 편집국장으로 재직하면서 활발한 지역 사회운동에 참
여하던 중 엄흥섭은 1946년 3월 1일자로 새로 창간된 『인천신문』의 초
대 편집국장으로 자리를 이동한다. 언론인으로서 그가 가진 능력도 능
력이려니와, 창간 초기 『대중일보』가 가졌던 진보적 성격이 점차 퇴색
한 것도 그가 『인천신문』으로 옮아간 주요한 이유 중 하나일 것이다. 인
천의 문화인들이 동인제로 키워가자며 창간한 『인천신문』은 특이하게

---

36) 「전투적 언론진 구축, 인천신문기자회 결성대회」, 『대중일보』, 1945. 11. 30.
37) 「조선혁명자 구원회, 인천지부 결성」, 『대중일보』, 1945. 12. 2.

도 발행인을 두지 않고 위원장을 두었는데 그 자리를 김수영(金壽永)이 맡고, 편집국장은 엄흥섭, 총무국장은 손계언(孫啓彦)이 맡아 출범하였다. 이 신문의 논설위원으로 이원조, 김남천, 박치우 등의 참여한 것도 이채롭거니와 『인천신문』의 지면 색채를 분명히 알 수 있게 해주는 대목이기도 하다.38)

『인천신문』에서 편집국장으로 일하던 중 엄흥섭은 필화사건을 겪는다. 1946년 3월 미소공동위원회가 열리자 좌파언론들이 공위를 지지하면서 미군정의 실정에 대한 비판을 신랄하게 개진하자 미군정 당국에서 좌파 언론에 대한 강경한 정책을 시행하였고, 그 첫 케이스가 『인천신문』이 되었던 것이다. 『인천신문』의 실물이 거의 남아 있지 않아서 사건의 구체적 내용과 정황은 알기 어렵지만, 인천시청 적산과장에 대한 『인천신문』의 보도가 허위이며 명백한 명예훼손이라 이유로 대규모 구속사태가 일어난 듯하다. 해당 기자와 인천신문사의 공무직원 및 서울 특파원 등 무려 40여명을 구속하고 그 중 간부들을 미군정재판에 넘겨 벌금형을 언도하였다.39) 위원장과 총무국장이 각각 징역 1개년에 벌금 1만5천원을 선고 받았고, 편집국장 엄흥섭에게는 징역 6개월 집행유예와 벌금 5천원이 언도되었다.40)

한편 『인천신문』 창간 무렵인 1946년 4월 1일자 『서울신문』의 보도에 의하면, 엄흥섭이 새로 창간될 문학 전문지인 주간 『문학신문』의 편집장이라고 보도되었다. 주간은 홍효민(洪曉民)이고, 주필은 이북만(李北滿)이다. 실제로 이 보도에 뒤이어 1946년 4월 6일자로 『문학신문』 창간호가 서울시 중구 長谷川町 문학신문사에서 간행되었다. 전4면의 타블로

---

38) 송건호, 「미군정시대의 언론과 그 이데올로기」, 『한국사회연구』 2, 한길사, 1985, 523면.
39) 위의 글, 545면.
40) 「벌금형 언도, 인천신문사 사건」, 『동아일보』, 1946. 5. 20.

이드판 신문인 주간『문학신문』의 창간호에는「민족과 문학」이라는 사
설과 함께 한효의「민족문학과 민족어」제1회가 1면에 게재되었고, 박
영근(朴榮根)의 음악평론「음악과 진실」, 함화진(咸和鎭)의 논고「농악의
사적 고찰」, 박학보(朴學甫)의 평론「이태준론」, 이동규의 평론「문화의
옹호」등과 함께 창작으로 김용호의 시「미움을 먼저 알앗느니라」, 이
북만의 수필「중국인과 조선인」, 유수응(劉洙應)의 소설「운명」등이 실
렸다.41) 매주 토요일 발간할 예정이라는 주간『문학신문』이 언제까지
발행되었는지 지금으로선 알 수 없지만, 엄흥섭이 인천에서 언론활동에
종사하면서 지속적으로 중앙문단에도 관계하고 있었음을 보여주는 사
례라 하겠다.

　『인천신문』에서 1년 4개월을 근무한 엄흥섭은 이 신문의 취체역으로
있던 윤규남(尹圭南)이 서울의 제일신문사의 발행인 겸 편집인이 된 후
그의 제의에 따라 1947년 7월 25일자로『제일신문』편집국장으로 자리
를 옮겨간다. 창간 이후『제일신문』은 강한 좌익성향의 기사와 논조를
지속하였고 엄흥섭이 편집국장으로 간 뒤인 1948년에 가서도 그 논조는
지속되었다. 그러다 보니 이 신문 역시 필화사건을 겪지 않을 수 없었
다. 남한 단독정부가 수립된 직후인 1948년 9월 11, 12일자에 9월 9일에
있었던 북조선 인민공화국 창건 소식을 대대적으로 보도한 것이 사건의
발단이었다. 검찰 당국에서는 "북한에서 조작된 괴뢰정권을 정식으로
통일정부인 것처럼 보도"하였다 하여 달아나 윤규남 사장을 수배하는
한편 편집국장 엄흥섭을 비롯한 신문사 간부 6명을 구속하고 신문제작
을 중지시켰다. 우여곡절의 재판 과정 끝에 엄흥섭은 미결수로 1년 2개
월여를 감옥에서 보내고 1949년 11월에 실형을 언도 받으면서 풀려났
다.42)

---

41)『문학신문』의 면모에 대한 간략한 소개와 창간호 전4면이『인하어문연구』제6호
　　(인하대 국어국문학과, 2003)에 실려 있음.

엄흥섭이 국민보도연맹에 가입하게 된 것은 출옥 직후인 1949년 11월 30일의 일이다. 좌익성향의 인사들을 감시하고 통제하기 위한 조직인 국민보도연맹에 엄흥섭이 정지용, 정인택, 박로아 등과 함께 자진 가맹하였다고 당시 신문들은 대대적으로 보도하였다. 1950년 1월 8~9일 동안 서울시 공보관에서 정지용의 사회로 진행된 국민보도연맹 주최 제1회 국민예술제전에 나가 엄흥섭은 그 자신의 신념과 양심에 반하는 강연을 하지 않을 수 없었다.[43] 이처럼 부자연스런 환경 아래서 엄흥섭은 「C군과 나와 영옥」「야생초」 같은 수필류의 글들을 쓰다가 1950년 한국전쟁이 발발하자 월북한 것이 아닌가 짐작된다.

6. 미완의 독립과 강요된 월북

이상에서 살펴본 것처럼, 해방을 맞아 엄흥섭은 주로 인천 지역에서 정착하여 언론운동을 비롯한 다양한 문화운동을 전개하였다. 그러다 보니 자연 소설의 창작에 많은 시간을 할애하기는 힘들었다.

비록 이 시기의 작품이 그리 많지 않다 하더라도, 해방기를 맞은 엄흥섭의 소설적 변모를 보여주면서 당대의 현실에 깊이 밀착해 들어간 소설이 없지는 않다. 해방 이후의 귀환동포의 모습을 통해 해방을 맞는 환희와 각오를 잘 형상화한 작품으로 「귀환일기」(『우리문학』, 1946. 2)가 있다. 식민지시대에 일본에 정신대로 끌려가 온갖 수난을 겪다가 결국 작부가 되고 임신까지 하게 된 순이가 귀국선 안에서 아이를 출산하는 모습처럼 비참한 현실이 또 있을까. 그러나 엄흥섭은 이 비참한 상황에

---

42) 정영진, 앞의 글, 106면.
43) 「국민보도연맹, 제1회 국민예술제전」, 『서울신문』, 1950. 1. 9.

서도, 자신은 결코 일본놈에게 몸을 허락한 적이 없으므로 태어난 아이를 해방조선의 아이로 키울 것을 다짐하는 순이의 결의를 통해 해방을 맞는 환희와 각오를 비장하게 형상화하였다.

이처럼 감격 속에서 해방은 되었지만, 순이와 같은 귀환동포와 전재민들이 그 어디에서 몸부려 살아갈 조그만 방 한 칸조차 허락지 않는 것이 당대의 냉엄한 현실이었다. 이후의 엄흥섭 소설은 이러한 현실을 냉정히 고발해나간다. 당대 남한의 현실을 상징하는 제목을 단 소설 「氷夜」(『인민』, 1946. 4)에서는, 해방은 되었지만 아직도 친일잔재 세력으로부터 완전한 독립을 쟁취하지 못한 현실을 개탄하고, 이를 이겨나가기 위해 자유노동조합 가입원서를 부여잡는 전재민 춘보라는 인물을 통해 새롭게 각오를 다져보기도 한다.

해방 직후 수많은 해외 귀환동포와 전재민들이 입항했던 인천항과 그들 전재민들도 들끓었던 인천시가, 그리고 그곳에서 활발한 사회, 문화 운동을 전개했던 엄흥섭의 경험이 또한 인천을 무대로 한 엄흥섭의 해방기 소설을 남겨놓았다. 짤막한 단편 「관리공장」(『민성』, 1946. 6)에서는 적산 양조공장을 둘러싸고 준오를 비롯한 노동자들과 모리배들의 갈등을 통해 당대의 현실의 모순적 상황을 보여주는데, 조선의 완전한 독립이 아직도 멀었음을 준오의 목소리를 통해 다음과 같이 토로한다.

　　사십이 넘도록 아직 눈물을 흘려본 일이 없는 준오가 이렇게 두 눈알이 흐릿해지는 이유는 무엇인가? 준오는 그것이 얼른 독립이 안되는 조선의 혼란한 현실이 안타깝고 설어워 젓기 때문이라고 스스로 대답하였다.
　　어째서 얼른 독립이 안되는가? 그 원인의 하나로는 대야머리 관리인 같은 모래배가 날이 갈수록 더욱더 수효가 늘어가기 때문이라고 생각되었다.
　　준오는 공장관리권이 또다시 모리배의 손에 넘어가서는 안될 것을

깨닫고 종업원들과 다시 자치위원회를 조직한 다음 관리권을 자치위
원회로 넘기여 달라는 진정서를 써가지고 적산관리처로 들어갔다.[44]

이규원의 「해방공장」(『우리문학』, 1948. 9)도 부평에 있는 적산공장을
둘러싼 친일모리배들과 노동자들간의 갈등을 형상화하고 있거니와, 이
때까지도 엄흥섭은 준오와 같은 민중의 힘에 기대를 걸고 있었음을 위
에 인용한 「관리공장」의 결말을 보여준다.

그러나 공장은 고사하고, 인천항에 상륙한 전재민들이 고향조차 가지
못하고 한 방 칸 얻어들지 못해 거리를 헤매는 모습을 그린 단편 「집
없는 사람들」(『백민』, 1947. 5)에 와서는 한층 스산해진다. 역으로, 「귀환
일기」의 속편격인 「발전」(『문학비평』, 1947. 6)에 와서는 지나친 작가의 정
치적 개입으로 소설의 도식성이 두드러지게 보이는 결함을 보인다. 남
한 단독정부 수립 직전에 발표한 「봄 오기 전」(『신세대』, 1948. 5)이라는
자전적 소설에 이르면, 평생을 바쳐 조선어 발달을 위해 연구한 박 선생
의 연구물을 아내가 휴지처럼 저울에 달아 팔아버리고, 그 자책으로 박
선생이 목매달고자 했던 나무에 아내가 먼저 목매달아 죽어 있는 것을
발견한다. 작가로서 험난한 시대를 살아온 엄흥섭, 그 자신의 삶에 대한
침통한 알레고리인 것이다.

한국현대사이 작가 엄흥섭에게 다시 한 번 변절도 아니고 변모도 아
닌 또 한 번의 인생유전을 강요했다. 한국전쟁의 발발과 함께 극단적 양
자택일이 그에게 주어진 운명이었던 것이다. 월북 이후 엄흥섭은 북한
문단에서 중견으로 활동한다. 그러나 그것 또한 북한 체제가 요구한 강
요의 산물일 터이다. 단편 「다시 넘는 고개」(1953) 「복숭아나무」(1957)에
이어 1957년 『평양신문』에 발표한 장편 『동 틀 무렵』은 "미제강점하의
생지옥 속에서도 조국의 평화적 통일과 행복하고 자유로운 새 사회건설

---

44) 엄흥섭, 「관리공장」(『민성』, 1946. 6), 67면.

을 위한 혁명의 동이 터 오고 있"[45]음을 보여준 작품으로 높이 평가받았다고 한다. 북한 작가동맹 평양지부장과 중앙위원을 지냈던 그는 1965년 『조선문학』에 수필을 발표한 이후 더 이상 북한의 지면에서도 그 이름과 작품을 남기지 않고 있다. 남한에서는 이미 반세기 전부터 그의 이름을 접할 수 없었다. 강요된 월북의 시대를 넘어 이제라도 그의 문학 활동을 제대로 찾아 기록, 연구해나가야 할 것이다.

---

45) 김하명, 앞의 글, 450면.

제4장

발굴자료를 통해본 '전위시인'들

1. 머리말

2001년 출간되어 독자들로부터 은근한 반향을 얻었던 책이 있다. 한 겨레신문 여론매체부장으로 언론개혁운동의 선두에 서서 날카로운 논평을 써오고 있는 손석춘 기자가 쓴 소설 『아름다운 집』(들녘, 2001)이 그것이다. 현직 기자가 쓴 소설이기도 하거니와, 소설이라는 문학적 의장이 담기에는 너무도 파란만장한 한국현대사의 여러 역사적 사건들이 연대기적으로 나열되어 있어 평단으로부터는 크게 주목받지 못한 것 같다.

하지만 이 소설의 주인공인 북한의 지식인 이진선이 일기를 통해 들려주는 굴곡진 삶과, 그 고단한 생애를 관통해간 한국현대사를 바라보는 시각과 관점은 새삼 우리 문학인들에게 깊디깊은 자극을 주기에 충분하다. 한편으론 그의 목소리가 너무나 고상하고 순정해서 때로 거슬리지 않는 바도 아니다. 하지만 인간의 얼굴을 한 사회주의를 바탕으로 "민족과 계급을 떠나 인류 모두가 사랑과 노동 속에 창조적으로 살아갈

'아름다운 집'"을 일평생 염원했던 혁명적 지식인 이진선의 순결한 생애
는, 물질과 속도와 감각에 의해 좌우되는 오늘 이편 우리 시대의 부박한
세태에서 거듭 되새겨야 할 거룩한 생애일 터이다. 별다른 문학적 의장
의 배려 없이 예정된 결말을 향해 나아가는 소설 『아름다운 집』이 주는
먹먹한 감동은 여기에서 연유한다. 논픽션에 가까운 이 소설에 대하여
문학적 완성도를 논하는 일은 가외의 문제이며, 오히려 그것은 이제 우
리 문학인들의 몫으로 남는 셈이다.

분단시대의 북한을 소설적 배경으로 펼쳐 보인 점도 이 소설의 중요
한 성과라고 생각한다. 극단적 반북과 친북 사이에서 실체 없는 이데올
로기의 분식으로 버려졌던 북한이라는 공간을 이제 냉정하게 문학적으
로 탐구해야 할 시점임을 이 소설은 몸으로 웅변하는 것이다. 일찍이 최
인훈의 『광장』에서 관념의 상상력으로 비판되었던 북한 사회는 이후 우
리 남한의 문학에서 풍문의 지대로 실종되었다. 오죽했으면 작가 황석
영이 1989년에 북한을 방북했다가 국가보안법으로 족쇄로 인해 귀국하
지 못하고 이국을 떠돌면서 발표한 북한방문기의 제목이 『사람이 살고
있었네』(시와사회, 1993)였을까.

2. 북한의 문학적 재영토화

북한 사회에 대한 악의적, 감정적 왜곡을 넘어 이제 냉정히 북한 사
회를 탐구하고 그리하여 분단시대로 기억될 해방 이후의 남북한 역사를
역사적 상상력으로 형상화해야 할 때이다. 이와 관련하여 최근에 출간
된 북한 사회에 대한 체험적 기록들이 있어 좋은 참고가 된다. 황장엽
전 노동당 비서의 회고록 『나는 역사의 진리를 보았다』(한울, 1999)나 김

정일 국방위원장의 전처 성혜림의 언니 성혜랑이 쓴 자서전『등나무집』
(지식나라, 2000)은 우리의 빈곤한 역사적 상상력을 자극하는바 적지 않
다. 균형 잡힌 시각으로 남북한 분단시대에 대한 서사적 천착을 보여주
는 작품들은 이미 그 성과를 드러내고 있다. 황장엽의 회고록『나는 역
사의 진리를 보았다』에 대한 문학적 응전으로도 읽히는 손석춘의『아름
다운 집』이 그 중 하나이거니와, 70년대 반공 이데올로기의 검열 아닌
검열 속에서 온전하게 쓸 수 없었던 소설적 진실을 복원한 홍성원의『남
과 북』(전6권, 문학과지성사, 2000)과 황해도 신천에서의 양민학살문제를
다룬 황석영의『손님』(창작과비평사, 2001)은 한국전쟁기를 탐구대상으로
하여 그 잃어버린 소설적 영토를 복원하려는 최근의 값진 성과라 할 것
이다.

　『아름다운 집』이 주는 또 하나의 미덕은 순결한 영혼의 소유자 이진
선의 가슴으로 되살린 분단시대 혁명가들의 삶이다. 한국 사회주의 운
동사의 기원을 식민지시대 조선공산당의 창당과 그 지도자 박헌영의 노
선으로 확신하고 이를 통해 남북한 사회를 동시에 비판하는 이진선의
역사적 해석에 대해서는 일단 논외로 하자. 이 소설의 진정한 미덕은 그
런 이념에 대해 옳고 그름에 있는 것이 아니라 사람에 대한 이해와 신
뢰에 있다 하겠다. 그가 평생의 정신적 지도자로 모신 박헌영을 비롯하
여 김삼룡, 이현상과 같은 남로당의 지도자들을 정치적 선동가나 모략
가의 모습으로 외면화하지 않고 역사의 '아름다운 집'을 지으려고 고뇌
하는 인간의 형상으로 내면화하고 있다는 것이다. 이념에 가위눌렸던
아픈 시대의 역사를 사람의 자취로 다시 읽는 이러한 노력이야말로 진
정 아픈 시대의 역사와 화해할 수 있는 첫걸음이다.

3. 해방기의 '전위시인'들

서설이 다소 길었지만, 이제부터 소개하려는 작품들은 남북한 분단시
대의 기원에 해당하는 해방기(1945~1950)에 문학적 실천과 정치적 실천
을 온몸으로 밀고 나갔던 혁명적 전위시인들의 숨겨진 시 작품들이다.
이들 전위시인들은 해방기의 정치적 격랑 속에서 메가폰으로써의 문학
의 효용을 극단으로 밀고 나가서 '전위시인'이란 이름을 얻고 끝내는 남
북 분단의 역사적 소용돌이에 문학적 생명을 소진하고만 문학사적 비운
을 타고난 시인들이다. 소설『아름다운 집』을 빌어 이들의 잃어버린 작
품들을 소개하려는 의도도, 그 문학적 성과에 대한 논의는 별개로, 이들
의 망실된 작품을 통해 '아름다운 집'을 지으려는 서로 다른 열정이 어
긋났던 아픈 시대의 역사와 진정으로 화해하기 위해서이다.

> 쏘낙비처럼 퍼붓는 원수의 총칼속에서
> 피를 흘리며 아우성 치며 섧워서 살아온
> 偉大한 民族의首領은 어데 계십니까
> — 김상훈, 「위대한 민족의 수령」 1연

'전위시인'의 한 사람인 김상훈(金尙勳)이 1947년 6월 14일『문화일보』
에 발표한 시이다. 위와 같은 시적 발언은 당연히 남한에서는 철저히 금
기의 언어였다. 격심한 정치적 혼돈기에 민중과 민족의 지도자를 갈망
하는 시인의 외침은 비단 좌익 혹은 북쪽만의 언어는 아니었다. 그러나
그들이 갈망하는 지도자의 이데올로기가 사회주의였다는 이유로 김상
훈 시인을 비롯한 좌익 측 문인들의 작품 위에는 붉은 줄이 그어져 반
세기 동안 온전히 그 존재조차 부정되어 왔던 것이다. 그러던 것이 1988
년 정부의 공식적인 해금으로 인하여 납·월북 문인에 대한 이데올로기
적 족쇄가 풀렸고, 90년대 초반까지 이들의 생애와 작품에 대한 연구는

폭발적으로 고양되었다. 그러나 곧 현존 사회주의 국가들의 붕괴와 함께 동서냉전 체제가 해소되면서 이들에 대한 관심도 시들었다. 게다가 정지용, 김기림, 임화, 김남천 같은 당대의 문학적 명망가들을 중심으로 이뤄진 납·월북 문인에 대한 연구 속에서 상대적으로 신진에 해당하는 '전위시인'들의 문학적 창작과 그 실천은 아류 혹은 이류쯤으로 저평가 되면서 그나마 작품조차 미처 수습되지 못했던 터이다.

여기서 '전위시인'이라 일컫는 일군의 시인들은 1946년 로농사(勞農社)에서 공동시집 『전위시인집(前衛詩人集)』을 낸 김상훈, 김광현(金光現), 이병철(李秉哲), 박산운(朴山雲), 유진오(兪鎭五) 등을 가리킨다. 김기림의 서문과 오장환의 발문으로 출간된 『전위시인집』의 다섯 시인은 당대 좌익문단의 총아들이라 해도 과언이 아닐 것이다. 이들 다섯 시인들 이외에도 『옥문이 열리던 날』(신학사, 1948)이라는 시집을 낸 상민(常民)과 『새벽길』(조선사, 1948)이라는 시집을 낸 최석두(崔石斗), 시집을 내지는 못했지만 해방기의 신문과 잡지에 더러 시 작품을 발표한 한진식(韓鎭植)과 이수형(李琇馨), 박석정(朴石丁) 등을 포함하여 좌익측의 문예조직인 조선문학가동맹 시부위원회(詩部委員會)에 소속된 신진시인들을 '전위시인'들이라 이름 붙일 수 있을 것이다. 조선문학가동맹 시부위원회에서 출간한 『년간조선시집』(아문각, 1947)에 대거 등장은 이들의 공통점은 물론 정치적 실천의 일환으로 문학적 실천을 도모한 해방기 좌익문예노선의 문학적, 정치적 전위에서 찾을 수 있다. 이를 일러 한동안 "우상문학"(정영진, 『통한의 실종문인』, 문이당, 1990)이라는 용어가 통용되기도 하였다. 그러나 앞서 지적한 것처럼, 이들의 문학을 이데올로기에 따른 외재적 시선으로 재단하는 것은 온당하지 못하다고 생각된다. '도둑처럼 찾아온 해방'의 시기에 친일잔재의 청산과 새로운 민족국가의 건설을 둘러싸고 극심한 정치적 격동으로 내달렸던, 그리하여 정치와 문학의 구분이 따로 있을 수 없었던 해방기를 살아가야 했던 젊은 시인들 앞에 주어진

길은 냉정한 정치적 선택 이외에는 달리 있을 수 없었으며, 그러한 정치
적 선택에 대한 역사적 판단도 아직은 이르거니와 문학적 평가는 별도
의 잣대가 필요한 것이다.

4. 작품조차 수습되지 못한 비운의 시인들

그간 이들에 대한 연구는 이기성의 석사논문 「해방기 신진시인 연구」
(이화여대, 1991)를 비롯하여 정영진의 김상훈, 이병철, 유진오에 대한 생
애사 연구, 그리고 개별 시인들에 대한 작가론 그리고 『해방공간의 문
학』(돌베개, 1988)이나 『해방기의 시문학』(열사람, 1988) 같은 발굴 작품전
집 등의 출간이 이루어졌다. 당대에 『대열』(백우서림, 1947)과 『가족』(백우
시림, 1948)이라는 시집을 출간한 김상훈의 경우는 『항쟁의 노래』(신승엽
편, 친구, 1989)라는 제목으로 시 전집이 출간되기도 하였다.

그러나 이들 연구 성과들과 발굴 작품집에도 수록되지 않는 '전위시
인'들의 작품이 당대의 신문들에는 많이 숨어 있다. 필자가 해방기의 비
평가 김동석(金東錫)과 관련한 자료들을 찾는 과정에서 국회도서관 신문
자료실에 소장되어 있던 해방기 신문 원본들을 뒤적이다가 찾게 된 이
들의 작품들은 대부분 좌익측의 논조를 대변하는 신문들에 수록된 작품
들이었다. 그렇게 해서 찾은 '전위시인'들의 발굴 작품들을 시와 산문으
로 나누어 작가별로 열거해보면 아래와 같다.

<시>
김상훈, 「田園二題」, 『문화일보』, 1946. 4. 21.
「共委에 보내는 노래」, 『문화일보』, 1947. 5. 23.
「위대한 민족의 수령」, 『문화일보』, 1947. 6. 14.

「길」,『광명일보』, 1947. 7. 11.

「조국」,『신민일보』, 1948. 4. 25.

「三月一日」,『독립신보』, 1948. 3. 1.

이병철, 「메이데이」,『문화일보』, 1947. 5. 1.

「박선생이어 태양처럼 나타나시라」,『문화일보』, 1947. 6. 18.

「봉화-유엔조선위원들에게」,『조선중앙일보』, 1948. 3. 9.

「젊은이들」,『조선중앙일보』, 1948. 3. 10.

「붉은 별에 바치는 노래」,『신민일보』, 1948. 5. 1.

「바다와 함께」,『조선중앙일보』, 1948. 8. 15.

「조선어」,『독립신보』, 1948. 4. 6.

박산운, 「또다시 나에 용기를」,『현대일보』, 1946. 5. 14.

「三月에」,『민보』, 1947. 3. 29.

「文殊峰」,『대중신보』, 1947. 5. 10.

「新綠」,『문화일보』, 1947. 5. 18.

「독도」,『조선중앙일보』, 1948. 6. 30.

김광현, 「박헌영선생을 모셔와야 한다」,『문화일보』, 1947. 6. 28.

「언덕길에서」,『예술신보』, 1948. 3. 26.

이수형, 「박헌영선생이 오시어」,『문화일보』, 1947. 6. 22

한진식, 「박헌영선생이시어 피는 이러히 빨르고 있습니다」,『문화일
보』, 1947. 6. 27.

<산문>

김상훈, 「은사에게 드리는 말」(논설),『현대일보』, 1946. 7. 13.

「운동장에서」(논설),『현대일보』, 1946. 7. 29.

「김성수여 伏罪하라!-생환학병의 수기」 1-2,『문화일보』, 1947.
7. 5-6.

「37회 국치기념일에 제하야」 1-2,『현대일보』, 1946. 8. 28-29.

「俎上의 弱肉」(논설),『현대일보』, 8. 28.

「賣國一路」(논설),『현대일보』, 8. 29.

「잠복기의 시단-간행된 시집을 중심하여」(평론),『제일신문』,
1948. 9. 5.

이병철, 「보라 ……우익신문 <중외신보>의 정체는 이렇다」(논설),『문

화일보』, 1947. 6. 22.

박산운, 「현덕 동화집 <포도와 구슬>」(서평), 『현대일보』, 1946. 6. 20.

「詩人無力」(논설), 『현대일보』, 46. 5. 23.

유진오, 「獄中의 愛國鬪士-獄中의 聖者 李觀述 先生」, 『문화일보』, 1947.
6. 18.

「獄中의 愛國鬪士-偉大한 勞動者 許成澤 동무」, 『문화일보』, 1947.
6. 27.

「獄中의 愛國鬪士-불타는 愛國心의 無名鬪士들」, 『문화일보』, 1947.
7. 1.

「文化工作團 慶南隊 第二信-開幕劈頭 感激의 바다」, 『문화일보』,
1947. 7. 13.

당대 남로당을 중심으로 한 좌익 계열 혹은 여운형 중심의 중도좌익
의 정치노선을 대변했던 신문들인 『문화일보』『현대일보』『광명일보』
『제일신문』『민보』『조선중앙일보』『신민일보』『독립신보』『대중신보』
『예술신보』 등에서 찾아낸 위의 작품들의 목록을 제시하고자 한다. 이
작품들은 근년까지 국회도서관에 원본이 소장되어 있던 13종의 신문에
수록되어 있던 것으로, 최근 영인되어 『해방공간신문자료집성』으로 출
간되었다. 향후의 통일문학사 서술에 필요한 자료로 제출하려고 한다.

위의 시인들 중에서 김상훈, 이병철 시인과 같이 비교적 널리 알려진
시인도 있지만, 박산운, 김광현, 이수형, 한진식 시인 등은 생애사조차
제대로 알려지지 않은 시인들이다. 분단사의 전개 속에서 숨죽여 왔던
이들 작품들을 다시 읽어보시면서 형극의 길을 걸어야만 했던 당대 문
인들의 삶을 깊게 이해하게 된다. 더러 생경한 용어와 시적 어조에 당황
스럽기도 하다. 그러나 이들 시편들은 편편이 당대 역사의 기록이자 동
시에 거대한 역사의 수레바퀴에 맞서 순결한 혁명의 신념만으로 시대를
돌파하고자 했던 젊은 시인들의 순결한 삶의 언어였다는 점에서 오늘날
독자들에게 새삼 또 다른 감회를 선사할 것이라 확신한다. 작가와 작품

에 대한 개별적인 분석이 뒤따라야 마땅하나 능력의 부족으로 후일의
과제로 남겨둔다.

참고문헌

1. 기본자료

『동아일보』, 『자유신문』, 『서울신문』, 『조선일보』, 『중앙신문』, 『현대일보』, 『중외일보』, 『예술신문』, 『경향신문』, 『민보』, 『신민일보』, 『문화일보』, 『조선중앙일보』, 『국제신문』, 『세계일보』, 『신조선보』, 『대중신보』, 『태양신문』, 『평화일보』, 『매일신보』, 『독립신보』, 『상아탑』, 『신천지』, 『희곡문학』, 『신조선』, 『신문학』, 『문학비평』, 『예술평론』, 『문학평론』, 『문학』, 『문화』, 『문장』, 『신세대』, 『조광』, 『삼천리』

고 일, 『인천석금』, 재판 ; 선민출판사, 1979.
고려대학교 교우회, 『교우명부』, 1981.
고영민, 『해방정국의 증언』, 사계절, 1987.
김동리, 『문학과 인간』, 백민문화사, 1948.
김동석, 『길』, 정음사, 1946.
_____, 『김동석 평론집』, 서음출판사, 1989.
_____, 『뿌르조아의 인간상』, 탐구당, 1949.
_____, 『예술과 생활』, 박문출판사, 1947.
_____, 『해변의 시』, 박문출판사, 1946.
_____, 『해변의 시』, 박연구 편, 범우사, 1994.
김동석·김철수·배호, 『토끼와 시계와 회심곡』, 서울출판사, 1946.
김종범·김동운, 『해방전후의 조선진상』, 돌베개, 1983.
『납·월북시인총서』 6, 동서문화사, 1988.
대검찰청 수사과 편, 『좌익사건실록』 1, 1965.
민주주의민족전선 편, 『조선해방 1년사』, 문우당서점, 1946.(『해방조선』 1~2, 과학과 사상, 1988)
안양시지편찬위원회, 『안양시지』, 1992.
이훈익, 『인천지명고』, 인천지방향토문화연구소, 1993.
인천시사편찬위원회, 『인천시사』 하, 1993.
재미 한족연합위원회 편, 『해방조선』, 1948.

조선문학가동맹 시부위원회 편, 『年刊朝鮮詩集』, 아문각, 1947.

조선문학가동맹 편, 『건설기의 조선문학』, 최원식 해제, 온누리, 1988.

조선통신사 편, 『조선연감』, 1947.

조연현, 『문학과 사상』, 세계문학사, 1949.

중앙교우회, 『회원명부』, 1938.

총동문회 편, 『창영팔십오주년사』, 1992.

한국문인협회 편, 『해방문단 20년』, 정음사, 1965.

『한국해금문학전집』 18, 삼성출판사, 1989.

한국현대문학자료총서 1945. 8~1950. 6』 1~17, 거름, 1987.

2. 단행본

권영민, 『현대한국문학사』, 민음사, 1993.

_____, 『해방 직후의 민족문학운동 연구』, 서울대학교출판부, 1986.

_____, 『한국민족문학론 연구』, 민음사, 1988.

김남식, 『남로당연구』 1~3, 돌베개, 1984~1988.

김승환, 『해방공간의 현실주의 문학연구』, 일지사, 1991.

김용직, 『해방기 한국시문학사』, 민음사, 1989.

김윤식, 『한국현대문학사』, 일지사, 1976.

_____, 『한국현대문학사론』, 한샘, 1988.

_____, 『해방공간의 문학사론』, 서울대학교출판부, 1989.

_____, 『한국근대문학사상연구』 1, 일지사, 1984.

_____, 『한국근대문학사상연구』 2, 아세아문화사, 1994.

김재용, 『민족문학운동의 역사와 이론』, 한길사, 1990.

백 철, 『진리와 현실』 하, 박영사, 1975.

서연호, 『한국근대희곡사』, 고려대학교출판부, 1994.

송건호 외, 『해방전후사의 인식』 1~6, 한길사, 1979~1989.

송희복, 『해방기 문학비평 연구』, 문학과지성사, 1993.

신동욱, 『증보 한국현대비평사』, 시인사, 1988.

신형기, 『해방직후의 문학운동론』, 화다, 1988.

이충식, 『경성제국대학』, 다락원, 1980.

임헌영, 『분단시대의 문학』, 태학사, 1992.

_____, 『한국현대문학사상사』, 한길사, 1988.

정한숙, 『해방문단사』, 고려대출판부, 1980.

최원식, 『민족문학의 논리』, 창작과비평사, 1982.

3. 논문

강삼희, 「유진오 문학 연구」, 서울대 석사논문, 1994.

고설봉, 「증언으로 찾는 연극사 - 국민연극시대」, 『한국연극』 1992. 5.

곽종원, 「해방문단의 이면사」, 『문학사상』 1993. 2~8.

김　나, 「김동석의 비평 활동 연구」, 홍익대 석사논문, 1995.

김동식, 「최재서 문학비평 연구」, 서울대 석사논문, 1993.

김동춘, 「1920년대 학생운동과 맑스주의」, 『역사비평』 1989년 가을호

김명인, 「1930년대 중후반 임화시의 양상과 성격」, 『민족문학사연구』 5, 1994년 상반기.

김민숙, 「김동석 연구 - 비평문학을 중심으로」, 공주대학교 석사논문, 2002

_____, 「김동석 비평의 문체상의 특징 - 10여 편의 작가론을 중심으로」, 『한어문교육』 11집, 2003.

김승환, 「해방직후 문학연구의 경향과 문제점」, 『문학의 논리』 2, 태학사, 1992.

김영진, 「한국 비평문학 연구 ; 40년대 후반기를 중심으로」, 중앙대학교 석사논문, 1988.

_____, 「해방기의 문학비평 연구」, 우석대학교 석사논문, 1993.

_____, 「김동석론 ; 김동석의 비평과 그 한계」, 『우석어문』 8호, 1993. 12

김윤식, 「지식인 문학의 속성과 그 계보 - 김동석을 중심으로」, 『한국문학』 1996년 봄호

김재용, 「8·15직후의 민족문학론」, 『문학과 논리』 2, 태학사, 1992.

김효신, 「김동석 시집 『길』에 나타난 순수·이념의 이분 양상 소고」, 『한민족어문학』 48집, 2006. 6.

김흥규, 「민족문학과 순수문학」, 『문학과 역사적 인간』, 창작과비평사, 1980.

문혜원, 「김기림 문학론 연구」, 서울대 석사논문, 1990.

민현기, 「해방 직후의 민족문학론」, 『문학과사회』 1988년 가을호

서영채, 「<무정> 연구」, 서울대 석사논문, 1991.

손영숙, 「김동석 비평 연구」, 이화여대 석사논문, 2001.

손정수, 「김동석 - '상아탑'의 인간상」, 『한국현대비평가연구』, 강, 1996.

송건호, 「미군정시대의 언론과 그 이데올로기」, 『한국사회연구』 2, 한길사, 1985.

송광영, 「8·15는 해방의 날이 아니다」, 『역사비평』 1989년 가을호.

신범순, 「해방기 시의 리얼리즘연구」, 서울대 박사논문, 1990.

신승엽, 「비평사 연구의 새로운 방향모색을 위하여」, 『민족문학사연구』 1991년 창간호.

신용하, 「일제하 인촌의 교육운동」, 『평전 인촌 김성수』, 동아일보사, 1991.

염무웅, 「8·15직후의 한국문학」, 『창작과비평』 1975년 가을호.

유종호, 「평론가 김동석의 형성」, 『예술논문집』, 대한민국예술원, 2004.

_____, 「김동석 연구 - 그의 비평적 궤적」, 『예술논문집』, 대한민국예술원, 2005.

_____, 「어느 잊혀진 비평가 ; 김동석에 부쳐」, 『문학수첩』 11호, 2005년 가을호.

윤지관, 「Mathew Arnold의 비평연구」, 서울대 박사논문, 1993.

윤여탁, 「해방정국의 문학운동과 조직에 대한 연구」, 『한국학보』 1988년 가을호.

윤영천, 「8·15직후 시」, 『한국근현대문학연구입문』, 한길사, 1990.

_____, 「민족시의 전진과 좌절」, 『이용악 전집』, 창작과비평사, 1988.

안소영, 「해방 후 좌익진영의 전향과 그 논리」, 『역사비평』 1994년 봄호.

엄동섭, 「'상아탑'에서 민족문학에 이르는 해방기 지식인의 변증법적 도정 ; 김동석론」,
　　　　『한국문학평론』 17호, 2001년 여름호.

이원규, 「국토와 문학 - 인천」, 『문예중앙』 1988년 겨울호.

이현식, 「역사 앞에 순수했던 양심적 지식인의 삶과 문학 ; 김동석론」, 『황해문화』
　　　　1994년 여름호.

_____, 「김동석 연구 1 ; 역사 앞에 순수했던 한 양심적 지식인의 삶과 문학」, 『작가
　　　　연구』 1호, 1996. 4.

_____, 「김동석 연구 2 ; 순수문학으로부터 민족문학으로의 도정」, 『인천학연구』 2권
　　　　1호, 2003. 12.

이혜복, 「판문점 珍談」, 『경향신문』, 1951. 12. 12~13,

_____, 「판문점에서 만난 김동석」, 『세대』, 1964. 8.

이은애, 「김환태의 "인상주의 비평"연구」, 서울대 석사논문, 1985.

이희환, 「김동석 문학 연구」, 인하대학교 석사논문, 1995.

임규찬, 「카프 해소, 비해소파를 분리하는 김재용을 반박한다」, 『역사비평』 1988년 겨
　　　　울호.

채수영, 「시적 동일성의 거리」, 『시문학』 1990. 3~4.

_____, 「김동석의 시적 특질」, 『동악어문논집』 25집, 1990. 12.

최원식, 「한국문학의 근대성을 다시 생각한다」, 『창작과비평』 1994년 겨울호.

_____, 「이용악 연보」, 『도곡정기호박사화갑기념논총』, 인하대 국문과, 1991.

최장집, 「해방에서 6·25까지의 정치사회사 연구현황과 문제점」, 『한국근현대연구입문』,

역사비평사, 1988.

하수정, 「경성제대 출신의 두 영문학자와 매슈 아놀드 - 김동석과 최재서를 중심으로」, 『영미어문학』 79호, 2006.

하정일, 「해방기 민족문학론연구」, 연세대 박사논문, 1992.

한상열, 「소시민적 일상을 투영한 산보문학의 진수」, 『학산문학』 1995년 봄·여름 합본호.

한형구, 「일제 말기 세대의 미의식에 관한 연구」, 서울대 박사논문, 1992.

황선열, 「해방기 민족문학론의 특성 연구 - 김동석을 중심으로」, 영남대 석사논문, 1993.

홍성식, 「생활과 비평 - 김동석론」, 『명지어문학』 1994. 3.

홍성준, 「김동석 문학 연구」, 연세대 석사논문, 1999.

홍정선, 「해방후 순수참여론의 전개양상」, 『역사적 삶과 비평』, 문학과지성사, 1986.

홍정선·정과리, 「한국현대문학사」 2, 『문예중앙』 1988년 여름호.

4. 외국서

에이브럼즈 외, 『노튼문학개관』 1~2, 김재환 역, 까치, 1984.

매슈 아놀드, 『삶의 비평 - 아놀드 비평선집』, 윤지관 역, 민지사, 1985.

_____, 『교양과 무질서』, 윤지관 역, 한길사, 2006.

테리 이글턴, 『문학이론입문』, 김명환 외 2인 공역, 창작과비평사, 1986.

아놀드 하우저, 『문학과 예술의 사회사』 근세편 1~2, 백낙청·염무웅 공역, 창작과비평사, 1981~2.

G. S. 에르몰라예프, 『소비에트 문학이론』, 김민인 역, 열린책들, 1989.

이정식·스칼라피노, 『한국공산주의운동사』 1~3, 한홍구 역, 돌베개, 1986.

부록 1 김동석 생애연보

1913 9월 25일, 경기도(京畿道) 부천군(富川郡) 다주면(多朱面) 장의리(長意里) 403번지
(현 인천시 남구 숭의동)에서 부 경주김씨 완식(完植)과 모 파평윤씨 사이에 2
남4녀 중 장남으로 출생. 손위 누이 금순(今順)이 1911년에 일찍 사망하고, 아
우 옥구(玉求)와 옥순(玉順)이 어려서 잇달아 사망하여 김동석은 이후 1남 2녀
의 장남으로 성장함. 아명은 김옥돌(金玉乭).

1916 2월 28일에 아우 옥구(玉求)가 출생, 그러나 이듬해 5월 20일에 사망함.

1918 3월 31일에 누이 옥순(玉順) 출생, 역시 이듬해 10월 10일에 사망함.

1920 11월 15일, 누이 도순(道順) 출생.

1921 3월 23일에 경기도 인천부 외리 75번지로 이사.
이 무렵부터 서당에서 한학 수학.

1922 4월 1일, 인천공립보통학교 입학.

1923 4월 28일에 인천부 외리 134번지로 이사.
부친은 경동 2층 상가에 살림집이 딸린 가게를 차려놓고 포목잡화상으로 장사
함. 방 두 칸이 전부인 이 집에서 이후 17년간 생활.
이 무렵 애관극장에서 활동사진을 보고 자라남.
10월 10일, 누이 덕순(德順) 출생.

1928 3월 20일에 인천공립보통학교 졸업. 인천상업학교 입학.
학창시절 내내 우수한 성적이었다고 함. 조용하고 모나지 않은 성격에, 음악
과 운동을 좋아했고 바이올린도 잘 켰다 함.

1930 이 해 겨울에 인천상업학교 동기생인 김기양, 안경복 등과 광주학생의거 1주년
기념식 시위를 주도하다 퇴학당함. 그 결과로 이듬해 3월에 1년 3학기제인 인
천상업학교를 3학년 2학기 수료.

1932 3월에 소정의 입학시험을 거쳐 서울 중앙고등보통학교 4학년으로 편입함.
5월 12일, 아버지가 이름을 김동석(金東錫)으로 개명.

1933 2월에 중앙고등보통학교 졸업하고, 3월에 경성제국대학교 예과 10회로 입학.

1935 3월에 본과에 진학하면서 영문학부로 전과.
대학 때 별명이 '퓨리탄', '아스파라가스'였다 함.

1937 『동아일보』 지상에 처녀비평 「조선시의 편영」(9. 9~14)을 4회에 걸쳐 발표.

1938 3월, 경성제대 졸업. 졸업 논문은 「매슈 아놀드 연구」.

곧 대학원 입학함. 대학원에 입학해서는 셰익스피어에 관심을 갖고 연구.

1939 모교 중앙고보의 영어 촉탁교사로 부임하는 것을 시작으로 사회생활에 나아감. 중앙고보 촉탁교사로 근무한 지 얼마 지나지 않아, 보성전문학교(현재의 고려대학교) 전임강사로 초빙되어 전근함. 이후 해방될 때까지 재직함.

이 무렵부터 시와 수필을 개인적으로 쓰기 시작함. 1941년까지 5편의 수필만을 발표하고는 식민지시대 내내 절필하다시피 함.

1940 5월 24일에 6세 연하의 경기여고 출신의 인텔리 여성 주장옥(朱掌玉, 본적 咸興)과 결혼. 혼인과 함께 인천부 경정 145번지로 가족이 모두 이사함.

1941 4월 7일, 누이 도순, 일본인과 혼인.

10월 5일에 장남 상국(相國)이 인천부 경정 145번지에서 출생함. 그러나 상국은 병약하여 이듬해 병원에서 사망함. 첫아들을 상실한 슬픔으로 「비애」란 시를 남김.

1942 8월 16일, 장남 상국, 병원에서 사망. 자식을 잃고 나서 김동석 내외는 분가하여, 경성부(京城府) 종로구(鐘路區) 당주정(唐珠町) 114번지의 셋방으로 이사.

1943 8월 29일, 차남 상현(相玄)이 경성부 당주정 114번지에서 출생.

10월 13일, 부친 김완식 사망. 부친이 남긴 유산을 가지고, 그의 평소 소원대로, 시흥군 안양읍 석수동(현 안양유원지 부근)에 있는 정원이 딸린 이층 양옥 집으로 이사.

1944 일제말의 억압적 상황 하에서 어쩔 수 없이 조선연극문화협회(朝鮮演劇文化協會) 상무이사직을 잠시 맡았던 것으로 추정됨.

이 무렵 삼남 출생.

1945 8·15 해방을 안양에서 맞음.

이후 두 달간 적극적으로 선전삐라를 만드는 등의 활동을 전개하다가 우익 테러를 당하기도 함.

10월경부터 시를 발표.

11월경에 서울로 셋방 이사.

해방 직후 남원지방의 사회상을 르포 형식으로 담은 「南原事件의 眞相」(『신조선보』, 12. 5~10)을 발표함.

12월 10일, 자신의 사재와 대학동창 노성석의 도움으로 주간 『상아탑』 간행.

1946   1월에 식민지시대부터 써두었던 자신의 모든 시를 모아 시집 『길』 출간.

2월 15에서 17일간에 개최된 민주주의민족전선(民戰) 결성대회에 대의원(무소속)으로 초대됨. 3월 3일에는 민전 산하 전문위원회 중 외교문제위원회 연구위원에 보선.

4월 23일에 식민지시대에 썼던 수필을 모아 수필집 『해변의 시』 출간.

4월 우익측의 청년문학가협회 결성을 보고 「批判의 批判 - 청년문학가에게 주는 글」을 발표.

5월 25일, 연극동맹 보선위원에 피선됨.

6월 25일, 7호를 마지막으로 『상아탑』 폐간. 이후 정력적인 문화운동 전개.

조선문학가동맹, 제 4회 중앙집행위원회 결정으로 외국문학부 위원에 보선됨.

8월부터는 문학가동맹 서울시지부 산하, 문학 대중화운동위원회 위원 활동.

8월 29일, 문학가동맹 주최, 국치기념 문예강연회 개회사를 함.

9월에는 조선문화단체총연맹(文聯) 주최의 민족문화강좌에 참가함.

10월 20일에 배호, 김철수와 함께 해방 후 각자 발표한 수필을 모아 수필집 『토끼와 시계와 회심곡』 출간.

10월 20일부터 30일까지 개최된 무대예술연구회 주최 제2회 추계연극강좌에서 「쉐익스피어 연구 - 주로 그 산문을 중심으로하야」라는 강연을 함.

12월 5일, 중간파 김광균을 비판한 「詩壇의 第三黨」을 『경향신문』에 발표.

1947   『경향신문』 2월 4일자에 장택상 수도청장의 '극장에 관한 고시'에 대한 공개 반박문인 「사상없는 예술 있을 수 없다!」를 게재.

2월에는 文聯 주도, 문화옹호 남조선문화예술가 총궐기대회 준비위원으로 활동.

3월에는 방한하는 세계노동자연맹 대표단의 통역과 안내를 맡아 노동현장을 시찰하고, 그 인상기 「暗黑과 光明 - 勞聯代表團의 印象」을 『대중일보』에 발표.

4월, 중간파 김광균을 본격 비판한 「시인의 위기 - 김광균론」을 발표.

5월 22일 대법정에서 결성된 조선인권옹호연맹의 5인 위원으로 선임됨.

6월에 첫 평론집 『예술과 생활』을 박문출판사에서 출간.

7월부터는 문화공작단 사업에 전념함. 문화공작단 3대 지원사업으로 함세덕과 함께 춘천에 다녀옴. 부산 문화공작단 1대에 대한 우익의 폭탄테러를 비판한 「藝術과 테로와 謀略」(『문화일보』, 7. 15)을 발표함.

12월 『신천지』 21호에 우익문단의 수장인 김동리를 정면 비판한 「純粹의 正體 - 金東里論」을 발표.

1948 4월부터 한 달간 『서울타임즈』(주간 설정식)의 특파원 자격으로 '남북정당 및 사회단체 대표자 연석회의'가 열리는 평양을 취재하고 돌아와 「북조선의 인상」을 『문학』 8호(문학가동맹 기관지)에 게재함.

8월 15일의 남한 단독정부 수립 무렵부터는 문화비평과 함께 주로 연구, 강연 활동에 전념함.

9월 23일에서 26일까지 『국제신문』에 4회에 걸쳐서 실존주의를 최초로 소개한 논문 「苦悶하는 知性 - 싸르트르의 실존주의」를, 신천지 10월호에 「실존주의비판」을 연달아 발표.

10월에는 속간된 잡지 『문장』의 평론 부문 추천위원으로 위촉됨.

10월 2일, 조선영문학회에서 셰익스피어 연구 논문 「뿌르조아의 인간상 - 폴스타프의 산문」을 발표.

10월 16일부터 9회에 걸쳐 『국제신문』에 이광수를 본격 비판한 「위선자의 문학」 발표.

12월에는 여성문화협회 주최의 '여성문화' 주제 강연.

1949 1월 1일, 김동리와 민족문학을 둘러싼 대담 「민족문학의 새구상」이 발표됨.

한동안 쓰지 않던 수필을 월북 직전까지 5편 발표함.

2월 5일, 탐구당서점에서 제 2평론집 『뿌르조아의 인간상』 출간.

2월 중순경, 그의 문우였던 배호와 이용악 등이 체포되자 가족과 함께 월북한 것으로 추정됨.

1950 6월, 한국전쟁 발발 직후 인민군 점령하의 서울에 소좌계급장을 달고 와서 문화정치 공작원 노릇을 했다는 설이 있음.

1951 11월 9일 판문점 휴전회담 때에 북한군 통역장교로 참가했었다는 증언이 있음. 이후 생사 불명.

부록 2 김동석 작품연보

(작품집에 수록된 작품은 괄호 안에 그 출처를 밝힘)

1. 詩 - 총 34편
1) 발표 詩
「알암」,『한성시보』, 1945. 10.(시집『길』에 수록)

「경칩」,『신조선보』, 1945. 11. 14.(시집『길』)

「희망」,『신조선보』, 1945. 11. 23.(시집『길』)

「나는 울었다 - 학병 영전에서」(송가),『자유신문』, 1946. 2. 4.(시집『길』과『년간 조
　　　선시집』(1946)에 수록)

「나비」,『우리문학』 3호, 1947. 3.

2) 시집
『길』, 정음사, 1946.(발표된 시 4편을 포함하여 그의 시 33편이 수록됨)

2. 隨筆 - 총 41편
1) 발표 隨筆
「고양이」,『박문』 16, 1940. 3.(수필집『해변의 시』에 수록)

「꽃」,『박문』 19, 1940. 7.(『해변의 시』)

「녹음송」,『박문』 20, 1940. 8.(『해변의 시』)

「나의 돈피화」,『박문』 23, 1941. 1.(『해변의 시』)

「당구의 윤리」,『신시대』 5, 1941. 5.(『해변의 시』)

「나의 영문학관」,『현대일보』, 1946. 4. 17.(평론집『예술과 생활』)

「나의 경제학」,『조선경제』, 1946. 6.(수필집『토끼와 시계와 회심곡』)

「뚫어진 모자」,『서울신문』, 1946. 6. 30 - 7. 1.(『토끼와 시계와 회심곡』)

「톡기」,『신천지』, 1946. 7.(『토끼와 시계와 회심곡』)

「칙잠자리」,『중외신보』, 1946. 8. 10.(『토끼와 시계와 회심곡』)

「우리 살림」,『부인』 1권 4호, 1946. 11.

「나」,『세계일보』, 1949. 1. 1.

「신결혼관」,『신세대』, 1949. 1.

「나의 투쟁」,『조선일보』, 1949. 3. 10-12.

「봄」,『태양신문』, 1949. 5. 1.

「쉐익스피어의 酒觀」,『희곡문학』, 1949. 5.

2) 수필집-2권

『해변의 시』, 박문출판사, 1946. 4. 23.(수필 25편 수록)

『토끼와 시계와 회심곡』(김철수·배호·김동석 공저), 서울출판사, 1946. 10. 20. (수필 9편 수록)

3. 評論 - 총 48편

1) 작가론(10명-11편)

「예술과 생활 - 이태준론」, 『상아탑』, 1945. 12. 10, 17. (『예술과 생활』)

「시와 행동 - 임화론」, 『상아탑』, 1946. 1~2. (『위의 책』)

「시를 위한 시 - 정지용론」, 『상아탑』, 1946. 3. (『위의 책』)

「소시민의 문학 - 유진오론」, 『상아탑』, 1946. 4. (『위의 책』)

「탁류의 음악 - 오장환론」, 『민성』, 1946. 5~6. (『위의 책』)

「금단의 과실 - 김기림론」, 『신문학』, 1946. 8. (『위의 책』)

「시인의 위기 - 김광균론」, 『문화일보』, 1947. 4. (『뿌르조와의 인간상』)

「순수의 정체 - 김동리론」, 『신천지』, 1947. 12. (『위의 책』)

「비약하는 작가 - (속)안회남론」, 『우리문학』, 1948. 4. (『위의 책』)

「부계의 문학 - 안회남론」, 『예술평론』, 1948. 6. (『위의 책』)

「위선자의 문학 - 이광수론」, 『국제신문』, 1948. 10. 16~26. (『위의 책』)

2) 문학시평(6편)

「조선시의 편영」, 『동아일보』, 1937. 9. 9~14.

「비판의 비판 - 청년문학가에게 주는 글」, 『예술과 생활』.

「신연애론」, 『신천지』, 1946. 5. (『예술과 생활』)

「시와 자유」, 『중외신보』, 1946. 9. 11~14. (『위의 책』)

「조선문학의 주류」, 『경향신문』, 1946. 10. 31.

「시단의 제삼당 - 김광균의 「시단의 두 산맥」을 읽고」, 『경향신문』, 1946. 12. 5.

3) 사회문화비평(26편)

「남원사건의 진상」, 『신조선보』, 1945. 12. 5~10.

「문화인에게 - 『상아탑』을 내며」, 『상아탑』, 1945. 12. (『예술과 생활』)

「기독의 정신」, 『상아탑』, 1946. 6.(『위의 책』)

「민족의 자유」, 『신천지』, 1946. 8. (『위의 책』)

「조선문화의 현단계 - 어떤 문화인에게 주는 글」, 『신천지』, 1946. 11. (『위의 책』)

「조선의 사상 - 학생에게 주는 글」,『신천지』, 1947. 1. 12. (『위의 책』)

「공맹의 근로관 - 지식계급론단편」,『신천지』, 1947. 2. (『위의 책』)

「학원의 자유」,『예술과 생활』

「예술과 과학」, 위의 책.

「상아탑」, 위의 책.

「전쟁과 평화」, 위의 책.

「민족의 양심」, 위의 책.

「애국심」, 위의 책.

「학자론」, 위의 책.

「대한과 조선」, 위의 책.

「대학의 이념」, 위의 책.

「시의 번역 - 유석빈『시경』서문」, 위의 책.

「암흑과 광명 - 노련대표단의 인상」,『대중신보』, 1947. 4. 6~9.

「문화인과 노동자 - 메이데이를 맞이하야」,『문화일보』, 1947. 5. 1.

「예술과 테로와 모략」,『문화일보』, 1947. 7. 15.

「민족문화건설의 초석 -『조선말사전』간행을 축하하야」,『신민일보』, 1948. 4. 6. (『부
　르조와와 인간상』)

「북조선의 인상」,『문학』 8, 1948. 7.

「연극평 - <달밤>의 감격」,『조선중앙일보』, 1948. 7. 24.

「사진의 예술성 - 임석제 씨의 개인전을 보고」,『조선중앙일보』, 1948. 8. 11. (『부르
　조와와 인간상』)

「음악의 시대성 - 박은용독창회 인상기」,『세계일보』, 1948. 12. (위의 책)

「한자철폐론 - 이숭녕 씨를 박함」,『국제신문』, 1948. 12. 23~25. (위의 책)

　4) 서평(8편)

「시와 정치 - 이용악시「38도에서」를 읽고」,『신조선』, 1945. 12. 17~18. (『예술과 생활』)

「서평『병든서울』」,『예술신문』, 1946. 8. 17.

「민족의 종 - 설정식시집을 읽고」,『중앙신문』, 1947. 4. 24. (『부르조와와 인간상』)

「시와 혁명 - 오장환 역『에세-닌 시집』을 읽고」, (『예술과 생활』)

「인민의 시 -『전위시인집』을 읽고」, 위의 책. (위의 책)

「최재희 저『우리 민족의 갈 길』을 읽고」,『중앙신문』, 1947. 12. 8. (『부르조와와 인
　간상』)

「김용호 시집『해마다 피는 꽃』」,『조선중앙일보』, 1948. 7. 13.

「행동의 시 - 시집『새벽길』을 읽고」,『문학평론』, 1948. 8. 28.

5) 평론집
『예술과 생활』, 박문출판사, 1947.
『뿌르조아의 인간상』, 탐구당서점, 1949.

4. 外國文學 硏究 - 총 6편
「시극과 산문 - 세익스피어의 산문」, 무대예술연구회 연극강좌, 1946. 10. (『부르조와
　　와 인간상』)
「구풍속의 인간 - 현대소설론 단편」,『예술과 생활』(『예술과 생활』)
「생활의 비평 - 매슈 아놀드의 현대적 음미」,『문장』속간호, 1948. 10. (『부르조와와
　　인간상』)
「뿌르조아의 인간상 - 폴스타프론」, 조선영문학회보고논문, 1948. 10. 2. (위의 책)
「고민하는 지성 - 싸르트르의 실존주의」,『국제신문』, 1948. 9. 23~26. (위의 책)
「실존주의 비판 - 싸르트르를 중심으로」,『신천지』, 1948. 10. (위의 책)

5. 其他 - 8편
「국수주의를 경계하라」,『신조선보』, 1945. 12. 21.
「사상없는 예술 있을 수 없다!」,『경향신문』, 1947. 2. 4.
「세계인민의 기쁨」,『문화일보』, 1947. 6. 26.
「『길』을 내놓으며」,『길』.
「『해변의 시』를 내놓으며」,『해변의 시』.
「『예술과 생활』을 내놓으며」,『예술과 생활』.
「『뿌르조아의 인간상』머리말」,『뿌르조아의 인간상』.
「민족문학의 새구상 - 김동리·김동석 대담」,『국제신문』, 1949. 1. 1.

부록3 발굴자료

〈편집자 주〉
이하에서는 김동석의 삶과 문학을 이해하는 데 필요하다고 생각되는 자료를 소개하려고 한다. 김동석의 평론집에도 수록되지 않은 여러 자료 발굴 중에서, 김동석의 문학관이 비교적 잘 요약, 정리된 문학비평「조선문학의 주류」와 김동석의 현실 문화운동의 면모를 보여주는 사회비평「예술과 테러와 모략」그리고 김동석의 남한에서의 마지막 문학 활동을 장식은 수필「나」와「봄」, 김동리와의 가졌던 대담「민족문학의 새구상」등을 전재한다. 글의 표기는 원뜻을 최대한 살리면서 현대어 표기로 고쳤다.

▌ 문학비평

조선문학의 주류*

막연히 '문학'이라 하지만 문학이라는 개념은 '시'와 '산문'의 두 개념을 내포하고 있다. 이를테면 셰익스피어의「리어왕」과 톨스토이의『전쟁과 평화』를 문학이라는 말로 일괄하지만 그 본질을 따지고 볼 말이면 하나는 시요 또 하나는 산문인 것이다. 시와 산문-문학을 이렇게 둘로 분석하여 이해하는 것이 문학론의 혼란을 정리할 수 있을 것이다. 톨스토이가 셰익스피어의 시극(詩劇)을 통틀어 예술이 아니라 한 것을 어떻게 이해해야 될지를 모르는 사람이 있지만 톨스토이의 소설과 셰익스피어의 희곡을 그냥 문학이라고 한 데 몰아칠 것이 아니라 전자는 산문문학이요 후자는 시문학이라 하면 -시와 산문이 대립하는 것이라는 전제를 필요로 하지만- 톨스토이가 셰익스피어를 부정한 것은 오히려 당연하다 할 것이다.

* 『경향신문』, 1946. 10. 31

그러면 시와 산문은 과연 대립되는 것인가. 17세기 불란서 시인 말레르브가 시를 무용에다 그리고 산문을 보행에다 비한 것은 시와 산문의 차점(差占)을 잘 표현했다 하겠다. 같은 발을 움직이되 춤은 뺑뺑 돌기만 하지만 걸음은 뚜렷한 목적지가 있는 것이다. 춤은 가는 곳이 정해 있지 않은 대신 아름다워야 하지만 걸음은 아름답지 않더라도 지향한 곳에 다다르기만 하면 되는 것이다.

8·15 전 '일제'의 총칼이 우리의 갈 바 길을 막았을 때 산문문학이 위축해 버리고 시문학이 간신히 명맥을 이어오다가 드디어는 언어말살정책 때문에 그 것조차 존립할 수가 없었는데, 8·15가 되자 시보다도 ─형식이 아니라 정신을 의미한다─ 산문이 조선문단을 풍미한 것은 어떤 청년문학가가 슬퍼하듯이 비 문학적인 현상은 아니다. 시적인 것만이 문학에서 순수한 것이라고 우기는 문 학가는 모름지기 시만이 문학이 아니고 산문도 문학이라는 것, 민족이 8·15를 맞이하여 갈 바 길을 찾았을 때 방향 없이 춤추는 시보다는 방향 있어 걸어가 는 산문이 민족문학을 대표한다는 것, 이 두 가지 객관적 사실을 인식하도록 노 력해야 할 것이다.

이른바 순수를 표방하는 문학가들은 '사실'을 싫어한다. 아니 무서워한다. '일제'의 압박에 못 이겨 갈 바 길을 잃고 '꿈' 속에서 춤이나 추던 그 타성이 그대로 남아있기 때문이다. 허긴 문학 특히 시는 생리적인 것인데 그들의 생리 가 일조일석에 변할 수는 없는 노릇이다. 허지만 조선의 사실은 8·15를 계기로 일대전환을 했다. 문학가라면 적어도 이 거대한 사실과 더불어 내적인 변화를 체험했을 것이다. 다시 말하면 8·15를 계기로 조선문학은 신문학 발생 후 처음 으로 정말 마음 놓고 걸어갈 목표를 발견한 것이다. 그래서 시도 우선은 그 애 달픈 춤을 버리고 산문과 보조를 같이하여 씩씩한 첫걸음을 내딛은 것이다. 그 걸음이 그 춤에 비하야 미(美)를 상실했다 하자. 민족이 제국주의자에게 목매어 끌려 갈 때 남 몰래 추던 그 춤보다는 민족과 더불어 해방의 붉은 태양을 맞으 러 걸어가는 그 걸음이야말로 더 민족적인 문학일 것이다. 조선문학의 현단계 는 민족문학이다. 그리고 민족문학이란 민족의 문학을 의미한다. 그러므로 민족 의 역사적인 방향을 모르고 여전히 뺑뺑대는 문학은 후세에 골동품이 될 수 있 는지는 또 모를 일이로되 8·15 후 조선문학의 주류는 될 수 없는 것이다.

─ 1946. 10. 28.

▌ 사회비평

예술과 테러와 모략**

　우리가 다 갈망하여 마지않는 민주주의 임시정부를 수립하기 위하여 주야로 노력하는 공동위원회를 축원하며, 인민이 삼십육 년간 굶주리고 목말라하던 진정한 예술을 공급하기 위하여 「문련」에서 파견한 문화공작단 제1대가 부산극장에서 『偉大한 사랑』을 상연 중 어떤 악한이 무대에다 '다이나마이트'를 던졌다. 이로 말미암아 폭발된 인민의 분노는 련일 부산에 있는 여러 신문을 떠들썩하게 만들었으며, 이 파문은 바야흐로 전국적으로 퍼지고 있다. 머지않아 국제적인 관심사가 될 것이다.

　도대체 예술을 다이나마이트로 파괴하려는 것이 무슨 어리석은 수작이냐! 동에 진시황, 서에 히틀러가 이미 그 어리석음을 증명했거늘, 문화공작단이 '다이나마이트' 터지는 바람에 혼비백산할 줄 알았는데, 그 놈들의 기대와는 정반대로 부상한 다리를 끌고 무대에 다시 나서서,

　　"예술인은 무대 위에서 죽는 것을 지상의 영광으로 생각합니다. 그러므로 다리가 부러지고 고막이 터졌으나 또다시 무대 위에 나아가서 인민의 소리, 인민의 노래를 부르겠습니다."
　　　　　　　　　　　　　　　　　－ 한평숙(韓平淑) 씨 담(談), 7월 8일부(附) 조선신문

　　"우리는 서울에 있어서도 흥행 중에 이런 위협을 받은 일이 있었고, 또 처음부터 이미 각오한 바가 있습니다. 그래서 크게 놀랄 것은 없으나, 약한 예술인에게 폭탄을 던진다는 것은 비겁하고도 무치(無恥)한 행동이라고 봅니다. 그러나

―――――――――――
** 『문화일보』, 1947. 7. 15.

　　이런 만행은 도리어 우리들의 의기를 더욱 높여줄 뿐입니다."
- 문예봉(文藝峯) 씨 담, 상동

　　라고 외쳤을 때 그리고 이에 감격한 인민이 절대의 원조를 아끼지 않았을 때, 아무리 어리석은 무리들이기로서니 그들의 비행을 뉘우칠 만도 한 일이다. 하지만 그들은 다이나마이트를 가지고 실패를 하니까 모략을 가지고 예술제를 파괴하려고 음모했다. 왈 부산엔 좌우대립이 심한데 우익을 지나치게 자극했기 때문에 다이나마이트가 터진 것이라고.

　　그러니 이런 예술의 가면을 쓴 선동행사가 계속된다면 제이차의 다이나마이트 사건이 발생할 우려가 있으니 당국은 예술제를 중지시키라고. 이러한 어리석은 논리가 통하는 것이 남조선의 현실이다. 왜냐면 9일의 오후 공연이 이러한 모략으로 인하야 일시 중지된 일이 있으니 말이다. 생각해 보라. 전차 속에서 소매치기가 시계를 채갔을 때, 시계를 가지고 다닌 것이 죄라 할 수 있을까? 하물며 그 피해자가 시계를 또 하나 사 가졌을 때, 소매치기를 자극할 우려가 있다 해서 휴대를 금지할 수 있을 것인가?

　　관중이 예술제를 보고 흥분해서 파괴행위로 나갔다면 문제는 다르다. 그러한 공연은 마땅히 중지되어야 할 것이다. 그러나 관중이,

　　　서울서 오신 문련 동무들의 남조선 예술의 최고 수준을 모아……
- 어떤 노동자가 보낸 시에서

　　꾸민 극, 무용, 음악, 시에 도취하였다고, 심지어 경비하던 경관들까지 정신을 잃고 구경하다가 고만 전차 속의 소매치기 같은 테러한(漢)을 보지 못했거늘, 예술제에다 죄를 넘겨 씨우려는 수작은 후안무치, 언어도단이라 할 것이다.

　　전차엔 소매치기가 있으니 전차를 타지 말라는 말이나 마찬가지다. 기왕지사는 기왕지사로 돌리고 앞으로는 또다시 이러한 모략에 넘어가지 말도록 특히 당국자들은 주의해야 할 것이다. 중지명령을 내리는 것은 종이 한 장으로 되는 일이지만, 무대 없이는 민족 예술을 수립할 수 없고 또 생활할 수도 없는 예술가와, 예술 없이는 산 보람을 느낄 수 없는 인민을 염두에 두어야 할 것이다. 아니 악질 테러를 없애고 예술가의 활동을 조장하도록 진력하는 것이 군정당국자

들의 의무일 것이다. 끝으로 어떤 노동자가 공작단에게 보낸 첫스랜자를 인용
하고 부산 극장사건 조사 후의 행식을 막으려 한다.

오막집 극장 大生座) 앞에
나란히 서있는 꽃다발들은
어듸서 온 누구를
마지하는 꽃다발이냐
돈주머니에 돈이 안모여 一年내 가도
굿구경 한 번 못가는
勞動者 동무들이
오늘 저녁엔 머리에
기름칠하고 농안에
깊이 들었든 새옷 한벌을 내여 입고
白頭山 골연을 입에 물고
大生座 앞에 모여들었다.
                    – 7月 1日 부산 기관구 조용린(趙鏞隣)

* 7月 1日 부산 대생좌(大生座)에서 문화공작단 제1대의 예술제 첫 공연이 있
었다.

                    – 1947년 7월 12일

❚ 수필

나***

　　내가 너무 나를 내세운다 해서 친구들한테 핀잔을 받은 때가 많다. 심지어 날보고 혼자만 잘난체 한다고 욕하는 친구까지 있다.

　　나는 외아들로 멋대로 자라났고 매는커녕 꾸지람도 한번 변변히 들어본 적이 없다. 그런데다가 나는 일부러 나를 주장하리라 맘먹었으니 남이 보기에 유아독존이고 안하무인이 될 수밖에……. 그러면 나는 왜 의식적으로 나를 고집하려 했던 것인가?

　　어른 아이를 구별하는 이른바 장유유서의 봉건적 관념을 나는 어려서부터 죽어라 하고 싫어했다. 어른이면 어떻다는 것이냐. 말끝마다 대가리에서 피도 안 마른 여석이니, 어른 앞에서 무슨 버르장머리냐 느니 하는 따위의 말처럼 내 귀에 거슬리는 말이 없었고, 어른 앞에선 안경도 벗어야 되고 담배도 피우지 못하고 술도 돌아앉아서 마셔야 하는 난센스처럼 나에게 우스꽝스러운 것은 없었다. 그중에서도 어른 앞에서는 나를 나라고 하지 못하고 저라고 하는 것처럼 갑갑하고 억울한 일은 없었다.

　　그러던 내가 영어를 배우게 되자 영어에서는 어른, 아이 할 것 없이 '아이(나)'라는 말을 자유로 쓴다는 것을 발견하고, 옳지 나도 어른들이 뭐래든 '나'라는 말을 쓰리라, 아니 일부러 많이 쓰리라 결심했던 것이다. 이를테면 이것은 조선이 국적인 나의 속에서 일어난 부르주아 데모크러시의 혁명이었던 것이다.

　　나의 나를 각성시켜준 영어의 나라 영국에서는 봉건주의를 언제 타파했는지

*** 『세계일보』, 1949. 1. 1.

정확한 날짜는 모른다. 그러나 토마스 그레이의 시 「촌묘지에 쓴 애도의 노래」 첫 절에, "저녁종이 저문 날의 조종을 울리고 / 엄매 우는 소떼가 초원의 굽은 길을 느으릿 가고 / 농부가 지친 다리를 끌고 집으로 가니 / 하늘과 땅은 어둠과 나에게 남는다"는 말이 있고.

이 시는 1742년 8월에 시작해서 그 대부분은 1746년부터 1750년에 썼고 끝마치기를 1750년 6월 12일에 했으니까 이미 18세기 중엽에 영문학에서는 나의 첫 싹이 텄던 것이라 볼 수 있다. 이러한 영문학을 연구하게 된 뒤로부터 나는 더욱 나를 내세우게 된 것이다. 그리하여 나를 주인공으로 하는 수필까지 쓰게 된 것이다.

언젠가 - 벌써 한 십년 전 일이다. 인천 가는 차 속에서 시인 지용을 만났는데 그때도 술이 취해서 이 사람 저 사람한테 시비를 걸고 나서 날 보고 "영문학자에선 재서가 제일이야 제일"하기에 영문학의 대가를 앞에다 두고 "무슨 소리를 하오"하고 대꾸를 했더니, "야, 이것 봐! 자존심이 대단한데"하기에 내가, "자존심이 그만하기에 흔들거리는 기차 속에서 당신처럼 비틀비틀하지 않고 이렇게 두 다리를 버티고 섰었지 않소." 하였더니 껄껄 웃어댔다. 그때 차 속이 붐비어서 서있었거니와, 사실 나는 나 하나만이라도 믿었기에 그 어지럽던 시대를 쓰러지지 않고 살 수가 있었던 것이다.

이러한 딱한 사정을 소위 어른들은 몰라도 나와 같은 젊은이(?)들은 이해해줄 법한 일이 아닌가. 어떤 여성이 나의 『예술과 생활』을 읽고 나서,

"선생님은 하고 싶은 말을 맘대로 하시는 분예요. 나는 그것이 부러워요. 그러나 선생의 글에는 은연중에 '인피어리오러티 콤플렉스'[inferiority complex, 병적 열등감-인용자]가 나타나 있어요." 한 것이 생각난다. 일제시대에 억눌린 감정은 내가 그렇게 '나'라는 말을 많이 써서 '카타르시스'를 일으키려 했건만 8·15 후까지 남아있어서 '나'가 없어야 될 글인 평론에까지 나타나 있는 모양이다. 병든 고막에 들었던 게지…….

그러나 나에게 나의 잔재가 남아있건말건 새해는 밝았다. 과거 삼년반 동안 나는 나를 없이하기 위하여 꾸준히 애썼다. 그랬건만 나는 아(我)가 샌 사람으로 친구 사이에 알려져 있으니 걱정이다. 성경에 "마음이 깨끗한 자는 진복자로다.

하느님을 볼 것이오."라는 말이 있지만, 아직도 나라는 오점이 남아 있어서 내 눈에 진리가 흐리어지나보다. '나'니 '나의 고백'이니 하는 책을 쓴 사람처럼 '나' 때문에 흐린 마음을 가지고 영영 하느님의 진리를 발견하지 못하고 말 것이 두렵다.

올해는 무엇보다도 '나'를 없이하는 데 힘을 쓰리라. 그것이 불가능하다면 '나'라는 말을 적게 쓰도록 이라도 하리라.

그러나 다만 한 가지 걱정은 그러면 이런 수필을 못 쓰게 될 것 아닌가. 그래서 나는 벌써부터 소설 쓸 궁리를 하고 있다. 춘원 같은 사이비 소설이 아니라 본격적 소설을 쓰려고 맘먹고 있다.

❙ 수필

봄**

집에서 한 오십 미터 비탈길을 내려가면 공동수도가 있었다. 나는 새벽마다 물을 길러 그리로 갔다. 물 긷는 사람들이 물통을 땅에다 놓고 주욱 늘어섰다. 보초막처럼 된 궤짝집에 도사리고 앉은 영감 하나가 돈을 받는다. 물 두통에 일 전씩 받던 때었다.

물 길러온 사람을 보면 대개가 늙었거나 그렇지 않으면 아주 나이 어린 계집애들이다. 밥 짓는 할멈이나 군불 때는 할아범이나 잔심부름 하는 아이들이다.

나 같은 소년은, 더군다나 중학교 3학년 다니는 소년은 없었다. 그렇다고 뭐 우리 집이 가난해서 내가 물을 긷게 된 것은 아니다. 백 원짜리 월급쟁이가 택시를 맘판 타고 다닐 수 있던 때인데, 우리 아버지는 은행도 아니요 금융조합에 그도 당좌나 보통예금이 아니고 '특별저축예금'에 대금 5만5천 원이나 가지고 있었으니, 그의 외아들인 내가 가난해서 물을 길었다고 해서야 될 말인가.

그렇다고 중학교에 다니는 넉넉한 집 외아들이 공동수도로 허고헌 날 새벽에 물을 길러 다니는 것을 아무 설명 없이 그렇다 해줄 수도 없지 않는가.

아버지는 사환아이 하나 두지 않고 구멍가게를 꼭 혼자서 보셨고 - 진지 잡수실 때는 어머니나 내가 번갈아 보았다 - 안에는 더군다나 남의 사람을 두실 리 없었다. 또 장작은 헤프다 해서 왕겨만 사셨다. 그러니 아들 하나 딸 둘을 기르는 어머니를 도와 드려야겠다는 생각이 날 수밖에.

그래서 나는 날마다 어머니의 풀무 소리를 들으면 잠을 깨어 벌떡 자리를 차

****『태양신문』, 1949. 5. 1.

고 나가서 그날 온종일 어머니가 살림에 쓰실 물을 길어오는 것이었다.

허긴 내가 아침에 물을 긷는 것을 일과로 삼은 것은 어머니만 위해서 한 노릇도 아니다. 그때 상업학교 3학년 서양역사 교과서에 있는 '시저'의 그림 해설에, '시저'는 어려선 약골이었는데 자기가 자기 몸을 단련해서 위대한 체력의 소유자가 되었다 한 것을 보고 약골인 나도 단련해서 튼튼한 몸이 되리라 맘먹은 것이다.

그래서 매일 새벽 일찍이 일어나서 아령체조도 하고 죽도도 휘두르고 복싱 흉내도 내고 냉수마찰도 하던 것인데, 가만히 생각해보니 불쌍한 어머니를 도와 물을 긷는 것도 운동이 될 것이었다. 사실 물통을 한 손에 하나씩 들고 비탈길을 올라오려면 나의 연약한 팔은 3파운드짜리 아령보다는 더 많이 지구의 인력을 느끼게 되었던 것이요 나무가 양분을 빨아올리듯 나는 대지에서 힘을 빨아올려 점점 튼튼한 몸이 되어갔다.

그러나 하나 딱 질색이 있었다. 서울로 기차 통학하는 학생들이, 내려 정거장으로 가는데 그 학생들 새에 나와 보통학교 동창들이며 아는 학생들이 끼어 있었다. 남학생들힌데야 뭐 남부끄러울 게 없지만 여학생들힌데는 그리지 않아도 수줍기 그지없는 나였다. 게다가 내가 보통학교 때부터 나도 모르게 어렴풋이 연정을 품고 있던 여학생과 마주칠 때는 참으로 딱하였다. 물 두 통을 못 이겨 깽깽 매는 나의 옹졸한 꼴을 보이다니! 남들은 저렇게 나팔통바지에 일자 챙을 달고 씩씩하게 서울을 향하여 걸어가지 않는가.

석유통으로 만든 물통인데 손잡이가 물에 잠겨 수돗물은 우물물과도 달라 겨울이 되면 내 가느다란 손가락들이 뼈저리도록 찼다. 하니 바람은 비탈길을 사정없이 내려 불고…….

그러나 바람이여, 겨울이 되면 봄이 멀 수 있느냐? 나의 손에 닿는 물의 온도가 날이 갈수록 달라졌다. 내 손에 뼈저리던 물이 그냥 찬물로 변하고 나중에는 내 손의 온도와 같이 되어 냉각이 없는 보드라운 물로 만져질 때가 오면, 꽃이야 피건 말건 새야 노래하건 말건 봄이 찾아온 것이었다.

▌대담

민족문학의 새구상*****

8·15 이후 민족문학을 중심으로 민족문화 수립이라는 민족적 대과제를 둘러싸고 불행히도 이념을 달리하는 양대 사조로 말미암아 다방면 다각도로 논의되어 삼개 성상을 경과한 오늘에도 하등의 이렇다 할 결론과 구체적 방안을 보지 못하고 지금에 이르렀던 것이다.

이에 본사에서는 현 우리 문단의 중견이요 창작과 이론의 부분에서 실제로 꾸준한 노력을 경주하고 있는 김동석·김동리 양씨에게 특청(特請)하여 지난 12월 20일 하오 6시부터 본사 회의실에서 대담회를 개최하여 민족문학 수립에 대한 열의 있는 의견을 들은 바 있어 정초 새로운 설계에 몰두하실 강호 독자제언(諸彦)에게 보내는 바이다.

본 사 오늘 두 분을 모시고 민족문화 전반에 걸쳐서 좋은 말씀을 많이 들을까 하였습니다마는, 문제가 너무 해대(該大)하고 막연한 점이 있어 그 범위를 좁혀 주로 민족문학 수립에 대한 두 분의 의견을 들려주었으면 합니다.

김동리 내가 생각하고 있는 민족문학은 하나의 고전 형성을 의미한다. 가령 로서아 문학을 예로 든다면 뿌시낀 이전에도 로서아 문학이라는 것이 있기야 했겠지만 오늘날 일반적으로 말하는 로서아 문학이란 주로 뿌시낀 이후 19세기 말까지의 로서아 문학일 것이다. 이것이 진정한 로서아의 고전문학인 동시에

*****『국제일보』, 1949. 1. 1.

또 민족문학이라고도 할 수 있을 것이다. 이런 의미에서 조선의 문학, 즉 신문학은 아직도 확호한 고전적 지위를 갖지 못하고 있다. 더욱 해방 후의 민족문학 운동도 민족적·정치적 현실에 너무도 몰두하여 이 고전적 지위를 확보하는 참다운 민족문학을 몰각하고 있다. 이원조 씨가 말하듯이 소위 역사적 범주로서의 민족문학 - 봉건문학에 대한 하나의 민주주의 민족문학 - 이라는 의미가 아니고, 이 민족의 영원한 생명이 되고 정신적 원천이 될 하나의 고전으로서의 민족문학의 수립되어야 한다는 것입니다.

본 사 그러면 고전적 견지에서 민족문학을 생각지 않으면 안 된다는 것입니까?

김동리 그렇지 않습니다. 지금까지의 문화유산이라든가 고전이란 것에서 새로운 출발을 하는 것이 민족문학이란 뜻이 아니라 이 시대에 생산된 문학이 그대로 이 시대의 조선민족의 의욕과 희망을 반영한 채, 그것이 일시적 어떠한 정치적 선전도구가 되지 않고 영원한 생명을 가진 그러한 문학, 다시 말한다면 장래 오랜 동안을 두고 우리 민족이 이 시대에 제작된 문학을 히니의 고전적 지위에서 재음미·재인식할 그것은 민족문학인 동시 세계문학의 일환이 될 수 있는 그러한 문학 - 이것이 신생민족의 참다운 미족문학이라고 생각합니다.

김동석 우리가 말하는 민족문학이라는 것은 8·15 해방 이후에 제창된 것인데, 기실 따지고 본다면 이 8·15 이전엔 우리에게 민족문학이 없었다. 왜 그러냐하면, 한 개의 민족문학이라면 응당 그것은 민족 전체의 문제를 문제로 하고 진실을 그려야 할 것인데, 8·15 이전의 우리 문학은 그렇지 못하였다. 그야 물론 8·15 이전에도 조선문학이 없었던 것은 아니다. 그러나 그것은 용어에 있어서 조선어를 사용했고 형식에 있어 조선적이었지만 그 내용에 있어서는 민족적이 되지 못했다. 즉 민주주의적 내용이 없는 주변의 문학이 되었던 것이다. 민족의 갈 바 길을 비출 수 있는 문학 - 동리 군이 말하는 문학적 생명이라는 용어를 빌린다면 이것이야말로 문학적 생명일 것이다 - 이 되지 못한 문학을 위한 문학이 되기가 첩경이었던 것이다. 그러므로 8·15 이전 문학을 민족문학이라고 할

수는 없습니다. 그것은 문학 하는 사람들만이 책임질 일은 아니겠지만 하여간
크게 말하면 우리 민족 전체가 일제의 압력에 눌리어 결국은 모두 궁지에 빠져
질식 상태에 있었던 것이다. 그러는 동안 작가들 자신도 쫓기고 도망하여 숨은
곳이 자아이거나 이른바 순수시가 아닌가. 예를 들면 동리군의 단편집 『무녀도』
와 나의 수필집 『해변의 시』…… 그러나 8·15가 되자 민족이 일제의 쇠사슬
을 끊고 역사적 행진을 시작한 후에도 그 대열에 끼지 않고 구태의연한 순수를
주장한다는 것은 시대착오도 착오려니와 문학을 망치는 것이다.

　　민족문학의 수립과 동시에 문제 되는 것은 리얼리즘의 문제입니다. 일제 땐
문학가가 정면으로 현실을 태클할 수 없었던 만큼 리얼리즘을 창작방법으로 하
기가 곤란했던 것이다. 동리 군이 조선문학이 세계문학의 일환이 되어야 한다
고 하였는데 그 말에는 나도 동감이다. 즉 조선문학은 형식에 있어서 조선적이
고 또 그 내용이 조선의 현실과 생활이라 하더라도 리얼리즘의 문학이라면 번
역되어 세계 어느 나라 인민에게도 공감을 일으킬 수 있을 것이다. 괴테가 문학
은 번역되어도 남는 것이 있어야 된다고 말했는데 이러한 의미에서 진리라고
생각한다. 문학사적으로 보아 세계는 이제 리얼리즘이 아니면 문학이 될 수 없
게 되었고, 조선문학은 이러한 세계문학의 일환으로써 또 민족문학으로써 리얼
리즘밖에는 갈 길이 없는 것이다.

본 사　그 리얼리즘이란 무엇을 말하는 것입니까?

김동석　쉽게 말하면 그것은 생활을 위한 문학이 되라는 것이다. 봉건제도하에서
나 또는 일제시대와 같이 조선민족의 생활이 전체적으로 암흑 속에 있어, 갈 바
길을 잃었을 때에는 리얼리즘이 성립하기가 곤란했던 것이다. 그러나 민족의
갈 바 길을 찾은 오늘날, 새로운 생활을 건설하기 위하여 실천해야 되는 오늘
날, 그것을 바라고 조선민족 전체가 싸우듯, 문학가도 민족문학을 세우려고 싸
우지 않아서는 아니 된다. 그리하여 민족문학이라는 것은 형식으로는 민족적이
고 내용에 있어서는 민주주의적이 되어야 하는 것이며, 꿈이 아니라 현실에서
광명과 희망을 탐구하고 발견하는 문학이라야 한다. 그런데 소위 순수문학이라

는 것은 일부러 문제를 국한하거나 회피하거나 해서, 역사와 인민에게서 유리
된 인간이니 개성을 가정하고 고집하니 좋은 문학을 창조할 수 있겠는가. 문학
도 인류의 다른 모든 문화재와 마찬가지로 인간이 거대한 역사와 부딪쳐 발하
는 불꽃입니다. 리얼리즘의 어원인 나전어(羅典語) '레스'는 물(物)을 의미하는 것
인데 동리 군 등은 물(物)을 피해 달아나니 무엇에 부딪쳐 문학의 불꽃을 발할
는지? 그러니까 작가는 자기 개인 속에 숨어 있던 과거의 타성을 버리고 넓고
큰 진실에 접촉하여야 할 것이다. 우리가 요사이 인민이라는 말을 쓰고 있는데
문학가는 인민의 생활에 접촉하려는 노력이 있지 않으면 안 된다고 생각한다.
그것은 마치 바다 속 깊이 숨어 있는 진실의 물고기를 찾아내려는 것과 같다.
생명이 약동하는 물고기는 큰 바다에 있으니까 우리가 종래의 타성을 버리고
거기 뛰어들어 - 역사의 대해라 해도 좋고, 진리의 대해라 해도 좋고, 사실의 대
해라 해도 좋지만 - 거기에 뛰어들어야만 민족문학의 내용이 되는 체험을 얻을
수 있다고 생각한다.

김동리 지금 김동석 군이 세계문학은 리얼리즘이라고 하였는데 리얼리즘이라고
하면 그것은 무엇을 말함인지. 토론하기 전에 용어를 규정해야겠는데…….

김동석 그것은 물론 해야지. 주관적인 쎈티멘트라든가 기분이라든가 이마주라든
가, 이른바 순수라든가 낭만이라든가 하는 것을 가지고 문학을 조작하려 하지
않고 진실에서, 생활에서, 행동에서 문학의 내용을 얻는 것을 의미한다.

김동리 그것은 리얼리즘의 문제가 아니야. 지금 우리가 말하는 문학이란 개념은
근대문학에서 오는 것인데 근대문학 가운데서도 특히 구라파문학을 말하는 것
이다. 김 군이 말하는 문학이란 것도 근대 구라파 문학을 의미하는 것인데…….

김동석 아니다. 지금 문제가 되고 있는 것은 어떻게 민족문학을 수립하느냐 하
는 문제이다. 문학사를 논하는 것은 아니다. 조선의 현실에 가장 적합하고 가장
진실한 문학을 논하는 것이다. 그것이 몇몇 사람의 기교에 그친다든가 몇 개인

의 취미에 끝난다든가 해서는 안 될 것이다. 가령 예를 든다면 어떤 사람은 우표딱지를 모으는 취미가 있어 우표딱지를 가지고 진리를 발견한 듯이 날뛰는 사람도 있지만 그런 몇 개인의 취미나 기호에만 맞는 그런 의미의 문학이어서는 아니 됩니다.

김동리 이건 웬 엉뚱한 소리야. 자네가 세계문학이니 리얼리즘이니 하는 용어를 독단적으로 발음하고 있으니 근본적으로 그 개념을 시정(是正)해두고 이야기하자는 거지……. 그러면 자네 말대로 세계의 문학이 리얼리즘의 문학이라면 괴테의『파우스트』나 도스또예프스끼의『악령』같은 것도 요컨대 리얼리즘 문학이란 말이지.

김동석 괴테의『파우스트』와 도스또예프스끼의『악령』은 리얼리즘의 좋은 예가 될 수는 없어.

김동리 문제는 거기 있어. 그러면『파우스트』와『악령』은 좋은 세계문학이 못 된단 말인가. 그렇지 않으면 좋은 세계문학은 되지만 리얼리즘의 좋은 예는 될 수 없단 말인가. 만약 좋은 세계문학이 못 된다면, 김 군이 말하려는 세계문학이란 김군들만이 아는 세계문학이 있을 게고, 그렇지 않고 후자라면 김군의 먼저 한 말과 근본적 모순이 생긴다. 왜 그러냐 하면 만약 세계문학이 리얼리즘의 문학이라고 말할 수 있다면 가장 좋은 세계문학의 예는 가장 좋은 리얼리즘 문학의 예가 되어야 할 것이다. 여기에 김군이 말한 리얼리즘이란 용어의 허구성이 들어 있는 거야. 나에게 있어서는 리얼리즘이냐, 로맨티시즘이냐, 또는 무슨 고전주의냐 근대주의냐 하는 것이 문제가 아니다. 왜 그러냐 하면『파우스트』와『악령』속엔 리얼리즘, 로맨티시즘뿐만 아니라 모든 주의가 다 들어 있기 때문이다. 요는 생명의 창조가 있느냐 없느냐의 문제인 것이다.

김동석 그러면 내가 말하는 리얼리즘이 타당치 못하다면, 김군은 문학을 무엇으로 규정해야겠는가?

김동리   나는 문학의 본령을 리얼리즘으로 규정하고 싶지 않다. 구태여 말한다면 그렇게는 말할 수 있을 것이다. 그야 인간이 가지고 있는 문학정신 속에는 리얼리즘의 요소가 물론 없다는 것은 아니다. 그러나 그렇다고 문학 전체를 리얼리즘이라고 규정지을 필요는 없다.

본 사   리얼리즘론이 너무 복잡해지는군요. 인제 그 문제는 그만 해둡시다. 그와는 조금 다른 각도로 결국은 동일한 문제긴 하겠습니다마는 요새 새삼스럽게 야단들 하고 있는 인민문학과 순수문학 문제 - 즉 문학은 인민대중의 문학이 아니어서는 안 된다, 즉 누구든지 이해할 수 있는 모든 대중의 문제를 구비하지 않으면 안 된다는 점, 그와는 반대로 순수문학은 어떠한 특수한 사람들에게만 통용하는 문학…… 등등의 문제로 주장이 각각 다른 모양입니다. 과연 문학이 인민대중을 이탈해서 존재할 수 있을까요. 소위 백만인의 문학! 전민족이 이해하고 전민족이 다 같이 호흡할 수 있는 그런 문학을 수립하지 않으면 안 된다는 것이겠지요. 특히 조선은 문학적 수준이 대체로 낮기 때문에 그런 것이 더욱 요청된다는 등 - 이러한 문제야말로 오늘의 현실적인 문제가 아닐까 생각됩니다. 이에 대하여 김동리 씨 어떻게 생각하십니까?

김동리   대단히 좋은 말씀입니다. 그런데 김(동석)군은 문학보다도 정치를 먼저 하려고 해서 문학에 대한 이야기는 잘 안 된단 말이야 하…….

김동석   정치를 하려고 한다니? 문학에서 정치를 피하지 않는 내가 정치를 하는지, 문학에서 정치를 빼자는 동리 군이 더 정치를 하는지 나는 모르겠는데…….

김동리   아까 이야기 말인데 사실, 문제는 거기 있다. 도대체 어떠한 문학이 소수인만이 생각하는 문학인지, 어떤 문학이 대다수가 생각할 수 있는 문학인지, 또 어떤 것이 진실하고 어떤 것이 거짓 문학인지, 이것부터 먼저 생각해야 한다.

김동석   그 기준을 어디다 두는가?

김동리 그것은 '생명'이다. 그 문학이 가지고 있는 문학적 생명 - 가장 영구성을 가질 수 있는, 즉 다시 말하면 시간과 공간을 초월할 수 있는 그러한 문학 - 만 이 진실한 문학이라는 것이다. 그러므로 시간의 경과에 따라 그 가치가 멸각(滅 却)되거나 감퇴된다면 그 문학은 진실한 문학이라고 할 수 없다.

본 사 그러면 그 생명이라는 것은 단순히 시간성을 초월한다는 그것뿐입니까?

김동리 그렇지 않습니다.

본 사 그러면 그 문학의 생명이라는 그 생명의 정체는? 그 기준은 어디 있습니까?

김동리 그 생명의 기준이란 건 물론 우리가 미(美)를 완전히 분석할 수 없듯이 십 분 분석하거나 증명할 수 있는 건 아니야. 가령 자네는 현재 생명을 가지고 있 지만 자기 자신의 그 생명의 비밀을 설명할 수 있는가?

김동석 설명할 수 없는 것을 가지고 어떻게 기준을 삼는다는 말인가?

김동리 밀턴의 말과 같이 미란 우리가 분석하고 설명할 수 있는 것은 그것의 한 백분지 일쯤이야. 그러나 그 백분지 일쯤이라면 문학에 있어서의 생명이란 것 의 기준도 설명하고 증명할 수 있다.

김동석 고양이나 쥐에게도 생명이 있는가? 고양이나 쥐에도 문학이 있는가?

김동리 나는 생물학적인 생명을 말하는 것은 아니다. 예술이란 것은 생명을 갖 지 않으면 안 된다는 것을 말할 뿐이다.

김동석 생명을 분석이나 설명해달라는 게 아니다. 예술작품의 가치를 판단하는 기준이 없으면 안 된다는 말이다.

김동리 그 기준이란 것을 백분지 일이라도 설명한다면 우선 우리는 '인간성'이 란 것을 말할 수 있다. 왜 그러냐 하면 문학세계의 영원한 주인공은 인간이기 때문이다. 그리고 이 인간은 그 시대와 사회의 지배와 변천을 얼마든지 받는 동 시, 또 모든 시대와 사회를 초월한 보편적 요소도 가지고 있기 때문이다. 우리 가 보통 말하는 시대성이니 사회성이니 하는 것이 원칙적으로는 인간성과 대척 적인 것도, 분리될 것도 아니자만 우리 문학과 같이 전통이 빈약한 데서는, 그 것이 그대로 인간의 영원성이나 보편성에 대립되는 일시적이요 현상적인 부문 을 의미하게 된다. 그러므로 우리가 문학에 있어서 생명의 기준을 무리로라도 찾는다면 그것은 이러한 인간이 가지는바, 초시대적·초사회적 영원성과 보편 성을 의미하게 되는 것이다.

김동석 우리는 역사적으로 약소민족이니까 항상 압박이 가해졌었고 그 압박에 서 해빙되려고 인민은 씨워왔던 것이다. 이런 정치적 환경을 문학에서 무시할 수 없는 것이다. 그걸 가지고 정치적 목적의식이 있다 하여 비난함은 부당하다. 모든 대중이 갈망하고 욕구하는 바를 문학에서 표현한다면 그것은 가장 진실한 생명을 가지는 문학일 것이다.

김동리 정치적 일시적 선전목적의식 밑에 씌어진 작품이면 문학적 생명이 그만 큼 박약할 것이다. 셰익스피어의 『햄릿』 같은 것을 생각해보다라도…….

김동석 『햄릿』은 좋은 예다. 300년 전 영국에서 이 극이 상연되었을 때, 그것이 이른바 순수문학이었느냐 아니었느냐 하는 것은 흥미 있는 문제이다. 그 작품 이 제시된 그 당시의 영국을 생각해보자. 외우내란으로 국난에 봉착하고 있는 때였다. 즉 스페인 무적함대는 영국을 침범하려고 갖은 위협을 다하였고 로마 의 법왕은 법왕대로 영국에 대한 큰 야심을 행동으로 표시하였고, 국내는 국내 대로 가톨릭 문제로 내홍(內訌)이 심한 시대였다. 셰익스피어는 이런 국가적 환경 속에서 전 영국 국민의 욕구를 표현하여 시대적 의식, 정치적 의식 밑에 의식적으로 무대 위에서 전쟁을 선전했고 국난을 인식시킴으로써 인민에게 어필했던 것이다. 문학이란 그 시대의 환경 - 따라서 정치가 그 시대의 핵심이 되어 있는 때에는 그 정치적 환경 - 을 이탈할 수 없는 것이다.

김동리 그러한 것을 일시적 정치적 선전목적의식이라고 말하지 않는다. 그것은 인간생활이 무엇인지도, 또는 문학이 인간생활의 산물이란 것도 모두 잊은 사람의 말이다.

본 사 잘 알겠습니다. 그리고 유물사관에 입각한 문학이라든가 또는 그와는 달리 불란서 등지에는 철학사조에 입각한 새로운 문학 - 싸르트르 등의 문학 - 이 대두하고 있다는데 두 분께서 이에 대한 말씀이 혹 없겠습니까?

김동석 유물사관 이야기가 났으니 말이지만 조선에는 유물사관에 입각하여 문학행동을 하려고 하는 것을 덮어놓고 반박하는 사람들이 왈(曰) 공식주의라고 하는데, 그 사람들은 도대체 우물사관에 입각한 문학이라는 것이 어떠한 것인지 그것도 알지 못하면서 그저 반박만 일삼고 있다. 그들이 도리어 공식주의라고 할까. 어떤 공식 같은 것을 가지고 유물사관을 덮어놓고 욕한다. 언제든지 생생한 새로운 사실과 그날그날 일어나는 현실을 그대로 진지하게 그리려고 하지 않고 자기의 주관적 공식이라든가 구실 또는 입장이나 감상을 가지고 거꾸로 그것을 현실에 뒤집어씌우려고 하고 있다.

본 사 불란서의 싸르트르의 문학 같은 것은 어떻게 보십니까?

김동석 물론 반동이다. 막다른 골목에 든 자유주의의 마지막 발악으로서 시대와 역사에 반항하는 발악문학 이외에 아무것도 아니라고 본다.

김동리 나에게는 주의니 반동이니 그러한 따위들이 문제가 아니다. 도대체 20세기의 문학은 무력하고 빈약한 문학이다. 실존주의든 공산주의든 또는 무슨 프루스뜨류의 잠재의식의 문학이든 모두가 문학정신이 옅고 약하다. 그러나 우리의 형편은 반드시 그렇지도 않다. 우리에게는 서구 사람과 같은 의미의 20세기가 아니다. 우리에게 있어서의 현대는 그 사람들의 18, 9세기와 20세기를 합친데다 동양이란 특이한 전통을 가지고 있다.

김동석 그것이 문제이다. 20세기 문학을 부정하는 그 이론이 대단 중요하다. 김군은 20세기 현재의 문학을 적조한 것으로 보는 것이 당연하다. 왜냐하면 김군의 문학은 20세기 이전의 문학이기 때문이다. 거기서 완고한 자기를 폭로하였는데 그것은 김군이 가지고 있는 문학이 과거에 속하는 문학이기 때문이다.

김동리 어떤 말을 하든 우선 김군 자유라고 해두자. 그러나 오늘날의 우리의 문학을 서구의 20세기 문학이란 개념으로 일괄하려는 자네의 그 기계주의와 공식주의란, 이 경우 문자 그대로 난센스일 뿐이다.

본 사 좋은 말씀 많이 들려주셔서 고맙습니다. 그러면 이만 정도로 그치겠습니다.

인명색인

【ㄱ】

화 보

▲ 김동석의 부친 김완식의 제적등본 표지부

▲ 김완식의 제적등본에 나타난 김동석

▲ 김완식 제적등본상에 나타난 김동석의 부인 주장옥

▲ 김완식 제적등본상에 나타난 김동석의 두 아들 상현과 상국

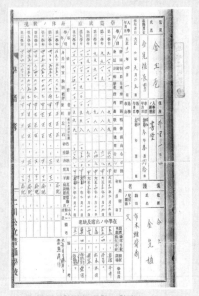

▲ 김동석의 인천공립보통학교 학적부

▲ 김동석의 첫 평론 「조선시의 편영」, 제1회
(동아일보 1937년 9월 9일)

▲ 김동석이 발간한 문학잡지 『상아탑』 창간호 표지

▲ 김동석의 마지막 글이 된 수필 「봄」

▲ 김동석, 김동리 대담 〈민족문학의 새구상〉 (국제신문 1949년 1월 1일)

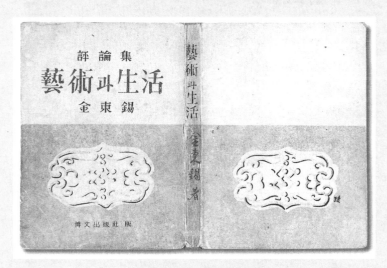

▲ 김동석 첫 평론집 『예술과 생활』

▲ 김동석 수필집 『해변의 시』

▲ 김동석, 배호, 김철수 3인수필집 『토끼와 시계와 회심곡』

▲ 김동석 제2평론집 『뿌르조아의 인간상』

▲ 김동석이 수학한 경성제국대학 법문학부

▲ 1938년 경성제대 졸업식을 마치고 대학 정문 앞에서 문학써클 멤버들과 함께(윗줄 왼쪽에서 세 번째가 김동석)

김동석

저자 소개

이 희 환

1966년 충남 서산 출생.
한국외국어대학교 정치외교학과 졸업. 인하대학교 대학원 국어국문과에서 석·박
사학위 취득. 주요 논저로 「김동석 문학 연구」, 「김동리와 남한 '국민문학'의 형
성」, 『인천문화를 찾아서』 등이 있음. 계간 『작가들』 편집주간, 인하대 BK21 동
아시아한국학 박사후연구원.

김동석과 해방기의 문학

초판1쇄 인쇄 2007년 7월 24일
초판1쇄 발행 2007년 7월 30일
지은이 이희환
펴낸이 이대현
펴낸 곳 도서출판 역락
책임편집 김주헌
편집 이태곤 | 권분옥 | 이소희 | 양지숙 | 김지향 | 허윤희
마케팅 안현진 | 정태윤
디자인 기획 홍동선
등록 1999년 4월 19일 제303-2002-000014호
주소 서울 서초구 반포4동 577-25 문창빌딩 2층(우137-807)
전화 02-3409-2058 | **팩스** 02-3409-2059 | **이메일** youkrack@hanmail.net
ISBN 978-89-5556-560-7 93810

정가 15,000원